HEYNE

Das Buch

Überstürzt flüchtet der Münchner Modearzt Dr. Vandura in den Nahen Osten: Die Polizei verdächtigt ihn, den Mann seiner Geliebten Katja getötet zu haben. In Beirut begegnet Vandura dem Führer einer arabischen Revolutionsgruppe, der ihn bittet, sich um die Verletzten in ihrem Hauptquartier in er jordanischen Wüste zu kümmern. Vandura willigt aus humanitären Gründen ein. Hier lernt er die schöne, geheimnisvolle Palästinenserin Laila Husseini kennen, die ihm als Schwester zur Seite steht. Als es beiden nach einer Flugzeugentführung gelingt, das Leben eines Kindes zu retten, entwickelt sich einer leidenschaftliche Liebe zwischen dem deutschen Arzt und der jungen Revolutionärin.

Dr. Vandura wird bald als Wüstendoktor Hakim Pascha berühmt, und nun erfährt auch Katja von seinem Aufenthaltsort. Sie entschließt sich, ihn aufzusuchen und nach Deutschland zurückzuholen, denn Vandura ist unschuldig am Tod ihres Mannes. Doch Leila ist nicht bereit, von Vandura zu lassen. Von rasender Eifersucht getrieben, plant sie ein Flugzeug zu entführen, ein blutiges Geiseldrama soll ihre Rache sein...

Der Autor

Heinz G. Konsalik wurde 1921 in Köln geboren. Er studierte zunächst Medizin, wechselte jedoch sehr bald zum Studium der Theaterwissenschaften, Literaturgeschichte und Zeitungswissenschaft. Im Zweiten Weltkrieg war er Kriegsberichterstatter. Nach Kriegsende arbeitete er als Dramaturg und Redakteur, nach 1951 war er als freier Schriftsteller tätig. Konsalik gilt als international erfolgreichster deutscher Autor. Eine Auswahl seiner im Wilhelm Heyne Verlag erschienenen Romane: *Der Wüstendoktor* (01/5048), *Eine Urwaldgöttin darf nicht weinen* (01/5080), *Ein Mann wie ein Erdbeben* (01/5154), *Alarm! - Das Weiberschiff* (01/5231), *Bittersüßes 7. Jahr* (01/5240), *Der Arzt von Stalingrad* (01/7917), *Airport-Klinik* (01/8067), *Liebesnächte in der Taiga* (01/8105), *Die braune Rose* (01/8665), *Mädchen im Moor* (01/8737), *Der Dschunkendoktor* (01/6213), *Das Bernsteinzimmer* (01/8254), *Im Auftrag des Tigers* (01/9775), *Zerstörter Traum vom Ruhm* (01/10022), *Das Gift der alten Heimat* (01/10578), *Die Gutachterin* (01/10579)

HEINZ G. KONSALIK

DER WÜSTENDOKTOR

Roman

WILHELM HEYNE VERLAG
MÜNCHEN

HEYNE ALLGEMEINE REIHE
Nr. 01/12380

Umwelthinweis:
Dieses Buch wurde auf
chlor- und säurefreiem Papier gedruckt

Taschenbuchausgabe 2/2002

Printed in Germany 2002
Umschlagillustration: IFA Bilderteam/Ventura
Umschlaggestaltung: Nele Schütz Design, München
Druck und Bindung: Ebner, Ulm

ISBN: 3-453-20694-0

http://www.heyne.de

1

Zuerst schwankte die Frau ein wenig, griff sich mit beiden Händen ans Herz, taumelte gegen die Mauer, die einen Vorgarten von der Straße trennte, und blieb dann stehen.

Sie trug ein weißes Kleid, mit großem rotem Mohn bedruckt, kurz und eng anliegend. Ihre langen schlanken Beine waren braun gebrannt. Ihr Gesicht war nicht erkennbar – eine Flut loser schwarzer Haare verdeckte es wie ein Schleier.

Ettore Luca, der zufällig aus dem kleinen Zelt blickte, das die städtischen Kanalarbeiter über einen offenen Gully aufgebaut hatten, verschwand sofort wieder und stieß seinen Kollegen an, der gerade aus der Tiefe heraufkletterte, nach Kloake stinkend, einen Lötkolben unter dem Arm.

»Draußen Frau ...«, sagte Ettore und fuchtelte mit den Händen herum. »Steht an Mauer ...«

»Ihr habt wohl nur Weiber im Kopf, was?« Sepp Kranzler warf den Lötkolben weg und zeigte auf ein Seil, das im Gully verschwand. »Zieh den Eimer hoch, Itacker!«

»Frau macht so ...« Ettore Luca deutete ein Schwanken an und hob den Zelteingang auseinander. »Da – Frau krank ...«

»So'n Blödsinn!« Sepp Kranzler steckte den Kopf heraus und blickte über die Straße. »Tolle Puppe«, sagte er und kratzte sich den Kopf. »Aber krank ist die nicht. B'soffen ist se! Klar? Chianti gluckgluck! Am hellichten Tag besoffen! Los, zieh den Eimer hoch! Mich kotzen besoffene Weiber an.«

Die Frau taumelte weiter, hielt sich an der Mauer fest und warf den Kopf in den Nacken. Sie riß den Mund weit auf wie eine Erstickende, knickte dann in den Beinen ein, drehte sich zeitlupenhaft und rutschte mit dem Rücken an der Mauer abwärts.

»Sieh dir das an!« sagte Sepp Kranzler knirschend, als legte sich seine eigene Frau auf die Straße. »Randvoll! Sauerei.«

Die Frau saß jetzt auf dem Asphalt und breitete die Arme aus, als wolle sie Himmel und Erde umfassen. Ihr Kopf fiel nach vorn auf die Brust. Sie blieb sie auf der Straße sitzen, mit geschlossenen Augen, fahler Blässe im Gesicht und einem verzerrten Mund, der sehr schön sein mußte, wenn er lächelte.

Ettore kroch aus dem Zelt und lief zu ihr hinüber. Auch Sepp Kranzler machte sich auf, die Hände in den Taschen seines Arbeitsanzuges. Unlustig ging er dem Italiener nach. »Schieb se an die Mauer!« rief er von weitem, als Ettore die Frau erreicht hatte. »Mehr kannste doch nicht machen!«

»Frau krank!« schrie Ettore. Er hatte den Kopf der Frau aufgerichtet und umfaßte jetzt den schlaffen Körper. »Nix Chianti. Frau weg . . .«

Sepp Kranzler wurde flott. Er rannte über die Straße, kniete neben der Unbekannten, schnupperte an ihrem Mund und stellte fest, daß nicht der geringste Alkoholdunst zu riechen war. Die wächserne Blässe des schmalen Gesichtes und der kaum wahrnehmbare Atem deuteten auf eine Ohnmacht hin.

Sepp Kranzler schüttelte die Frau, rief ein paarmal: »Hallo! Hallo!« und stützte ihren Körper, der immer wieder wegzurutschen drohte. Ettore half ihm dabei und begann dann, das Kleid über der Brust auszuknöpfen.

»Verdammt, laß das!« knurrte Sepp Kranzler. »Im Ausziehen seid ihr Weltmeister! Finger weg! Leg se mir auf die Schulter . . . nach vorn schieben, du Rindvieh . . . so ist's gut . . . festhalten!«

Er stemmte sich hoch, legte beide Hände auf den Rücken der Frau, die jetzt über seiner linken Schulter hing, den Kopf nach vorn, schlaff wie eine Tote. Ettore hatte ihre Beine gefaßt.

»Zu Dottore –« sagte er. »Schnell!«

»Das ist gut gesagt. Wo ist hier der nächste?«

Sepp Kranzler sah sich um. DieVillenstraße war still, leer, wie ausgestorben. Hier in Grünwald spielte sich das Leben hinter den hohen Mauern, Hecken und Zäunen ab, in den zur Straße hin verschlossen wirkenden Häusern, in den Gärten und Parks mit ihren Swimming-pools und weiten Rasenflächen, Springbrunnen und rosengesäumten Wegen. Ein Hundebellen kam vielleicht über die Mauern, ein Lachen. Irgendwelche verirrte Laute flatterten herüber. Die vornehme Stille war hier vollkommen.

Sepp Kranzler marschierte los. Die Frau war nicht schwer, leichter als die Materialkiste, die er jeden Tag zum Werkwagen schleppte. Ihre langen schwarzen Haare wehten über sein Gesicht und kitzelten ihm in der Nase.

»Das ist'n Ding!« sagte er, während er so schnell lief, wie es mit seiner Last möglich war. »Makkaroni – wir klingeln beim nächsten Haus und liefern sie ab! Die können dann einen Arzt anrufen . . .«

Sie liefen an einem langen Garten vorbei zum nächsten Haus, als Ettore stehenblieb und Sepp fast umriß, weil er die Beine der Ohnmächtigen noch immer in den Händen hielt. Nur mühsam konnte Kranzler seinen Sturz verhindern.

»Idiot!« schrie Kranzler. »Was ist?«

»Dottore! Da —« Ettore zeigte auf die andere Straßenseite. Am Pfeiler des hohen Eingangstores zu einer langgestreckten Villa hing ein Schild. Das typische, emaillierte Schild eines Arztes. Kranzler machte einen Schwenk und lief auf die andere Straßenseite. Keuchend schob er die Ohnmächtige weiter nach hinten und drückte auf den bronzenen Klingelknopf.

»Dr. R. Vandura«, las er laut. »Vandura – kommt der aus deiner Ecke, Makkaroni?«

»Nix Italien.« Ettore schüttelte den Kopf. »Glaub' nicht ...«

Der Türsummer schnarrte. Kranzler trat das Tor auf und lief auf den Hauseingang zu. Ein Mädchen in einem weißen Kittel erschien in der Tür und gab den Weg sofort frei, als sie die Situation überblickte.

»Ein Unfall?« rief sie, als Kranzler an ihr vorbei in die große Diele rannte. »Hier herein ... bitte ...«

Er kam in ein weiß und blitzsauber leuchtendes Zimmer und legte die Frau auf eine Chaise nieder, die mit rotem Wachstuch bezogen war. Ettore blieb in der Diele stehen, drehte seine dreckige Arbeitsmütze zwischen den Händen und betrachtete mit leuchtenden Blikken die Beine des Mädchens im weißen Mantel.

Kranzler wischte sich den Schweiß von der Stirn und suchte in seinen Taschen nach einer Zigarette. Das Mädchen schüttelte den Kopf.

»Rauchen verboten.«

»Auch das noch!« Kranzler steckte die Hände in seinen stinkenden blauen Arbeitsanzug. »Ob's 'n Unfall ist, weiß ich nicht. Sie fiel plötzlich um, mitten auf der Straße. Erst dachte ich, sie ... na ... ist ja möglich ...« Er grinste verlegen und schabte mit den Schuhen über den blitzenden Kunststoffboden. »Habe schon manchen am Tage besoffen gesehen. Aber dann ... also, sie ist ohnmächtig ... Wo ist'n der Doktor?«

»Er wird gleich kommen.« Das Mädchen drückte auf einen Signalknopf neben dem leeren Tisch. »Er arbeitet im Labor.« Sie rümpfte die Nase und trat einen Schritt zurück. »Woher riechen Sie bloß so ...«

»Mein Beruf, Fräulein.« Kranzler drückte das Kinn an. Er war solche Fragen gewöhnt. Ein Glück, das er seit zehn Jahren verheiratet war. Damals war er noch Maurer. Mit solch einem Gestank aus den Poren hätte ihn Lisa nie geheiratet. »Kanalarbeiter. Stadtwerke. Muß auch sein. Sonst läuft euch die Brühe durch die Keller.«

»Warten Sie nebenan.« Das Mädchen zeigte auf eine Tür, an der ein Schild ›Wartezimmer‹ klebte. »Wenn der Herr Doktor Sie braucht, wird er sie rufen lassen. Sie haben doch Zeit?« war ihre Frage an Kranzler.

»Aber ja!« Kranzler grinste breit. »Wir sind doch städtische Arbeiter . . .«

Sie setzten sich in das andere Zimmer, ließen aber die Tür auf, um zu sehen, wenn der Doktor kam. Ettore begann leise zu pfeifen.

»Ruhe!« knurrte Kranzler.

»Schöne Signorina . . .«

»Wer?«

»Mädchen in Kittel.«

»Schluck's Wasser runter und sei still.« Kranzler beugte sich vor. Schritte erklangen von weitem. Eine Tür klappte. Ein weißer Schatten, schwarze Haare mit weißen Fäden durchzogen, schlank, mittelgroß . . .

»Ein ganz Feiner«, sagte Kranzler. »Wenn der mich riecht, fällt er um!«

Er fuhr sich über die Haare, streckte die Beine aus und hatte einen unbändigen Appetit auf eine Zigarette. Ettore Luca pfiff wieder leise vor sich hin. O mia bella Napoli . . .

»Schnauze«, knurrte Kranzler. »Hoffentlich kommen wir hier bald raus . . .«

Dr. Ralf Vandura beugte sich über die Ohnmächtige.

Die Sprechstundenhilfe hatte bereits das Kleid geöffnet, den Kopf richtig gelagert und mit Kölnisch Wasser die Schläfen der Frau eingerieben. Der angenehm herbe Geruch füllte den kleinen Raum. Jetzt stand sie an dem geöffneten Medikamentenschrank und legte eine Spritze zurecht.

»Eine Ohnmacht«, sagte das Mädchen. »Zwei Kanalarbeiter sahen, wie die Frau auf der Straße zusammenbrach. Der eine von ihnen stinkt wie die Pest, kam wohl gerade aus den Abwässern. Darum riecht es hier auch so, Herr Doktor.«

Dr. Vandura setzte sich neben die Frau auf die Chaise und streifte ihr den Büstenhalter hoch. Mit einem Membranstethoskop horchte er den Herzschlag ab, zählte dann den Pulsschlag und schob die Lider über beiden Augen hoch. Die Frau lag in tiefer Bewußtlosigkeit. Ihr Gesicht wie Mehl. Sie reagierte auf keine Reflexreize, weder auf Schütteln, Anruf noch Kneifen.

»Depot-Novadral«, sagte Dr. Vandura, zog der Frau die Schuhe aus und rieb ihre Füße. »Ein Kubikzentimeter.«

»Schon fertig, Herr Doktor.«

Das Mädchen reichte die Spritze, rieb am nackten Oberschenkel der Frau eine Stelle mit Alkohol ein und drückte dann einen Wattebausch auf die Einstichstelle, als Dr. Vandura das Kreislaufmittel injiziert hatte. Der Atem der Frau wurde deutlicher, die Augenlider begannen zu flattern. In die bläulichen Lippen kehrte etwas rote Farbe zurück.

Dr. Vandura schob die langen schwarzen Haare der Frau hoch und begann, sie gründlich zu untersuchen. Er tastete ihren Kopf ab, die Schultern, den Brustkorb, den Leib, bewegte und drehte die Arme und Beine und rieb dann wieder die Fußsohlen der Frau. Dabei beobachtete er, wie das Blut ins Gesicht zurückkehrte und die fahle Blässe wegglitt.

»Sie hat einen Schock erlitten«, sagte Dr. Vandura. »Hatte sie nichts bei sich? Keine Handtasche?«

»Nichts, Herr Doktor.« Das Mädchen nickte zur Tür. »Wollen Sie die beiden Arbeiter noch sprechen, die sie gebracht haben?«

»Nein. Sie können gehen. In ein paar Minuten wird sie klar bei Verstand sein und mir selbst erzählen, was vorgefallen ist.«

Das Mädchen verließ das Behandlungszimmer, und Dr. Vandura beugte sich über die Frau. Das schmale, schöne Gesicht begann zu zucken, die Lippen verkrampften sich. Plötzlich begannen die Hände zu flattern und ballten sich zu Fäusten.

»Ganz ruhig, gnädige Frau . . .«, sagte Dr. Vandura. Seine Stimme bekam einen dunklen, unendlich beruhigenden, beschwörenden, suggestiven Klang. Eine Stimme, die streichelte. »Sie haben gar keinen Grund, sich zu fürchten. Es geht Ihnen gut, Sie sind in Sicherheit, wenn Sie so wollen, niemand wird Sie belästigen . . . Hören Sie mich, gnädige Frau . . .«

Der schlanke Körper streckte, entspannte sich. Das Zittern der Lider hörte auf, die Lippen wurden voller. Auch die Fäuste öffneten sich – die Finger zitterten unruhig über das rote Wachstuch. Dr. Vandura lächelte ermunternd.

»Sehen Sie mich an, gnädige Frau«, sagte er mit seiner streichelnden Stimme. »Die Erde hat Sie wieder! Sie sind nicht mehr ohnmächtig. Und Sie brauchen sich nicht zu schämen, nicht vor mir . . .«

Die Frau hob schnell die Lider, blickte Vandura kurz an und schloß dann wieder die Augen.

»Wer . . . wer sind Sie?« fragte sie. Ihre Stimme war dunkel, wie in Samt gebettet. Jedes Wort hatte den Klang einer angezupften Cellosaite. Vandura hob erstaunt die Augenbrauen, ordnete das Kleid der Patientin und schob es über der entblößten Brust zusammen.

»Ich bin Vandura, Dr. Vandura . . . Sie befinden sich in meiner Praxis. Zwei Männer haben Sie zu mir gebracht, als Sie auf der Straße ohnmächtig wurden. Sie standen unter der Einwirkung eines Schocks, aber jetzt ist alles gut. Ihr Puls ist normal, Ihr Herz schlägt kräftig. Wenn Sie wollen, können wir über alles sprechen.«

Die Frau rührte sich nicht. Nur der Atem wurde schneller, die Hände glitten unruhiger über die Chaise. Vandura ergriff ihre Hände und hielt sie fest.

»Sie . . . Sie sind Dr. Vandura . . .?« sagte die Frau leise.

»Sie kennen mich?«

Die Frau nickte. Wer kannte Dr. Vandura nicht? Sein Name kursierte in den Salons der Villen, bei Teenachmittagen oder Kaffee-Einladungen schwärmten die Frauen von ihm. Als er vor fünf Jahren nach München zog, die Villa des verstorbenen Fabrikanten Humpertz kaufte und seine Praxis als Facharzt für innere Krankheiten aufmachte, war er ein Arzt wie viele andere. Das änderte sich, wie man so sagt, über Nacht, als die exaltierte Gattin des Chemikers Freidanck ihn um zwei Uhr morgens rief, weil sie glaubte, eine Venenverstopfung des linken Beines zu haben. Das Bein zuckte und schmerzte. Dr. Vandura war in zehn Minuten zur Stelle, untersuchte die Patientin und übersah ihre verwunderten, später entzückten Blicke. Nüchtern stellte er fest: »Gnädige Frau, Ihre Venen sind in Ordnung. Aber Sie haben einen Muskelkater, weiter nichts. Haben Sie gestern abend ungewöhnlich lange und temperamentvoll getanzt?«

»Ich bin immer temperamentvoll, Doktor!« hatte Frau Freidanck geantwortet. »Aber Muskelkater ist etwas Neues. Sind Sie Ihrer Diagnose sicher?«

»Ich glaube schon.« Vandura hatte sich sehr verschlossen gegeben, was Frau Freidanck noch mehr reizte, verschrieb ein stinkendes Einreibemittel, das Frau Freidanck nur einmal gebrauchte, küßte ihre Hand und ging. Frau Freidanck rannte ans Fenster und blickte ihm durch die Gardine nach, bis er mit seinem weißen Sportwagen abfuhr.

»Ein himmlischer Mann!« schwärmte sie später bei ihren Freundinnen. »Augen wie glühende Kohlen. Wenn er einen anblickt ... man spürt es von den Haaren bis zu den Zehen. So ein Arzt hat in unserer Gegend gefehlt. Ich werde mir jetzt jeden Monat eine neue Krankheit aussuchen ...«

Von dieser Nacht an war die Praxis Dr. Vandura überfüllt. Er mußte einen genauen Zeitplan machen, gab kleine rosa Kärtchen mit Nummern aus und gab seinen sich wie junge Mädchen gebärdenden Patientinnen zu verstehen, daß er nur in Notfällen nachts in die Häuser käme. Ein unnötiger Anruf, und er lehne fürderhin die Behandlung ab.

Die Damen gehorchten ohne Widerrede. Nach einem Jahr gehörte es zum guten Ton, bei Dr. Vandura nackt auf dem Untersuchungstisch gelegen zu haben. Aber nicht nur sein verteufelt männliches Äußere füllte seine Praxis. Es waren auch seine Diagnosen. Sie trafen die Krankheiten mit unheimlicher Sicherheit. Meistens aber – vor allem bei seinen ›alten‹ Patientinnen – verzichtete er auf eine Untersuchung, setzte sich ihnen nur gegenüber, stützte die Hände auf die Knie, blickte ihnen mit seinen tiefbraunen Augen bis tief in die Seele und sagte: »Nun erzählen Sie, gnädige Frau. Werfen Sie mir alles hin, was Sie auf dem Herzen haben.«

Er wurde der Beichtvater der High-Society, der Seelenfreund sich unverstanden fühlender Frauen. Ein ›Mülleimer der Seele‹, wie er einmal selbst von sich sagte. Sein Name wurde ein Begriff in Münchens feiner Gesellschaft. Zu Dr. Vandura ging man, um sich innerlich abzubrausen.

Woher er gekommen war, wo er vor München gelebt hatte ... darüber liefen viele Gerüchte. Eines lautete, er sei Chefarzt einer großen Klinik im Rheinland gewesen und habe diesen Posten verlassen müssen, weil alle Schwestern, sogar die 65jährige Oberschwester, in ihn verliebt waren und es stündlich unter dem Personal zu Eifersüchteleien und Streit kam. Darunter litt der gesamte Klinikbetrieb, und Vandura ging freiwillig in die ›Verbannung‹.

Niemand machte sich die Mühe, dieses Gerücht zu überprüfen – man glaubte es einfach. Es paßte genau zu Dr. Vandura. »Er ist ein Dämon«, schwärmte die Frau des Fabrikanten Seiferth. »Ich habe das Gefühl zu verbrennen, wenn er mich ansieht.« Das war verwunderlich, denn Dr. Vandura behandelte bei ihr zwei entzündete Hämorrhoiden.

Nach zwei Jahren baute Dr. Vandura an, einen langen flachen Trakt mit großen Fenstern. Ein Labor. Dahinter zwei weißgekachelte Räume mit Boxen. Ställe für zehn Affen.

In Grünwald schlugen die Wellen hoch. »Ein Forscher!« jubelten die Frauen beim Fünfuhrtee. »Er soll ganz großen Dingen auf der Spur sein. Krebs oder Herzinfarkt . . . jedenfalls etwas, wo die anderen Ärzte nicht mehr weiterwissen. Ich habe immer gesagt, dieser Vandura ist ein Genie . . .«

Was Vandura wirklich erforschte, drang kaum nach draußen, schlug nur nieder in einigen Artikeln der Fachpresse, in der ›Medizinischen Klinik‹, im ›Zentralblatt der Medizin‹ und im ›Der Internist‹. Dort allerdings erzeugten seine Forschungen ungläubiges Staunen, Ablehnung oder sogar Feindschaft. Wo Revolutionäre der Medizin auftreten, Einzelgänger mit neuen Ideen, schließt sich eine Mauer des Schweigens um sie, überrollt sie das Mittelmaß mit Spott und Ironie.

Vandura erging es nicht anders. Nach fünf Artikeln bildete sich die Front gegen ihn. Drei Professoren, Ordinarien an bekannten Universitäten, kleine Götter der Medizin, zerstampften diesen Fantast Vandura mit Gegendarstellungen. Man nannte seine Forschungen schlicht: Experimentelle Scharlatanerie.

Vandura hatte es nicht erwartet. Er sprach mit keinem über seine Forschungen, aber er experimentierte weiter. Nur eines drang aus dem Labor in die Öffentlichkeit und rief neue fantastische Vermutungen hervor: Vandura suchte in allen Zoos von Deutschland und Europa Affen mit Arterienverkalkung. Es war eine mühsame Suche, denn wenn auch der Mensch vom Affen abstammt, verkalkten die Menschen öfter als ihre Urverwandten.

Wen wundert es, daß der Name Vandura umflossen war von der Aura geheimnisvoller Sensationslüsternheit?

Die Frau auf der roten Chaise öffnete jetzt voll die Augen. Ihre Iris ist dunkelblau, dachte Vandura. Und das bei schwarzem Haar? Eine seltene Kombination.

»Guten Tag«, sagte er freundlich. »Darf ich Ihnen etwas zu trinken holen? Ein Glas Sekt? Es wäre genau das richtige . . .«

»Ich . . . ich möchte nach Hause!« Die Frau richtete sich auf, blieb aber auf der Chaise sitzen. Sie fuhr sich mit beiden Händen durch die langen Haare und schlug sie nach hinten über die Schulter. »Ich fühle mich schon wieder stark genug . . .«

»Darüber sollte jetzt der Arzt bestimmen.« Dr. Vandura tröpfelte ein wenig Kölnisch Wasser auf ein Stück Zellstoff und reichte es der Frau. Sie drückte es an die kleine, schmale, gerade Nase und lächelte ihn zurückhaltend an.

»Danke.«

»Woher kommt der runde rote Fleck an Ihrer rechten Halsbeuge?«

Die Frau schrak zusammen und drückte den Zellstoff gegen den Hals.

»Ich weiß nicht . . .« , stotterte sie. »Ist dort etwas? Ich spüre nichts. Vielleicht eine Druckstelle?«

»Bestimmt eine Druckstelle. Es sieht wie eine Prellung aus. Als wenn ein harter Gegenstand . . .«

Die Frau sprang auf und knöpfte ihr Kleid zu. Den hochgeschobenen Büstenhalter ließ sie in der hastigen Eile so. Sie brauchte ihn eigentlich auch nicht – ihre schöne, spitze Brust war fest und bedurfte keiner Unterstützung.

»Sie haben kein Vertrauen zu mir . . .«, sagte Dr. Vandura sanft.

»Doch. Aber . . . ich . . . Es ist so furchtbar . . .« Sie schlug beide Hände vors Gesicht und begann lautlos zu weinen. Vandura führte sie am Ellenbogen zu einem tiefen Ledersessel, drückte sie hinein und setzte sich ihr gegenüber auf die Tischkante. Dann umfaßte er ihren zuckenden Kopf und schob ihn hoch.

»Wie heißen Sie?«

»Katja Hellersen.«

»Ich habe den Namen schon einmal gehört.«

»Mein Mann ist Grundstücksmakler. Er verkauft ganze Ländereien – in Spanien, auf Elba und Sardinien, in Griechenland . . . Zukunftsland. In ein paar Jahren werden dort Fremdenverkehrszentren sein. Im Augenblick verkauft er Inseln in der Ägäis. Wollen Sie eine haben? Für 300 000 DM können Sie König spielen mit einem eigenen kleinen Inselreich . . .«

Unendliche Bitterkeit klang aus diesen Worten. Auflehnung gegen ein Vandura noch unbekanntes Schicksal. Ein Anklageschrei.

»In der Ägäis stört mich die weißglühende Sonne. Sie vernichtet uns Mitteleuropäern die Augen.« Dr. Vandura hielt noch immer Katja Hellersens Kopf umklammert. »Und was vernichtet sie bei Ihnen?«

»Alles! Mich zuerst . . .« Katjas blaue Augen verschwammen. Vandura nahm ein Stück Watte und trocknete die Tränen. »Ich habe meinen Mann geliebt. Als wir heirateten, war es das große Glück. Er vermittelte Wohnungen, ein paar Häuser, Eigentumswohnungen. Dann kam das große Geschäft. Zuerst Spanien. Costa brava, Costa del Sol, Costa d'oro ... Küsten, Küsten, Küsten ... Dann kamen die Inseln dran ... Mallorca, Ibiza, Sardinien, Elba, Menorca. Bruno Hellersen verkaufte halb Europa!«

»Und das regt Sie auf? Es ist doch für eine Frau eine Freude, einen erfolgreichen Mann zu haben.«

»Aber mit dem Erfolg kam das andere ...« Katja Hellersen sprang auf und schüttelte die Hände Vanduras ab. »Er wurde ein Vieh!« schrie sie plötzlich grell. »Ein richtiges Vieh! So benimmt sich kein Mensch mehr. Er muß verrückt sein ... Er ... er ist ein Teufel!«

Sie lehnte sich gegen die Wand und preßte den Zellstoff mit dem Kölnisch Wasser gegen ihr Gesicht. Vandura schwieg. Der Damm war gebrochen, die Seele flutete heraus. Jetzt zu fragen, wäre ein Fehler gewesen. Jeder Psychologe weiß das – zuhören ist die Kunst der Psychiatrie. Zuhören und schweigen. Ein paar kurze, steuernde Fragen, wenn der Patient stockt, in sich sucht, einen neuen Faden ertastet ... und dann wieder schweigen, sprudeln lassen ... eine geöffnete Seele ist wie eine Quelle ...

Und Katja Hellersen sprach. Eine Stunde lang rauschte der Wasserfall ihrer Seele über Dr. Vandura. Dann war sie erschöpft, nahm gehorsam die Tropfen, die Vandura in ein halbvolles Glas Wasser abzählte, verzog etwas die schönen Lippen, denn die Medizin schmeckte bitter, und lehnte sich dann im Sessel zurück. Mit fahrigen Fingern öffnete sie ihr Kleid, schob den Büstenhalter über ihre spitzen Brüste und knöpfte das Kleid wieder zu.

»Nun wissen Sie alles, Doktor«, sagte sie müde. »Ein schönes Leben, nicht wahr? Und nicht einmal Pillen, Tabletten oder Tropfen gibt es gegen diese Krankheit. Nur einen chirurgischen Schnitt: Scheidung. Aber dazu gibt mein Mann nie seine Einwilligung ... und was ich Ihnen erzählt habe, wird er leugnen. Ich habe ja keine Zeugen! Tagsüber ist er der Ehrenmann in Person. Er überschüttet mich mit Blumen, behängt mich mit Perlen und Brillanten ... alles zur Eigenreklame: Seht, wie ich meine Frau verwöhne! Sie hat den Himmel auf Erden! Und jeder glaubt es ihm. Ich bin seine potemkinsche Fassade! Nachts aber sind wir allein, da gibt es keine Zuschauer, die applaudieren ... und da wird er ein Vieh!« Sie erhob sich abrupt und wischte wieder die Haare über die Schultern. »Was bin ich Ihnen schuldig? Ich überweise das Honorar auf Ihr Konto ...«

»Nichts.« Dr. Vandura schüttelte lächelnd den Kopf. »Eine Beichte ist immer umsonst ... beim Pfarrer und bei Vandura. Anders ist es, wenn Sie sich in meine Behandlung geben.«

»Was wollen Sie hier behandeln? Die blauen Flecke, die mir mein Mann schlägt? Die kann ich allein mit Alkohol oder essigsaurer Tonerde kühlen.«

»Ich möchte Ihren Mann sprechen, Frau Hellersen.«

Katja Hellersen wiegte abwehrend den Kopf. »Er wird nie zu Ihnen kommen. Bruno zum Arzt? Unmöglich. Der einzige, der ihn ab und zu berät, ist Dr. Zemmitz von der ›Wald-Klinik‹. Bruno kennt ihn vom Stammtisch her. Sie sind zusammen im Kegelclub und im Förderungsverein für Waisenkinder. Auch das ist nur ein Aushängeschild. Bruno mag keine Kinder, er haßt sie geradezu. Aber das Image des guten Mannes läßt er sich Geld kosten. Außerdem hat Bruno ein Grundstück an Dr. Zemmitz verkauft, auf Rentenbasis. Zwei Jahre später starb die Frau in Zemmitz' Klinik an Krebs.«

»Sie sollten solche Zusammenhänge nicht so intensiv penetrant erzählen«, sagte Dr. Vandura. Er machte sich einige Notizen.

»Ich kenne Dr. Zemmitz gut«, sagte er ruhig, »er ist ein Ehrenmann.«

»Alle sind sie Ehrenmänner, alle!« Katja Hellersen zerknüllte den Zellstoff und warf ihn auf den Tisch. »Sie ahnen nicht, wieviel Zeit sie darauf verwenden, ihre weißen Westen zu scheuern. Gut. Ich will meinem Mann Ihren Vorschlag vortragen. Er wird mich auslachen!« Ihr Gesicht überzog ein ängstlicher Ausdruck. »Was soll ich überhaupt sagen, warum ich bei Ihnen war?«

»Vermauern Sie sich hinter ein Geheimnis, das wirkt immer auf Männer. Sagen Sie einfach: Dr. Vandura möchte dich sprechen. Warum, weiß ich nicht. Er sagt es mir nicht! Vielleicht bin ich krank ... Jeder Mann ist neugierig. Neugieriger als die Frauen – sie wollen es bloß nicht zugeben! Er wird mit einigen Phrasen Sie beruhigen wollen ... und dann doch kommen.«

»Bruno nicht. Für ihn wäre meine Qual ein Vergnügen. Er ist ein Sadist.«

»Eben darum wird er kommen. Sadisten haben eine Sucht, immer Neues zu erfahren.«

»Sie kennen Bruno nicht, Doktor.«

»Ich werde ihn kennenlernen —«

Obwohl Katja Hellersen meinte, sie sei stark und sicher genug auf den Beinen, um allein nach Hause zu gehen, brachte Dr. Vandura sie mit seinem Wagen bis vor die Tür der Hellerschen Villa. Es war ein großer Besitz, im teuersten Viertel von Grünwald. Ein weißer Wohlstandspalast in einem Park. Ein Gärtner war gerade dabei, den englischen Rasen zu scheren. Leise zischend drehten sich die Wassersprenger in den Blumenbeeten. In Kübeln wiegten Palmen im leichten Wind.

»Der Spezialist für Süden!« sagte Katja bitter. »Leben Sie wohl, Doktor.«

»Auf Wiedersehen«, antwortete Vandura.

Er wußte, daß er Katja Hellersen wiedersah.

»Störe ich Sie beim Essen?« fragte Bruno Hellersen und blies den Rauch seiner Zigarre in die Telefonmuschel. Er saß in seiner Bibliothek hinter dem mit grünem Ziegenleder bespannten Schreibtisch und fuhr sich mit der linken Hand über seine Glatze. Sein dicker runder Kopf war gerötet, sein Atem roch nach Rotwein, die hellblauen Augen schwammen wie in Wasser. Das weiße Hemd mit den breiten blauen Streifen war unter den Achseln und zwischen den Schulterblättern durchgeschwitzt. Es war ein heißer Tag gewesen, und wer zwei Zentner Gewicht mit sich herumschleppt und über zu hohen Blutdruck verfügt, spürt ihn dreifach.

Bruno Hellersen bemühte sich, nicht kurzatmig ins Telefon zu sprechen. »Die Pumpe ist im Eimer!« sagte er manchmal im Freundeskreis. »Geliebt, gesoffen und gepafft – das hält kein Herz aus. Aber wenn die Chirurgen die Sache mit den Herzverpflanzungen im Griff haben, schenke ich dem Barnard 'n Grundstück auf Rhodos und lasse mir 'ne neue Pumpe einsetzen. Bis dahin prost!«

Um ihn herum standen in originalen englischen Mahagoniregalen einige tausend Bücher. Hochgestapelt bis zur geschnitzten Decke. Davor Lesetischchen mit Lämpchen, eine fahrbare Leiter, damit man auch an die oberen Reihen herankam. Die Leder- und Leinenrücken gaben ein buntgemischtes Bild, an dem Bruno sich täglich erfreute. Gelesen hatte er von den Büchern nicht ein einziges — er hatte die Bibliothek samt Ausstattung in London bei einem Auktionator gekauft, nach München bringen und bei sich einbauen lassen. »Flugblätter, Bankauszüge und Kurszettel muß man lesen können«, war Brunos Ansicht. »Wer das beherrscht, kann die Literatur unterstützen wie ich!«

Und das war kein billiges Wort: Bruno Hellersen kaufte jedes Jahr für zweitausend Mark neue Bücher und stiftete sie dem Basar seiner Kirche. Dort wurden sie in einem fröhlichen Zusammensein verkauft, und der Erlös floß in die Gemeindekasse. So gerechnet, hatte Bruno bereits einen halben Kirchturm gestiftet.

»Sie essen nicht gerade?« fragte Hellersen noch einmal.

»Nein. Ich bin gerade aus der Klinik gekommen.«

Die Stimme am anderen Ende der Leitung war hell und forsch. Befehlsgewohnt. Widerspruch wegschiebend. Endgültigkeit lag im Ton. Eine Chefarztstimme.

»Ich hätte da nur eine Frage, mein lieber Dr. Zemmitz«, sagte Bruno Hellersen und zog wieder an seiner Zigarre.

»Sie rauchen wieder —«, unterbrach ihn Zemmitz tadelnd. »Ich höre es! Ja, ich rieche es durchs Telefon. Sumatra ...«

»Irrtum! Eine echte Havanna. Goldgelb.« Bruno lachte.

»Ich habe es Ihnen verboten. Sie sind unvernünftig —«

»Wer ist Dr. Vandura?«

Am anderen Ende der Leitung war es plötzlich still. Hellersen schüttelte den Kopf und klopfte gegen die Sprechmuschel.

»Hallo!« rief er. »Sind Sie noch da, Doktor?«

»Natürlich.«

»Sie sagen ja gar nichts?«

»Wie kommen Sie zu Dr. Vandura?«

»Ich nicht. Katja —«

»Ist Ihre Gattin krank?«

»Das weiß ich eben nicht. Dieser Vandura hat mich zu sich bestellt.«

»Sie?«

»Wegen Katja. Vorhin sagte sie es mir. Ich habe sie erst ganz dumm angeguckt, aber dann dachte ich mir, rufst du doch Dr. Zemmitz an, was er davon hält.« Bruno Hellersen wischte sich mit einem großen Taschentuch die Schweißperlen von der Glatze. Jetzt am Abend staute sich die heiße Luft in den Räumen ... es war im Hause wärmer als im Garten. »Ist es eigentlich üblich, daß ein Arzt den Ehemann kommen läßt, nachdem er die Frau untersucht hat?«

»Nur in Ausnahmefällen ...«, sagte Dr. Zemmitz zurückhaltend und vorsichtig.

»Was ist ein Ausnahmefall?«

»Das ist schwierig zu sagen.«

»Doktor, reden wir nicht herum. Ich bin hart im Nehmen, das wissen Sie. Ist ein Ausnahmefall, wenn jemand Krebs hat?«

»Hellersen, denken Sie nicht gleich an so etwas!« Bruno sah Zemmitz förmlich vor sich, wie er sich am Telefon wand und nach vorsichtigen Formulierungen suchte. Scheißärzte, dachte Bruno verächtlich. Benehmen sich, als ob sie sechs Semester Medizin und sechs Semester Wortakrobatik studieren. Mit mir kann man doch klar sprechen! Ich bin doch nicht aus Zuckerguß.

»Wenn mich dieser Vandura sprechen will, hat Katja eine Krankheit, die ich wissen muß . . . kann man es so formulieren?«

»Ja . . .«, antwortete Dr. Zemmitz ergeben. »Aber ich würde mir noch keine Sorgen machen. Außerdem wissen Sie, daß ich mit meiner Klinik immer für Sie da bin. Es ist immer ein Bett für Katja frei.«

»Danke, Doktor.« Bruno legte die Zigarre weg, sie schmeckte plötzlich wie russischer Machorka, und daran wollte Bruno nicht mehr erinnert werden. »Aber meine erste Frage: Wer ist dieser Vandura?«

»Ein guter Arzt —«

»Das klingt, als wenn einer Butter bestellt und Margarine bekommt. Sie kennen ihn?«

»Flüchtig.« Dr. Zemmitz erinnerte sich an eine Führung durch das Labor Dr. Vanduras. Er war einer Einladung der Ärztekammer gefolgt und hatte sich angehört, was Vandura erklärte. Es war zu fantastisch, um ernst genommen zu werden. Die anderen Kollegen waren zu höflich, um ihre Meinung zu äußern, sie lächelten nur mokant. Er aber, Dr. Zemmitz, Chefarzt der ›Wald-Klinik‹, hatte gesagt: »Lieber Kollege, das wollen Sie doch nicht als neue Behandlungsmethode in die Praxis einführen?! Sollen wir bei jedem so behandelten Patienten das Gefühl haben, ihm eine durchaus nicht notwendige Euthanasie zu verabreichen?« Nach diesem Satz gab es keine Brücke mehr zwischen Dr. Zemmitz und Dr. Vandura — sie hatten sich auch nicht mehr gesehen und gesprochen. Selbst einen Dank schickte Zemmitz nicht hinüber, wenn Vandura einen Patienten in die ›Wald-Klinik‹ überwies. »Er will mich damit nur aufs Kreuz legen«, knirschte Dr. Zemmitz in Verkennung der wirklichen Motive Vanduras. »Lauter infauste Fälle, die er sich vom Hals schafft! Patienten-Spione, weiter nichts! Jeder Sarg ein Jubelschrei! Ein ganz hinterhältiger Kerl!«

Dr. Zemmitz handelte dann immer schnell – er ließ die Patienten weiterreichen an die Universitätskliniken. Dort belasteten Todesfälle nicht so sehr die Erfolgsstatistik wie in einer Privatklinik.

»Dr. Vandura ist eine Art Fanstast«, sagte Zemmitz vorsichtig. »Seine ärztlichen Qualitäten kann ich nicht beurteilen – aber was er in der Forschung treibt, ist lächerlich. Stellen Sie sich vor: Er will eine Arteriosklerose weginjizieren! Eine Entkalkung sklerotischer Adern und Gefäße mit einer Gassonde! Man friert bei dem Gedanken. Jeder Arzt hat eine höllische Angst, Luft in die Adern zu spritzen, weil daraus sofort eine Luftembolie entsteht ... Und dieser Vandura injiziert Gas in die Adern und will damit die Verkalkungen von den Wänden abheben! Das ist gegen jede Schulmedizin! Das ist – gelinde gesagt, Phantasterei! Verstehen Sie mich richtig, Herr Hellersen — ich stehe mit dieser Ansicht nicht allein da. Viele, ja die meisten Kollegen teilen diese Meinung. Die Experimente mit seinen verkalkten Affen – lächerlich, sage ich! Bis jetzt ist der Lehrsatz unerschütterlich: Wer Luft in die Vene spritzt, ist ein Mörder! Ob nun Luft oder Gas – das sind sprachliche Unterschiede, weiter nichts. Die Sklerose ist eine schicksalsbedingte Krankheit. Wem sich im Alter Kalk in den Gefäßen ablagert, der hat Pech ... Das klingt resignierend, aber wahr. Übrigens, Ihr hoher Blutdruck, Hellersen, hat die gleiche Ursache.«

»Schönen Dank.« Bruno Hellersen lachte glucksend. »Ihr Bild von diesem Vandura ist plastisch genug. Was raten Sie mir? Soll ich hingehen?«

»Auf jeden Fall. Wenn es wegen Katja ist.«

»Sie sind auch neugierig, was?«

»Ich gebe es zu – ja. Wann hat er Sie zu sich gebeten?«

»Keinen Termin. Ich möchte anrufen.«

»Und wann gehen Sie hin?«

»Morgen vormittag.«

»Darf ich Sie bitten, mich hinterher anzurufen?«

»Aber das ist doch klar.« Bruno Hellersen lachte laut. »Ich will nicht, Doktor, daß Sie vor Erwartung platzen ...«

Sie legten gleichzeitig auf. Und jeder hatte den gleichen Gedanken: Was will dieser Vandura?

Noch ahnte keiner, daß sich das Leben aller Beteiligten von diesem Tage an änderte ...

Bruno Hellersen mußte zwanzig Minuten warten, bis Dr. Vandura ihn in das Ordinationszimmer führen ließ.

Schon dieses Warten erregte ihn maßlos. Das ist keine Behandlung, sagte er sich und klopfte mit den Fingern auf den Tisch im Wartezimmer. Ich bin um elf bestellt, und elf heißt nicht halb zwölf! Wer eine Zeit nennt, muß sie einhalten, und wenn es Scheiße regnet! In meinem Beruf ist es genauso – ich kann keinen Kunden bestellen und ihn dann warten lassen. Aber es paßt genau zu dem Bild, das Dr. Zemmitz von diesem Vandura gegeben hat. Ein Spinner! Ein kleiner Gernegroß. Napoleon der Regenwürmer ...

Hellersen fand diese Metapher köstlich und beruhigte sich etwas. Der Anblick der Sprechstundenhilfe versöhnte ihn fast – er blieb in der Diele stehen und sagte fröhlich: »Gehören Sie zur Therapie, Fräulein? Dreimal täglich Sie – da wird jeder Knacker gesund und munter.«

»Der Herr Doktor erwartet Sie.« Das Mädchen sah verschlossen an Hellersen vorbei, zeigte auf eine Tür und ging nebenan in das kleine Büro. Bruno Hellersen nahm sich vor, sehr zurückhaltend zu sein, klopfte und trat ein.

Dr. Vandura erhob sich hinter seinem Schreibtisch. Hellersen sah sich schnell um. Ein heller, nüchterner Raum. Moderne nordische Möbel, viel polierte Flächen. Sauber, steril fast.

»Da bin ich!« sagte Hellersen. Es klang sofort feindlich. Ein hingeworfener Fehdehandschuh. Damit wir gleich wissen, woran wir sind, dachte er. Außerdem sieht der Kerl aus wie ein balkanischer Operettenoffizier. So etwas habe ich zuletzt in der ›Lustigen Witwe‹ gesehen.

Dr. Vandura zeigte auf den Ledersessel vor seinem Schreibtisch. »Nehmen Sie bitte Platz, Herr Hellersen.«

»Muß das sein?«

»Sie können auch stehen.« Vandura kam um seinen Schreibtisch herum. Er war einen Kopf größer als Hellersen. Auf Frauen wirkte er in seinem weißen Kittel betörend, Hellersen rümpfte nur die Nase.

»Ist Katja, ich meine, ist meine Frau krank?«

»Ja und nein.«

»Das ist keine klare Diagnose. Was hat sie?«

»Um Ihnen das zu erklären, habe ich Sie zu einer Aussprache hergebeten. Man kann das nicht in wenigen Worten sagen. Grippe, Ischias, Rheuma, Krampfadern, Bronchitis, Hypertonie, Ikterus, Migräne – das sind alles Begriffe, die für eine Krankheit stehen. Bei Ihrer Frau gibt es keinen festen Begriff.«

»Also nichts Klares?«

»Ganz klar, Herr Hellersen.« Dr. Vandura hielt eine lederne Schachtel mit Zigaretten hin. Hellersen dankte durch ein Kopfschütteln. Er spürte, wie in ihm das Gefühl für Gefahr aufkam. Er kannte das, ein angeborenes Mißtrauen, das ihn oft schon gerettet hatte. Eine Art Antenne, die ihm die Gefahr signalisierte. »Wissen Sie, warum Ihre Frau bei mir war?«

»Nein. Das habe ich mich auch gefragt. Sie war nie krank . . .«

»Ihre Frau stand unter der Einwirkung eines Schocks . . .«

»Wirklich?« sagte Hellersen. Sein Mund verzog sich zu einem schiefen Lächeln.

»An der linken Halsbeuge Ihrer Frau befand sich ein großes Hämatom. Dort hatte sie ein schwerer Aschenbecher getroffen, den Sie gegen den Kopf Ihrer Frau geschleudert hatten.«

»Was Sie nicht sagen, Doktor . . .!« Hellersen bekam einen roten Kopf. So ein Miststück, dachte er. Rennt zum Arzt und pfeift alles aus. Läßt sich vielleicht noch ein Attest ausstellen. »Es wird bescheinigt, daß Frau Katja Hellersen mißhandelt worden ist . . .« Nicht mit mir, Herr Doktor, nicht mit Bruno! Es ist noch keinem gelungen, mich aufs Kreuz zu legen – die Medizin wird es auch nicht schaffen! Und schon gar nicht mit solch einem Quatsch!

»Ich habe Ihre Frau beruhigt und nach Hause gebracht.«

»Das war ausgesprochen nett von Ihnen. Was schulde ich Ihnen? Einschließlich Wegegeld natürlich. Kilometer fünfzig Pfennig, einverstanden? Liegt über dem Beamtentarif . . .«

Dr. Vandura überhörte diese Beleidigungen. Er hatte genau einen solchen Menschen erwartet, wie er jetzt vor ihm stand. Feist, glatzköpfig, ein rundes Gesicht, das gutmütig wirkte, wenn man die Augen übersah. Diese Augen waren hellblau, fast farblos, und von einer unheimlichen Kälte.

»Wie alt sind Sie?« fragte Vandura.

»Fünfzig. Meine Frau ist dreißig! Kommen Sie jetzt nicht mit einem Vortrag, daß zwanzig Jahre ein zu großer Altersunterschied sind. Daß wir Männer dann alte Raunzer sind, während das Püppchen in der Frau nie aufhört. Aber das wird ja auch nicht Ihr Thema sein. Was hat Katja Ihnen erzählt?«

»Alles. Darum habe ich Sie zu mir gebeten Sie sollen Vertrauen zu mir haben. Ich weiß, man kann das nicht befehlen, aber ich möchte, daß wir miteinander über alle Probleme sprechen. Ihrer Frau zuliebe. Sie lieben doch Ihre Frau?«

»Was geht das Sie an?« brüllte Hellersen zurück. »Sind Sie Arzt oder Bettenschnüffler?«

»Ich will helfen, weiter nichts. Ihre Frau geht seelisch zugrunde – haben Sie das nicht bemerkt? Der Schock gestern war ein Anfang . . . ein Warnsignal. Noch haben wir – und das sind Sie und ich – die Möglichkeit, sie zu retten. Wissen Sie, daß sie sich mit den Gedanken einen Selbstmord trägt?«

»Das hat sie gesagt?« Bruno Hellersen kniff die Augen zusammen.

»Ja.«

»Sie sollten als Arzt ehrliche Absichten von Hysterie unterscheiden. Ich weiß nicht, was meine Frau Ihnen von mir erzählt hat – ich will es auch gar nicht wissen – aber bevor Sie psychoanalytisch werden, will ich Ihnen sagen, wie der Hase übers Feld läuft! Zu gut geht es ihr, jawohl, viel zu gut! Keine Sorgen, alle Wünsche werden erfüllt, die besten modernsten Kleider und Schuhe, für jede Pore einen Edelstein, keine Pflichten, keine Kinder – ja, das ist es, keine Kinder! Die fehlen ihr! Sechs Stück, damit sie ausgelastet ist. Aber was macht sie – sie schluckt die Pille! Bloß keine Kinder, bloß keine Falte in ihren schönen Bauch! Da wird man hysterisch, Herr Doktor – da sieht man Aschenbecher fliegen, und dabei ist's nur ein Schmetterling!«

Dr. Vandura schwieg. Welch ein widerlicher Feigling bist du doch, dachte er. Ein Artist, der mit Gemeinheiten jongliert. Eine Frau wie Katja sollte man vor dir schützen – aber ich bin nur ein Arzt, ich kann nur raten und sonst tatenlos zusehen, wie ein Mensch wie Katja vernichtet wird.

Bruno Hellersen senkte den Blick. Die Augen Vanduras klagten ihn an, und er verstand dieses stumme Duell. Mit dem Finger fuhr er in seinen Kragen und zog ihn vom schwitzenden Hals.

»Wir sollten uns näher kennenlernen«, sagte Vandura ruhig. »Miteinander sprechen, leidenschaftslos, logisch, ehrlich.«

»Werfen Sie mir vor, daß ich lüge?« fuhr Hellersen auf. »Ebensogut könnte ich sagen: Meine Frau hat Ihnen einen dicken Bären aufgebunden. Sie gehört in psychiatrische Behandlung . . .«

»Dahin wird sie kommen, wenn wir uns nicht verständigen.«

»Wir – uns?« Bruno grinste. »Sie sind Arzt. Blasen Sie meiner Frau das Hirn frei – dann bin ich Ihnen dankbar«, sagte Bruno jovial.

»Und Sie stellen die nächtlichen Quälereien ein . . .«

»Quälereien . . .?« wiederholte Hellersen mit schief geneigtem Kopf. Er atmete hastiger, pfeifend.

»Vor drei Nächten drückten Sie eine Zigarre auf dem Leib Ihrer Frau aus, und als sie schrie und sich wehrte, hatten Sie einen Orgasmus.«

»Das . . . das hat sie Ihnen erzählt?« sagte Hellersen dumpf. »So etwas erzählt sie . . .«

»Ihrem Arzt! Wem sollte sie es sonst erzählen?«

»Und Sie glauben nun, mir mit tremolierender Stimme ins Gewissen reden zu können?! Knie nieder, Sohn, und bereue! Und Sie erwarten, daß ich dieses dämliche Spiel mitspiele? Daß Sie, ausgerechnet Sie mir sagen können, wie ich mich im Bett zu benehmen habe? Wie ich meine Frau liebe, mit oder ohne Zigarre, von oben oder unten, horizontal oder vertikal? Wollen Sie von mir eine Choreographie des Beischlafs?! Doktor, meine Zeit ist zu wertvoll, um sie mit solchen Dummheiten zu verplempern!« Hellersen ging zur Tür und atmete röchelnd. Sein Kopf glühte. Er bezwang sich mit aller Kraft, um nicht weiter ausfällig zu werden. »Ich verbiete Ihnen, sich um meine Angelegenheiten, besonders um meine Ehe zu kümmern. Und ich werde Katja verbieten, noch einmal zu Ihnen zu kommen! Kümmern Sie sich um Ihre verkalkten Affen!«

Das sollte ein letzter Hieb sein, in die Magengrube, umwerfend. Aber Dr. Vandura lächelte nur.

»Sie sind mit Dr. Zemmitz bekannt?« fragte er.

Hellersen holte tief Luft. »Warum?«

»›Verkalkte Affen‹ ist für mich eine vertraute Vokabel.«

»Adieu!« brüllte Hellersen.

»Ihr Herz!« Vandura hob die rechte Hand. Wie angewurzelt blieb Hellersen stehen. »Ihr Blutdruck ist mindestens 230! Sie sollten etwas dagegen tun!«

»Dr. Zemmitz behandelt mich!« bellte Hellersen giftig. »Und er spritzt mir kein Gas in die Adern.«

»Leider. Er sollte von Ihnen mal eine Venographie machen.« Dr. Vandura kam ein paar Schritte näher. »Sollten wir nicht doch einmal miteinander sprechen? Ohne Leidenschaften? Ihrer Frau zuliebe?«

»Nein!« Hellersen riß die Tür auf. »Wir haben uns nichts mehr zu sagen, Doktor! Es ist für mich, als hätte ich Sie nie gesehen!«

Er warf die Tür zu. Sekunden später knallte die Haustür ins Schloß.

Vandura griff zum Telefon und rief Katja Hellersen an. Sie wartete neben dem Telefon und hob sofort ab.

»Er war da?«

»Ja. Ein Fehlschlag, gnädige Frau.« Vandura gab es unumwunden zu. Er war ehrlich genug zu gestehen, von Anfang an diese Niederlage erwartet zu haben.

»Und was soll ich jetzt tun?« Ganz klein, rührend kindlich klang Katjas Stimme im Telefon. »Ich habe Angst –«

»Verreisen Sie. Wenn Ihr Mann zurückkommt, sollten Sie bereits aus dem Hause sein. Vertrauen Sie sich einem Rechtsanwalt an. Haben Sie keinen Anwalt im Bekanntenkreis?«

»Fünf! Alles Freunde von Bruno . . . Und wo soll ich hin?«

»In ein Hotel zunächst. Ihr Mann ist in einer Verfassung, daß ich fast versucht bin, die Polizei anzurufen und Sie unter Polizeischutz zu stellen.«

»Um Gottes willen, bloß das nicht! Mir wird schon etwas einfallen.« Ihre Stimme klang gehetzt. »Vielen Dank, Doktor. Vielen Dank!«

Sie legte auf. Vandura betrachtete nachdenklich den Hörer. Ein merkwürdiges Gefühl glomm in ihm auf – Mitleid, Sorge und etwas, das er selbst nur Sympathie nennen wollte.

Wenn es mehr war, wurde es gefährlich.

Vandura ließ den Hörer fallen, ging zu einem Wandschrank und schenkte sich einen Cognac ein. Aber das Bild Katja Hellersens konnte er damit nicht ertränken.

»Wo ist sie?« brüllte Brunno Hellersen und rannte durch sein Haus. »Katja! Wo bist du? Komm her! Verdammt, komm her! Ich finde dich doch! Es hat keinen Sinn, sich zu verstecken!«

Er lief von Zimmer zu Zimmer, vom Keller bis zum Trockenboden, blickte im Park hinter jeden Busch, rannte die Mauer entlang, hetzte zurück in Katjas Schlafzimmer, riß alle Kleider aus den Schränken und hieb mit dem Spazierstock blindwütend auf sie ein, schlug auf das Bett, zertrümmerte den Spiegel, trat die Schranktüren ein und wütete, bis ihn der Atem verließ und er keuchend über das Bett stürzte. Dort blieb er auf dem Rücken liegen, drückte den Stock an sich und starrte gegen die rosa getönte Stuckdecke.

Ich bring sie um, dachte er. Wenn ich sie jetzt in die Finger bekomme – ich bringe sie um. Zehn Jahre lang hat sie den Mund nicht aufgemacht, hat nur kassiert – Pelze, Schmuck, Reisen, einen Sportwagen, ein Motorboot bei St. Tropez, Abendkleider, Salzburger Festspiele, Bayreuth, Münchner Opernwoche – immer die Schönste, die Wertvollste, die Strahlendste – und jetzt redet sie, bei diesem Affen Vandura – redet mich um Kopf und Kragen ... Wer ist sie denn? Wer war sie denn? Wo kommt sie denn her? Beamtentochter. Mittlere Reife. Postassistentin. Das war sie, als ich sie heiratete. Ein Hascherl, das im Bett nichts weiter konnte, als ah und oh sagen und die Augen verdrehen! Was sie jetzt kann, hat sie von mir gelernt. Pervers. Was heißt pervers? Hat nicht jeder ein Recht dazu? Für hundert Mark kann ich mir alles auf der Straße kaufen, die tollsten Nutten, die lassen sich peitschen und singen noch dabei! O du verfluchtes Luder, so etwas zu erzählen – einem Dr. Vandura auch noch!

Er lag eine Stunde lang auf dem Bett und beruhigte sich nur langsam. Dann stand er auf, riß sich die Kleider vom Leib, stellte sich unter die Brause, zog sich neu an und fuhr nach München. Vor einem Appartementhaus in Schwabing hielt er und fuhr mit dem Lift in die sechste Etage.

Veronika war zu Hause. Etwas verschlafen, gerade aus dem Bett gekrochen, mit einem alkoholdunstigen Atem. Das Augen-Make-up war verschmiert – sie sah in der oberen Gesichtshälfte wie ein Clown aus. Unter dem seidenen Morgenmantel war sie nackt – ihre Brüste drückten sich durch den Stoff.

»So früh, Schatzi?« sagte sie und gähnte. »Himmel, bin ich müde ...«

»Halt's Maul!« sagte Hellersen grob. »Hundert Mark ...«

»Peitsche oder Stachelband?«

Mit zitternden Händen zog sich Bruno Hellersen aus.

Vor dem Abendessen trafen Bruno und Katja aufeinander.

Sie sprachen kein Wort. Mit einem dumpfen Laut stürzte Hellersen auf sie, würgte sie, schleifte sie über den Boden, trat ihr in die Brust, den Magen, den Unterleib und suchte verzweifelt nach einem harten Gegenstand, um ihr den Schädel einzuschlagen. In einer unachtsamen Sekunde riß Katja sich los und flüchtete in den Park. Bruno setzte ihr nach, seine kurzen stämmigen Beine stampften über den Rasen, die Arme ruderten vor und zurück, als könne er den Wind wegdrücken und dadurch schneller laufen.

»Bleib stehen!« keuchte er. Katja war flinker als er. Sie war schlank und jung, ihre langen Beine trugen sie mit jedem Schritt von ihm weg. »Bleib stehen! Ich verspreche dir, dich nicht zu schlagen ... Ich will dich ja gar nicht schlagen ... Bleib stehen! Zieh dich aus und leg dich ins Gras ... Katja, du hast mich verrückt gemacht — wie du da gelegen hast und keine Luft mehr bekamst – Katja, warum läufst du denn weg? Gerade jetzt ... jetzt ...

Ekel und Grauen stiegen in ihr hoch und gaben ihr neue Kraft. Sie schnellte durch den weiten Garten, erreichte in einem großen Bogen die Ausfahrt, rannte auf die Straße und lief sie hinunter, ohne sich umzusehen.

Sie wußte, Bruno folgte ihr nicht. Er stand am Tor und starrte ihr nach, mit verzerrtem Gesicht, die Hände in sein schweißnasses Hemd verkrallt. Ein glatzköpfiger Faun.

Eine halbe Stunde später – Dunkelheit und Stille lag in den Strassen – klingelte sie bei Dr. Vandura. Niemand öffnete. Das Haus lag mit geschlossenen Läden hinter den Büschen. Kein Lichtschein, kein Leben.

Katja setzte sich auf die Stufen des Eingangs, lehnte den Kopf gegen die Tür und wartete. Wie ein Hund hockte sie vor der Tür, kroch in sich und wimmerte vor sich hin.

Sie schlief vor Erschöpfung ein. Sie erwachte, weil sie glaubte, sie schwebe. Dr. Vandura hatte sie auf seine Arme genommen und trug sie ins Haus.

»Ich ... ich habe auf Sie gewartet ...«, sagte Katja. Wie ein Kind ließ sie sich auf die Couch legen und fühlte sich plötzlich geborgen und warm. »Sie waren nicht da, Doktor ...«

»Ich war auf Patientenbesuch.« Vandura holte seine Arzttasche von draußen herein, knipste eine Stehlampe an und schob sie neben Katja. Das plötzliche grelle Licht blendete sie. Sie drehte den Kopf zur Seite.

»Er hat Sie wieder geschlagen?«

»Er wollte mich umbringen.«

»Hier sind Sie in Sicherheit.«

Er öffnete seine Arzttasche, und Katja begann, sich auszuziehen.

Ihr Körper war übersät mit blauen Flecken, Würgemale umzogen den schlanken Hals, die schönen spitzen Brüste trugen tiefe Kratzwunden. Der Unterleib war geschwollen – hier hatten Brunos Tritte große rote Flecken hinterlassen.

Vandura arbeitete wortlos, mit zusammengepreßten Lippen. Er

kühlte die Hämatome, strich über die Wunden Merphen orange, eine Desinfektionstinktur, massierte vorsichtig den Unterbauch und gab Katja eine Kreislaufinjektion. Dann legte er das Kleid über ihren ausgebreiteten, herrlichen Körper und richtete sie auf. Er zog einen Stuhl heran und setzte sich neben Katja.

»Soll ich die Polizei benachrichtigen?«

»Nein, bitte nicht ...« Katja hatte die Augen geschlossen. Die Hände Vanduras an ihrem Körper waren wie eine Betäubung gewesen. Sie spürte keine Schmerzen mehr, keine Erregung, keine Angst. Nur noch Wärme war in ihr, Glück und das Gefühl der Geborgenheit.

»Sie wollen Ihren Mann nicht anzeigen?«

»Nein.«

»Sie lieben ihn noch?«

»Nein, ich hasse ihn! Ich verabscheue ihn. Er ekelt mich an ...«

»Ich werde Sie zu einem Freund nach Garmisch bringen. Er hat dort eine Pension. An einem Berghang. Ein wahres Paradies. Dort werden Sie sich erholen.«

Sie gab keine Antwort, öffnete nur die Augen und sah ihn stumm an. Dr. Vandura blickte zur Seite.

»Nein«, sagte er dunkel. »Sie können nicht bei mir bleiben. Das ist ganz ausgeschlossen. Dieses Gerede! Es gäbe einen Skandal. Ihr Mann würde Plakate drucken lassen und an allen Ecken aufhängen: Dr. Vandura hat mir meine Frau weggenommen! Ich könnte die Praxis schließen. Ich bringe Sie an einen neutralen Ort, und dort warten wir ab ...«

»Auf was sollen wir warten?« Sie hob die Hände und drehte die Handflächen zu ihm. Es war die uralte Gebärde der Aufgabe, der Niederlage, des Nichts. »Ich habe nichts mehr.«

»Ihr Leben.«

»Ist das etwas?«

»Ein herrliches Leben! Jeden Morgen, wenn die Sonne aufgeht, wenn die Lerchen in den Himmel steigen, wenn die Wolkenränder sich violett färben, das Gras duftet, die Blumen ihre Blüten öffnen, schwer vom Tau, die Erde atmet und der Wind in den Zweigen raschelt, jeden Morgen sollten wir die Arme ausbreiten, tief einatmen und rufen: Ich lebe! Ich lebe! Es gibt nichts Schöneres, glauben Sie mir.«

Sie schüttelte den Kopf und ließ die Hände an sich herunterfallen. »Ich will nicht mehr«, sagte sie leise. »Ich kann nicht mehr ...

Bringen Sie mich nach Garmisch, von mir aus – bei der nächsten Gelegenheit stürze ich mich den Berg hinunter. Es geht nicht mehr.«

»Ihre Seele ist wund – wir werden sie heilen.«

»In Garmisch . . .«

Dr. Vandura legte seine Hände auf ihre Schultern. Sie nahm sie und schob sie tiefer über ihre Brüste. Er wehrte sich nicht, er zog sie nicht zurück, nur als sie über ihren Brüsten lagen, spürte sie ein leises Zucken in den Fingern.

»Ich bin so ruhig«, sagte sie leise, »wenn ich dich spüre. Die Welt ist wirklich schön – so licht und so weit . . . Und ich habe keine wunde Seele mehr . . .«

»Wir treiben in ein Unglück, Katja.« Vandura beugte sich über sie. Was mache ich, dachte er. Ich bin wahnsinnig. Der oberste Grundsatz eines Arztes: Verlieb dich nie in deine Patientin! Hämmere ihn dir ein – hämmere deinen Verstand mit ihm wach. »Wir balancieren an einem Abgrund.«

»Laß uns in ihn hineinspringen.«

»Und dann?«

»Nichts. Gar nichts. Aber er gehört uns allein, der Abgrund. Uns ganz allein. Den kann uns keiner wegnehmen . . .«

Ihre Arme fuhren empor, umklammerten seinen Nacken, zogen seinen Kopf hinunter. Er roch den Duft ihres Haares und ihres Körpers, seine Hände strichen über ihren Leib.

»Wir sind verrückt!« sagte er rauh. »Man sollte uns einsperren . . .«

Dann küßte er sie und schob die Hände unter ihre Hüften.

Die Katastrophe hatte begonnen.

Sie sprangen in den Abgrund –

2

Der Morgen dämmerte schon, aus den Gärten und Parks rund um die Villen stieg feuchter Dunst und flatterten verschlafene Vögel auf, der Himmel überzog sich mit rosa Streifen und langgestreckten gezackten Wolken und sah aus wie ein abstraktes Gemälde, als Vandura mit seinem kleinen Sportwagen Katja nach Hause brachte.

»Es muß sein«, hatte er zu ihr gesagt. Sie hatte sich zuerst gewehrt, hatte ihn angefleht, bei ihm bleiben zu dürfen, auf die Knie war sie gefallen und hatte schließlich gedroht, sich umzubringen, in die Isar zu stürzen, von der Großhesseloher Brücke herunter ... Vandura war hart geblieben, so erschüttert er auch von der Angst Katjas war. »Ich verspreche dir, draußen zu warten. Wenn er dich wieder schlägt, komm heraus. Wir fahren dann sofort zu einem Anwalt. Es wäre überhaupt das beste, einen guten Rechtsanwalt zu nehmen. Wenn du deinen Mann jetzt verläßt, wenn er von unserem Zusammensein erfährt, vor allem, wenn du hier bei mir bleibst, wird dich jedes Gericht als schuldig scheiden. Wir müssen alles vermeiden, was Hellersen gegen dich anwenden kann –«

»Wenn nicht heute – dann wird er mich morgen quälen! Oh, du kennst ihn nicht. Er ist ein Genie des Sadismus! Ein Mörder tötet schnell – er tötet langsam, in kleinen Dosen, immer ein Stückchen mehr, bis der Körper auseinanderfällt ...« Sie lehnte den Kopf an Vanduras Schulter und weinte. »Ich liebe dich, Ralf, ich liebe dich – schick mich nicht weg!«

Jetzt, als sie durch das schlafende Grünwald fuhren, war Katja ruhiger und mutiger geworden. Sie hatte sich überzeugen lassen. Vandura hatte ihr geraten:

»Wenn Hellersen wieder versucht, dich zu mißhandeln, dann sagst du: ›Bitte, tu es! Ich wehre mich nicht, ich laufe nicht mehr weg! Aber ich werde hinterher zu einem Arzt gehen, die Mißhandlungen feststellen lassen und den Bericht dem Rechtsanwalt übergeben! Schlag nur, schlag – jeder blaue Fleck ist ein Beweis gegen dich!‹ Das wird Hellersen abhalten – er ist schließlich kein Idiot! Zeig ihm die Zähne, Liebling – wehre dich auf andere Art!«

Dann hatte er sie geküßt, und unter seiner Zärtlichkeit schwand alle Angst dahin.

»Ich warte hier«, sagte Dr. Vandura, als sie die Villa Hellersen erreicht hatten. Er blickte auf seine Armbanduhr. Sieben Uhr. Um neun begann erst die Praxis. »Eine Stunde – einverstanden? Und Mut, Liebling ...«

Katja nickte schweigend. Langsam, mit fast tastenden Schritten, überquerte sie die Straße, schloß das große, schmiedeeiserne Tor auf und ging die asphaltierte Auffahrt hinauf. Im Rosengarten arbeitete bereits der Gärtner und grüßte, indem er seinen grünen Strohhut abnahm. Die Haustür stand offen. In der großen Diele saugte Elfriede, das Hausmädchen, den chinesichen Teppich. Sie wunderte sich nicht, woher Katja an diesem frühen Morgen kam – in diesem Haus hatte man sich das Staunen abgewöhnt.

Katja blieb an der geschwungenen Treppe zu dem oberen Schlaftrakt stehen und sah Elfriede zu, wie sie den Klopfstaubsauger hin und her bewegte. Zwölf Stufen sind es, dachte sie und zog die Schultern hoch. Zwölfmal Todesangst. Vandura wird das nie verstehen, auch er ist nur ein Mann.

»Guten Morgen, gnädige Frau«, rief Elfriede laut, um den Staubsauger zu übertönen. Katja zuckte zusammen.

»Guten Morgen, Elfriede. Ist mein Mann schon auf?«

»Ich habe den gnädigen Herrn noch nicht gesehen.«

»Nicht in der Schwimmhalle?«

»Die ist leer.«

»Danke.«

Ich muß hinauf, dachte Katja. Der Weg bleibt mir nicht erspart. Im Frühstückszimmer, im Schwimmbad, irgendwo hier im Haus wäre es einfacher gewesen. Noch weiß das Personal nichts, noch ist Bruno der reiche, joviale Mann, den alle mögen wegen seiner Leutseligkeit und Großzügigkeit. Blinde Bettler sind sie alle, die nur das Geldstück in der Handfläche spüren und sonst nichts.

Mit steifen Beinen stieg sie die Treppe hinauf, ging in ihr Schlafzimmer und überblickte die Zerstörung, die Bruno angerichtet hatte. Sie hatte nichts anderes erwartet – das zerrissene Bett, den zertrümmerten Spiegel, einen Rokokostuhl, an die Wand gefeuert, daß zwei Beine abbrachen, aufgerissene Schränke, herausgerissene Kleider, über den ganzen Boden verstreut – das Chaos eines Tobsüchtigen.

Sie bückte sich, sammelte die Kleider auf, hing sie in den Schrank und begann, das Bett zu ordnen. Als sie um das Bett herumging, um die Tür zu dem kleinen Balkon zu öffnen, prallte sie zurück und lehnte sich erschrocken an die Wand.

Zwischen Fenster und Bett lag Bruno Hellersen. Sein Gesicht war rot und aufgedunsen, die Lippen schimmerten blau. Er lag auf dem Rücken, die Arme von sich gestreckt, mit gespreizten Beinen.

Katja warf sich herum und rannte aus dem Zimmer. Sie stürzte die Treppe hinunter, an der verblüfften Elfriede vorbei, hetzte durch den Park und lief auf die Straße. Drüben auf der anderen Seite sprang Dr. Vandura aus dem Wagen. Ein Schwein, knirschte es in ihm. Er schlägt sie wieder! Ich werde Katja zu einem Kollegen fahren, die Verletzungen feststellen lassen und dann in Sicherheit bringen. Und rücksichtslos werden wir dann die Maske von diesem Biedermann herunterreißen. So grausam es klingt – aber es gibt Menschen, die man vernichten *muß!*

»Steig ein!« rief er, als Katja über die Straße rannte. Er kam ihr entgegen, wollte sie stützen und merkte erst da, daß Katja nicht auf der Flucht war. Ihr Gesicht trug keine Spuren von Angst, sondern nur von völliger Ratlosigkeit.

»Bruno ...«, stammelte sie, als Vandura den Arm um ihre Schultern legte. »Er ist tot! In meinem Schlafzimmer. Neben dem Bett liegt er – rot, aufgequollen, schrecklich ...«

Dr. Vandura handelte sofort. Er lief zum Wagen zurück, riß seine Arzttasche vom Rücksitz und blickte dann hinüber zu der herrlichen Villa. Der Gärtner erschien am Tor, den grünen Hut in den Nacken geschoben, und sah zu ihnen hinüber. Elfriede hatte ihn alarmiert – im Hause mußte etwas geschehen sein. Vandura zögerte. Er ist tot, dachte er. Wie schnell sich die Probleme lösen. Er wird einen Herzinfarkt bekommen haben, er war der typische Hypertoniker. Nun ist Katja frei ...

Er schämte sich plötzlich dieser Gedanken, faßte Katja an die schlaffe Hand und zog sie mit.

»Wo liegt er?« fragte er, als sie an dem Gärtner vorbei zum Haus rannten.

»Oben –« Katja blieb in der Diele stehen. »Muß ... muß ich mit hinauf?«

»Nein. Ich finde es schon.«

Vandura sprang die Treppen hinauf, immer zwei Stufen auf einmal nehmend. Das erste Zimmer, das er aufriß, war ein Ankleidezimmer, das zweite das große Marmorbad, das dritte Katjas Zimmer.

Die Zerstörung der Einrichtung bestätigte seine erste Annahme: Er hat getobt wie ein Stier, und dann setzte das Herz aus.

Bruno Hellersen lag noch immer so da, wie Katja ihn gefunden hatte. Vandura kniete neben ihm, fühlte zunächst den Puls und war erstaunt, daß er tastbar war. Er schob Hellersens Augendeckel hoch, öffnete dann sein Hemd und begann, mit dem Stethoskop das Herz abzuhorchen. Es schlug matt, unregelmäßig, in großen Abständen aussetzend – ein Herz, das um sein Weiterleben kämpfte, um Blut ... Blut, das nur langsam noch durch die Adern floß. Hier mußte schnell gehandelt werden!

Vandura lief zur Treppe zurück. Unten in der Diele standen Katja, Elfriede und der Gärtner und warteten. Elfriede weinte. »Der gute Herr«, schluchzte sie immer wieder. »Der gute Herr! O Gott, o Gott ...«

In Katjas versteinertem Gesicht las Vandura ihre stumme Frage. Er schüttelte schnell den Kopf.

»Kommen Sie rauf!« rief er dem Gärtner zu. »Herr Hellersen ist für mich allein zu schwer ...«

Der Gärtner raste die Treppe hinauf.

Mühsam – Bruno Hellersen wog mindestens 230 Pfund, schätzte Vandura – hoben sie ihn gemeinsam auf und wuchteten ihn auf das Bett. Erschrocken sah sich der Gärtner um – die Zerstörung des Zimmers begriff er nicht.

»Eine kleine Meinungsverschiedenheit«, sagte Vandura sarkastisch. »Unter Eheleuten kommt so etwas manchmal vor. Und jeder reagiert anders. Herr Hellersen liebt es, alles zu Kleinholz zu machen.«

Der Gärtner grinste verlegen. »Er hat's ja«, sagte er und rieb Daumen und Zeigefinger aneinander. Dann schielte er auf den Besinnungslosen, während Dr. Vandura eine Spritze mit Cordalin aufzog. Ganz langsam injizierte er intravenös das Mittel und beobachtete dabei das Gesicht Hellersens. Der Mund öffnete sich, ein dumpfer Schnarchton erklang.

»Sind Sie verheiratet?« fragte Vandura. Er hörte wieder das Herz ab und legte dann die Blutdruckmanschette um Brunos linken Oberarm.

»Nein, Herr Doktor.« Der Gärtner grinste verlegen. »Hier gibt's viel Krach im Haus. Ich hör's immer im Garten. Aber sie versöhnen sich auch immer schnell ... Wenn man sie zusammen sieht – wie die Flitterwöchler! Das hier«, der Gärtner machte eine Armbewegung zu dem zerstörten Zimmer, »das ist morgen vergessen. Dann bekommt die gnädige Frau ein neues, noch schöneres Zimmer und einen neuen Brillanten. Herr Hellersen ist sehr freigiebig und überhaupt nicht nachtragend.«

Wie ein Mensch seine Umwelt narren kann, dachte Vandura betroffen. Niemand hier im Haus würde glauben, welch ein Satan dieser Hellersen in Wahrheit ist. Sie sehen nur den äußeren Glanz, die Reklameseite des Bruno Hellersen, das schillernde Kostüm, in das er schlüpft, wenn er sein Zimmer verläßt und seine mißhandelte Frau zurückbleibt.

»Ziehen wir ihn aus«, sagte Vandura und schnallte die Blutdruckmanschette ab. Langsam erholte sich Hellersen. Sein Schnarchen wurde leiser. Noch wußte Vandura nicht, ob diese Ohnmacht ein Anfall oder ein Apoplex, ein Hirnschlag, gewesen war. Die kommende Untersuchung der Reflexe, vor allem aber die Feststellung einer Lähmung, ergaben erst ein klares Bild. Der erste Eindruck war verschwommen – die Pupillen waren reaktionslos und weit, der Mund nicht verzogen, also keine Mundfazialisparese, dagegen fiel der hochgeschobene rechte Arm ohne jeden Tonus rasch an den Körper zurück.

Es dauerte lange, bis Vandura und der Gärtner den schweren Hellersen ausgezogen hatten. Als er nackt auf dem Bett lag, ein weißlicher Fettberg, fragte sich Vandura, warum niemand diesem Menschen gesagt hatte, daß sein Wohlleben seinen Tod bedeutete, daß er sich selbst zugrunde richtete. Und wenn ein Arzt ihm das gesagt hatte, war es noch verwunderlicher, daß Hellersen die Warnungen ignorierte und einen stufenweisen Selbstmord begonnen hatte.

»Sie können gehen«, sagte Vandura zu dem Gärtner. »Und erzählen Sie keinem, wie Ihr Brötchengeber nackt aussieht. So schön ist er nicht.«

Der Gärtner warf noch einen Blick auf den Ohnmächtigen, schüttelte dann stumm den Kopf und verließ schnell das Zimmer.

Vandura begann mit seiner eingehenden Untersuchung.

Grundgelenkreflex – negativ.

Hervorrufen eines Schmerzreizes – die Abwehrbewegungen waren ungestört. Vandura versuchte es noch einmal – er drehte eine Hautfalte über dem Sternum. Beide Körperseiten reagierten sofort.

Bauchdeckenreflexe – keine Anzeichen einer Lähmung.

Aber dann stutzte Dr. Vandura.

Unter der Fettschürze des Bauches lag Hellersens Geschlecht. Geschwollen, gerötet. Vandura zog seine dünnen Gummihandschuhe an und tastete es ab. Sein erster Eindruck, sein plötzlicher Schrekken bewahrheitete sich: Bruno Hellersen war eine Gefahr für seine Umgebung. Eine tödliche Gefahr vor allem für Katja.

Vandura warf die Steppdecke über Hellersen, zog die Handschuhe aus, steckte sie in einen Chrombehälter und injizierte noch eine Spritze mit Cordalin. Die zyanotische Verfärbung des Gesichtes ließ langsam nach, die Cheyne-Stokesche Atmung wurde normaler. Hellersen lag ruhig im Bett, über seine Lider lief ein Zittern.

Vandura ging zu dem rosa Marmorwaschbecken im Hintergrund des Zimmers, seifte seine Hände ab und trocknete sie sorgfältig. Als er sich umdrehte, hatte Hellersen die Augen aufgeschlagen und starrte ihn an.

»Guten Morgen«, sagte Vandura und warf das Handtuch über den zerbrochenen Rokokostuhl. »Freuen Sie sich, daß Sie mich sehen ... Sie waren ganz nahe am Eingang zum Paradies oder zur Hölle, wie Sie wollen. Sie lehnten sozusagen an der Tür.«

»Hinaus!« stammelte Hellersen. Es machte ihm Mühe, die Worte zu formen und auszustoßen. »Hinaus, hinaus ...«, lallte er mühsam.

»Einen Apoplex hatten Sie noch nicht – aber er wird kommen! Zu Ihnen muß man ehrlich sein, da nützen keine ärztlichen Floskeln. Wenn man von Ihnen eine Venographie machte, würde man einen ganzen Kalkberg in Ihrem Adersystem entdecken! Den sollten Sie abbauen, so schnell wie möglich. Außerdem wissen Sie, daß Sie geschlechtskrank sind –«

Bruno Hellersen versuchte, sich auf die Ellenbogen zu stützen. Es mißlang. Er fiel aufs Bett zurück und krallte die Finger in die Steppdecke.

»Hinaus!« schrie er. Es sollte ein Brüllen werden, aber nur ein hohles Röcheln kam aus ihm heraus. »Ich ... ich zeige Sie an. Hausfriedensbruch. Ich will Sie nicht sehen – Dr. Zemmitz ...«

»Sie waren ein Notfall. Ich habe als Arzt die Pflicht, bei allen Notfällen sofort einzugreifen, ob dem Patienten mein Gesicht gefällt oder nicht. Selbstverständlich werde ich sofort den Kollegen Zemmitz benachrichtigen, damit er die weitere Behandlung übernimmt.« Dr. Vandura schloß seinen Arztkoffer und zog sein Jackett wieder an. Er hatte es ans Bett gehängt, als er Hellersen gründlich untersuchte. »Weiß Dr. Zemmitz, daß sie geschlechtskrank sind?«

»Ich breche Ihnen alle Knochen, wenn ich wieder gehen kann – das verspreche ich Ihnen. Hinaus ...« Hellersen keuchte. Aber er war schon wieder so kräftig, daß er die Faust ballen konnte. »Wo ist meine Frau?«

»Unten in der Halle.«

»Wissen Sie, wo sie die ganze Nacht über war?«

Dr. Vanduras Gesicht blieb ausdruckslos. »Nein —«, sagte er ohne Zögern. »Warum fragen Sie mich?«

»Sie Beichtvater der Frauen! Sie Untern-Rock-Gucker! Wissen Sie nicht alles, was hier in Grünwald in den Ehebetten passiert?! Sie Orgasmus-Schnüffler. Meine Frau hat sich herumgetrieben, die ganze Nacht. Wundert Sie das? Hat Ihnen das Engelchen vorgespielt, was? Tränchen im Auge und Jucken zwischen den Schenkeln — das ist die Mischung, die Männer wie Sie umhaut. Aber keinen Bruno Hellersen.« Er rutschte höher und stützte sich an die Rückwand des Bettes. Sein noch immer rötliches Gesicht war verzerrt. »Und jetzt ist sie unten? Spielt die Besorgte, nicht wahr? Die kopflose Ehefrau. Fragen Sie sie doch mal, wo sie diese Nacht gewesen ist —«

»Das ist nicht meine Aufgabe.«

»Ach ja, die ist es nicht. Sie jubeln nur verkalkten Affen Gas in die Adern! Sie Spinner! Gehen Sie hinaus — schnell — und machen Sie einenBogen um mein Haus!«

Wortlos verließ Dr. Vandura das Schlafzimmer Katjas. Unten an der Treppe warteten Elfriede und der Gärtner. Katja saß in einem wertvollen Gobelinsessel und zerfetzte ein Taschentuch zwischen den nervösen Fingern.

»Seine Stimme —«, sagte sie tonlos, als Vandura zu ihr trat. »Das war seine Stimme ... Er überlebt also?«

»Ja.« Vandura zog Katja aus dem Sessel und ging mit ihr hinaus auf die Terrasse. Die Sonne war durchgebrochen, weiße Nebelschleier wehten über dem Park. Der Tau verdunstete. Die Erde roch herrlich nach frischem Leben.

»Warum?« stammelte Katja und umklammerte seinen Arm. »Warum? Du hast ihn gerettet?«

»Natürlich. Ich bin Arzt.«

»Es wäre so einfach gewesen — gerade jetzt ...«

»Katja!« Vandura blieb ruckartig stehen. »Du solltest nie mehr solche Gedanken haben.«

»Es wäre kein Mord gewesen! Bei Gott, nein! Du hättest nur etwas tun müssen, etwas lächerlich Einfaches: *Nichts* tun! Das allein hätte gereicht. Nichts tun ist nicht strafbar.«

»Bei einem Arzt ist es die schrecklichste Anklage!« Vandura umfaßte mit beiden Händen den schmalen Kopf Katjas. Ihre dunkelblauen Augen flatterten. »Aber du mußt etwas tun, und zwar sofort — du darfst deinen Mann nicht mehr an dich heranlassen.«

»Nie, nie mehr — nie mehr nach dieser Nacht bei dir ...«

»Das ist es nicht. Aber dein Mann ist krank ... Du weißt, was ich meine?«

Sie nickte. Ekel und Angst sprangen in ihre Augen. »Und ich?« fragte sie heiser vor innerer Erregung. »Bin ... bin ich auch ...?«

Vandura drückte ihren Kopf an sich. Ein wildes Zittern durchlief ihren Körper. »Ich werde dich untersuchen. Nur keine Panik, Liebling, nicht wieder eine Kurzschlußhandlung.«

»Dieses Schwein ...«, stammelte Katja. »Dieses Schwein ... Warum hat du ihn nicht sterben lassen!«

Er hielt ihr den Mund zu, wischte ihr die Tränen aus den Augen und führte sie zurück ins Haus. Dort rief er von dem Arbeitszimmer Hellersens aus Dr. Zemmitz an.

Zuerst hieß es, er sei nicht in der Klinik. Aber als Vandura sagte: »Mauern Sie Ihren Chef nicht ein, Schwester, ich weiß, daß er um diese Zeit im Hause ist. Hier spricht Vandura ...«, wurde er sofort mit Zemmitz verbunden.

Vandura lächelte spöttisch. Mein Name läßt die Türen aufspringen, dachte er. Es ist, als ob jemand schreit: »Fenster auf! Wir werden vergiftet!«

Dr. Zemmitz räusperte sich erst, ehe er sich meldete. Er sah dabei auf die goldene Standuhr in der Fensternische, ein Sammlerstück, das ein Vermögen gekostet hatte.

»Zemmitz. So früh, Herr Kollege? Wo brennt's?«

»Bei Hellersen. Ich rufe aus seinem Haus an. Er liegt oben im Schlafzimmer seiner Ehefrau und ist mit zwei blauen Augen an einem Sarg vorbeigewandelt. Ich rufe Sie in seinem Auftrag an. Mir gegenüber besteht eine Animosität, wie Sie wohl wissen ...«

Dr. Zemmitz schluckte die letzte Bemerkung kommentarlos. Er kann mich nicht provozieren, nahm er sich vor. Er nicht! Wenn Hellersen ihn rausgeschmissen hat, war's recht so. Er soll bei seinen Modepüppchen bleiben, bei den unverstandenen Frauen, den nicht ausgelasteten Damen, den sexuell Verklemmten, den Himmel-hoch-Jauchzenden und Zu-Tode-Betrübten. Händchenhalte-Therapie. Tief-ins-Auge-sehen-Heilung!

»Hat sich Herr Hellersen überanstrengt?« fragte Zemmitz jovial.

»Im Schlafzimmer seiner Frau? Sieh an, sieh an ... Und dann der hohe Blutdruck. Pferdchen lauf Galopp — er sollte vorsichtiger sein.« Er lachte kurz auf und blätterte in den morgendlichen Meldungen seiner Privatklinik. Auf Station III lag Frau Immermayer im Sterben. Lungenkrebs. Die Behandlung war eingestellt worden, man beschränkte sich nur noch darauf, ihre Schmerzen zu lindern. Hohe Morphindosen. Ein mit Narkotika vollgepumpter Körper. Ihr Sohn, ein Möbelhändler, zahlte dafür monatlich 2000 DM Kosten an die Klinik. Zemmitz malte mit Rotstift einen Kreis um den Namen Immermayer. »Ich komme in einer Stunde, früher geht es nicht. Sie haben Herrn Hellersen doch mit allem versorgt?«

»Natürlich.« Vandura zog die Unterlippe zwischen die Zähne. Welcher Hochmut in der Stimme! Welche Herablassung! »Sie sollten so schnell wie möglich eine Venographie machen lassen.«

»Vielleicht —« Zemmitz ärgerte sich. Er macht Vorschläge, ausgerechnet er. Als wenn ich ein Famulus wäre. Schieben Sie mal das Hemd hoch. Na, was sehen Sie? Nichts? Ich auch nicht, haha! »Ich danke Ihnen, Herr Kollege!« sagte er steif.

»Noch etwas!« Vandura genoß es, diesen Satz zu sprechen. »Machen Sie mal bei Hellersen einen ›Wassermann‹. Sie werden sich wundern, wie herrlich positiv er ist —«

Ohne Zemmitz' Antwort abzuwarten, legte er auf. Als er sich umdrehte, stand Katja hinter ihm. Er hatte sie nicht kommen hören.

»Und nun?« fragte sie mit fast kindlicher Stimme. »Wie geht es weiter?«

»Ich werde seinen Namen beim Gesundheitsamt melden müssen. Es besteht eine Meldepflicht für alle Syphilisfälle.«

»Mit Namen?«

»Noch nicht. Vorerst nur als Fall, für statistische Zwecke. Aber wenn er sich weigert, sich behandeln zu lassen, muß ich auch den Namen nennen. Man wird ihn dann zwingen.«

»Und ich werde auch registriert ...«

Vandura schwieg. Aber dieses Schweigen war Antwort genug. Alle bekannten Kontaktpersonen, schreibt das Gesetz vor. Also auch Katja — und er, Dr. Vandura —

»Das ist unmöglich«, sagte sie heiser. »Völlig unmöglich. So etwas spricht sich rum ... Du kennst nicht die geheimen Drähte hier in Grünwald. Du lebst hinter deinen hohen Hecken und in deinem Labor wie in einer anderen Welt. Hier ist die Sensation das tägliche

Brot, der Klatsch süßer als Tokaierwein. O Gott, ist das furchtbar ...«

Sie lehnte sich an ihn und schlug die Hände vors Gesicht. In der Eingangshalle hörten sie die laute Stimme des Gärtners.

»Elfriede! Elfriede! Der gnädige Herr will einen Tee! Wo ist die gnädige Frau?«

»Ich habe Angst!« stotterte Katja und hielt sich an Vandura fest »Hol mich hier raus ... Wenn du mich liebst – rette mich vor diesem Scheusal –«

»Er wird Wochen brauchen, um wieder wie früher zu sein. Ich nehme an, Zemmitz holt ihn in seine Klinik. Er kann nicht mehr ohne ärztliche Aufsicht leben – nicht die nächsten vier Wochen –«

Aber Dr. Vandura irrte sich.

Dr. Zemmitz ließ Hellersen zu Hause. Er gab noch zwei Injektionen, unterhielt sich mit ihm über Rennpferde und erzählte zwei neue Medizinerwitze, verkündete dann: »Ein paar Tage Schonung, dann reißen Sie wieder junge Tannen aus« und verließ frohgelaunt das Krankenzimmer.

Zu Katja sagte er väterlich, während er ein Rezept ausschrieb: »Was Ihr Mann braucht, ist liebevolle Pflege. Und Ruhe. Vor allem Ruhe! Keine Aufregung. Der Blutdruck ist hoch, aber den kriegen wir schon klein. Hatten Sie in der letzten Zeit irgendwelche Auseinandersetzungen?«

»Nicht mehr als immer.« Katja sah abweisend an Dr. Zemmitz vorbei. Er spürte ihre Abwehr und grinste böse. Auch eine Schlafwandlerin in Vanduras Garten, dachte er spöttisch. Im Mittelalter hätte man ihn kurzerhand auf dem Scheiterhaufen verbrannt.

Zemmitz riß das Rezept aus dem Block und legte es auf den Tisch. Über die andere Krankheit sprach er nicht, und Katja fragte auch nicht danach. Es hatte im Krankenzimmer genug Spektakel gegeben, als Zemmitz nach der Herzuntersuchung tiefer ging. Hellersen hatte sich unter die Steppdecke verkrochen.

»Lassen Sie das!« hatte er gezischt.

Dr. Zemmitz kratzte sich den Kopf und setzte sich auf die Bettkante.

»Es stimmt also?« fragte er.

»Blödsinn! Diesen Vandura zeige ich an!«

»Sie können alles mit ihm machen, aber in diesem Fall wird man eine amtsärztliche Untersuchung als Beweisgrundlage anordnen. Sind Sie völlig sicher, daß Sie Vandura bei einer Fehldiagnose fangen können? Herr Hellersen, ich bin nicht nur Ihr Arzt, ich bin Ihr langjähriger Freund. Das wissen Sie. Müssen wir voreinander Versteck spielen? Vandura weiß, daß Sie eine Lues haben, und er wird Sie kaltschnäuzig beim Gesundheitsamt melden, mit Namen, wenn ich ihm nicht mitteile, daß ich die Behandlung übernommen habe. Also denn — lassen Sie mal sehen.«

Er schlug die Decke zurück und schob die Schlafanzughose herunter. Hellersen lag steif wie ein Brett im Bett.

»Nun, Doktor?« fragte er zwischen den Zähnen.

»Einwandfrei.« Zemmitz lehnte sich zurück an das Fußstück des Bettes.»Und nun beichten Sie mal. Woher haben Sie diese Sauerei?! Wo ist der Ansteckungsherd? Wer war ihre Kontaktperson?«

Bruno Hellersen sah an die Decke. Schweiß perlte über seine Glatze und lief an den Ohren hinunter in das Kissen.

»Meine Frau —«, sagte er gedehnt. »Ich habe in den letzten Monaten nur meine Frau geliebt –«

Die Quittung für die vergangene Nacht. Eine sadistische Freude überflutete Hellersen. Jetzt wird man sie abholen, zum Gesundheitsamt, auf den Untersuchungsstuhl zwingen, verhören und ausfragen – Sie, die feine Dame, die empfindsame Mimose.

Er rieb die Hände auf dem Bettlaken und fühlte sich zutiefst zufrieden. Dr. Zemmitz machte sich Notizen in sein Besuchsbuch.

»Lues. Ansteckungsherd Frau Katja Hellersen«, schrieb er mit großen Buchstaben hinein.

Von diesem Gespräch erwähnte Dr. Zemmitz nichts, als er sich von Katja verabschiedete. Aber zum erstenmal küßte er ihr nicht, wie üblich, die Hand. Eine unsichtbare Wand baute sich zwischen ihnen auf.

In seiner Klinik angekommen, setzte sich Dr. Zemmitz sofort ans Telefon. Voll Triumph wählte er die Nummer Vanduras. Wird das ein Schock sein, jubilierte er. Es wird ihm die Sprache verschlagen. Zum erstenmal keine Frau, die er mit Seelenmassage heilen kann. Wo Händchenstreicheln gar nichts hilft. Es ist auch wirklich nicht zu glauben — eine Frau wie Katja!

»Hier Zemmitz!« rief er frohgestimmt, als sich Vandura meldete. In keinem Beruf ist die Gehässigkeit ausgeprägter als bei den Ärzten. Ein angeschlagener Kollege — das ist mehr wert als eine Flasche Trockenbeerenauslese. »Sie haben doch Frau Katja Hellersen in Behandlung? Oder irre ich mich?«

»Nein, Kollege.« Vandura ahnte Komplikationen. Er schaltete das

Tonband ein und nahm somit Zemmitz' Gespräch auf. »Frau Katja ist meine Patientin.«

»Dann machen Sie bei ihr mal einen ›Wassermann‹«, jubilierte Zemmitz. »Sie werden sich wundern, wie positiv er ist –«

Vandura lächelte still. Seine Worte! Er sah jetzt Zemmitz vor sich, wie er hinter seinem breiten Schreibtisch saß, die goldgefaßte Brille an einem Bügel im Kreise schleuderte und sich diebisch freute.

»Ich werde Frau Katja morgen untersuchen. Steht schon auf meinem Plan.«

»Sie ist der Herd!« rief Zemmitz laut. »Ihr Ehemann hat sie angegeben. Er kann nachweisen, in den letzten Wochen nur mit seiner Frau ...«

Vandura hörte sich das nicht weiter an und legte auf. Zemmitz sprach weiter, bis er merkte, daß die Leitung tot war. Er schüttelte den Hörer, brüllte »Flegel!« in die Muschel und warf ihn dann auf die Gabel.

Es hat ihn getroffen, sagte er zu sich. Er hat einfach aufgelegt. Auch seine Nerven sind nicht mehr die stärksten –

Zwei Wochen war es ruhig in der Villa hinter den blühenden Hekken. Ein trügerischer Frieden, ein Sammeln der Kräfte.

Hellersen lag im Bett und erholte sich schnell und gut. Er empfing Besucher, und das war eine große Zahl. Der Kegelclub rückte geschlossen heran und schenkte ihm eine seidene Clubfahne – eine Tischstandarte mit silbernem Fuß. Der Gesangverein brachte ein Ständchen im Garten, unter dem Schlafzimmerfenster. Da es neunundsechzig Mann waren, bewirtete Katja sie draußen mit Bier und Schnittchen, während eine Abordnung von vier Sangesbrüdern feierlich die Genesungswünsche am Krankenbett vortrug. Dann sang der Verein noch ›Jägers Morgenlied‹ und ›Der frohe Wandersmann‹ und rückte mit einem langen Omnibus wieder ab. Man war sich gewiß, daß Hellersen am Jahresende wieder eine große Spende für die Vereinskasse überwies. Hier ließ Bruno sich nicht lumpen.

Auch das Waisenhaus erschien, an der Spitze von zwei weißgekleideten Mädchen und zwei Buben in schwarzen Anzügen. Herr Pfarrer Zinglich und die Oberschwester. Die Mädchen brachten Blümchen, die Buben sagten ein Gedicht auf, und Pfarrer Zinglich sprach ein Gebet. Oberschwester Patientia berichtete von einem Erweiterungsbau mit einer Turnhalle, eine Planung noch, das Geld, ja das liebe Geld – und zum Abschied sangen die Kinderchen noch einen Psalm.

Bruno Hellersen genoß dieses Kranksein und diese Besorgtheit um seine Person. Er hatte eine Liste angefertigt mit den Vereinen, die er unterstützte und die nun an sein Bett traten. Und siehe da – alle, alle kamen, und Hellersen strich sie auf seiner Liste ab. Am Ende fehlte nur noch ein Name.

»Die Vereinigung ehemaliger Schüler ist nicht gekommen«, sagte Hellersen nach zehn Tagen. »Ausgerechnet die! Dabei habe ich die gestickten Schülermützen gestiftet! Die werden mich kennenlernen!«

Aber Bruno irrte. Am zwölften Tag erklangen frohe Schullieder im Haus. Vierzehn ehemalige Schüler, auf den nun altersgrauen Köpfen die bunten Schulmützen, sangen sich die Lunge aus dem Hals. Dann brachten sie eine Dreiliterflasche Cognac ins Krankenzimmer, die Katja sofort wieder mit hinausnahm.

»Das waren sie alle«, sagte Bruno zufrieden und zerriß seine Liste. »Und du? Meine Frau? Was hast du mir zu bieten?« Er klopfte aufs Bett und winkte mit dem Kopf. »Komm, setz dich zu mir. Ich fühle mich stark wie ein Gorilla. Setz dich hier neben mich – ich will dich fühlen.«

Katja blieb am Fenster stehen. Ein Frieren glitt über ihren Rücken.

Die vergangenen zwei Wochen hatten sie verändert. Vandura hatte sie untersucht, Abstriche eingeschickt und als negativ zurückbekommen. Sie war also gesund, das Gespenst der Ansteckung war verflogen. Auch Vandura selbst hatte sich von einem befreundeten Kollegen untersuchen lassen und war erlöst zurückgekommen. Negativ. Dann aber, zu zufälligen Zeiten – am Vormittag, nach dem Essen, abends, wann immer sie aus dem Haus wegkonnte – lief Katja zu Vandura und fiel in seine ausgebreiteten Arme.

Sie liebten sich zwischen zwei Untersuchungen in der Praxis-Sprechzeit, oder Vandura verordnete eine Bestrahlung, schob den Patienten ins Therapiezimmer ab und erklärte die Untersuchungsliege zum Rosenbett. Im Labor stöberte Katja ihn auf, zwischen seinen Tieren und Präparaten, und sie lagen eng umschlungen auf dem Tisch, von dem Katja vorher die Notizen und Akten mit einer Armbewegung gefegt hatte. Einmal überraschte sie Vandura, wie er einem toten Affen die Aorta herauspräparierte. Sie riß ihm die blutige Schürze ab, zog sich das Kleid über den Kopf und breitete die Arme aus.

Es war ein Rausch, eine wilde Höllenfahrt, die sie als Paradies ansahen.

»Wir sind verrückt!« sagte Vandura nur manchmal, wenn sie glücklich nebeneinander lagen und noch eine Zigarette rauchten. »Hast du die Scheidung eingereicht?«

»Du willst mich wirklich heiraten?« Ihre Hand tastete über seinen nackten Leib, über die Brust hinauf bis zu seinem Kopf. Er ergriff ihre Finger und küßte sie.

»Hast du je daran gezweifelt?«

»Ein Mann wie du? Reich, ein großer Arzt, ein Mann, dem die Frauen nachlaufen wie damals die Kinder dem Rattenfänger – so etwas soll ich heiraten?« Sie wälzte sich über ihn und umklammerte ihn mit ihren langen schlanken Beinen. »Wann wirst du mich betrügen?«

»Nie.«

»Wenn das ein Mann sagt, lügt er automatisch.« Sie umfaßte seinen Kopf mit beiden Händen. Das schwarze Haar fiel über ihre Augen. Unter diesem Vorhang hervor klang ihre Stimme dunkel und doch lockend. »Weißt du, was ich tun werde, wenn du mich betrügst? Ich bringe dich um – dich und das andere Weib! Lach nicht, du . . . es ist mein Ernst. Ich habe immer eine Pistole bei mir.«

»Nein.«

»Doch. Von Bruno. Sie lag in seiner Schreibtischschublade. Jetzt habe ich sie . . .« Sie küßte ihn, ihre kleinen Zähne nagten an seiner Unterlippe. »Sieh dich vor, Dr. Vandura, ich ermorde dich, wenn du mit einer anderen Frau so daliegst wie mit mir . . .«

Das waren die Stunden, in denen Vandura fühlte, wie gefährlich seine Liebe zu Katja wurde. Er spürte, wie sie Besitz von ihm nahm, wie eine unabwehrbare Hörigkeit seine Willenskraft beeinflußte, wie er sich nach ihrem Körper sehnte, ihren wonnevoll streichelnden Händen, ihren feuchten saugenden Lippen, dem duftenden Haar und der glatten Haut mit dem zarten Haarflaum. Er wurde unruhig, wenn der Abend dämmerte und sie war noch nicht gekommen, und einmal rief er sogar an, als es zehn Uhr war, unruhig, mit bebender Stimme, zerrissen von Sorge und Sehnsucht.

»Der Kegelclub ist noch immer bei Bruno«, sagte Katja am Telefon. »Ich kann nicht kommen. Heute nicht. Mein armer Schatz . .«

»Wie geht es deinem Mann?«

»Vorzüglich. Er sitzt oben mit seinen Freunden und spielt Skat. Aber er ist anders geworden, ruhiger – er hat bis jetzt keinen Versuch unternommen, mich zu belästigen. Er scheint sich mit einer Trennung abzufinden – nur gesprochen haben wir noch nicht darüber.«

Das waren die schrecklichen langen Abende, in denen Dr. Vandura sich selbst sezierte und feststellte, daß er Katja verfallen war. Wie ein Trinker, der nicht eher aufhören kann, bis er besinnungslos umfällt, wie ein Süchtiger, der sich immer stärkere Dosen spritzt, geriet Vandura in die Abhängigkeit von Katja. Er dachte an sie, während er seine Patienten untersuchte, er träumte von ihr, er ging durch sein Haus und meinte, überall den Duft ihres Körpers zu riechen. Er wurde zu einem Irren seiner Liebe.

In sein Tagebuch, das er gewissenhaft führte und jeden Abend in einem Panzerschrank im Labor einschloß, trug er in diesen Tagen ein:

»Ich weiß, daß diese Frau mein Schicksal ist. Ich werde an ihr zerbrechen – aber nie ist ein Mensch glücklicher zugrunde gegangen als ich. Wie das sein wird? Wer kann in die Zukunft sehen? Nur eines ist gewiß: Ich habe mich aufgegeben. Ich lebe nur noch in ihr. Ein Rauschzustand, eine Vergiftung – wer kann das diagnostizieren? Ich bin glücklich – was will man mehr? Ich will nicht das Ende dieser Liebe wissen – ich lasse mich treiben – ein Stückchen trockenes Holz auf den Wellen des Wahnsinns . . .«

Bruno Hellersen hatte sich alles genau überlegt. Er fühlte sich stark, sein Atem war ruhig, sein Blutdruck nicht gerade gut, aber auch nicht besorgniserregend, das Blut pulste kräftig durch seine Adern, und es klopfte in seinen Schläfen, wenn er Katja ansah, wenn er ihren Gang verfolgte, ihre langen Beine, die runden Hüften, die schönen Brüste.

»Keine Frauen!« hatte Dr. Zemmitz zu ihm gesagt. »Die Kur dauert lange Zeit. Hellersen, wenn Sie eine Frau anrühren – Sie machen sich und die Frau unglücklich. Wenn's zu schwer wird, baden Sie kalt.«

Bruno Hellersen hatte mit schiefem Mund gelächelt und die Kur begonnen. Das war vor vierzehn Tagen gewesen. Seitdem hatte sich vieles geändert. Seine Bärennatur verlangte nach Betätigung. Er spreizte die Finger, wenn Katja an ihm vorbeiging, er atmete schwerer, wenn er sie vom Fenster aus im Garten beobachtete, in einem knappen Bikini, in der Sonne liegend, eine Elfe inmitten der Rosen.

An diesem Tag zerriß Bruno Hellersen alle Warnungen wie eingelöste Wechsel. Er duschte sich eiskalt und spürte, wie sein Körper diesen Reiz prickelnd weitergab bis zu seinen Lenden. Ein Lied pfeifend, schlang er den roten Bademantel um sich, ergriff eine Wolldecke und stellte sich neben die Tür des Schlafzimmers. Dann rief er nach Katja.

Es war eine gute Zeit ... Franz, der Gärtner, war in die Stadt gefahren, um neue Geräte einzukaufen. Elfriede, das Hausmädchen, hatte ihren freien Nachmittag und saß irgendwo im Kino oder in einer Eisdiele, voll Hoffnung, angesprochen zu werden. Das Haus war leer bis auf Katja. Leer und schweigsam, blind und taub. Ein riesiger Luxussarg.

Hellersen zog den Gürtel des Bademantels fester um seinen schwammigen Körper und faltete die Decke auseinander. »Katja!« rief er wieder. »Katja! Nur einen Moment!«

Er hörte ihre Schritte unten in der Halle, klappernde Absätze – tack – tack – tack – ein Stakkato der Lust. Er leckte sich über die Lippen und drückte die Decke an sich. Seine Fantasie gaukelte Bilder herrlichster Formen: Wippende Brüste, ein flacher, bebender Leib, unendlich lange Beine, die sich spreizen, ein hechelnder Atem in seiner Achselhöhle, der süßlichherbe Schweißgeruch der Vereinigung ...

»Katja!« schrie er. Seine Brust wölbte sich. Ich bin stark, empfand er jetzt. Ich bin ein Koloß! Und ich bin gesund genug, eine Frau zu zerstören. »Katja! Nur einen Augenblick!«

Ihre Füße auf der Treppe, auf dem Gang ... noch vier Sekunden – drei – zwei – jetzt –

Er riß die Tür auf, stand vor ihr, hochgereckt, sah ihr aufflammendes Entsetzen und ließ ihr keine Zeit, aufzuschreien. Mit einem wilden Schwung warf er die Wolldecke über sie, drückte sie an sich, wollte sie ins Zimmer zerren, sein Bademantel klaffte auf, er lachte dunkel und röhrend, drückte sie an die Wand und preßte seinen Leib gegen sie, daß ihre herabhängenden Hände seine Nacktheit berühren mußten. Er hörte sie schreien, und das reizte ihn noch mehr, mit Tritten versuchte er, ihr die Beine wegzuschlagen, damit sie hinstürzte, aber sie riß und zerrte und stieß um sich, befreite sich mit einem wilden Ruck und flüchtete.

Er setzte hinterher, holte sie an der Treppe ein, warf sich auf sie und drückte sie zu Boden. Um sich schlagend, beißend, schreiend, aber fest in seiner Umklammerung, rollten sie gemeinsam die Treppe hinunter, schlugen mit den Köpfen auf die Stufenkanten, wälzten sich durch die Halle, und Bruno lachte, lachte dröhnend, zerriß ihr das Kleid, preßte sie mit seinem Gewicht auf den Boden, stieß seine Knie zwischen ihre Schenkel und brach sie auf.

»Du Wildkatze!« keuchte er. »Du Luder! Ich zerreiße dich! Ich zerreiße dich! Wie du schreien kannst, o, wie herrlich du schreien kannst! Hast du Angst? Hab sie! Hab sie! Stirb vor Angst —«

Er versuchte, ihre schlagenden Hände abzuwehren, sie auf den Boden festzunageln mit seinen Tatzen. Sie stieß mit dem Kopf nach ihm, traf ihn unter das rechte Auge, dann ans Kinn, zog die Beine an und ließ sie plötzlich vorschnellen.

Sie wußte nicht, wo sie Bruno getroffen hatte. Heulend wälzte er sich vor ihr, lag auf dem Rücken und drückte beide Hände gegen seinen Leib. Schaum flockte an seinen Mundwinkeln; er sah widerlich aus.

Katja kroch von ihm weg und lehnte sich erschöpft an die Wand. Ihre Haut brannte. Überall waren Spuren seiner Fingernägel, tiefe, blutige Schlitze, ins Fleisch gebohrte spitze Höhlen.

Sie brauchte ein paar lange, tiefe Atemzüge, bis sie begriff, daß die Gefahr nicht vorüber war. Bruno Hellersen wälzte sich auf die Seite, kam auf die Knie und kroch auf sie zu. Ein Riesentier, ein glatzköpfiges Fabelwesen, der letzte Saurier.

Mit letzter Kraft trat sie erneut nach ihm, traf ihn an der Stirn und warf ihn wieder um. Der nackte, schwammige Körper in dem offenen Bademantel klatschte auf den Marmorboden. Die Beine zuckten wie bei einem geköpften Huhn.

Katja zog sich an der Wand hoch und taumelte in den Salon. Dort stand ihre Tasche mit der Pistole. Sie riß sie heraus, schwankte zurück in die Halle und stellte sich vor ihren Mann. Er sah sie an, aus blutunterlaufenen Augen, mit einem starren, unmenschlichen Blick. Er rührte sich nicht, nur seine Brust begann zu beben, und der Kopf hob und senkte sich wie ein Hammer, der den Marmor zertrümmern will.

Mit beiden Händen umfaßte Katja den Griff der Pistole. Sie zielte auf die Brust, dann auf den Kopf, genau zwischen die Augen. Und dann sah sie, daß er weinte . . . Sie wollte es nicht glauben, blickte über den Lauf der Waffe auf ihn und sah die Tränen, dick und glänzend, aus seinen Augenwinkeln rollen, über die Backen in die Halsbeugen.

Da warf sie die Pistole weg und rannte hinaus. Sie riß das Garagentor auf, sprang in ihren kleinen, offenen Sportwagen und raste davon.

Ziellos fuhr sie durch die Gegend. Drei Stunden lang – durch Grünwald, zur Isar, die Talstraße entlang, sie irrte durch Wälder und Dörfer, kehrte nach Grünwald zurück und wunderte sich, daß sie noch lebte, daß der Wagen fuhr, obwohl sie nicht lenkte, kein Gas gab, nichts sah, keine Straßen, Bäume, Flüsse, Häuser, Menschen, sondern nur diese großen, starren, weinenden Augen – das Schluchzen eines Urtiers –

Dr. Vandura schrak auf, als hinter ihm die Tür klappte. Er saß in seinem Labor und schrieb einen Bericht über sein neuestes Experiment. Der erste große Erfolg: Ablösung einer Kalkwand in der Aorta durch seine Gasinjektion.

Es kam auf die Art der Injektion an, auf die flache Einführung der Nadel, auf das millimeterweise Abtrennen des Kalks von der Adernwand.

In der Tür stand Katja. Ihr Kleid war zerfetzt, über die Schenkel zogen sich breite blutige Kratzwunden.

»Du mußt ihn töten!« schrie sie, als Vandura aufsprang. »Jetzt ... hörst du ... jetzt gleich ... Du mußt ihn töten!«

Dann sank sie ohnmächtig zusammen, ehe Vandura sie erreichte.

3

Die Wunder unserer Zeit sind die Zufälle.

Ein Zufall war es auch, daß kurz nach der panikhaften Flucht Katjas Dr. Zemmitz von einem Patientenbesuch kommend, am Haus Hellersens vorbeifuhr, zögerte, bremste und seinen Wagen am Bordstein parkte.

Zemmitz hatte einen neuen Witz erfahren, ein tolles Ding aus der siebten Sohle, und er wußte, wie laut schallend Hellersen lachen konnte und solche knalligen Pointen liebte. Dieses Lachen war grandios, mitreißend, aus voller Brust, und welcher Witzeerzähler ist nicht glücklich, einen solch dankbaren Zuhörer zu haben. Meistens erzählte dann auch Hellersen einen dieser ›Reisendenwitze‹, die durchaus mit den Medizinerwitzen konkurrieren konnten, und für eine halbe Stunde brutzelte man in männlichem Wohlbehagen. Zemmitz blickte kurz auf seine goldene Armbanduhr. Zehn Minuten hatte er Zeit. Der abendliche Rundgang war nicht an Pünktlichkeit gebunden, aber er war wichtig. Die Patienten seiner Klinik empfanden es als ungemein vorsorglich, daß der Chef noch einmal vor der Nacht zu ihnen ans Bett trat, sie väterlich anlächelte und sagt: »Na, sehen Sie, Gnädige Frau, uns geht's ja wesentlich besser. Richtig Farbe haben Sie im Gesicht.« Ein Blick auf die Fieberkurve. »Kaum noch Temperatur. Puls normal, Stuhlgang zweimal – was wollen wir mehr?! Unser Maschinchen läuft wieder!« Kurzes Lachen, ein Händedruck, ein tiefer Blick aus Chefarztaugen — die Kranken legten sich glücklich zurück und schliefen kurze Zeit später auch ohne Einschlafmittel. Dr. Zemmitz berechnete für diesen abendlichen Monolog am Krankenbett den Preis einer Visite – aber wen kümmerte das? Wer in der ›Wald-Klinik‹ lag, zählte nicht die Markstücke. Die Liquidationen Dr. Zemmitz' wurden von den Konten abgebucht, ohne daß man sie las. Höchstens die Privatkassen überprüften sie, denn sie mußten sie ja ersetzen, aber wer fragt schon an, wann eine ›Untersuchung‹ stattgefunden hat, wenn sie als Adgo Nr. soundso auf der Rechnung steht?

Zemmitz klingelte mehrmals an der breiten bronzenen Haustür, die eher dem Eingang einer Kirche als eines Privathauses glich, drückte dann gegen die Tür und fand sie nur angelehnt. Verwundert betrat er die weite Halle und wollte gerade »Hallo! Die Tür stand offen!« rufen, als er den weißen Klumpen Mensch unten an der Treppe liegen sah.

»Hellersen!« rief Dr. Zemmitz betroffen. »Was haben Sie denn? Mensch, was machen Sie denn?!« Er kniete neben ihm, warf einen Blick auf den Ohnmächtigen und rannte sofort zum Telefon. Das kann sein Ende sein, dachte er, während er durchschellen ließ. Ein Zusammenbruch, wie er katastrophaler nicht sein kann. Und welche Situation! Liegt nackt am Fuße der Treppe, der Bademantel vier Meter weiter zusammengeknüllt in der Halle. Das Haus leer, kein Gärtner, kein Mädchen, keine Katja. Die Tür offen. Was hatte Hellersen veranlaßt, in solchem Aufzug sein Zimmer zu verlassen?

»Wo bleibt denn die Pforte!« schrie Zemmitz in den Apparat. »Schläft da wieder alles? Schwester Erna! Himmeldonnerwetter – wo waren Sie denn? Seit Minuten klingele ich! Wo waren Sie? Ja, schon gut, schon gut! Sofort den Notdienstwagen zu Hellersen. Dr. Bernhard soll das Sauerstoffzelt vorbereiten. Wir haben kein Zimmer mehr frei? Wir haben eins frei! Nummer 10. Da liegt Frau Braunfels? Raus mit ihr, auf Zimmer 19. Ja, rollen Sie das Bett einfach weg! Auch wenn sie protestiert. Ich regele das nachher. Den Notdienst los! Mit Blaulicht und Sirene! Ende.«

Er warf den Hörer hin, rannte zurück zu Hellersen, schob dessen Augenlider hoch, stürzte aus dem Haus, riß den Arztkoffer aus seinem Wagen, lief mit wehender Jacke zurück und gab dem Besinnungslosen eine Injektion tief intramuskulär zur Entkrampfung und – nach einigem Zögern – mit einer langen Hohlnadel intracardial direkt ins Herz.

Bruno Hellersen zeigte keine Wirkung. Ein Klumpen weißes Fleisch, häßlich in dieser völligen Entblößung, lag er regungslos auf den Marmorplatten.

Zemmitz versuchte, ihn wegzuziehen, nahm den Bademantel und mühte sich ab, Hellersen darauf zu schieben. Es war unmöglich. Dieses menschliche Gebirge konnte ein Mann allein nicht bewegen.

Zemmitz setzte sich auf einen der Gobelinsessel in der Halle und wartete. Was er im Augenblick tun konnte, hatte er getan. Ob Hellersen noch lebend in der ›Wald-Klinik‹ ankam, hing von der Schnelligkeit des Notdienstwagens ab. Hier waren Minuten entscheidend. Ein Wettlauf gegen die Uhr.

Zehn Minuten. Zemmitz sprang auf und lief zur Tür. Um drei Ecken brauchen sie nur zu fahren, und dazu sind zehn Minuten notwendig?! Das nennt man Notdienst?! Er nahm sich vor, die Fahrer zu entlassen. Röte stieg in sein Gesicht, der Ärger machte ihn unlogisch. Zum erstenmal wartete er selbst und rechnete nicht mit, was jetzt in der ›Wald-Klinik‹ geschah. Alarm auf der Männerstation. Pfleger Hans und Fahrer Ewald hinunter zur Pforte, zur Garage, Wagen anlassen, hinaussetzen, die Auffahrt hinunter zum Tor hinaus, Gegenverkehr, Blaulicht an, Martinshorn, das Leuchtschild mit dem Roten Kreuz über dem Fahrersitz auf dem Wagendach – was sind da zehn Minuten?

Zemmitz atmete auf, als er die heulende Sirene hörte. In einem wahnwitzigen Tempo bog Ewald in das Grundstück Hellersens ein und bremste mit einem ohrenbetäubenden, gellenden Quietschen. Im gleichen Augenblick stürzte der Pfleger Hans aus dem Führerhaus und rannte zur Hintertür des Wagens.

»Ich habe den Notdienst bestellt, keine Schnecken!« schrie Zemmitz unter dem Eingang. »Wir sprechen uns noch! Sauerstoff, schnell! Ab morgen exerzieren wir Notdienst, verdammt nochmal!«

Mit der Trage brachten die Pfleger das Sauerstoffgerät und die Plexiglasmaske ins Haus. Sie wuchteten den nackten Hellersen auf die Bahre, deckten ihn mit Decken ab und drückten ihm die Maske über das Gesicht. Hier saß jeder Griff, exakt, schnell, ohne viele Worte. Dr. Zemmitz hockte neben der Trage und kontrollierte Herzschlag, Puls und Atmung. Leise zischend strömte der reine Sauerstoff aus der Stahlflasche in den Glastrichter.

»Zurück in die Klinik!« kommandierte Zemmitz. »Jungs, wir müssen es schaffen!«

Während Hans und Ewald die Trage hinausschafften, lief Zemmitz nebenher und drückte die Maske über Hellersens Gesicht. Die Sauerstoff-Flasche lag auf seinem Bauch, Zemmitz hielt sie mit der linken Hand fest. Im Laufschritt brachten sie den Kranken zum Wagen, Zemmitz kletterte zu Hellersen in die enge Kabine, die Schläuche des Membranstethoskops in den Ohren.

Zustand unverändert. Flache Atmung. Herzrhythmus unregelmäßig. Es war, als kämpfe das Herz mit letzter verzweifelter Kraft gegen einen übermächtigen Würgegriff.

Der Wagen kreischte aus dem Tor, die Sirene heulte. Zemmitz hielt sich an dem blanken Gestänge der Trage fest und wurde hin und her geschleudert. Schneller – schneller – der Puls ist fast weg – es ist, als ob das Blut immer dicker wird und nicht mehr durch die Adern fließen kann . . .

Es war eine selbstmörderische Fahrt, aber sie erreichten die Klinik noch mit einem lebenden Hellersen. Zimmer 10 war geräumt, das Sauerstoffzelt aufgebaut, Assistenzarzt Dr. Bernhard hatte auf einem fahrbaren Medikamententisch alle notwendigen Injektionen vorbereitet. Die gefüllten Spritzen lagen steril abgedeckt bereit.

Das klappt, dachte Zemmitz selbstzufrieden. Ich habe Zug in meiner Bude. Für hundert Mark pro Tag kann man das verlangen. Die ›Wald-Klinik‹ ist teuer, aber hier sind die Kranken auch Könige!

Er zog die Jacke aus, warf sie in eine Ecke, half mit, Hellersen ins Bett zu wuchten und bekam die erste Spritze gereicht. Das Plastikzelt fiel hinter ihm zu, aus den Düsen an der Wand und im Zeltgestänge blies der Sauerstoff. Auf der anderen Seite des Bettes wurden die Flaschen für eine Tropfinfusion an den chromglitzernden Galgen montiert.

Zemmitz legte die Spritze weg und sah Hellersen mit gesenktem Kopf an. Es ist aus, alter Junge, dachte er. Davon erholst du dich nicht mehr. Sollte ein Wunder geschehen und du kommst wieder auf die Beine, dann wirst du ein bedauernswerter Invalide sein, der durch das Leben schleicht, von der Angst umkrallt vor dem großen letzten Schlag. Es gibt auch noch eine zweite Möglichkeit: Das Hirn wird nicht mehr genug durchblutet, die feinen Zellen leiden an Sauerstoffmangel, verkümmern, zersetzen sich – und du verblödest, ein lallendes, stammelndes menschenähnliches Etwas, ein Schlauch, der Essen schluckt, verdaut und ausscheidet. Wie's auch kommt, Bruno Hellersen, über die Schwelle des Lebens bist du bereits gerutscht ...

Zemmitz kam aus dem Plastikzelt und schob den Medikamentenwagen zur Seite. Es war eine entmutigende Geste.

»Infaust –«, sagte er trocken. »Dr. Bernhard, bleiben Sie bei ihm und rufen Sie mich sofort, wenn eine Änderung des Zustandes eintritt. Ich versuche, Frau Hellersen zu erreichen –«

Aber das gelang nicht. Lediglich der Gärtner kam nach einer halben Stunde ans Telefon, er war gerade aus München zurückgekommen und stand noch unter dem Eindruck großer Ratlosigkeit.

»Ich werde die gnädige Frau sofort verständigen«, stotterte er. »Wenn sie auch in München ist, wird sie jeden Augenblick kommen. Ist – ist es schlimm mit dem gnädigen Herrn, Herr Doktor?«

Zemmitz legte ohne Antwort auf. Er fand es verschwenderisch, das Personal über die Krankheit des Dienstherrn aufzuklären.

Eine Stunde nach der Einlieferung. Und Bruno Hellersen lebte immer noch.

»Er hat die Konstitution eines Elefanten!« sagte Dr. Zemmitz. »Aber das nutzt ihm wenig. Jetzt nicht mehr. Seine Adern sind so dick mit Kalk ausgelegt, daß er einen Neubau allein beliefern kann.«

Niemand lachte, selbst Zemmitz diesesmal nicht.

Es gab Witze, da lacht nicht einmal mehr der Tod –

Gegen einundzwanzig Uhr meldete die Pfortenschwester an den Chef, daß Frau Hellersen und ein Herr Dr. Vandura in der Halle warteten. Zemmitz, der nicht hinüber in seine Villa gegangen war, sondern in der Klinik blieb, um das Wunder Hellersen zu verfolgen, denn wider alle Prognosen hatte Bruno begonnen, tiefer zu atmen und hatte sogar etwas Farbe bekommen, lag aber noch in tiefer Bewußtlosigkeit, zog die Augenbrauen hoch, nahm die Goldbrille ab, putzte sie umständlich und sagte erst dann: »Ich komme hinunter.«

Dr. Zemmitz setzte eine verschlossene Miene auf, als er Dr. Vandura neben Katja stehen sah. Er hatte sie untergefaßt, und das wirkte so vertraut, daß Zemmitz es schon für geschmacklos hielt. Welch ein Lackaffe, dachte er neidisch. Vandura – wo mögen seine Vorfahren herkommen? Spanien? Portugal? Oder vom Balkan? Das wird es sein. Ein Balkanese! Abkomme der Skipetaren. Aufgetaucht aus Knoblauchfeldern.

»Ich habe mir erlaubt, mit Ihrem Wagen herzukommen«, sagte Vandura, ohne die deutliche Steifheit des anderen zu beachten. »Sie hatten leichtsinnigerweise den Schlüssel stecken lassen. Bitte –« Er drehte den Autoschlüssel an dem goldenen Kettchen mit dem Anhänger um den Zeigefinger.

»Besten Dank, Herr Kollege.« Zemmitz steckte den Schlüssel ein. Der Wagen, ach ja. In der Aufregung um Hellersen ganz vergessen. Und ausgerechnet dieser Vandura bringt ihn heran. Man muß ihm Dankeschön sagen und freundlich sein. Zemmitz wäre es in diesem Augenblick lieber gewesen, den Wagen hätte jemand gestohlen. Ein Auto konnte man immer kaufen . . . Höflichkeit gegenüber Vandura aber war ein unwiderbringlicher Prestigeverlust.

»Ihrem Gatten geht es schlecht, miserabel –«, sagte Zemmitz in fast brutaler Ehrlichkeit. Es hatte keinen Sinn mehr, mit ärztlichen Floskeln zu jonglieren. Er sah an Vandura vorbei und erwartete von Katja keinen Tränenausbruch oder eine übermäßige Regung. Daß sie aber völlig ruhig seine Worte aufnahm, verblüffte ihn doch. »Der Zustand ist komatös. Wir haben alles getan, was menschenmöglich ist – jetzt kann nur noch Gott helfen.«

»Leider hat er kein medizinisches Examen abgelegt«, sagte Vandura trocken. »Ich würde nicht auf diesen Laien warten.«

Zemmitz warf einen bösen Blick zur Seite. »Wir kennen beide die Krankheit des Patienten. Der weitere Verlauf ist schicksalsbedingt.«

»Darüber könnte man diskutieren, Herr Kollege.«

Seine Gasinjektionen, fängt er schon wieder an! Zemmitz' Gesicht war eine einzige Abwehr. Wenn das Adersystem so hoffnungslos verkalkt ist wie bei Hellersen, gibt es keine medizinische Theraphie mehr. Nur Scharlatane doktern noch herum, erwecken Hoffnungen, die es nicht gibt, und kassieren. Es sind die Aasgeier der Medizin.

Wie ein Aasgeier blickte Zemmitz auch Dr. Vandura an, als er antwortete: »Wir sollten die Grenzen der Medizin anerkennen.« Er sagte es bewußt hochmütig, es sollte eine geistige Ohrfeige sein. Dann wandte er sich an Katja. »Sie waren außer Haus, gnädige Frau. Was wirklich vorgefallen ist, bleibt mir ein Rätsel. Ich komme zufällig vorbei, finde die Tür offen und Ihren Gatten in einem außergewöhnlichen Zustand am Fuße der Treppe. Völlig desolat, nackt, der Bademantel lag meterweit von ihm entfernt, er sah aus, als habe ein Kampf stattgefunden, aber mit wem und warum? Ein Einbruch? Vermissen Sie etwas im Haus?«

Katjas Haltung war bewundernswert. Man lernt es bei Hellersen, sich zu verstellen. Man ist trainiert. Nach außen das Paradies, hinter der Tür die Hölle. Ein Leben wie auf einer Drehbühne.

»Nein«, sagte sie. Ihre Stimme klang gefaßt. »Ich vermisse nichts. Nackt war er, sagen Sie?« Mit einer schnellen Bewegung strich sie sich die Haare aus den Augen. »Kann ich Bruno sehen?«

»Aber nur ganz kurz. Er liegt unter dem Sauerstoffzelt. Kein schöner Anblick . . .«

»Ich werde ihn ertragen –«

Im Zimmer saß noch immer Dr. Bernhard und kontrollierte in Abständen von zehn Minuten Puls und Herztätigkeit. Der Zustand Hellersens war dramatisch geworden. Von einer Minute zur anderen stieg und fiel der Blutdruck, klopfte das Herz wie toll und schlich dann wieder müde dahin. Dr. Zemmitz steckte die Hände in seinen weißen Kittel.

»Ich warte nur noch auf einen Embolus«, sagte er betont. »Wenn er die Treppe hinuntergestürzt ist, was ich vermute – sehen Sie nur das Hämatom an der rechten Stirnseite und an der linken Schulter –, könnte sich solch ein Teufelsding gelöst haben.«

Katja stand vor dem Plastikzelt und starrte auf ihren Mann. Sie sah ihn an wie einen Fremden, jegliches Gefühl war in ihr erloschen. Er kam ihr unbekannt vor. Undenkbar, daß sie einmal mit ihm gelebt hatte, daß es sogar so etwas wie Liebe gegeben hatte, am Anfang ihrer Ehe, in die sie wie ein Schaf zur Schlachtbank getrottet war. Unfaßbar, daß dieses fremde Wesen dort am Dauertropf und Sauerstoff ihren Körper besessen hatte, von ihr Besitz ergriffen hatte, die Geheimnisses ihres Leibes kannte. Wer war das da? Bruno Hellersen? Unmöglich. Eine teigige Masse, weiter nichts.

Das Telefon im Zimmer summte diskret. Dr. Bernhard nahm den Hörer ab und reichte ihn dann an Zemmitz weiter.

»Bei Frau Deutler eine starke Nachblutung. Schwester Ottilie fragt, was sie . . .«

»Ich komme!« rief Zemmitz ins Telefon. Er gab den Hörer an Bernhard zurück und winkte. »Ich habe immer gesagt, da ist noch ein Plazentarest zurückgeblieben! Jetzt haben wir die Sauerei! Rufen Sie Dr. Biller und lassen Sie den OP klar machen —«

Dr. Biller war der gynäkologische Assistent. Die ›Wald-Klinik‹ war auf alle Fälle vorbereitet und eingerichtet.

»Sie entschuldigen!« sagte Zemmitz knapp. »Und bitte nicht länger als zehn Minuten bleiben. Sie sehen ja, er ist nicht ansprechbar . . .« Er verließ im leichten Laufschritt das Zimmer, gefolgt von Dr. Bernhard. Bevor die Tür mit einem schnalzenden Laut zufiel, hörte Vandura noch, wie er anordnete: »Schwester Berti soll auf 10 kommen! Hellersen darf nicht ohne Aufsicht bleiben —«

Dann waren sie allein im Zimmer, allein mit dem Mann, der gegen den Tod rang. Mit zwei schnellen Schritten war Katja am Sauerstoffzelt und schob den Eingangsschlitz zur Seite. Ihre tiefblauen Augen funkelten. Vandura rührte sich nicht vom Fleck, nur seine Mundwinkel zuckten stark.

»Jetzt —«, sagte sie halblaut. »Tu es jetzt! Die Schwester kann jeden Augenblick kommen. Mein Gott — so eine Gelegenheit — tu es jetzt — bitte — bitte — bitte — es ist die Chance —«, flehte sie.

Ihre Blicke schrien ihn an. Die ganze Qual ihres jahrelangen Martyriums brach wieder auf.

Dr. Vandura preßte die Lippen aufeinander. Er griff in die Tasche, holte ein verchromtes Etui hervor, klappte es auf, entnahm ihm eine fertige Spritze, drückte die Luft aus der Nadel und trat neben Katja an Hellersens Bett. Flach stach er in die Vene des rechten Armes, nachdem er sie kurz mit einem Daumendruck gestaut hatte, zog das

Kontrollblut ein und drückte dann langsam die gelbliche Flüssigkeit in die Ader. Mit einem Tupfer, der bei der Spritze gelgen hatte, wischte er die wenigen Blutstropfen ab. Ein kräftiger Druck auf den Einstich – er blutete nicht mehr.

Nur Sekunden dauerte der Vorsprung Vanduras. Er hatte kaum die Spritze wieder in das Kästchen gelegt und in die Tasche gesteckt, als die Tür aufging und Schwester Berti hereinkam.

»Wir gehen sofort —«, sagte Katja und lächelte verkrampft. Es hinterließ den Eindruck einer um Fassung ringenden Frau, und dieser Zustand war nicht einmal gespielt. »Gute Nacht, Schwester —«

Im langen Gang waren sie allein. Die Patienten schliefen bereits. Die Nachtbeleuchtung brannte, eine bedrückende Dämmerung für einen Gesunden. Ihre Schritte hallten überlaut auf dem Kunststoffboden — unbewußt ging Katja auf den Zehenspitzen und hatte das Gefühl, lauter als ihre Schritte hämmerte ihr Herz. Am Lift blieben sie stehen. Vandura drückte den Rufknopf, Surren klang aus dem Schacht. Die Kabine schwebte herunter.

»Ich danke dir«, sagte Katja leise und küßte Vandura auf die Wange. »Ich danke dir ewig —«

Ihre Erregung war ungeheuerlich. Als der Lift hielt, klang das Einrasten des Haltekontaktes wie ein Kanonenschuß.

Am nächsten Morgen lebte Bruno Hellersen immer noch. Es ging ihm sogar besser. Um elf Uhr morgens öffnete er die Augen und kam auf diese Welt zurück. Dr. Zemmitz, der gerade ein chronisches substantielles Emphysem untersuchte, wurde vom Röntgenschirm weggerufen und stand fassungslos vor diesem Wunder. Hellersen verzog sogar den Mund zu einem angedeuteten Lächeln, als Zemmitz ausrief: »Bei so viel Glück sollten Sie nächstens eine Kirche stiften!«

Das Wiedererwachen Hellersens täuschte allerdings nicht darüber hinweg, daß seine Krankheit unheilbar war. Sein Aufbäumen war nur eine Verzögerung. Zemmitz entschloß sich denn auch sofort, ihn rein symptomatisch zu behandeln, das Weiterleben, so gut es ging, zu erleichtern, aber sonst den Lauf des Schicksals nicht zu hemmen. Er sah auch gar keine Möglichkeit dazu. »Wenn man die Adern auskratzen könnte, so wie man Wasserstein aus dem Kessel holt«, sagte er zu seinen vier Assistenzärzten, denen er Hellersen als einen seltenen Fall vorführte, »würden die Menschen zweihundert Jahre alt. Dem Mann, dem es gelänge, die Kalkwände aufzulösen, ohne daß die Aderwände dabei beschädigt werden, wäre ein Retter der Menschheit.

Einen Augenblick dachte er plötzlich an Dr. Vanduras Gastherapie und schob dann diesen ketzerischen Anflug seiner Gedanken wieder weg. Er tätschelte Hellersens Hand und bewegte den Zeigefinger, als Bruno sprechen wollte. »Ganz ruhig, mein Freund, ganz ruhig. Sprechen können wir später noch genug. Jetzt sorgen wir erst mal dafür, daß die Pumpe richtig rum läuft.«

Es war der alte joviale Chefarztton, die Wunderverkündigung eines Gottes in Weiß. Auf die Patienten wirkte diese Sicherheit heilungsfördernd. Nicht Pillen und Spritzen allein helfen einem Kranken, auch seine Seele will gestreichelt werden. Die richtige psychologische Behandlung eines Patienten spart Medikamente.

Gegen Mittag rief Katja an.

Die Nacht, die hinter ihr lag, war ein einziger Rausch gewesen. Ihre Dankbarkeit gegenüber Vandura stattete sie mit ihrem Körper ab. Aber nicht nur Dankbarkeit waren diese wilden Stunden – echte Liebe, eine nie gekannte Leidenschaft, eine himmeleinreißende Hingabe wischte alles weg, was vorher, vor Vanduras Glut, gewesen war. Sie kannte sich selbst nicht mehr, entdeckte in sich einen neuen Menschen, und dieser Mensch bestand nur noch aus glühender Erfüllung ihrer Triebe.

Ein paarmal, wenn sie nach dem Höhepunkt des Rausches nebeneinander lagen, die Glieder noch ineinander verschränkt, hastig eine Zigarette rauchten oder eiskalten Orangensaft tranken, weil ihre Körper dampften und ausgetrocknet schienen, sagte sie schwer atmend: »Ich habe Angst – wahnsinnige Angst. Soviel Glück kann gar nicht bleiben –«

Und Vandura antwortete: »Wir müssen nur Geduld haben, Katja ...«

Sie kuschelte den Kopf in seine Achselhöhle und fühlte sich geborgen wie ein Vögelchen im Nest. »Ob – ob er schon tot ist ...«, fragte sie plötzlich. Vandura schwieg. Er legte ihr die Hand über den Mund und starrte an die Decke. Der Widerschein der Straßenbeleuchtung zauberte bizarre Schattenrisse auf die weiße Fläche.

Sie küßte seine Finger, legte den Arm um seinen Leib und sagte mit einer satten Müdigkeit: »Eine solche Nacht müßte doppelt so lang sein ...«

Der Anruf in der ›Wald-Klinik‹ erreichte Dr. Zemmitz gerade, als er ins Ärztekasino zum Mittagessen gehen wollte. Wie in großen Krankenhäusern, hatte Zemmitz auch bei sich ein Kasino eingerichtet, in dem er allein mit seinen vier Assistenten aß. Ein Pfleger servierte. Diese Einrichtung sollte nicht allein die Exklusivität des Hauses unterstreichen, sondern auch den Abstand Zemmitz' von seinen anderen Mitarbeitern. Er war der Chef – danach kam lange Zeit nichts mehr. Da es ihm nie vergönnt gewesen war, die akademische Laufbahn einzuschlagen und einmal Professor und Ordinarius zu werden, Chef einer Universitätsklinik oder eines ganzen Klinikums, überpflanzte er diese Machtstellung in seine kleine Welt.

»Ihr Gatte«, sagte Dr. Zemmitz und betonte jedes Wort, denn ihn ließ das Gefühl nicht los, daß Katja den Tod ihres Mannes ungeduldig erwartete, »hat eine Nilpferdnatur! Er lebt! Er ist bei Bewußtsein und hat leichte Nahrung zu sich genommen. Sie dürfen ihn für zehn Minuten besuchen. Aber nicht sprechen – nur von weitem sehen. Er wird sich sicherlich freuen.«

Das war infam. Zemmitz legte zufrieden auf. Frauen sind im Grunde dumm, dachte er, während er hinunter zum Kasino fuhr, das im ausgebauten Keller lag. Schopenhauer und Nietzsche verachteten die Frauen vom Philosophischen her – sie waren keine Mediziner. Was man aber als Arzt alles mit Frauen erlebt – Himmel noch mal, allein ihr Körper und ihre biologische Notwendigkeit verhindern, daß man sie als unwichtigstes Geschöpf klassifiziert. Zemmitz hatte sich nie viel aus Frauen gemacht – er ›benötigte‹ sie, das war alles.

Katja legte den Hörer langsam auf und wandte sich zu Vandura. Im weißen Arztmantel saß er in der Bibliothek seines riesigen Wohnraumes und trank zwischen zwei Untersuchungen einen Cognac. Im Wartezimmer saßen noch sieben Patienten, drei wurden von der Sprechstundenhilfe im Bestrahlungsraum behandelt – es war Freitag. Letzte Sprechstunde vorm Wochenende. Man holte sich vom Arzt Kraft für Samstag und Sonntag.

»Er lebt –«, sagte sie gedehnt. »Es geht ihm besser – was – was hast du ihm denn gegeben?«

Vandura starrte in seinen Cognacschwenker und drehte nervös die goldgelbe Flüssigkeit über die Glaswand. Ich habe ihm ein neues Mittel injiziert, dachte er und wich Katjas Blicken aus. Noch unerprobt an Menschen, nur im Tierversuch erfolgreich. Eine Säureanreicherung des Blutes, eine Kalk auflösende Substanz. Aber das kann nicht der Grund der plötzlichen Besserung sein. Die Therapie ist auf langen Zeitraum angesetzt, soll eine langsame Abschmelzung der Ablagerungen bewirken, ohne die Adern zu verätzen, soll überhaupt nur lindern, den Kalk aufweichen, damit er nachher um so leichter durch den Gasdruck abgesprengt werden kann.

»Es würde auffallen, wenn dein Mann nach unserem Weggehen plötzlich stirbt«, sagte er mit schwerer Zunge. Wie kann ein Arzt überhaupt so etwas sagen, durchfuhr es ihn. Mein Gott, was hat diese Frau aus mir gemacht! »Es muß alles natürlich aussehen, selbstverständlich, logisch.«

»Gestern war es logisch, Bruno lag im Koma!« Ihre Stimme klang hart. Sie war wie in Kälte gewickelt.

»Es wäre trotzdem auffällig gewesen. Du mußt Geduld haben, Katja — du mußt hoffen können.«

»Und wie soll es weitergehen, Ralf?«

»Ich werde Hellersen in Abständen von einigen Tagen mehrmals besuchen. Es wird sich ergeben, daß ich dann mit ihm allein bin.« Er atmete tief auf und stürzte den Cognac in einem Zug hinunter. »Sein Verfall wird auch für Zemmitz selbstverständlich sein.«

Er sprang auf, stellte das Glas klirrend auf den Tisch und lief hinaus in die Praxis. Katja sah ihm mit weiten Augen nach. Für sie war das kein Mord mehr — es war Befreiung.

Eine halbe Stunde später fuhr sie in die ›Wald-Klinik‹. Sie nahm einen großen Blumenstrauß mit, weil das so üblich ist bei Krankenbesuchen. Dr. Zemmitz, von der Pfortenschwester alarmiert, empfing sie auf dem Stationsflur. Welch ein Auftritt, dachte er. Ganz Diva. Und die Theaterdekoration trägt sie gleich mit sich herum. Blumen für Hellersen! Er war gespannt, wie er darauf reagierte.

»Wie geht es ihm?«

Die ewige Frage aller Besucher. Gedämpfte Stimme, Tremolo, Kuhaugen. Dr. Zemmitz rückte an seiner goldenen Brille. »Den Verhältnissen entsprechend zufriedenstellend. Aber wir sollten uns keine Illusionen machen.«

»Die habe ich nie gehabt!«

Peng! Zemmitz nickte mehrmals. Er hatte also recht. Hellersen lebte zu lange. Daß er jetzt bei Besinnung im Bett lag, war ein schwerer Schlag für sie. Er sah sie von der Seite an, diese dunkelhaarige Schönheit mit dem kindlichen Gesicht, hinter dem sich die Glut einer leidenschaftlichen Frau verbarg. Hatte sie einen Geliebten? Welche Rolle spielte Vandura in ihrem Leben? Überhaupt Vandura – er war merkwürdig oft mit ihr zusammen! So etwas fällt auf, das geht über die ärztliche Sorgfalt hinaus.

Ein häßlicher Verdacht glomm in Zemmitz auf. Seine Abneigung gegen Vandura trieb giftige Blüten. Sie war ein Nährboden für verworrene und entsetzliche Gedanken. Wo war Vandura gewesen, als Hellersen die Treppe hinunterstürzte? Warum war die Haustür unverschlossen? Waren Vandura und Hellersen in dem leeren Haus allein aufeinandergetroffen? Noch konnte Hellersen nicht sprechen, jedes Wort war wie das Wegwälzen eines schweren Steins. Aber Zemmitz nahm sich vor, mit ihm zu reden. Nur Fragen stellen, der andere brauchte nur zu nicken. Das genügte.

Über dem Bett hing noch immer das Sauerstoffzelt, als Katja Zimmer 10 betrat. Die ständig am Bett sitzende Schwester erhob sich sofort und trat zurück. Bruno Hellersen starrte Katja wie einen Geist an, dann die Blumen, er bewegte die Lippen, drehte den Kopf zur Seite und blickte weg.

»Können Sie eine Vase holen, Schwester, und die Blumen ins Wasser stellen?« fragte Katja und hielt die Blumen von sich. »Sie sind empfindlich und brauchen viel frisches Wasser.«

»Sofort, gnädige Frau.« Die Schwester nahm den Strauß in beide Hände. »Ich will sehen, ob wir auf der Station eine passende Vase haben.«

Sie verließ das Zimmer. Katja wartete noch ein paar Sekunden, dann trat sie an das Plastikzelt und schlug es auf. Der Kopf Brunos fuhr herum. Angst schrie aus seinen glasigen Augen.

»Ich tue dir nichts«, sagte sie ganz ruhig. »Du wirst sowieso sterben. Aber bevor du dich wegmachst, sollst du wissen, daß ich nichts auf der Welt so hasse wie dich!«

Hellersen schnappte nach Luft. Er wollte schreien, aber es wurde nur klägliches Gezirpe. Katja ließ den Zelteingang wieder zurückfallen und setzte sich außerhalb der Plastikhaut auf den Besucherstuhl. So fand sie die Schwester vor, als sie mit einer großen Porzellanvase und den Blumen zurückkam.

Das Gesicht Brunos war in wenigen Minuten aufgedunsen. Rote Flecke bedeckten Wangen und Hals. Sein Atem rasselte. Unbemerkt von Katja drückte die Schwester auf einen Klingelknopf an der Wand. Nur zwei Minuten brauchte Dr. Zemmitz von seinem Mittagstisch bis Zimmer 10.

»Die Freude regt ihn zu sehr auf«, sagte er voll Sarkasmus. »Ich glaube, es ist besser, wenn Sie gehen, Katja. Wir müssen jegliche

Überanstrengung vermeiden. Wenn ich Ihnen einen freundschaftlichen Rat geben kann: Warten Sie noch eine Woche mit weiterem Besuch. Ich werde es Bruno erklären, er wird es verstehen. Sie helfen damit Ihrem Mann . . .«

Es war eine so geschickte Formulierung, daß Katja nur zustimmend nicken konnte. Um sie völlig über die Situation aufzuklären und keinerlei Fragen mehr aufkommen zu lassen, fügte Zemmitz hinzu: »Außerdem verreise ich. Ein Internistenkongreß in Wien. Genau eine Woche. Ich möchte während meiner Abwesenheit alle Komplikationen vermeiden. Darf ich mit Ihrem Verständnis rechnen?«

»Das ist doch klar, Doktor.« Katja ging neben ihm her zum Lift, gab Zemmitz die Hand und fuhr hinunter zur Eingangshalle. Eine Woche! Sieben Tage lang ist Bruno allein auf Zimmer 10. Welch eine Gelegenheit für Vandura! Der Besuch der Ehefrau wurde verboten, aber nicht der des Arztes. In sieben Tagen ist die Welt schon oft geändert worden – warum nicht auch die kleine Welt der Katja Hellersen?

»Es ist soweit«, sagte sie, als sie wieder bei Vandura war und die Handtasche auf das Sofa warf. In ihrer Stimme schwang etwas wie der Ton einer Fanfare. »Zemmitz verreist für eine Woche!«

Und Vandura nickte schweigend.

Dreimal besuchte Dr. Vandura in der kommenden Woche den kranken Hellersen. Stationsarzt Dr. Bernhard, der zwar den Befehl bekommen hatte, auf keinen Fall die Ehefrau vorzulassen, hatte bei einem Kollegen keine Bedenken, zumal der Chef Vandura mit keinem Wort erwähnt hatte.

Jedesmal gelang es Vandura auch, die Schwesterwache aus dem Zimmer zu schicken und Hellersen die Injektion zu geben.

Es war ein stummer, hilfloser Kampf, den Hellersen gegen Vandura führte. Seine Hilferufe blieben in seinem Gaumen hängen und wurden zu einem Röcheln, seinen Arm wegzuziehen, gelang ihm nicht – dazu war er zu schwach. Wenn Vandura wieder gegangen war, schlief Hellersen sofort ein – ermattet von seinem nutzlosen Widerstand, weggetragen von der Medizin, die seine Adern durchpulste und eine bleiernde Müdigkeit hinterließ. Dr. Bernhard unternahm alles, um das Absinken der Lebenskraft wiederaufzufangen – er wunderte sich nicht. Das Auf und Ab war bei diesem Krankheitsbild normal.

Nach der vierten Injektion durch Dr. Vandura, die Hellersen ohne Nachwirkungen überstand – Vandura beobachtete ihn scharf und notierte sich, daß der Körper den neuen Injektionsstoff tolerierte – machte sich Hellersen nach dem Weggang Vanduras durch Zeichen verständlich.

Papier. Einen Bleistift.

Die Schwester brachte beides, und Hellersen schrieb in großen, zittrigen Buchstaben ein paar Worte. Dann schob er den Zettel unter sich ins Bett und schlief erschöpft ein.

Die nächsten Stunden waren dramatisch.

Dr. Zemmitz kam aus Wien zurück, ein wenig angeheitert und zerknautscht. Abschiedstrunk unter Freunden. Ein Wiener Madl. O schöne blaue Donau ... Er traf auf eine aufgeregte Station I. Dr. Bernhard hatte Alarm gegeben. Bruno Hellersen lag wieder im Koma – es ging zu Ende.

»Wie ist das möglich?« schrie Zemmitz und rannte zu Zimmer 10. Hellersen keuchte und röchelte, der Sauerstoff nutzte nichts mehr, das Gesicht färbte sich zyanotisch. Aus, dachte Dr. Zemmitz und stand mit hängenden Armen neben dem Bett. Aus und vorbei. Eine Lungenembolie. Es bliebe noch eine Trendelenburgsche Operation, die Eröffnung der Lungenarterie durch einen zwei Zentimeter langen Schnitt und Herausziehen des Embolus aus dem Hauptstamm und den beiden Zweigen mit der Kornzange. Der letzte verzweifelte Schritt des Chirurgen – aber bisher war diese Operation auf der ganzen Welt nur zweimal gelungen! Zweimal! Selbst ein Sauerbruch wurde besiegt. Was kann da ein Zemmitz tun?

»War seine Frau doch hier?« fragte er scharf. Dr. Bernhard schüttelte den Kopf.

»Nein. Nur Dr. Vandura ...«

»Wer?« brüllte Zemmitz auf. »Vandura?! Sind Sie verrückt, Bernhard?«

»Ich sah keine Veranlassung, einen Kollegen ...«

»Wie oft?«

»Dreimal. Zuletzt gestern ...«

»Wir sprechen noch darüber!« Zemmitz setzte sich neben dem röchelnden Hellersen aufs Bett. Er hielt dessen Hand fest, bis das Herz aussetzte und die Brust flach zusammensank. Es ging schnell, wie bei einem Motor ohne Treibstoff. Zemmitz drückte Hellersen die Augen zu und faltete die schlaffen Hände. Über den Gang rollte bereits die Totenbahre. Die Organisation klappte vorzüglich. Bett frei – Wäsche runter zum Waschen und Desinfizieren, Matratzen lüften, Zimmer scheuern, zur Neuaufnahme vorbereiten. Wenn jemand um zwei Uhr morgens stirbt, kann das Zimmer am Nachmittag wieder belegt werden. Das gibt die doppelte Tageseinnahme.

Das Umbetten des Toten vollzog sich mit geübten Griffen. Die Pfleger Ewald und Hans trugen Hellersen auf die fahrbare Trage und zogen ein Tuch über seinen Körper und den Kopf.

»Da liegt etwas im Bett«, sagte die Schwester, die das Bett aufgeschlagen hatte. »Ein Zettel. Herr Hellersen hat darauf gelegen. Wo kommt denn der her?«

Dr. Zemmitz griff nach dem Blatt Papier, ehe die Schwester es genau betrachten konnte. Hellersens Schrift, Zemmitz erkannte sie sofort, auch wenn sie jetzt schief, zittrig und verschwommen war.

Eine Nachricht. Eine schreckliche, bleistiftgeschriebene Zeile.

»Wenn ich plötzlich sterbe, dann ist Vandura mein Mörder.«

Dr. Zemmitz faltete das Papier wortlos zusammen, steckte es in seinen Kittel und verließ das Zimmer. Ein Doppeltod! Hellersen und Vandura, denn für ihn gibt es jetzt keinen Ausweg mehr.

Noch vom Flurtelefon aus rief er die Polizei an.

»Ich habe einen Mord zu melden«, sagte Dr. Zemmitz ruhig und klar. »Ja, in meiner Klinik. Den Mörder kennen wir.«

Eine Frau hat Vandura umgebracht, dachte er, als er wieder einhängte. Katja! Man hätte es sich denken können. Er war ein Phantast, dieser Vandura – aber ich wußte nie, daß er auch ein Idiot war!

Die Polizei kam zu Vandura, als Katja nach München gefahren war und sich ein neues Kleid kaufte. Noch wußte niemand vom Tod Hellersens – bis zur Freigabe der Leiche durch die Staatsanwaltschaft sollte sein rätselhaftes Sterben verschwiegen werden. Während die Beamten der Mordkommission vor dem Hause Vandura hielten, transportierte ein Spezialwagen den toten Hellersen bereits zum Gerichtsmedizinischen Institut.

Vandura empfing die Beamten unbefangen und freundlich. Er wußte, warum sie gekommen waren, und sagte es sofort.

»Herr Hellersen ist tot, nicht wahr?«

Kommissar Brandtner nickte erstaunt. Er hatte Erschrecken erwartet oder kalte Abwehr, aber nicht das. »Ja. Sie wissen das?«

»Es war zu erwarten. Nur der Zeitpunkt war unklar.«

»Es besteht der Verdacht, daß Sie den Zeitpunkt bestimmten, Doktor.«

Dr. Vandura lächelte schief. »Das ist eine höflich formulierte Mordanklage. Finden Sie das nicht absurd, Herr Kommissar? Ich bin Arzt – ich helfe, aber töte nicht.«

»Lesen Sie das.« Brandtner hielt Vandura den Zettel hin. »Sie waren viermal bei dem Gestorbenen? Wie kommt er dazu, solche Zeilen zu schreiben? Was wollten Sie bei Hellersen?«

»Ich habe ihm Injektionen gegeben.«

»Heimlich?«

»Ja.«

»Ohne Wissen von Chefarzt Dr. Zemmitz?«

»Ja.«

Kommissar Brandtner zog laut die Luft durch die Nase. »Warum?«

»Ich wollte das Leben Hellersens verlängern. Ich nehme an, daß das die Pflicht eines Arztes ist.«

»Aber warum dann heimlich?«

»Es besteht zwischen Dr. Zemmitz und mir eine – na sagen wir es höflich – Animosität. Er hätte jegliche Behandlung verhindert.«

»Das verstehe ich nicht.« Brandtner machte sich Notizen. »Wenn es um den Kranken geht –«

»Hier geht es um medizinische Grundsatzfragen. Seit Jahren erforsche ich Möglichkeiten, die Arterienverkalkung, die Sklerose also, durch neue Medikamente aus ihrem bisher schicksalbedingten Verlauf herauszuholen und zu bekämpfen. Nach Ansicht meiner Kollegen sind meine Versuche unwissenschaftlich, so wie Semmelweis unwissenschaftlich war, Pasteur und Robert Koch. Der Kampf um den Fortbestand der Lehrmeinungen ist ein stiller, unterirdischer, aber um so verbissener Kampf – die Opfer sind die Kranken, denen man helfen könnte, wenn die Medizin – nicht nur bei uns in Deutschland, überall – nicht zu neunzig Prozent aus Hochmut einiger Arztpäpste bestände. Ich habe meine Therapien auf Kongressen vorgetragen, in Fachzeitschriften beschrieben – der Erfolg: Schweigen. Lächeln. Verleumdung. Oder – wie bei Zemmitz – offene Feindschaft. Der Fall Hellersen gab mir die Möglichkeit, mein neues Präparat zu beweisen. Leider zu spät –«

»Sie haben Ihr Mittel injiziert gegen den Willen des Kranken?«

»Herr Hellersen stand ganz unter dem Einfluß seines Freundes Zemmitz.«

»Sie haben — nennen wir es präzis — an einem Menschen experimentiert?!«

»Ich wollte helfen, weiter nichts.«

Kommissar Brandtner wiegte den Kopf hin und her. Ein verfluchter Fall wächst da heran, dachte er. Ein Arzt, der helfen will, außerhalb der Legalität, ein Fanatiker seines Berufes, und der Patient stirbt. Ein Patient, der den Arzt schriftlich einen Mörder nennt. Ein anderer Arzt, der ganz klar sagt: Er hat ihn getötet wegen seiner Frau.« Ein Meer von Haß, durch das man jetzt schwimmen muß.

»Sie haben Hellersen also nicht getötet?« fragte Brandtner direkt. »Ihr Injektionsmittel war ungefährlich?«

»Nein! Keine Medizin ist ungefährlich, nicht einmal Rizinusöl!« Dr. Vandura steckte sich eine Zigarette an. Brandtner lehnte ab, als Vandura die Schachtel hinhielt. »Aber ich lehne es ab, nur daran zu denken, daß die Injektionen zum Tode führten. Ich sagte ja, im Gegenteil — ich wollte helfen!«

»Aber gegen den Willen des Patienten, in Abwesenheit des Klinikchefs. Da hängt jetzt eine ganze Masse drin.« Brandtner setzte sich. Zwei jüngere Beamte standen an der Tür, als müßten sie einen Ausbruch Vanduras verhindern. »Fahrlässige Tötung. Körperverletzung mit Todesfolge. Totschlag. Sie sind sich darüber im klaren, Doktor?«

Vandura blickte dem Rauch seiner Zigarette nach. Was er in diesen Minuten dachte, blieb hinter seiner Stirn verschlossen.Brandtner hatte das dumpfe Gefühl, daß er irgendwie weit weg war, mit den Gedanken in einer anderen Welt.

»Was war mit Frau Hellersen?« fragte er in die dumpfe Stille hinein. »War sie Ihre Geliebte?«

»Darüber verweigere ich die Ausage.« Vandura stand auf, ging zur Hausbar, goß sich einen Cognac ein und trank ihn in kleinen, schnellen Zügen.

»Sie liefern damit ein Motiv, Doktor.«

»Ich weiß, Herr Kommissar. Aber es ist absurd! Ich habe nur für meine Kranken, meinen Beruf, meine Forschungen gelebt. Auch eine Frau kann mich nicht zum Mörder machen, wenn Sie an so etwas denken.«

»Es wird schwer sein, das zu beweisen.« Brandtner überflog noch einmal seine Notizen. Ein Geständnis, das das ärztliche Ende Vanduras bedeutete. Um den Namen Katja machte er einen dicken Kreis. Cherchez la femme — der alte Spruch. Vandura saß in der

Schlinge. »Sie werden einen vorzüglichen Anwalt brauchen, Doktor«, sagte er nach längerer Denkpause. »Ich nehme Sie nicht mit – aber verlassen Sie bitte nicht das Haus. Morgen vormittag um elf kommen Sie bitte in mein Büro, einer meiner Beamten wird Sie abholen. Vielleicht ist bis dahin auch der Obduktionsbefund da. Er könnte Ihre einzige Entlastung sein, Doktor.«

»Ich weiß es, Herr Kommissar.«

Vandura brachte die Beamten bis vor die Tür. Als er abschloß, sah er, wie ein Wagen zurückblieb und sich in die Einfahrt stellte. Sein eigenes Haus war zum Gefängnis geworden.

Um neun Uhr abends rief Katja aus München an. Sie hatte eine Tante besucht, war ungeahnt in deren Geburtstagsfeier geplatzt und blieb nun über Nacht in der Stadt.

»Böse, mein Liebling?« fragte sie.

»Aber nein, nein.« Dr. Vandura schloß die Augen. Ihre Stimme – zum letztenmal ihre Stimme ... Vergiß mich, Katja –

Bis zehn Uhr hatte er alles geordnet. Die Daueraufträge vom Bankkonto, ein Brief an Katja und einen an die Staatsanwaltschaft. Der Vorhang konnte zugezogen werden.

Gegen elf Uhr abends stieg Vandura aus dem Fenster des Schlafzimmers, lief im Schatten der hohen Büsche durch den Garten und überkletterte die Grenzmauer zu dem Grundstück des Finanzmaklers Dehnenhardt. Quer durch sechs Gärten lief er und erreichte die hintere Straße über einen Holzzaun.

Mit einer Aktentasche in der Hand ging er langsam, wie ein zufriedener nächtlicher Spaziergänger, zur Endhaltestelle der Straßenbahn nach München.

Dr. Vandura verschwand spurlos.

Als man am nächsten Morgen durch Funksprüche alle deutschen Grenzstationen und Flughäfen alarmierte, hatte er einen Vorsprung von zwölf Stunden. Da war es schon zu spät, viel zu spät. In der Interpolzentrale wurde ein neues Karteiblatt angelegt.

Dr. Ralf Vandura, gesucht wegen Mordes.

Jagt ihn!

»Irgendwo taucht er wieder auf«, sagte Brandtner und hieb mit der flachen Hand auf den Tisch. »Die Welt hat nicht mehr viele dunkle Ecken. Ich kann nur nicht begreifen, daß ich mich so in ihm täuschte. Verdammt noch mal, so sieht kein Mörder aus.«

Vanduras Haus wurde verschlossen und versiegelt. Er hatte wirklich nicht mehr mitgenommen als seine schwarze Aktentasche.

4

Das ›Saint Georges‹ in Beirut ist ein Hotel-Palast, in dem man auf die modernste Art sein Märchen aus 1001 Nacht träumen kann. Orientalischer Prunk vereinigt sich hier mit bis ins kleinste Detail durchdachter amerikanischer Zweckmäßigkeit. Klimaanlagen, Bars, Spezialitätenrestaurants, große, kühle Hallen, Terrassen zum ewig tintenblauen Meer, eine eigene Badehalbinsel mit Sprungturm in die See, ein eigener Bootshafen, Sportplätze und die einzigartige halbrunde Sonnenterrasse über einem Säulenpavillon – hier war eine Vermählung von Schönheit und Luxus vollzogen, die das Auge trunken machte.

Dr. Vandura lag in einem Liegestuhl unter einem orangenen Sonnenschirm auf der halbrunden Sonnenterrasse des Hotels Saint Georges. Vor ihm leuchtete silbern und blau das Meer, der Lärm der weißen Riesenstadt brandete dumpf, wie ein ständiges Erdbebengrollen, zu ihm hinauf, eine einschläfernde Musik. Er trank ein großes Glas eisgekühlten Fruchtsaft, hatte die Zeitung neben sich auf den gekacheltenBoden fallen lassen und blickte über den Bootshafen. Er beobachtete das Anlegen einer großen weißen Jacht. Unter dem blauen Sonnensegel lag eine nackte Frau. Sie rührte sich nicht, auch als der Matrose die Leinen auswarf und ein Hafenarbeiter sie auffing und um einen weiß lackierten Pfahl wickelte. Ein Mann in weißem Anzug kam von Ruderhaus, beugte sich über den braunen glänzenden Körper und gab ihm einen Klaps auf den Hintern. Die Frau hob den Kopf, schob die langen schwarzen Haare zurück und lachte. Dann zog sie ein Badetuch über sich und blieb liegen.

Vandura sah zur anderen Seite. Die Badehalbinsel. Das Meer durch einen Kranz schimmernder Bojen für das Hotel reserviert. Hier können Sie ungefährlich baden, Monsieur. Sauberes Wasser, Aufsicht durch drei Bademeister, ein großes Schwimmfloß innerhalb des angeteilten Meeres zum Ausruhen, keine Haie. An den Bojen hängen Schleppnetze bis zum Felsengrund. Ein Mann stand auf dem Sprungturm, muskulös, braungebrannt, in einer knappen tigergestreiften Badehose, machte Freiübungen, lockerte sich, zog die Blicke auf sich, wippte auf den Zehen. Die Badehose beulte sich.

Hodenartist, beklatschter Exhibitionist, Liebling der Frauen, die um den Sprungturm hockten, ihn bewunderten und seinen eleganten Sprung ins Wasser erwarteten. Vielleicht lebt er davon, dachte Vandura. Man kann von einigen Zentimetern seines Körpers sogar vorzüglich leben. Der Mann wippte noch dreimal, hob dann die Arme über den Kopf, schnellte ab, flog in einem eleganten Bogen durch die Luft und tauchte kerzengerade im Meer unter. Bravo, mein Junge. Springen kannst du. Vandura nahm einen Schluck Fruchtsaft und wandte den Kopf zum Hafen. Die nackte Frau auf der Jacht saß jetzt auf dem Deck und kämmte sich. Ihre vollen Brüste wirkten im harten Sonnenlicht noch plastischer, noch sinnlicher. Der Mann an ihrer Seite rauchte und sprach auf sie ein.

»Sie langweilen sich, mein Herr?« sagte eine Stimme neben ihm. Vandura wandte langsam den Kopf. Ein Mann in einem hellgrauen Seidenanzug stand außerhalb des Sonnenschirms. Blauschwarze, glänzende Haare, ein kleiner Bart auf der Oberlippe, ein scharfgeschnittenes, schmales, intelligentes Gesicht. Der Mann war mittelgroß, sehr schlank, fast hager, seine Haut hellbraun mit einem Schimmer Wüstengelb.

»Woher wissen Sie, daß ich ein Deutscher bin?« fragte Vandura zurück.

Der Araber lächelte und zeigte auf die auf dem Boden liegende Zeitung.

»Kölner Stadtanzeiger. Liest so etwas ein Engländer?«

»Das ist Zufall. Es hätten auch die Hamburger Morgenpost oder die Stuttgarter Nachrichten sein können. Im Kiosk war gerade Köln an der Reihe.«

»Auf jeden Fall sind Sie Deutscher. Das freut mich. Sie gestatten?« Der Araber zeigte auf einen Segeltuchhocker.

»Bitte.« Vandura schob sich im Liegestuhl höher. »Aber ich langweile mich nicht. Ich beobachte. Die Beobachtung der Menschen ist ein Studium wert. Man sollte einen Lehrstuhl für Umweltpsychologie einrichten. Kein zoologischer Garten ist so interessant und voller Überraschungen wie die menschliche Gesellschaft.«

»Sie sind Rheinländer?«

»Nein. Bayer. Lachen Sie nicht.«

»Und lesen eine Kölner Zeitung? Warum nicht die Süddeutsche?«

»Sie kennen Deutschland anscheinend gut.«

»Ich habe zwei Jahre in Hamburg und drei in München studiert. Mein Fachgebiet war Medizin«, sagte der unbekannt Araber.

»Sieh an. Ein Kollege.«

»Sie sind Arzt? Welch ein Zufall!«

»Ich lebe gegenwärtig nur von Zufällen.« Vandura genoß die leichte Trauer in seiner Stimme. Der Mann neben ihm zog leicht die Augenbrauen hoch, und seine Augen bekamen einen nachdenklichen, musternden Blick.

»Im übrigen habe ich mir angewöhnt, nur Zeitungen zu lesen, in denen nichts von München steht.«

»Sie machen Urlaub im Libanon?«

»Nein. Ich lebe hier. Seit genau drei Wochen. Kennen Sie Deir el Achayir? Nicht? Es liegt im Libanon, ist ein elendes Dorf an der Wüstenpiste nach Damaskus, abseits der großen Straße, an einem Wadi, das nur in der Regenzeit Wasser führt, 990 Menschen leben dort, und 548 von ihnen habe alle Krankheiten, die die Wüste zu bieten hat – von der Syphilis bis zur chronischen Darminfektion, von der Tuberkulose bis zum Skorbut. Nur Arteriosklerose kennen Sie nicht. Ist das ein Witz? In Deir el Achayir fehlt ein Arzt. Der nächste ist in Rachaya, auf Umwegen vierzig Kilometer entfernt. Ich habe ihn kennengelernt. Dr. Ahmed Shufa. Vierundsiebzig Jahre alt. Zwei Heilgehilfen tragen ihn auf einer Sänfte zu den Kranken, denn er kann vor Gicht kaum gehen.« Dr. Vandura griff nach dem Glas mit Fruchtsaft. »Dort, in dem Wüstennest, werde ich eine Praxis eröffnen. Die Dorfbewohner und die durchziehenden Beduinen werden mir genug zum Leben bringen.«

»Und warum gehen Sie nicht zum Gesundheitsminister? Der Libanon braucht gute Ärzte. In Beirut, Tripoli, Saida, Baalbek oder Tyrus nähme Sie jedes Krankenhaus mit offenen Armen auf.«

»Das ist mir alles zu nahe der Zivilisation.« Dr. Vandura trank das Glas leer. Ein Kellner in weißen Pluderhosen und einer engen, weißen Jacke kam sofort und erneuerte das Getränk. Er hatte seinen Platz hinter der linken Tür zum oberen Speisesaal und übersah die ganze Terrasse. »Die ersten Ärzte tauchten aus der Wüste auf, wissen Sie das? Aus dem ägyptischen Sandmeer jenseits des Nils, aus den chinesischen Lößbergen, aus der arabischen Wüste. Ich mache es umgekehrt – ich kehre zu den Quellen zurück.«

»Freiwillig?«

Vandura blickte den Araber verschlossen an. Seine Abwehr war deutlich in der Stimme.

»Was geht das Sie an?«

»Man sollte Menschen auch einmal vertrauen.« Der Araber lächelte charmant. Das Bärtchen auf der Oberlippe tanzte.

»Stört es Sie, wenn ich meinen Namen nenne? Mustapha Karabasch.«

»Ein Name wie aus meinen Kinderbüchern. Da gab es einen Mustapha, der ritt mit einem weißen Hengst über einen Salzsee. Ich heiße Ralf Vandura.«

»Vandura? Kein deutscher Name.«

»Meine Vorfahren wanderten aus Bulgarien nordwärts an die Isar. Aber dieser Irrtum ist schon lange her. Ich bin Deutscher. Soll ich Ihnen auch einen Drink bestellen?«

»Schon unterwegs.« Karabasch lächelte wieder gewinnend. »Wir bestellen mit den Augen.«

»Sie sagten da eben etwas von Vertrauen.« Vandura blickte hinunter zum Hafen. Die vollbusige, nackte Frau hatte sich jetzt angezogen. Einen gelben Hosenanzug. Um die schwarzen Haare flatterte ein rotes Chiffontuch. Ein Matrose fuhr das Fallreep aus auf den gemauerten Quai. Der Mann im weißen Anzug setzte einen Panamahut auf. Amerikaner, dachte Vandura. Wir werden sie nachher beim Lunch im Speisesaal treffen. Eins ist sicher – seine Frau ist sie nicht. Überall und immer das gleiche Lied . . .

»Darf ich als Kollege frei zu Ihnen sprechen?« fragte Karabasch endlich.

»Wenn Sie keine weiteren Fragen stellen – ich unterhalte mich gern.«

»Ich habe eine andere Stelle für Sie. Bitte, unterbrechen Sie mich nicht. Ich frage nicht, aber ich ahne, daß Sie alle Brücken zu Deutschland hinter sich abgebrochen haben. Warum — gleichgültig! Sie haben sich entschlossen, der ganzen Welt zu gehören.«

»Das ist sehr wirkungsvoll ausgedrückt.«

»Aber warum soll ein guter Arzt in die Wüste gehen? In ein Dorf voller Flöhe und Hundedreck?«

»Flöhe kann man ausrotten, und Hunde habe ich sehr gern. Ich bin ein Hundenarr.«

»Dr. Vandura, warum führen wir eine unverbindliche Konversation? Ich sagte Ihnen schon: Wir brauchen gute Ärzte.«

»Vielleicht bin ich ein Stümper? Ein miserabler Pillenverschreiber? Ein Friedhofsfüller — so etwas gibt es.«

»Ein Arzt, der sich ein Wüstendorf als Praxis aussucht, ist kein Stümper.« Karabasch wartete, bis der Kellner das schlanke Glas mit eisgekühltem Sekt auf den Tisch gestellt hatte und gegangen war. »Mut hat nur der Könner – in unserem Metier.«

»Sie trinken Alkohol? Mein lieber Mustapha, was sagt Allah dazu?«

»Sekt ist Medizin. Gegen den Kreislauf.« Karabasch nippte an seinem Glas. Vandura lachte leise und lehnte sich zurück.

»Zwanzig Tropfen Sympathol täten es auch. Sie bieten mir also eine andere Stelle in der Wüste an? Um es genau zu erklären: Ich bin Chirurg.«

»Wunderbar! Genau das, was wir suchen.«

»In München hatte ich wenig Gelegenheit zu Operationen. Man machte mich zu einem Modearzt. Ein Wartezimmer voller Frauen – wenn ein Mann in die Praxis kam, war er wirklich krank. Ach Gott, was rede ich darüber.« Vandura winkte ab und sah einem Mädchen nach, das in einem engen Bikini hüftenwiegend über die Sonnenterrasse ging. Es begrüßte einen älteren Herrn mit einem Kuß und nannte ihn ›Ursolito‹. Bärchen. So nennt man nicht seinen Vater, und ein Vater streichelt auch nicht die Schenkel seiner Tochter. Vandura blickte weg. Der Gedanke an Katja sprang ihn sekundenschnell an und wurde unterdrückt. Das Gestern war gestorben. Und begraben. Es gab keine Exhumierungen, »Ich höre weiter, Kollege Karabasch.«

»Wir brauchen einen Arzt, der so wenig wie wir zu verlieren hat, aber alles gewinnen kann.«

»Das klingt faul, Kollege Karabasch. Da war mir der Reiter Mustapha aus meinem Kinderbuch lieber. Er ritt zum Kalifen und heiratete die Königstochter.«

»Daran wird Sie keiner hindern, Dr. Vandura.« Karabasch rückte mit seinem Hocker näher. Als er sah, wie der Kellner einen neuen Liegestuhl bringen wollte, winkte er herrisch ab. »Sie werden die schönsten Wüstenprinzessinnen kennenlernen.«

»Also doch Wüste. Nur eine andere Ecke.«

»Und sinnvoller. Sie werden keine Fellachenbäuche abtasten, sondern Schußverletzungen nähen.«

»O Gott.« Vandura trank einen kräftigen Schluck. »Ich bin der geborene Antiheld. Wenn Pazifismus eine lila Farbe wäre, hätte ich eine lila Haut. Sind Sie einer von der Sorte, der die Israelis ins Meer treiben will? Lassen Sie den Juden doch ihren Lebensraum – ich weiß jetzt selbst, wie notwendig der Mensch so etwas braucht.«

»Politik soll nicht Ihr Fachgebiet werden, Dr. Vandura.« Karabasch legte die Hände auf Vanduras Knie, eine Geste der Vertrautheit. »Sie sollen Arzt sein, weiter nichts. Verletzte verbinden, Schwerverletzte operieren, amputieren, das Sterben erleichtern. Menschen helfen – ob Juden oder Arabern, ob Sternanbetern oder Revolutionären. Ihnen soll das gleich sein, Dr. Vandura – für Sie sollte nur der Mensch gelten, der einen Arzt braucht.«

»Das sind die Reden, mit denen man Kriege und Grauen und deren Opfer humanitär ummäntelt. Der selbstlose Arzt, der Jünger des Hippokrates, der nur Wunden sieht und nicht fragt: Woher kommen sie!«

»Sie sagen es, Kollege.« Karabasch trank das Glas Sekt in einem Zug leer. »Was stört Sie daran?«

»Der Pulvergeruch in den Wunden.«

»Aber es sind Wunden! Wunden brauchen einen Arzt.«

»Wer sind Sie eigentlich?«

»Ich befehlige die ›Arabische Einigungsfront‹. Ein Zusammenschluß patriotischer Männer, die nicht mit ansehen können, wie man ihr Land unter den Augen der Weltöffentlichkeit verteilt. Die diese träge Welt aufrütteln wollen, aufrütteln müssen, damit die Sattheit wieder lernt, daß nichts selbstverständlich ist außer der Revolution!«

»Hurra! Hurra! Hurra!« Vandura verschränkte die Arme hinter den Nacken. »Solche Töne singen Sie ausgerechnet einem Deutschen vor?! Arabische Einigung, das ist gut. Aber Front, da werde ich schon allergisch.«

Mustapha Karabasch blickte über das Meer. Drei Segeljachten tupften weiße Flecken auf das gleichmäßige Blau. Dr. Vandura war ihm sympathisch, er gratulierte sich, ihn angesprochen zu haben. Seit zwei Tagen beobachtete er ihn und hatte das richtige Gefühl gehabt. Ein Geheimnis lag um diesen Mann, und Menschen, die der Welt eine Maske statt ihres wahren Gesichtes zeigen, die in Beirut in einem Luxushotel wohnen und deren Nichtstun in Wirklichkeit Gefangenschaft in einem goldenen Gefängnis ist, waren die Spezialität Karabaschs. So hatte er den Engländer John Clark aufgelesen, der jetzt in der Wüste Bomben mit Zeitzündern baute, so lernte er den Italiener Mario Fabbrizio kennen, einen windigen Kerl, der die Agitation in den Europäervierteln organisierte. Und er hatte die Griechen Polopopoulos und Sinomanlis engagiert, zwei Flugtechniker, die mit Radar umzugehen wußten, die Flugfunkzeichen kannten und beide schon auf dem Kontrollturm des Flughafens Athen gearbeitet hatten.

»Die arabische Welt ist im Aufbruch«, sagte Karabasch, »was der Mahdi nur unvollständig erreichte – wir werden es vollenden. Die Voraussetzungen sind besser, die Waffen moderner, das Menschenpotential geschlossener und einiger, das Ziel klarer. Der Mahdi kämpfte im Namen Allahs — wir kämpfen im Namen der sozialistischen Erneuerung, der gerechten Verteilung aller Güter.«

»Haben Sie Ihren bestimmt nicht armen Vater schon enteignet?«

»Ich habe keinen Vater mehr. Mein Erbe habe ich verkauft und das Geld der Revolution gegeben.«

»Ein Idealist! Wissen Sie, wie gefährlich das ist? Ich war auch einer – das hat mich von München nach Beirut katapultiert!«

Karabasch umfaßte seine Knie und blickte Vandura scharf an. »Wir sind so schön dabei, zu beichten. Seien wir ehrlich, Kollege: Warum sind Sie hier?«

»Ich habe aus Versehen den Mann meiner Geliebten umgebracht.«

»Aus Versehen? Das ist Idiotie! Männer von Geliebten bringt man in der Leidenschaft um!«

»Daran sehen Sie, welch ein Idealist ich war. Ich injizierte ihm ein neues, von mir entwickeltes Mittel gegen Sklerose, um ihn zu retten — statt dessen starb er. Ob Zufall oder Irrtum — ich hätte es nie beweisen können. Und darum verließ ich Deutschland.«

»Das beruhigt mich«, sagte Karabasch freundlich.

»Was?«

»Daß Sie sagten: Ich *war* Idealist. Jetzt sind Sie ein Blinder, der nicht weiß, wohin der Weg führt, denn er gabelt sich. Hier, jetzt, in diesem Moment gabelt er sich. Nach Deir el Achayir und nach El Muwaqqar.«

»Was ist denn das nun wieder?«

»El Muwaqqar ist unser Hauptquartier. Eine Oase in der jordanischen Wüste, am Rande eines einsamen, in der Sonnenglut flimmernden Felsengeländes bis neunhundert Meter Höhe. Dort, in den Schluchten, in denen nicht einmal ein Schakal wohnt, basteln wir an der Revolution. Es ist ein guter Platz — nahe bei Amman, im Rücken die Unendlichkeit der Wüste, die kaum einer so kennt wie wir, drei Wasserlöcher mit gutem, klarem, nicht bitterem Wasser, zwanzig Kilometer bis zur Bahnlinie Amman-Ma'an, Ausweichquartiere in den Oasen Mushash und Amra, in der Nähe der alte Wüstenflugplatz Sarqa — was will man mehr? Fidel Castro hatte eine ungünstigere Ausgangsposition.« Karabasch beugte sich vor und hielt Vandura eine Schachtel mit algerischen Zigaretten hin. Schwarzer Tabak, etwas für blecherne Lungen. »Zwei Wege, Dr. Vandura – welchen wählen Sie?«

»Da fragen Sie noch?« Vandura nahm die Zigarette.

»Das ist keine klare Antwort.« Karabasch gab Feuer und wartete, bis Vandura die ersten Züge getan hatte. »Ich weiß, warum Sie zögern. Revolution, Umsturz, Blut und Tränen, Chaos, Bürgerkrieg, Grausamkeiten, Fanatismus, unschuldige Opfer – das alles kennen die Deutschen. Aber Sie sollen kein Politiker sein, sondern Arzt, nur und ausschließlich Arzt. So wie die Priester nur Priester waren, die die Bomben segneten, welche später auf Frauen, Kinder und Greise fielen – in Deutschland und in England. Dr. Vandura – wenn ein Mann Gottes Bomben segnet, die Tod bringen, dann sollten Sie keine Skrupel haben, als Arzt Leben zu retten!«

»Ihre Logik ist teuflisch – aber sie leuchtet ein!« Vandura schob die Beine vom Liegestuhl und setzte sich. Karabasch winkte und hob zwei Finger. Zwei Gläser Sekt, bedeutete das. Der Kellner rannte davon. »Nur stört mich grundsätzlich der Anlaß für die Erkrankungen meiner Patienten.«

»Das ist eine Frage des Blickwinkels, Dr. Vandura. Darf ich Sie einladen, mit mir nach El Muwaqqar zu kommen? Sehen Sie sich alles an, niemand wird Sie stören – und wenn Sie dann noch wollen, können Sie abreisen. Ich lasse Sie zurück nach Beirut bringen. Einverstanden?«

»Einverstanden.«

Der Kellner kam mit dem Sekt. Sie nahmen die Gläser, stießen an und tranken sie in einem Zug leer wie zur Besiegelung eines großen Geschäftes.

Am nächsten Morgen flogen sie nach Amman.

Wer die jordanische Wüste kennt, dieses von Feuerbündeln der Sonne vernichtete Land, die Sanddünen, die kahlen, grauweißen Felsen, die Geröllfelder und die einsamen Wadis, die seltenen Wasserstellen, die in der staubenden, glühenden Weite fast wie Geschwüre wirken, und die Oasen mit den aus Steinen und Lehmstaubziegeln gebauten Hütten, wer hier an einem Feuer aus getrocknetem Kamelmist gesessen hat, den beizenden Rauch in den Augen, vor sich die Unendlichkeit einer in Glut gestorbenen Welt, der weiß, daß die Menschen, die hier leben, die letzten Verfluchten dieser Erde sind.

El Muwaqqar bildete keine Ausnahme. Im Schutz der bizarren Felsenlandschaft, die keinen Schatten spendete, nur des Abends, wenn die Sonne unterging, rot und violett leuchtete, erregend schön, als sollte es bitterer Hohn sein, standen die Häuser und wehten die Wände einer provisorischen Zeltstadt im ewigen Wüstenwind. Es waren weiße und hellgrüne Zelte, in den felsigen Boden gepflockt. An der kahlen, ausgeglühten Wand eines Hügels stand ein langgestrecktes Steilwandzelt, auf dessen Dach ein großes Rotes Kreuz leuchtete.

Das war das erste, was Vandura auffiel, als er vom Flugplatz Sarqa, der seit dem Krieg vergessenen Landepiste mitten in der Wüste, mit einem Jeep nach El Muwaqqar gebracht wurde. Von einem Hochplateau, über das die nur Eingeweihten sichtbare Route führte, sah er plötzlich in der flimmernden Ferne, einer Fata Morgana gleich, über den Boden schwebend, unwirklich und doch deutlich, einen weißen langgestreckten Fleck mit einem Kreuz.

»Habe ich Halluzinationen?« fragte er und stieß Dr. Karabasch an, der neben ihm hockte, ganz kriegerisch, in einer hellbraunen Uniform mit Kopftuch und einer MP in den Händen. Auf dem Flugplatz hatte er sich umgezogen. Die völlige Verwandlung eines Menschen. Der elegante Mann von der Hotelterrasse des Saint Georges war tot.

»Nein. Sie sehen richtig. Das ist unser Lazarett. Wenn es uns möglich ist, fliegen wir unsere Schwerverletzten nach Sarqa und bringen sie hierher. Uns stehen zwei Krankenwagen zur Verfügung. Beutefahrzeuge von den Israelis.«

Dr. Vandura band das Taschentuch fester um seinen Mund und seine Nase. Der staubfreie Sand drang überall ein, jegliche Kleidung war ein Witz, die schweißige Haut überzog sich mit einer Schicht feinsten Sandes und wurde zu einem knirschenden Panzer.

»Mein neues Arbeitsfeld also?« fragte er zwischen den Zähnen. Selbst die Lippen unter dem nassen Taschentuch waren wie gepudert.

»Nur wenn Sie wollen, Kollege. Sie werden sich übrigens wundern: Ein großer Teil unserer Bruderschaft spricht deutsch. Wir haben alle gern in Deutschland studiert und gearbeitet. Wir lieben und achten die Deutschen. Es gibt eine traditionelle Freundschaft zwischen Arabern und Deutschen.«

Vandura wunderte sich nicht — er hatte spätestens bei der Landung auf dem vergessenen Militärflugplatz Sarqa das Wundern verlernt. Da lag mitten in der Wüste, schutzlos unter einer Sonne, die wie glühendes Blei vom Himmel tropfte, umgeben von einer heißen Trostlosigkeit, eine gewalzte Landepiste. Zwanzig Lastautos waren wie zu einer Wagenburg zusammengefahren, mit Zeltleinwand miteinander verbunden, ein armseliges Camp unter einem Brennspiegel. Um die Wagenburg herum standen dunkel und drohend neun Panzer, drei offene Wagen mit aufmontierten überschweren Maschinengewehren, drei Flaks und ein Tankwagen voll Wasser.

»Es wäre möglich«, erklärte Karabasch, als sie aus dem Hubschrauber kletterten, der sie von Amman in die Wüste gebracht hatte, »daß König Hussein auf die verrückte Idee käme, uns Einiger der arabischen Welt als Störenfriede anzusehen. Wer weiß, was in einem Königshirn vorgeht? In einem solchen Fall sind wir gerüstet — die reguläre jordanische Armee fürchten wir nicht, die Luftwaffe ist ein Witz, die Panzertruppe ist zu unbeweglich —, das einzige ist des Königs Beduinentruppe. Sie ist phantastisch. Aber was sind Hedschaskamele gegen MGs und Panzerkanonen? Das wollte ich Ihnen zeigen. Wir hätten auch direkt in El Muwaqqar landen können, aber Sie sollten sehen, daß unsere Revolution einen realen Boden hat und nicht nur utopische Träume sind.«

Als sie das Plateau verließen, kamen dem kleinen Jeep zwei schnelle Schützenpanzer entgegen. Sie bliesen eine Staubwolke vor sich her, hielten auf halber Strecke zwischen dem Lager und der Straße und schwenkten die Geschütze ein. Als sich die Staubwolken senkten, standen sie schußbereit.

»Vorsichtsmaßnahmen.« Dr. Karabasch richtete sich auf, klammerte sich an der Jeepwand fest und schwenkte mit der rechten Hand eine kleine rote Fahne. »Vor drei Wochen tauchte hier eine Patrouille der Armee auf.«

»Und wo ist sie jetzt? fragte Vandura aggressiv.

»Sie ist unser Gast.« Karabasch ließ sich auf den ungepolsterten Stahlsitz fallen. »Schließlich sind wir Brüder, nur die Uniform ist verschieden.«

Sie fuhren an den Schützenpanzern vorbei, und Vandura bedauerte die Jungen, die dort in den glühenden Särgen saßen. Es mußte der Vorhof der Hölle sein.

El Muwaqqar machte auf Vandura den Eindruck einer völlig verrückten Vision. Die Steinhäuser verfielen, zerpulverten in der gnadenlosen Sonne, aber doch wohnten Menschen in ihnen, sogar Frauen und Kinder, Ziegen und Hunde, Esel und Katzen. In den armseligen Gärten harkten ein paar Männer in hochgeschlagenen Hosen den steinigen Boden. Ihre karierten Kopftücher, die aussahen wie um den Kopf geschlungene Handtücher, ließen nur die Augen und den Ansatz der Nase frei. Sie blickten nicht auf, als der Jeep durch die Straße ratterte, und harkten weiter. Das Zeltlager dagegen war ein typisches Militärcamp. Sogar exerziert wurde . . . Auf einem Platz zwischen den Wohnzelten übte ein Trupp Ausfall mit dem Gewehr und Bajonettangriff.

Vandura lachte und tippte an die Stirn. Karabasch nickte.

»Sie haben recht, Vandura. Das ist Mittelalter. Aber so wird hier gekämpft. Wer am lautesten brüllt, wer am martialischsten aussieht, wer am intensivsten knallt und wer vor allem zeigt, daß ihm keine Kugeln etwas ausmachen, und weiterrennt, der gewinnt. Die modernen Waffen sind dabei nur unterstützend.«

»Und damit wollen Sie das Großarabische Reich erobern?«

»Ja. Wir werden es!« Das klang fest und selbstbewußt. Vandura schwieg. Obwohl er sich dagegen wehrte – er war irgendwie fasziniert.

Im Lazarett erwartete man sie bereits. Der Arzt stand unter dem Eingang, daneben zwei Pfleger. Eine kleine Ehrenformation.

»Ach, ich bin angemeldet?« sagte Vandura sarkastisch.

»Neben Heldenmut ist ein Funkgerät die wichtigste Waffe der Rebellen.« Karabasch lachte und half Vandura aus dem Jeep. »Im Wohnzelt ist eine Dusche installiert. Machen Sie sich frisch. Ich habe Hammelbraten mit Kuskus und Schmalzbrezeln bestellt. Ihr Geschmack, Kollege?«

»Geradezu fürstlich. Und der Mokka?«

»Dampft bereits in der Kupferkanne.«

Dr. Vandura begrüßte den jordanischen Arzt, hörte den Namen, den er nicht verstand, gab den Pflegern auch die Hand und blähte schnuppernd die Nasenflügel. Ein süßlicher Geruch strömte aus dem Krankenzelt.

»Eiter –«, sagte er kurz. Karabasch nickte.

Neunundsiebzig Verletzte. Und Dr. Ashraf ist Kinderarzt.«

»Und Sie?«

»Neurologe.«

»Prost Onkel Otto.« Dr. Vandura wandte sich zum Schlafzelt. Karabasch ging voraus. »Lassen Sie Dr. Ashraf die ersten zehn vorbereiten. Die kritischsten Fälle. In zwanzig Minuten bin ich bereit.«

Karabasch blieb ruckartig stehen. In seine schwarzen Augen sprang Triumph. »Sie bleiben also, Vandura?«

»Nein, ich sehe mir nur die Verwundeten an.«

Karabasch nickte dankend. Die meisten Ärzte reden um die Ecke, dachte er. Ich weiß, daß er bleibt – wenn er erst die Verletzten sieht.

Im Operationssal des langgestreckten Zeltes surrten vier große Ventilatoren, um das Klima erträglich zu machen. Es mißlang. Die Propeller wirbelten nur die heiße Luft herum, aber sie kühlten kaum. An den sich bauschenden Zeltwänden lagen auf einfachen Holztragen die zehn schwersten Fälle, wie Vandura gewünscht hatte, und starrten den europäischen Arzt aus fiebrigen Augen an. Dr. Ashraf stand mitten unter ihnen und sprach ihnen Mut zu. »Er ist ein Chirurg«, sagte er. »Habt keine Angst, Brüder. Er kann mehr, als die Kugeln aus den Körpern fischen. Dankt Allah, daß er gekommen ist, auch wenn es ein Ungläubiger ist.«

Auf dem OP-Tisch – zur Verblüffung Vanduras war es ein moderner, klappbarer, mit allen Schikanen ausgerüsteter Tisch wie in der besten europäischen Klinik – lag bereits ein Schwerverwundeter. Er war nackt, stöhnte und ballte die Fäuste vor Schmerzen. Ein Mädchen im weißen Kittel, die schwarzen Haare unter einer Haube aus Verbandsmull, schnitt den durchbluteten und von Eiter klebenden Verband von dem zerfetzten linken Bein. Sie tat das schnell und sicher, wie Vandura sofort sah.

»Wer ist denn das?« fragte er.

»Laila Husseini. Medizinstudentin im achten Semester.«

»Davon vier in Deutschland, was?«

»Sie Hellseher. Jetzt studiert sie an der Medizinischen Fakultät der St.-Josephs-Universität von Beirut. Das heißt, sie hat unterbrochen. Sie ist eine Braut der Revolution geworden.«

»Welch eine traurige Liebe! Sie wird sie biologisch nicht befriedigen.«

Das Mädchen am OP-Tisch fuhr herum. Große, runde, dunkelbraune Augen in einem schmalen, wie auf gebräuntem Pergament gemalten Gesicht. Ein Kopf wie auf den byzantinischen Ikonen oder den indischen Elfenbeinminiaturen. Ein unerklärbarer Zauber von Jahrhunderte alter Vollkommenheit wehte Vandura an. Er verbeugte sich knapp und trat an den OP-Tisch.

»Liebe Witwe – denn die Revolution wird sterben –, ich wollte mit der eben gemachten Bemerkung nicht in Ihr Seelenleben eingreifen. Ich heiße Vandura.«

»Und ich verachte Sie!« Laila Husseini warf die Verbandschere auf den Boden. Der OP-Tisch stand auf einer Art Podium aus Holz – darum herum war Wüstenboden. Sand, Geröll, harte, bleiche Grasbüschel.

»Von der ersten Minute an?«

»Schon bevor Sie kamen!«

»So schlechte Erfahrungen gemacht in Deutschland?«

»In Deutschland war ich glücklich!« Die riesigen herrlichen Augen schleuderten Feuer. »Aber die Revolution ist wichtiger.«

»Natürlich. Ihr Bettgenosse ist das Gewehr?«

»Ja!« Sie schrie es ihm ins Gesicht, beugte sich zu diesem Zwecke vor und bleckte die kleinen, weißen Zähne. »Typen wie Sie werden wir von der Erde fegen.«

»Zuerst lassen Sie aber diesen Typ sich um die Verwundeten kümmern. Ich sage Ihnen, wenn ich fertig bin. Sie können dann den großen Besen zum Wegfegen holen –«

Laila Husseini ballte die Fäuste. Sie wollte ihm etwas Haßerfülltes entgegenschreien, aber ein kleiner Wink Karabaschs stoppte ihre Wut. Sie drehte sich herum, riß die Mullhaube vom Haar, schüttelte die kurzen schwarzen Haare um ihren schmalen Kopf und stampfte aus dem OP-Zelt. Sie trug Stiefel unter dem weißen Kittel – es sah sehr kriegerisch aus.

Karabasch lachte verhalten und klopfte Vandura auf den Rücken. »Bei Laila haben Sie verloren bis an der Welt Ende. Ich habe noch nie eine Frau gesehen, die so voll und ganz nur der Revolution lebt. Man könnte sie wie eine Fahne vorantragen.«

»Es wäre besser, ihr Hormonspritzen zu geben«, sagte Vandura und beugte sich über das vom Eiter angefressene Bein. »Ein Wunder von einem Weib – und Braut der Revolution. Da stimmt etwas nicht im Körperhaushalt.« Er sah über den von Dr. Ashraf vorbereiteten Instrumententisch, nahm eine lange Sonde und stocherte in dem zerfetzten Bein herum. Der Verwundete knirschte mit den Zähnen, aber er schrie nicht. Wie könnte ein Gläubiger vor einem Ungläubigen Schwachheit zeigen!

»Da ist ja noch ein Splitter drin! Man hat ihn vergessen. Sauerei, Dr. Karabasch.«

»Ein Kinderarzt versteht etwas von Masern, aber nicht von Granatsplitterwunden . . .«

»Ich operiere sofort. Wer kann assistieren?«

»Dr. Ashraf und natürlich Laila.«

»Dann los! Keine langen Worte mehr! Rufen Sie die Braut der roten Fahne. Haben wir Narkosemittel?«

»Äther, Morphium, etwas Scophedal und einen dreihundert Gramm schweren massiven Hammer.«

»Man könnte sich wie zu Hause fühlen!« Vandura ging an die Zeltwand. Dort stand in einem Eisengestell eine Waschschüssel mit Desinfektionslösung. Eine rosa Brühe, stark nach Zephirol duftend. »Was ist denn das?«

»Eine Lösung aus der Sowjetunion.«

»Darum so rot. Das nennt man Konsequenz.« Vandura tauchte die Hände in die Flüssigkeit, es brannte etwas auf der Haut, aber er hatte das Gefühl, wirklich steril zu werden. Mit tropfenden Händen kehrte er zum Tisch zurück. Hinter ihm traten Dr. Ashraf an das Becken, dann Laila. Ihre Augenbrauen waren verkniffen, die Lippen ein dünner roter Strich. Aber sie waren rot, was sie vorher nicht waren. Sie hat sich geschminkt, dachte Karabasch. Sieh an, die Braut der Revolution. Ein Weibchen bleibt sie doch!

Dr. Ashraf machte die Narkose. Es ging schnell, ohne große Umstände. Er stülpte dem Verwundeten die Maske über die Nase, schüttete aus der Ätherflasche einen Schuß darüber, trat schnell zurück, um nicht selbst narkotisiert zu werden, und wartete, bis sich der Verletzte streckte und mit dem leisen Stöhnen aufhörte. »Fertig!« sagte er dann auf arabisch. Laila dolmetschte.

»Fertig.«

Vandura starrte betroffen auf den Verwundeten und die Äthermaske. Sie haben Ochsennaturen, dachte er. Sie überleben das wirklich! Allah muß doch gegenwärtig sein – hier lernt man, daran zu glauben.

Er nahm die große Schere und begann, zunächst das vom Eiter zerfressene Muskelgewebe und die nekrotisch gewordenen Stellen auszuschneiden. Dann tupfte er die schreckliche Wunde sauber, öffnete sie weiter und holte mit einer spitzen Pinzette den vergessenen Granatsplitter heraus. Er hatte sich in den Knochen gebohrt wie ein Dorn in eine Haut. Vandura hielt das Stückchen mit der Pinzette hoch.

»Zehn Millimeter groß ist der Tod. Erschreckend, was? Da gibt es Gehirne, die eine ganze Welt verändern können, und dann kommen zehn Millimeter geflogen, und aus ist alles! Ist das nicht lächerlich?!« Er warf den Granatsplitter in den Sand und beugte sich wieder über das Bein.

»Wird er sterben?« fragte Dr. Ashraf.

»Vielleicht. Die Sepsis ist zu weit vorgeschritten. Ich will alles versuchen. Ein paar Tage früher –«

»Sie sagen es, Vandura.« Karabasch trat neben ihn und blickte auf die schlanken Hände, die den letzten Eiter aus der Wunde räumten. »Damit wir nie wieder bei einem Menschen zu spät kommen, brauchen wir Sie. Sehen Sie das jetzt ein? Bleiben Sie?«

»Ja. Aber ich hasse die Revolution, damit das ganz klar ist!«

»Ich danke Ihnen.« Karabasch atmete tief auf. »Wir zahlen Ihnen 200 jordanische Dinare, das sind 2200 Deutsche Mark.«

»Ich brauche ein Bett, zu essen und zu trinken, ab und zu einen Cognac und täglich fünfzig Zigaretten – behalten Sie das Geld.«

»Und wie ist es mit einer Frau?«

»Danke, Kollege.« Vandura lächelte schief. »Ich bin mit der Erinnerung verheiratet . . .«

Er operierte bis drei Uhr nachts. Neununddreißig Verwundete schob man ihm auf den OP-Tisch. Um ein Uhr nachts baute Dr. Ashraf ab und schwankte auf seine Pritsche im Schlafzelt. Den Krankenpflegern tränten die Augen vor Erschöpfung. Vandura operierte wie eine Maschine – und neben ihm stand ungerührt Laila Husseini, stumm, präzise, assistierend, ohne ein Zeichen von Schwäche, ein Bündel unheimlicher Energie.

»Schluß!« sagte Vandura um drei Uhr und legte die Instrumente hin. »Sie kippen mir sonst um, Laila.«

Sie blickte ihn an, schob die Mullkappe aus der Stirn und rieb die Hände an der Gummischürze.

»Nicht neben einem Mann«, sagte sie hart. »Aber Männer sind selten.«

In München wurde unterdessen die Akte Vandura geschlossen, die Fahndung zurückgezogen, das Karteiblatt bei der Interpol im Papierwolf vernichtet. Die Obduktion im Gerichtsmedizinischen Institut hatte eindeutig ergeben: Zerztod. Fulminante Lungenembolie.

Kommissar Brandtner atmete auf. Dr. Zemmitz war enttäuscht, schickte Katja einen Blumenstrauß und sprach sein Beileid aus. Damit hatte es sich – über Vandura kein Wort. Wer flüchtet, ist schuldig, auch wenn er unschuldig ist. So paradox ist das Leben. Nur ein Schuldgefühl treibt zur Flucht.

»So sind wir ihn auf elegante Art los«, sagte er am Ärztestammtisch. »Es bleibt die standeswidrige Tat, daß er heimlich meinem Patienten Injektionen verpaßte. Schwamm drüber. Es kehrt Ruhe ein im Schrebergarten.«

Das Begräbnis Hellersens war ein gesellschaftliches Ereignis. Noch nie hatten an einem Grab auf dem Münchener Waldfriedhof so viele Vereine gestanden, Fahnen gesenkt, Sprüche hergesagt, Lieder gesungen, von Kameradschaft gesprochen und Sträußchen auf den Sarg geworfen. Die neuesten Trauermodekreationen wurden dabei vorgeführt ... Frau Direktor Schully schoß dabei den Vogel ab: Schwarzer Breitschwanz mit Zobelbesatz. Direktor Schully hatte einen guten Steuerberater.

Dann war Stille in Grünwald. Die Witwe Katja bekam den Groll der Gesellschaft zu spüren. Sie hätte ihren Mann betrügen können, mein Gott, man hat Verständnis dafür, keiner geht als Engel ins Grab – aber gerade mit Dr. Vandura! Mit ›unserem‹ Vandura?! Das war ein Ehebruch gegen hundert andere Frauen. Das verzieh man ihr nie. Grünwald war ohne Vandura ärmer geworden. Der Mülleimer der Seele fehlte. Die platonische Masturbation. Der seelische Orgasmus. Man mußte jetzt wieder auf normale Hausfreunde zurückgreifen. Ein langweiliges Vergnügen.

Katja Hellersen wurde eine Paria, eine Ausgestoßene. Selbst Dr. Zemmitz mied sie – erstens wollte er nicht über Vandura sprechen, und zweitens lebte seine Privatklinik von gerade diesen katjageschädigten Frauen.

»Was geschieht nun?« fragte Katja, nachdem sich der Sturm gelegt hatte. Sie saß im Polizeipräsidium Kommissar Brandtner gegenüber, eine Frau, die Wiedergutmachung forderte.

Wiedergutmachung von Behörden ist ein Unding. Behörden haben immer recht – wenn sie sich wirklich irren, ist der andere schuld. So auch bei Vandura – warum flüchtete der blöde Hund, wenn er unschuldig ist? Wieso soll der Staat für dieses Privatvergnügen aufkommen? Verdächtigungen trieben ihn weg? Aber, aber – ist eine Polizei zur Ermittlung da oder nicht? Muß sie nicht von Berufs wegen mißtrauisch sein? Verbrecher kann man nicht am Äußeren erkennen. Da gab es einen Universitätsprofessor, der zerhackte seine Frau wie ein Beefsteak tatar ...

»Wir können gar nichts tun«, sagte Kommissar Brandtner. »Ich weiß, Dr. Vandura ist rehabilitiert, aber man kann ihm das nicht zustellen. Er ist verschwunden. Das wissen Sie so gut wie ich, gnädige Frau. Unsere Aufgabe ist es, Täter zu suchen, aber keine Unschuldigen. Warten wir es ab. Vielleicht gibt er Nachricht, über eine Mittelsperson ...«

Mit dem schönen Klang Mittelsperson ihm Ohr verließ Katja das Kommissariat. Vielleicht liest er es in den Zeitungen, war ihre größte Hoffnung. Es waren zwar nur kleine Notizen im Gegensatz zu den Artikeln, als man Vandura für einen Mörder aus Liebe hielt, aber wenn er wirklich Zeitungen las, mußte er sie sehen.

Katja unternahm in diesen Tagen eine Verzweiflungstat, die sie die letzte Sympathie der Frauen von Grünwald kostete: Eine Woche lang setzte sie in alle großen Zeitungen Deutschlands eine Anzeige hinein – jeden Tag den gleichen Text – und bezahlte dafür ein Vermögen. Mit Blumen umrandet, stand da:

»Ich liebe dich! Komm zurück! Du bist ein freier Mann. Ich warte auf dich – Katja!«

Als die erste Anzeige erschien, landete Vandura gerade auf dem Wüstenflugplatz Sarqa. Für ihn gab es keine deutschen Zeitungen mehr, nur noch blutende Revolutionäre.

Er hatte die Vergangenheit endgültig begraben.

Es geschah an einem Samstag – im Lazarett hing ein Kalender, Werbegeschenk einer Autofirma in Amman –, als Dr. Vandura und Laila Husseini im OP-Zelt zusammenstießen. Dr. Karabasch war wieder weggeflogen, nach Jerusalem, an die ›Front‹, wie er sich ausdrückte, an den Grenzen zu Israel häuften sich die Überfälle und Sabotageakte, mit einer Einheit der jordanischen Armee vollführte eine Gruppe Revolutionäre eine regelrechte Schlacht, was eine Masse Verwundete in das Krankenhaus von El Muwaqqar schwemmte, und im Radio hörte man, daß verschiedene Gruppen von Palästinensischen Freiheitsbewegungen zum Heiligen Krieg Israel aufrufen wollten. Noch konnte Nasser bremsen, versuchte König Hussein es mit Verhandlungen, tagte der Sicherheitsrat der UNO – es blieb etwas in der Luft hängen wie Brandgeruch. Man roch das heiße Eisen, das irgendwo geschmiedet wurde.

»Was zaubert Karabasch wieder aus der Wunderkiste der Revolution?« fragte Dr. Vandura an diesem Morgen. »Glauben Sie, ich bin blind? Vom Lager sind zwanzig Wagen mit Truppen abgezogen worden. Kinder, ihr werdet doch nicht solche Idioten sein und einen wirklichen Krieg entfachen?«

Laila knöpfte sich den weißen Kittel zu und setzte die Haube auf. Seit Vanduras Gegenwart hatte sie sich verändert. Sie benutzte einen Lippenstift, zog die Augenbrauen nach, bemühte sich um einen geraden Lidstrich und band, wenn sie keine Operationskappe trug, bunte Bänder in die blauschwarzen Haare. Das sah lustig aus, keck, durch und durch unrevolutionär. Aber Vandura verkniff sich diese Bemerkung. Sie würde mich anspringen wie eine Raubkatze, dachte er.

»Revolution heißt Bewegung«, sagte sie und legte die chirurgischen Bestecke in den Sterilisationskasten. Es gab sogar elektrischen Strom hier in der Wüste – ein Aggregatwagen, mit Dieselöl betrieben, summte Tag und Nacht und lieferte die Elektrizität. »Und wir bewegen uns! In Kürze werden wir die ganze Welt bewegen.«

»Das wollte schon Archimedes mit seinem Hebel.« Vandura drehte Laila den Rücken zu. Sie knöpfte ihm den OP-Mantel zu und ließ sich viel Zeit dazu. Vielleicht waren die Knopflöcher zu eng.

»Wissen Sie, daß man von Ihnen in ganz Jordanien und Syrien spricht? Selbst in Jerusalem?«

»Erstaunlich. Aber verraten Sie Ihren roten Genossen: Ich will das Heilige Grab nicht erobern.«

»Die Araber nennen Sie Hakim-Pascha.«

»Ist das nun eine Ehre oder eine Beleidigung?«

»Dr. Vandura, Sie strapazieren meine Geduld!« Lailas Stimme wurde etwas höher. Sie wahrte sich gegen diese ekelhafte Arroganz, sie verachtete diesen Menschen, weil er ein Weißer war, sie stemmte sich gegen jegliche Toleranz, aber sie gestand sich auch ein, daß sie ein unbestimmtes Glücksgefühl empfand, wenn er morgens ins Zelt kam, sich mit einem Hochmut, der Ohrfeigen wert war, umsah und sagte: »Guten Morgen, Rote-Banner-Prinzessin. Wie geht's den Patienten? Hatten alle normalen Stuhlgang?« Das war die Minute, in der sie ihn hätte töten und küssen können, beides zusammen, ohne es zu bereuen. »Hakim-Pascha, das ist eine Ehre, die Ihnen gar nicht zusteht. Am wenigsten gefällt mir das Pascha – es ist ein Überbleibsel des Sklaventums, der bourgoisen Vergewaltigung des arbeitenden Volkes.«

»Wir können uns einigen, Laila.» Vandura überflog den Operationsplan, den Dr. Ashraf jeden Abend aufstellte. Vandura hatte klinikmäßige Bedingungen aufgestellt: Operationsbesprechung,

Operationsplan, Vorbereitung, Operation, Wachstation. Und das alles in einem Zelt, gegen das der Wüstenwind heulte, der Sand durch die Ritzen fegte und am Tage die Sonne jegliche Feuchtigkeit aus dem Körper sog. Neun Sanitäter hatte Dr. Karabasch nach El Muwaqqar fliegen lassen, aus Jerusalem und Jericho. »Bei Ihnen sind sie wichtiger als in den Stellungen«, hatte er gesagt. »Dort können sie nur verbinden, bei Ihnen helfen sie mit, zu retten.« Und Dr. Vandura zog einen Dienst auf, der bei den Arabern Bewunderung und Achtung hervorrief. Eine präzise Zeiteinteilung, genau abgegrenzte Aufgabengebiete, eine Verantwortung, vor der man sich nicht drücken konnte. Er hielt abends Schulungsstunden ab, lehrte Anatomie und Grundbegriffe der Chirurgie und Wundversorgung, fragte die Sanitäter wie Schüler ab und ließ sie über Laila, die dolmetschte, anbrüllen, wenn sie ihr Pensum nicht gelernt hatten.

Hakim-Pascha. Das war mehr als ein Name. Das war Anerkennung und Bewunderung. Das war sogar Vertrauen und Liebe. Tiefe, kindliche Liebe zu einem Menschen, der half, Leiden linderte, zerrissene Körper zusammenflickte, den Tod besiegte. Ein von Allah gesegneter Mann. Hakim-Pascha –

»Ein Vorschlag, Laila«, sagte Vandura und legte die OP-Liste auf einen Klapptisch neben der Zeltwand. »Nennen Sie mich ›Rosa Vater des Messers‹!«

»Warum rosa?« fragte Laila unvorsichtig.

»Weil ich nie in rote Farbe fallen werde. Vor 25 Jahren versuchte man es an mir mit braun – aber auch das mißlang.«

»Warum jagt man Sie bloß nicht mit Peitschenhieben in die Wüste?« Sie hatte den letzten Knopf zugeknöpft und kam um Vandura herum. Wenn Blicke verbrennen könnten – Vandura wäre jetzt zusammengeschmolzen. »Hakim-Pascha – ein Ignorant sind Sie, weiter nichts! Ein guter Arzt –«

»Danke, Kollegin –«

»–aber ein Feind des sozialistischen Fortschritts. Das wird Ihnen trotz aller Leistungen den Hals brechen.«

»Ich werde auf meinen Hals besonders achtgeben.« Vandura hob den Kopf. Draußen pfiff der Wind um die Zelte. Das Dach blähte sich, die Schnüre und Zeltstangen ächzten. Über den Boden wehte der staubfreie Sand wie gelber Nebel. »Ein Wetter zum fröhlichen Wandern –«

»Sandsturm. Er ist gut. Er verwischt alle Spuren.«

»Es ist wohl eure Hauptaufgabe, Spuren zu verwischen? Ich sehe es an Ihnen.«

»An mir?«

»Sie haben alle Spuren weiblichen Charmes verwischt . . .«

»Für diese Bemerkung könnte ich Sie töten!«

Sie sah herrlich aus in ihrer ohnmächtigen Wut. Alle Weiblichkeit in ihr drängte nach vorn, explodierte in ihren großen, runden Augen, floß in das Beben ihrer Lippen. Sie empfand in diesen Augenblicken eine wilde Sehnsucht nach diesem Mann und wünschte sich die Berührung seiner Hände. Sie wußte: Das ist die Situation, in der ich die Revolution verrate. Er zweifelt, daß ich eine Frau bin. Welche Frau könnte das ertragen? Nur, wer macht hier den ersten Schritt? Wer wagt es, die schmale Wand zwischen uns zu durchbrechen? Über die Folgen wollte sie nicht nachdenken. Der Augenblick allein war wichtig.

»Ich liebe alles, was Veränderungen schafft«, sagte sie heiser. »Ich hasse das Starre.«

»Wie wir uns gleichen, Laila. Ich verspreche Ihnen: Wenn ich jemals wieder nach Beirut komme, bringe ich Ihnen ein rotes Bettuch mit.«

Sie wollte ihn anschreien, ihm in einer grenzenlosen Wildheit ins Gesicht spucken, aber sie kam nicht mehr dazu. Er umfaßte sie mit beiden Händen, zog sie an sich, und sein Griff war so hart und unausweichlich, daß sie jeglichen Widerstand erst gar nicht versuchte. Er küßte sie, ließ seine Lippen auf den ihren, bis sie den Mund öffnete und sich ganz ergab. Das Glücksgefühl, das in ihr aufbrach, beschämte sie zugleich. Ein Weißer, ein Deutscher, ein Klassenfeind, ein Ignorant – hilf mir, Revolution!

Sie half nicht. Und sie war auch nicht zur Stelle, als Vandura sie ebenso plötzlich wieder losließ und nüchtern sagte: »Laß die Unterschenkelfraktur hereinfahren, rote Prinzessin – hopphopp, sonst kommt unser ganzer OP-Plan durcheinander. . .«

Wie betäubt verließ Laila das Operationszelt. Sie stieß auf Dr. Ashraf, der mit zwei Sanitätern die auf der Liste Stehenden sortierte. Im Lager trafen zwei Lastwagen mit neuen Verwundeten ein, mit brüllenden Motoren kämpften sie sich durch den Sandsturm. Die Lage verschärfte sich – König Husseins Truppen bewachten die Grenze nach Israel jetzt nicht nur vor den Juden, sondern auch vor den Freiheitsfrontlern. Gab es einen Bruderkrieg? Schon zogen Demonstranten durch Amman, schrien: »Nieder mit dem König!« und:

»Weg mit den Haschemiten und allen Ausbeutern!« In seinem Hauptquartier schlief Dr. Karabasch nur noch drei Stunden in der Nacht. Bei ihm bündelten sich die Fäden der Revolution.

»Der Unterschenkel –«, sagte Laila mit matter Stimme. »Sofort.«

»Sind Sie krank, Laila?« fragte Ashraf besorgt.

»Nein, nein.« Sie winkte ab und atmete tief und seufzend auf. »Das Wetter. Das verfluchte Wetter –«

Sechs Wochen später – der Ruhm des Hakim-Pascha war zu einem orientalischen Märchen geworden, das die Erzähler in den Basaren bereits den Kindern vortrugen – kreiste über dem Wüstenflugplatz Sarqa eine riesige Düsenmaschine der TWA. 155 Passagiere starrten durch die Fenster auf den trostlosen, sandigen, hitzeflimmernden Fleck Erde unter sich. Wüste überall, glühende Unendlichkeit, Mondeinsamkeit.

Nach einer großen Schleife landete die Boing 707 sicher im Wüstensand. Zwei Panzer und drei Mannschaftswagen der ›Arabischen Einigungsfront‹ bauten sich neben ihr auf. Im Funkwagen tickte der Telegraf – nach El Muwaqqar, Amman, Beirut und Jerusalem. Hinaus in die ganze Welt.

Dr. Vandura wurde von der Meldung während einer Armamputation überrascht. Laila, die von der Wachstation kam, stürzte ins Zelt. Ihr schmales, byzantinisches Gesicht glühte.

»Sie ist gelandet. Es ist gelungen! Jetzt wird die Welt nicht mehr ruhig und fett schlafen! Wir haben ein amerikanisches Flugzeug entführt!«

Aus dem Lager knatterten Gewehrfeuer. Man schoß jubelnd und tanzend in die Luft.

In der Boeing 707 der TWA befanden sich neunundvierzig Frauen, zwölf Kinder, ein Säugling, eine Hochschwangere, ein schwer Herzkranker, ein katholischer Pfarrer und neunzig Männer aus zehn Nationen. Sie hatte eigentlich nach New York gewollt – nun wehte feiner Wüstensand durch die geöffnete Tür.

»Wir werden einen Arzt brauchen«, sagte der Pfarrer laut. Er saß neben der Hochschwangeren und hielt deren schweißnasse Hände. »Ist ein Arzt unter Ihnen?«

Es war keiner an Bord, nur ein Apotheker. Sein Laden lag in Oslo.

Aus dem Funkwagen in der kleinen Wagenburg am Rande der Wüstenpiste tickte eine neue Meldung nach El Muwaqqar.

»Hakim-Pascha nach Sarqa. Hakim-Pascha kommen.«

155 unschuldige Menschen verschollen in der Wüste.

5

Die rasende Fahrt im offenen Jeep durch die glühende, staubende Wüste hatte ihn völlig fertiggemacht. Eingewickelt in eine arabische Dschellabah, Kopf und Gesicht verborgen hinter einem bunt karierten, feuchten Tuch, das nur die Augenpartien freiließ, hockte Dr. Vandura auf dem eisernen Sitz, klammerte sich an der Lehne des Vordersitzes an und verbarg seine Augen vor dem feinkörnigen Sand in den Unterarmen. Laila schien diese Hitze und der wirbelnde Staub nichts auszumachen – sie saß neben Vandura, ein Schnellfeuergewehr zwischen den Beinen, und rührte sich nicht. Vandura war es ein Rätsel,wie der Fahrer überhaupt die Wüstenpiste sehen konnte, aber er hatte es sich in den vergangenen Wochen abgewöhnt, sich zu wundern oder zu fragen – hier in der Wüste mußte man mit Rätseln leben können.

Vor Vanduras Füßen standen der Koffer mit dem chirurgischen Notbesteck, ein Kasten mit Medikamenten und Verbandszeug und zwei Plastikkanister mit Desinfektionslösungen. Die kurze Funkmeldung hatte nicht enthalten, um welche Verletzungen es sich handelte. Eine Rückfrage war unmöglich – der vergessene Flugplatz Sarqa antwortete nicht mehr. Seine Funkstation hatte andere Aufgaben, als lange Erklärungen für einen Arzt abzugeben.

»Sie feiern das wie einen Sieg«, hatte Vandura kopfschüttelnd gesagt, als auch Laila von dem Freudentaumel im Lager Muwaqqar angesteckt wurde und durch das Operationszelt tanzte. Vandura starrte sie ungläubig an. Er kannte sie kaum wieder, eine erschrekkende Verwandlung war eingetreten. Aus der hübschen, glutäugigen und stolzen Araberin war ein Bündel flammenden und aller Vernunft entgleitenden Fanatismus geworden. Vandura packte sie an den Schultern, schüttelte sie und zog sie zu sich heran. »Wachen Sie auf, Laila! Heda! Erwachen Sie aus Ihrer Trance! Man hat Frauen und Kinder mitten in der Wüste abgesetzt, Unschuldige, die mit Ihrem Heiligen Krieg gegen Israel nichts zu tun haben –«

»Es gibt keine Unschuldigen!« rief Laila und riß sich aus Vanduras Händen los. »Die ganze Welt ist schuldig, weil sie stillschweigend das arabische Elend duldet!«

»Das ist die teuflische Rechtfertigung des Terrors!«

»Das ist das Signal zum Nachdenken! Haben Sie die Flüchtlingslager der Palästinenser gesehen?! Gehen Sie hin, ich werde Dr. Karabasch bitten, Sie einen Monat unter diesen Armseligen der Armseligen leben zu lassen, nur einen Monat, und Sie werden zum nächsten Gewehr greifen und auf die Kapitalisten schießen, auf diese fetten Schweine, die Kaviar und Langusten fressen, während für eine halbe Million Flüchtlinge in der Wüste nicht einmal das Mehl für einen halben Liter Suppe reicht! Das weiß man alles, das steht fast jeden Tag in den Zeitungen, das sehen sie im Fernsehen – aber wen kümmert's?! Die neueste Liebesaffäre der Filmschauspielerin Lill Soundso oder die Ergebnisse der letzten Fußballspiele sind wichtiger. Aber hier in der Wüste verrecken Zehntausende Frauen und Kinder, ebenso unschuldig wie die, die wir jetzt vom Himmel geholt haben! Das sind nur 49 Frauen und dreizehn Kinder – aber Sie sollen sehen, welch ein Geschrei sich in der Welt erheben wird, weil diese paar Satten ein paar Tage oder Wochen so leben müssen wie wir! Genau das wollten wir erreichen: Die Welt soll aufschreien. Sie soll sehen lernen! Sie soll die fetten Hintern bewegen!«

»Wie können so schöne Lippen solche Worte sprechen?« Vandura packte seinen chirurgischen Reisekoffer. Dr. Karabasch hatte ihn von Damaskus mitgebracht, made in USA, ein Koffer amerikanischer Vollkommenheit. In ihm fehlte nichts für Notchirurgie.

»Auch Sie stehen auf seiten der Reaktion!« schrie Laila und ballte die Fäuste.

»Ich bin Arzt – ich stehe auf seiten der Kranken.«

»Und politisch? Nun raus mit der Sprache, Hakim-Pascha!«

»Meine Politik ist ein guter chirurgischer Schnitt und eine vollendete, nicht platzende Naht.«

»Welch eine Ausrede! Sie sind ein politischer Eunuch!«

»Das richtige Wort!« Vandura lachte. »Laila, Sie sind doch eine Frau – eben hätte ich es fast bezweifelt. Sie sollten einen Mann lieben und Kinder kriegen – als Revolutionsbraut sollten Sie bereits gemerkt haben, daß die Revolution biologisch impotent ist.«

Es war wie vor sechs Wochen, als Vandura sie zum erstenmal küßte, und dann nicht wieder. Sechs Wochen, in denen Laila sich nach ihm sehnte, seine Nähe suchte, in denen ihre großen, schwarzen Augen lockten und ihr schmales Gesicht unter dem Kopftuch oder dem OP-Käppi weich vor Erwartung wurde, wenn Vandura sie länger als nötig anschaute. Aber er berührte sie nicht mehr, und sie verstand das nicht.

Jetzt küßte er sie wieder, in einem Augenblick, wo sie erneut vor Patriotismus flammte, ihre Augen blitzten und ihr herrlicher Körper vor Wut zitterte. Und wieder war sie willenlos in seinen Armen, strömte aller Widerstand aus ihr und überflutete sie das Glücksgefühl, für das sie keinen Namen wußte. Dr. Ashraf, der gerade jetzt hereinkam, räusperte sich und fragte nüchtern: »Fahren wir jetzt?«

»Natürlich!« Vandura ließ Laila frei. »Noch zwei Kanister Lösungen! Fräulein Famulus, beeilen Sie sich!«

Laila holte tief Atem. Dann rannte sie an Dr. Ashraf vorbei aus dem Zelt, gab ihm dabei schnell einen Tritt gegen das Schienbein und verschwand im Magazin des Lazaretts. Ashraf verzog den Mund, hob das getretene Bein und hielt sich an einer der Metallstangen fest. »Wenn Sie dieses Teufelchen bändigen, Hakim-Pascha, wird man Sie gleich neben Mohammed stellen«, sagte er und schnaufte durch die dicke Nase. »Nur vor einem warne ich Sie: Spielen Sie nicht mit ihr. Laila liebt Sie ehrlich. Alle sieben Himmel Allahs können Sie gewinnen, aber auch alle Formen der Hölle!«

»Und ihre Revolution?«

»Das ist ihr zweites Leben.« Dr. Ashraf lächelte ein wenig schief. »Sie werden das als Europäer nie begreifen lernen. Am Tag mit dem Gewehr verheiratet, in der Nacht eine Quelle der Wonnen – das ist die moderne arabische Frau! So soll sie wenigstens sein – Laila lebt es uns vor.«

Vandura bückte sich, ergriff seinen Chirurgenkoffer und stellte ihn auf den Tisch. Dann schlang er die Dschellabah um sich und begann, das Kopftuch um seinen Schädel zu wickeln. »Es ist nicht jedermanns Sache, mit einem Pulverfaß zu schlafen.«

»Tun wir das nicht alle, ohne es zu merken? Wissen Sie, wenn Sie sich abends ins Bett legen, ob die Welt am nächsten Morgen noch so aussieht, wie Sie sie für einen kurzen Traum verlassen haben? Wir alle haben die Revolution im Arm und wissen es nicht.«

Nun rumpelten sie über die Wüstenpiste, die Sonne glühte gnadenlos auf das gelbweiße Sandland, der Staub umwallte sie in dikken, erstickenden Wolken. Vandura hustete, preßte die Hand über die Augen und verkroch sich hinter den Vordersitz. Er rechnete damit, ausgedörrt und erstickt zu sein, bevor sie den Flugplatz von Sarqa erreichten.

Nach drei Stunden erbarmte sich Laila. Sie zog eine Zeltplane unter dem Sitz heraus, breitete sie aus und deckte sie über den zusammengekauerten Vandura. Die Hitze wurde dadurch noch unerträglicher und beklemmender, aber der feine Flugsand wurde abgehalten. Vandura atmete ein paarmal tief durch, rieb sich die spitzen, harten Körner aus den Augen und stützte sich auf die Plastikkanister mit den Desinfektionslösungen. Eine Hand glitt unter der Zeltplane hindurch. Lailas schmale, lange Finger.

»Besser?« fragte sie.

Mein Gott, sie kann noch reden, dachte Vandura. Mir hat die Glut die Stimmbänder weggefressen.

Er nickte und hielt Lailas Hand fest. Sie roch süßlich, nach einem unbekannten orientalischen Parfum. Ein Duft von Jasmin und Rosen. Er küßte die Handfläche und legte dann seine Stirn hinein.

Die Frage, die er sich seit Wochen stellte und mit der er in einem rätselhaften Kampf stand, bewegte ihn erneut. Es war die Frage, die auch Dr. Ashraf in seiner Art indirekt gestellt hatte: Liebte er Laila Husseini? Konnte sie das Bild Katjas verdrängen? War sie die Erfüllung seines zweiten Lebens? War hier die Endstation des Dr. Vandura? Wüstendoktor. Hakim-Pascha. Der Arzt der arabischen Revolution! Es gab darauf noch keine Antwort. Dieses neue Leben war noch zu jung. Die Vergangenheit, die er begraben wollte, ließ ihn nicht los. Nicht allein Katja war es, sondern das Bewußtsein, nicht am Tode Bruno Hellersens schuld zu sein. Nächtelang hatte er darüber nachgegrübelt – in Beirut und jetzt hier in dem Wüstendorf Muwaqqar. Er wollte sich rechtfertigen, aus der Ferne, im sicheren Versteck, denn sein Vertrauen zu einer Justiz der Gerechtigkeit war nie groß gewesen. Aber dann überdeckte ein anderer Gedanke diesen Gerechtigkeitssinn: Warum eine Rechtfertigung? Wer würde ihm glauben? Die Obduktion konnte ergeben, daß Hellersen wirklich eines natürlichen Todes gestorben war – aber was heißt in der Medizin ›natürlich‹? Man würde ihm durch die Gutachten einer kleinen, aber verbissen kämpfenden Streitmacht von Professoren der Schulmedizin beweisen, daß seine heimlichen Injektionen im ursächlichen Zusammenhang mit dem Tod des Patienten ständen. Ursächlich aber bedeutet in der Justiz schuldig. Gegen ursächlich gab es keine Argumente, nur die Frage: Haben Sie die Injektionen gegeben oder nicht? Und die Antwort: Ja! war sein Urteil. Man konnte sich Erklärungen sparen – sie blieben nur Worte ohne Widerhall. Schreie in der Wüste . . .

Vandura mußte lächeln, als er diesen Vergleich erreicht hatte. In der Wüste! Sie war nun seine neue Heimat geworden. Und er begann sogar, diese Wüste zu lieben, weil sie Laila hervorgebracht hatte. Und ein neuer, innerer Kampf begann – denn wenn er Laila anblickte, sahen ihn die Augen Katjas an, und wenn er nachts sich nach Laila sehnte, nannte er sie Katja. Darum blieb er in seinem Zelt, trank mehr Cognac, als er vertragen konnte, und zwang sich, die stumme Lockung Lailas nicht zu sehen. Vor einer Situation empfand er Angst: wenn Laila die Initiative übernahm und nachts zu ihm ins Zelt kam. Es würde der Augenblick sein, wo sein Leben endgültig und nicht mehr verschiebbar entschieden wurde: Hakim-Pascha. Die Wüste als neue Heimat und Laila Husseini ...

Der Jeep fuhr langsamer. Vandura richtete sich auf, schob die völlig mit Sand überzogene Zeltplane von sich und sah um sich. Lailas Hand lag auf seiner Schulter. Ihr von dem Gesichtstuch fast völlig umhüllter Kopf war eine gelbliche Sandkugel, aus der die schwarzen Augen mit unerklärbarer Klarheit glänzten.

»Wir sind gleich da«, sagte sie. »Siehst du schon das Flugzeug?«

Vandura blickte über die Schulter des Fahrers in die flimmernde Wüste. Er sah nur Sand und Steine, aufwirbelnden Staub, einen bleiernen Himmel und das durchsichtige Wogen der heißen Luft.

»Wo?« fragte er.

»Da hinten. Das Glitzern.«

Auf der Sandfläche tauchten jetzt drei schwarze Punkte auf. Sie kamen schnell näher, weiße Staubfahnen hinter sich herziehend. Zwei Jeeps und ein Mannschaftswagen mit aufmontierten Maschinenpistolen. Sie fuhren an Vandura vorbei, die Fahrer und Rebellensoldaten winkten Laila zu, noch einmal wurden sie mit fliegendem Sand überschüttet und verkrochen sich unter der Zeltplane. Eng zusammengedrückt, Kopf an Kopf, warteten sie, bis die Staubwolke sich gesenkt hatte.

»Küß mich!« sagte Laila plötzlich.

»Jetzt?«

»Sofort! Oder ich erschieße dich.«

»Das ist ein Argument.« Vandura küßte sie auf die sandigen Lippen, und sie warf die Arme um seinen Nacken und ließ ihn nicht mehr los.

So kamen sie auf dem Flugplatz Sarqa an – zwei Menschen, die sich unter einer Zeltplane umklammerten und küßten. Dr. Karabasch deckte sie auf und lachte schallend.

»Zwei Mediziner unter sich!« rief er und umarmte Dr. Vandura wie einen Bruder. »Ich glaube Ihnen gern, daß bei diesem Staub diese Art der Atmung die beste ist. Hat Laila Ihnen gesagt, warum ich Sie rufen ließ?«

»Nein. Sie weiß es auch nicht.«

»Eine Geburt, Hakim-Pascha.« Dr. Karabasch zog das Tuch höher über seinen Mund. Der ewige Wind der Wüste wehte den Sand unsichtbar durch die Luft. Man spürte ihn erst, wenn die Zähne versandeten und die Zunge sich belegte. »Das wäre an sich kein Problem, aber die Frau hat ein zu enges Becken. Das Kind sitzt fest, tritt nicht durch. Bei jeder Wehe drückt es sich fester und verklemmt sich mehr.«

Vandura blickte Karabasch böse an. »Mit anderen Worten: Kaiserschnitt. Warum haben Sie die Frau nicht nach Muwaqqar gebracht?«

»Zu spät dazu. Außerdem scheute ich den Transport. Man soll nicht sagen: Diese Rebellen sind unmenschlich. Wir entführen zwar Flugzeuge, aber wir achten das Leben der Mütter.« Dr. Karabasch zeigte auf das Flugzeug. Es stand auf dem vom Flugsand überwehten Rollfeld, auf dem auch Vandura gelandet war. Eine silbern glitzernde, in der Sonne wie weißglühende Maschine. Ein verirrter, fremder Riesenvogel. »Mohammed hat uns gelehrt, die Mütter zu ehren.«

»Mir kommen die Tränen, Karabasch.« Vandura holte aus dem Jeep seinen Chirurgenkoffer. Laila und der Fahrer luden die anderen Gepäckstücke aus. »Ich habe schon von unserer Revolutionsbraut gehört, daß Sie mit diesem Piratenakt der satten Welt in den Hintern treten wollen. Glauben Sie wirklich, daß Sie damit Sympathie gewinnen?«

»Wir wollen keine Sympathie – wir wollen unser Land wiederhaben! Ist das eine so unbillige Forderung?! Trägheit kann man nur durch Gewalt aufrütteln ... Worte werden gefressen wie Kaviar. Dieses Flugzeug der TWA wird nicht das erste und letzte sein, das wir entführen. Es sind sieben Kommandos unterwegs, um die Welt in Bewegung zu setzen.«

»Sie sind verrückt, Karabasch.« Vandura nahm seine Tasche in die Hand. »Um es ganz klar zu sagen: Ich helfe hier als Arzt einer Gebärenden – aber ich unterstütze nicht damit Ihre Piraterie. Auch nicht moralisch. Ich bin hier im Namen der Medizin!«

»Mehr sollen Sie auch nicht, Hakim-Pascha. Ob Sie mich einen Verrückten nennen oder einen neuen Mahdi, das ist mir gleich. Achten Sie nicht auf Umgebung, sehen Sie nur die Patienten. Das ist der uralte Konflikt aller Ärzte im Krieg: Heilen, damit die Geheilten wieder an die Front kommen und weiterschießen. Ein Teufelskreis. Helfen für neue Wunden. Kriege verlängern, indem man die Krieger wieder kriegstüchtig macht. Sie haben einen der tragischsten Berufe dieser Welt, Hakim-Pascha!«

»Ich werde jedem Verwundeten, den ich wieder zurechtflicke, ans Herz legen, sein Gewehr an der nächsten Mauer zu zerschlagen.«

Dr. Karabasch lächelte breit. »Versuchen Sie es. Sie werden keinen Araber dazu bereit finden. Das ist eine europäische Mentalität.« Er zeigte hinüber zum Flugzeug, über das der feine Sand wehte. Laila und zwei Soldaten der Rebellen schleppten das Gepäck auf dem Jeep über die Piste zu der Leiter, die man an die Tür der Boeing gelehnt hatte. Eine Gangway gab es hier nicht. »Dort warten Ihre Landsleute. Eine Bitte habe ich noch: Sie haben in den letzten Wochen viel gesehen und gehört. Vergessen Sie alles, wenn Sie in das Flugzeug klettern. Seien Sie nur Arzt –«

»Ich wußte bis heute nicht, daß ich für Sie ein Unsicherheitsfaktor bin.« Dr. Vandura ging langsam auf die blinkende Maschine zu. Die Tür schlug auf, das Gesicht einer Stewardeß erschien, dann der Körper – ohne Uniform, nur in Höschen und Büstenhalter. Schweiß hatte ihre gepflegten Haare völlig verklebt und aus der Form gebracht.

»Süß, nicht wahr?« sagte Dr. Karabasch spöttisch.

»Funktioniert die Klimaanlage nicht mehr?«

»Wie kann sie das? Um einen Funkverkehr zu vermeiden, haben wir sofort nach der Landung die elektrischen Anlagen zerstört. Natürlich auch die Klimaanlage – ein notwendiges Übel.«

»Dann hocken also in diesem Aluminiumpanzer ohne Entlüftung Frauen und Kinder bei Backofentemperaturen? Sind Sie wahnsinnig, Karabasch?«

»Das Leid von 580 000 palästinensischen Flüchtlingen ist schlimmer, und keiner kümmert sich darum.«

»Das habe ich heute schon mehrmals gehört. Laila ist ein gut eingestelltes Sprachrohr Ihrer Revolutionsthesen!«

»Laila.« Karabasch hielt Vandura am Arm fest. »Sie geben mir ein Stichwort: Lieben Sie Laila?«

»Das hat auch Dr. Ashraf gefragt. Ich weiß es nicht.«

»Sie sollten es bald wissen, Hakim-Pascha. Ein unverbindlicher Flirt wie in der westlichen Welt ist in der Wüste unmöglich. Wir haben noch ein Herz, wenn wir lieben, nicht nur einen sexuell aufgeladenen Körper! Kommen Sie mir bloß jetzt nicht mit dem Harems-Klischee und der Ansicht, die Frau im Orient habe laut Mohammed keine Seele. Das ist eine falsche Interpretation. Kein Mann hat seine Frau so geliebt wie Mohammed seine Aisha. Als sie starb, weinte er eine Woche lang und wollte ihr das schönste Grabmal dieser Welt bauen. Die moderne arabische Frau ist sich durchaus ihres Wertes bewußt, und Laila gehört zu den Frauen, die ihre Liebe zum Grundelement ihres Lebens machen. Einen guten Rat, Hakim-Pascha: Finger weg von ihr, wenn Ihre Zärtlichkeit nur eine Laune Ihrer Hormone ist – oder lieben Sie sie mit aller Glut bis an Ihr Lebensende . . . Eine dritte Möglichkeit scheidet bei Laila aus –«

Vandura schwieg. Er wußte, daß Karabasch keine leeren Worte sagte. Plötzlich blieb er stehen, unten an der Leiter, an deren oberem Ende die halbnackte Stewardeß wartete. »Mir läuft noch die Vergangenheit nach«, sagte er gepreßt. »Jetzt wieder, wo ich vor dieser Maschine stehe. Lassen Sie mir Zeit, Karabasch – ich bin nicht aus Wüstensand geformt, aber ich will mich bemühen, mich mit ihm zu bestäuben –«

Er kletterte die Leiter hinauf, die Stewardeß streckte ihm die Hand hin und zog ihn ins Flugzeug. Karabasch blieb zurück. Laila und ein Soldat der Rebellen waren schon im Innern der Boeing verschwunden.

»Sie – Sie sind der Arzt?« fragte die Stewardeß erstaunt. »Ein Weißer –«

»Wie Sie sehen, mein Mädchen. Befühlen Sie mich – es ist kein Puder.« Vandura stand im Vorraum der Maschine. Eine Wand aus glutheißer, stehender Luft schlug ihm entgegen. Sofort brach Schweiß aus seinen Poren und lief ihm über das Gesicht. Das Hemd unter der Dschellabah klebte am Körper. »Das ist ja fürchterlich! Das ist Mord!« schrie er. »Gibt es hier keine Möglichkeit zu lüften?«

Er sah sich um. Auf den Polstersesseln hockten die Passagiere. Die Männer mit nacktem Oberkörper, die Frauen so weit entblößt wie möglich. An der Tür zur Bordküche und zum Cockpit standen zwei Rebellen mit Maschinenpistolen. Die Kinder, meistens nackt, drängten sich an ihre Mütter und blickten mit weiten, ängstlichen Augen auf den neuen fremden Mann in der arabischen Kleidung. Irgendwo, aus einer Ecke, tönte ein helles Stimmchen, auf englisch: »Mam', wird der Onkel jetzt schießen?«

»Ich schieße nicht!« rief Vandura laut. Seine Stimme dröhnte durch die Stille des Passagierraums. »Ich bin Arzt.«

»Gott sei Dank.« Ein großer Mann, nur mit einer schwarzen Hose bekleidet, kam zum Eingang. Er nahm die Goldbrille aus dem schweißtriefenden Gesicht und machte eine kleine Verbeugung. »Ich bin Herbert McClean. Pfarrer aus Illinois. Es ist mir gelungen, die erste Panik zu verhindern. Aber wenn das so weitergeht – diese mörderische Hitze, keine Luft, kaum Wasser zum Trinken, die Drohung, uns mitsamt dem Flugzeug in die Luft zu sprengen, wenn die Forderungen der Entführer nicht erfüllt werden – es wäre kein Wunder, wenn einige von uns wahnsinnig würden.« Er sah Vandura scharf an, mit einen Blick, der einen unausgesprochenen Vorwurf enthielt: »Sie sind Europäer?«

»Ja, Deutscher.« Vandura wandte sich ab, ehe die nächste Frage kam. »Ladies und gentlemen«, sagte er auf englisch, »Ihre Lage ist nicht hoffnungslos, auch wenn es so aussieht. Ich bin Arzt, und ich verspreche Ihnen, alles zu tun, um Ihr Leben und Ihre Gesundheit zu retten. Das sind keine leeren Versprechungen, glauben Sie es mir. Sie werden in Kürze genug Wasser haben, und man wird Sie aus dem Flugzeug herauslassen in einige Zelte, wo man die Wüstenhitze besser ertragen kann. Und Sie werden auch alle zu Ihren Verwandten zurückkommen.«

»Das glaube ich nicht«, sagte der Pfarrer hinter Vandura leise. »Wir haben einen schwer Herzkranken an Bord. Pierre Nolet, ein Franzose. Hinten, Sitz 112. Er liegt seit Stunden und bekommt kaum noch Luft. Er wird es nicht überleben.« Pfarrer McClean war resigniert.

»Können Sie keine Nachricht geben?« Eine Frau mit drei Kindern drängte nach vorn. »Mein Mann bringt sich um, wenn er nicht weiß, wo wir sind. Er wartet seit Stunden bestimmt auf dem Flugplatz. Mein Name ist . . .«

Auf einmal war die Hölle los. Von allen Seiten stürzten die Passagiere auf Vandura, brüllten durcheinander, stießen sich weg, schrien ihre Namen und Adressen, boxten sich einen Weg bis zu dem Arzt frei, fuchtelten mit den Armen, beschimpften die anderen, überrannten die Kinder – eine Masse Mensch mit aufgerissenen Mäulern und Augen, eine Welle nackter Überlebensangst, eine schreckliche Entblößung von aller Kultur, Erziehung und Menschlichkeit. Ein schreiendes Gemenge von Wesen, die nur noch den Körper von Menschen trugen.

Die beiden Rebellen am Eingang zum Cockpit reagierten vernünftig – sie schossen dreimal zur Warnung in die Luft, die Kugeln durchschlugen das Flugzeugdach, Holzverkleidung splitterte. In der Tür zum Cockpit tauchten zwei halbnackte Männer und eine zweite, fast entblößte Stewardeß auf. Sie wurden von dem anderen Rebellen zurückgedrängt und mit Kolbenstößen weggedrückt. Aber sofort war es still im Passagierraum. Die Männer und Frauen gingen zu ihren Sitzen zurück und verkrochen sich. Nur Pfarrer McClean blieb neben Vandura stehen.

»Wir sind eben alle nur Menschen«, sagte er entschuldigend.

»Das sollte traurig stimmen.« Vandura ging durch den Mittelgang zu dem hinten liegenden Sitze Nr. 112. Dort hatte man den Franzosen Pierre Nolet hingelegt. Er trug nur eine kurze Unterhose, sein Gesicht war bleich und eingefallen, er rang nach Luft. Vandura setzte sich neben ihn, öffnete seinen Arztkoffer und bereitete eine Kreislaufinjektion vor. Nolet starrte ihn an wie ein Wesen von einem anderen Stern.

»Monsieur –«, sagte er mit heiserer, schleppender Stimme, »ich habe nur noch eine Tochter. Madeleine Ribault. In Lyon. Wenn Sie Madeleine benachrichtigen könnten – nur damit sie weiß, wo ich begraben liege.«

»Sie werden Lyon wiedersehen, Monsieur Nolet«, sagte Vandura und rieb die Einstichstelle mit einem Alkoholtupfer ab. Dann gab er die Injektion und nickte Nolet zu. »So schnell lasse ich keinen sterben, Monsieur. Ich bin bei Tod und Teufel gefürchtet. In zehn Minuten wird es Ihnen besser gehen.«

»Diese Luft«, sagte Nolet schwach. »Zum Schneiden. Ich kann kaum atmen. Warum schlägt man nicht die Fenster ein?«

»Dann würde der Sand in die Maschine wehen, und das wäre noch schlimmer.«

»Dann soll man uns hier herausholen! Warum hält man uns wie gefangene Tiere? Fluchtgefahr? Zum Lachen! Wo sollen wir mitten in der Wüste hinfliehen? Das ist nur Schikane. Rache der Araber an den Weißen! Der Triumph, uns jetzt unterdrücken zu können.«

»Ich verspreche Ihnen, das zu ändern.« Vandura wartete ab, bis die Atmung Nolets freier wurde. Vom Gepäckraum kam die erste Stewardeß zurück, in ihren Augen lag Schrecken und Angst.

»Wo bleiben Sie, Doktor?« rief sie. »Frau Perlucci kann es vor Schmerzen nicht mehr aushalten ...«

Vandura nahm seine Tasche und ging dem Mädchen nach. Sie kamen durch eine Art Schleuse, in der zwei WCs und ein kleiner Stauraum lagen, und waren dann im Gepäckteil der Boeing. Er war klein, schmal und niedrig, nicht mehr als eine Ausnutzung des Schwanzteiles der Maschine.

Auf einem improvisierten Tisch aus drei Kisten und zwei Brettern lag Laura Perlucci. Sie war völlig nackt, ihr hoher Leib wölbte sich wie eine rosa Kugel ins Licht der beiden Deckenlampen. Krämpfe durchschüttelten ihn, mit den Absätzen hieb sie auf die Bretter, krallte die Finger um das Holz und stöhnte laut. Schreien konnte sie nicht mehr, dazu war sie schon zu schwach. Laila hatte bereits die Schnittfläche mit Jod eingerieben und den Unterbauch rasiert. Auf einem Gaskocher stand ein Kupferkessel mit brodelndem Wasser. Der mitgekommene Soldat packte gerade die Verbände, Mulltücher und Tupferbehälter aus. In zwei Plastikeimern schwappte die Desinfektionslösung. Es stank nach Lysoform. Laila sah kurz auf, als Vandura eintrat und beschäftigte sich weiter mit ihrem ›Narkosegerät‹ – einer primitiven Maske und der Ätherflasche.

»Wir müssen sie irgendwie anschnallen«, sagte sie. »Sabah Murad holt ein ein paar Ledergürtel.«

»Wer ist Sabah Murad?« Vandura packte seine Instrumente aus und warf sie in das sprudelnd kochende Wasser. Die Luft in dem engen Raum war erdrückend. Er riß sich die Dschellabah vom Leib und das Unterhemd hinterher. Nur in einer knappen Dreieckshose begann er, Laura Perluccis hohen Leib abzutasten. Dann holte er einen langen Gummihandschuh aus einem Sterilkasten und untersuchte vaginal. Der Kopf des Kindes war deutlich tastbar, die Fruchtblase längst geplatzt und das Fruchtwasser abgegangen. Festgeklemmt saß der kleine Schädel im Becken, das sich nicht mehr weitete.

»Herztöne?« fragte Vandura.

Laila nickte. Das Stethoskop baumelte aus der Tasche ihres weißen Kittels. Tatsächlich, sie trägt über der Uniform ihren OP-Mantel, dachte Vandura. Und kein Schweißtropfen auf der Stirn! Sie bewegt sich in diesem Brutofen wie in einem Salon – elegant, sicher, schnell, überlegen, mit einem unwahrscheinlichen Charme. Sie injiziert die erste Spritze mit lehrbuchmäßiger Genauigkeit, leitet die Narkose ein, streichelt sogar der schwangeren Frau beruhigend über das Gesicht und die prallen Brüste.

Vandura tauchte die Hände in die Sterillösungen. Es brannte auf der Haut, aber es nahm auch alle Bazillen weg. An der Tür klopfte es. »Raus!« brüllte Vandura.

»Die Riemen.« Die Stewardeß hielt sie zitternd hoch. Laila nahm sie, tauchte sie kurz in das kochende Wasser, schüttelte sie aus und begann, Laura Perluccis Hände und Füße an den Kisten festzubinden.

»Sie können helfen, wenn Sie sich stark dazu fühlen«, sagte Vandura zu der an der Tür stehenden Stewardeß. »Wie heißen Sie?«

»Joan Watson.«

»Also los, Joan. Sie brauchen nur zu tun, was ich Ihnen sage. Das da sind sterile Tücher, dort liegen Mullkompressen und Tupfer, zwei Eimer brauche ich auch noch, ich kann die Plazenta ja nicht an die Wand kleben und Wasser, viel Wasser . . .«

»Wir haben kein Wasser«, sagte Joan leise.

»Sabah besorgt es —«, rief Laila dazwischen.

»Ein Teufelskerlchen, dieser Sabah!« Vandura schüttelte die nassen Hände aus. »So voller Humanität! Meine Frage von vorhin — wer ist der Knabe? Ihr Liebhaber, Laila?«

Der Blick ihrer schwarzen Augen war fast tödlich. »Der neue Kommandant dieses Flugzeuges!« schrie sie.

»Ei, ei. Der Herr Kommandant.« Vandura winkte. Seine Sicherheit, sein Ton wirkten auf Laila so provokatorisch, daß sie zu beben begann. Ich könnte das Skalpell nehmen und ihn aufschlitzen, dachte sie, randvoll mit Wut. Diesen herrlichen, männlichen Leib.

Sie betrachtete Vanduras nackten, nur durch das weiße Dreieck unterbrochenen Körper und spürte eine merkwürdige, süße Schwere in ihren Gliedern. Dann lief es wie ein elektrischer Strom durch sie, bis in die Fingerspitzen und die Zehen.

»Voran mit der Narkose«, sagte Vandura. Laura Perlucci war festgeschnallt, Joan Watson stand neben den Instrumenten und Verbänden. Der Soldat hockte in der Ecke, stumm, mit verschlossenem Gesicht, wie hypnotisiert. Es klopfte wieder an der Tür — vier Plastikeimer mit Wasser wurden hereingeschoben. Laila setzte den Kupferkessel mit den Instrumenten vom Kocher und stellte einen neuen Kessel darauf. Interessiert betrachtete Vandura den Aufbau des ›OP-Tisches‹. Die Kiste unter dem Kopf Lauras war wesentlich kleiner und niedriger als die anderen. Mit zwei Koffern war das Brett auf eine Ebene gebracht worden. Laila nickte, ehe Vandura fragen konnte.

»Wir können nach Eröffnung der Bauchhöhle kippen«, sagte sie. »Koffer weg, und die vorschriftsmäßige Schräglage ist erreicht. Lehrbuch für gynäkologische Operationen. Durch die Kipplage rutschen die Därme nach oben, das Operationsfeld ist freier, man kann besser an die Blase . . .«

»Laila, du bist ein Schatz.« Vandura streifte die dünnen OP-Handschuhe über. »Joan, wenn Sie umfallen, verhaue ich Ihnen hinterher noch den Hintern!«

»Ich falle nicht um.« Joan Watson lächelte schwach. »Ich habe einen Erste-Hilfe-Kurs hinter mir.«

»Dann los!« Vandura griff nach dem Skalpell. Laura Perlucci atmete röchelnd unter ihrer Äthermaske. Laila kontrollierte noch einmal Puls, Herztätigkeit und Atmung.

»In Ordnung.«

Sie stellte sich Vandura gegenüber, legte sich die Gefäßklemmen zurecht, die Scheren und Tupferhalter. Auf einem großen weißen Tuch schimmerten Pinzetten, Kugelzangen, Bauchschaufeln, Körtehebel, Roux-Haken, Geburtenzange, Kuretten und große Stieltupfer. Und plötzlich lächelte sie.

Vandura sah sie fragend an. »So fröhlich, Laila?«

»Ich habe noch nie einen nackten Chirurgen operieren sehen.«

»Dann bewundern Sie ihn gleich, wenn er mit Blut bespritzt ist.«

Er beugte sich über den prallen gewölbten Leib, setzte das Messer an und machte den ersten Schnitt.

Blutgeruch mischte sich in die heiße Luft.

Pfannenstielschnitt – Eröffnung der Bauchhöhle – Fixation des Peritoneums mit Mikulicz-Klemmen . . .

»Bauchtücher!« Vandura blickte kurz zu Joan Watson. Sie starrte mit weiten Augen auf die klaffende Wunde. Laila setzte die Klemmen, machte die Ligaturen, umstach blutende Gefäße. »Abzählen, Joan . . .«

»Eins . . . zwei . . . drei . . . vier . . .« Joans Stimme wurde kleiner, versank dann völlig. Aber sie reichte weiter an. Vandura deckte die Operationswunde ab und stopfte mit den Bauchtüchern die Bauchhöhle ab. Laila setzte die Bauchschiene ein, der pralle Uterus quoll hervor.

»Lange Präparierschere –«

Vandura schob die Blase vom Uterus. In seinen Inneren bewegte es sich schwach.

Das Kind.

In wenigen Minuten trat es an das Licht dieser Welt. Geboren in der Wüste, auf Kisten und Brettern, in einem Flugzeug, das von Rebellen entführt worden war, bei fünfzig Grad Hitze, umweht vom

Sandwind, aus dem Mutterleib geholt von einem deutschen Arzt und einer jordanischen Medizinstudentin, bewacht von fanatischen Kriegern, Geisel einer Revolution . . . welch ein Beginn!

Wie wird die Welt aussehen, wenn dieses Kind einmal erwachsen sein wird? In zwanzig oder dreißig Jahren?

Gab es dann noch Kriege? Rebellen? Völkervernichtung? Unrecht? Lüge? Mißwirtschaft? Hunger? Elend? Armut? Korruption? Diktatur? Verblendung? Fanatismus?

Es wird sich nichts geändert haben – es sei denn, es gäbe in dreißig Jahren keine Menschen mehr. Denn der Mensch bleibt immer ein Kind – er baut aus Steinchen und Hölzchen, aus Klötzchen und Brettchen einen Turm, betrachtet ihn voll Stolz und wirft ihn dann mit einer Handbewegung um. Die Lust an der Zerstörung – kein Tier kennt dieses Wonnegefühl, kein Ding in der Natur – nur der Mensch! Ihm dieses Gefühl zu geben, war die Rache Gottes, als der Mensch von sich sagte, er sei ein Ebenbild des Herrn.

Vandura beugte sich über den Uterus. Die lange Schere blitzte in seiner Hand.

Die Sekunde der Geburt.

Draußen, um das Flugzeug herum, ertönten Schüsse. Maschinengewehre, die beiden leichten Flaks. Ein helles Brummen drang bis in den glühheißen, blutstinkenden Gepäckraum.

Ein Aufklärer der jordanischen Luftwaffe.

Die Welt war aufgerüttelt. Sucht das Flugzeug! Rettet die Männer, Frauen und Kinder!

Die Telefonleitungen schwirrten, die Fernschreiber tickten. In den Redaktionen aller Zeitungen und Rundfunkanstalten liefen die Schreibmaschinen heiß, wurden die Titel geändert, die Aufmacher ausgewechselt, die Fernseh- und Rundfunknachrichten umgestellt.

155 Geiseln, irgendwo in der Wüste. Der letzte Funkkontakt kam aus Beirut.

»Wir fliegen irgendwohin . . .« Eine Meldung, die Flugkapitän Perkins mit ruhiger Stimme ins Mikrophon sprach. Dann Stille.

Was unternimmt König Hussein? Reitet seine berühmte Arabische Legion gegen die Rebellen? Die gefürchtete Beduinentruppe, Kernstück der 60 000-Mann-Armee Jordaniens?

Die Welt blickt in die Wüste. Zum erstenmal sieht sie dort mehr als Sand. Was macht die UNO? Gibt es Krieg im Vorderen Orient? Was, auch Deutsche sind dabei? Deutsche Geiseln?! Ans Gewehr!

Marion, pack die Koffer, wir fahren vorsichtshalber in die

Schweiz. Wenn's morgen kracht – wir haben genug auf'm schwarzen Konto ...

Neunundvierzig Frauen und dreizehn Kinder? Einfach entführt? Schlagt sie alle zusammen! Sperrt die Einfuhren! Wo bleibt eine internationale Truppe? Haha, eine Division SS ›Das Reich‹ – und die Kameltreiber liefen wie die Hasen! Wenn wir noch den Adolf hätten – Wo sind die Gegenaktionen?! Was, die wollen klein beigeben? Die wollen sich dem Terror beugen? Deutschland, die Schweiz, Amerika? Das große Amerika? Die Schweiz, na ja, war immer friedlich. Kann man verstehen. England, seine Glanzzeit ist vorbei. Früher wär 'ne Flotte aufmarschiert. Was, Jordanien hat gar keine Küste? Macht nichts – dann eben Bomber. Auf Amman, auf Beirut, Damaskus, Jerusalem, auf das ganze Pack! Und Deutschland will auch verhandeln? Kein Wunder, Schlappschwänze alle, linke Sympathisanten, große Fresse, zusammengekniffener Arsch! Erfüllen alles, was von draußen kommt. Früher, ja früher ... Boxeraufstand – Die Deutschen an die Front – Wer hat Napoleon bei Waterloo besiegt? – Blücher! Wer hat Amerika erobert? Steuben! Und vor so ein paar Revolutionslümmeln kriechen sie auf dem Bauch, die Deutschen!

Emma, das ist beschämend. Nimm den Ozelot in die Schweiz mit, hörste? Pelze kann man immer gut weiterverkaufen ...

Der Aufklärer kreiste über den Flugplatz Sarqa und entfernte sich dann schnell. Das Schießen hörte auf.

Vandura holte das Kind aus der Gebärmutter. Laila nabelte es sofort ab.

Ein Mädchen.

»Wie schön es ist«, sagte Laila und wiegte es auf ihren blutigen Händen. »Ich würde es Mahdia nennen, nach unserem großen Führer ...«

»Das fehlte noch!« Vandura begann, die Plazenta auszuräumen. »Wasser! Und einen Eimer!«

Joan Watson lehnte sich an die Wand, vor ihren Augen flimmerte alles, verschwamm in metallischen Nebeln. Sie zuckte nur hoch, als der erste quäkende Schrei erklang. Die Begrüßung der Welt. Ein mattes Lächeln glitt über ihr schweißtriefendes Gesicht.

Hinter Vandura klopfte jemand an die Tür. Ehe er: »Draußenbleiben!« brüllen konnte, wurde sie einen Spalt geöffnet. Karabasch schaute hinein.

»Ich habe den Schrei gehört. Was ist es?«

»Ein Mädchen. Machen Sie die Tür zu!«

»Ich wollte Ihnen nur sagen – damit Ihnen die Hand nicht zittert – daß ich die Maschine in einer Stunde räumen lasse. Man baut schon Zelte auf. Zufrieden?«

»Nein! Lassen Sie die Menschen zurückfliegen.«

»Unmöglich. Die Maschine wird am Abend gesprengt! Die Sprengladungen sind schon angebracht.«

»Damit verlieren Sie die Achtung der ganzen Welt!«

»Das ist mir egal, Hakim-Pascha. Ich will keine billige Achtung, die kostet nämlich nichts als Worte, sondern ich will Freiheit für mein Volk. Auf der ganzen Erde gibt es in diesem Augenblick keinen Winkel, der nicht von unserer Entführung weiß. Jetzt wird man uns verstehen lernen müssen!«

Vandura blickte sich schnell um. Er setzte gerade die inneren Nähte.

»Ich habe nicht gewußt, daß selbst diese Revolution von Phantasten geleitet wird«, sagte er. »Das Gewissen der Welt ... Was macht ein Ochse, den sie in den Hintern treten? Er brüllt einmal kurz, trottet drei Schritte schneller und fällt dann in den alten Trott zurück. *Das* ist die Welt, mein Lieber. Und nun raus – Sie sind nicht steril –«

Im Passagierraum stand der Pfarrer McClean an der Tür und betete.

»Herr, mein Gott, laß dieses neue Wesen, dieses Menschenkind, das Deiner Gnade erwuchs, ein gesunder, ehrlicher, treuer, gütiger und brüderlich denkender Mensch werden ...«

Über den Flugplatz wehte der Sand. Die Sonne glühte schattenlos, der Himmel floß wie geschmolzenes Blei.

»Jamil, gib durch«, sagte Dr. Karabasch zu dem Funker im Funkwagen der kleinen Wagenburg. »In dem entführten Flugzeug wurde durch Kaiserschnitt ein Kind geboren. Ein Mädchen. Die Mutter ist Laura Perlucci. Kind und Mutter geht es gut. Die Operation nahm ein Chirurg der ›Arabischen Einigungsfront‹ vor, ein Europäer.« Dr. Karabasch lächelte breit. »Vergiß die beiden letzten Worte nicht. Das wird sie noch mehr aufrütteln. Wir brauchen Publicity, Reporter aus aller Welt – niemand soll in einer Woche fragen: Arabische Einigungsfront, was ist das?! Wir werden ein Begriff sein wie Mondflug und Atombombe!«

Um die gleiche Zeit nähte Dr. Vandura die Bauchdecke zu.

Zuerst war es ein Gerücht, dann hielt es sich fest wie mit Leim beschmiert und wurde halbe Wahrheit: Der europäische Arzt, der die Kaiserschnitt-Entbindung in dem entführten Flugzeug in der Wüste vorgenommen hatte, ist ein Deutscher. Niemand konnte sagen, woher diese Meldung kam, aber alle glaubten sie auf einmal. Sogar der Name sickerte durch, von Informanten aus Jordanien, heimlichen Bakschischempfängern, den Brüdern der offenen Hand, wie man sie überall im Orient findet.

Hakim-Pascha.

Ein Name wie aus einem Märchenbuch. Zauber aus 1001 Nacht. Und doch blutiger Ernst, im wahrsten Sinne des Wortes.

»Hakim-Pascha – damit soll einer etwas anfangen!« sagte auch Bernd Zobel.

Zobel war Bildreporter der Illustrierten ›Globus‹. Mit neunzehn anderen Reportern und Redakteuren saß er im Besprechungszimmer des Chefredakteurs und hatte die neuesten Meldungen angehört. Die Sonderkonferenz der ›Aktuellen Redaktion‹ saß seit zwei Stunden zusammen. Der Fernschreiber tickte ununterbrochen. Die großen Nachrichtenagenturen überschlugen sich mit ihren Meldungen. Aus Beirut, wo der Sonderberichterstatter des ›Globus‹, Frank Binfe, saß, trudelten nur magere Telefongespräche ein. In Beirut wußte man von allem weniger als in New York, Moskau, Peking oder Hamburg. Nur, daß ein Flugzeug irgendwo in der jordanischen Wüste zur Landung gezwungen war, konnte Binfe bestätigen. Er bemühte sich seit Stunden verzweifelt um Kontakte mit den Verbindungsleuten zu den Rebellen.

»Stellen wir fest«, sagte Ludwig Hastenberg, der Chefredakteur, ein kleiner, dicker Mann, den man als einen Beamten einschätzte, der abends Kaninchen züchtet, aber nicht als Chef einer großen Illustrierten. Das war ein Fehler, denn wer Hastenberg näher kannte, ging ihm aus dem Weg. Er hatte sieben Jahre in den USA das Pressewesen Amerikas studiert und das mitgebracht, was deutschen Redakteuren ein Frieren über den Rücken jagt: Präzision in der Arbeit, Pünktlichkeit, Genauigkeit, Stilgefühl und eine blitzschnelle Reaktionskraft. Es lief die Sage durch das Globushaus, daß Hastenberg beim Klingeln des Telefons schon wußte, wer am Apparat war und was er mitteilen würde. »Stellen wir fest: Ein Flugzeug mit 155 Passagieren entführt. Werden als Geiseln aufgebaut. Forderungen sind bekannt. Entlassung verurteilter Luftpiraten in den verschiedenen Ländern. Eine Geburt in der Wüste. Kaiserschnitt. Europäischer Arzt macht sie. Soll Deutscher sein. Heißt — Karl May würde Hurra rufen — Hakim-Pascha. Wenn das keine dicke Story ist, eine ganz fette Minna, dann heiße ich Emil! Um die Entführung und den politischen Akzent kümmern sich Rudolf und Friedrich. Ewald, du machst einen mittellangen Riemen über diese Arabische Einigungsfront. Aber dieser Hakim-Pascha, Leute, das müssen wir ganz gewaltig bringen. Das ist ein Super-Otto! Wüstendoktor mit Kaiserschnitt! Im Flugzeug! Das treibt Millionen Tränen über die Wangen, das ist genau *der* Held, den wir jetzt brauchen und der uns Abonnenten und Anzeigen bringt. Der Deutsche im Wüstensand. Jungs, das erinnert an Rommel! Das trifft zsssch ins deutsche Gemüt. So was wollen die Leser des ›GLOBUS‹. Information und Romantik. Stellt euch vor, wir bekommen diesen Hakim-Pascha vor die Kamera! Wir interviewen ihn, er erzählt uns die ganz große Schnaufe vom idealen Doktor, der Albert Schweizer der Wüste — davon können wir ein Vierteljahr leben! Zobel, du Nagetier — ab nach Amman! Und wenn du diesen Hakim nicht vor die Linse bekommst, wage es bloß nicht, München wieder zu betreten! Fotos, Interview, Biographie — daraus machen wir einen Zwölfteiler! Mensch, Zobel — wenn du mir diesen Otto versaust —«

An diesem Abend noch brach Bernd Zobel nach Amman auf. Bei allen Fluglinien bekannt, bekam er sofort einen Platz in der nächsten Maschine nach Beirut. Die Meldungen hatten sich von der Sonderkonferenz im Globushaus bis zu seinem Abflug erneut überschlagen. Irgendwoher, keiner wußte nachher, wer den Tip gegeben hatte, kam die Nachricht auf, der geheimnisvolle Hakim-Pascha sei nicht nur ein Deutscher, sondern sogar ein Münchner. Und aus dem Archiv flatterte danach der Hinweis: Erinnert ihr euch noch an die Sache mit diesem Dr. Vandura aus Grünwald? War bei uns nur eine halbe Seite. Kleiner Hering: Vergiftet Ehemann seiner Geliebten, ist aber nachher unschuldig, obwohl er heimlich Spritzen gegeben hat. Dunkle Angelegenheit, aber in diesem Stadium uninteressant. Nun kommt's — dieser Vandura verschwand plötzlich, flüchtete, war nicht mehr da, als die Kripo ihn am Morgen abholen wollte. Na, läutet es bei euch, Kollegen?! Euch müssen ganze Glokken im Hirn schwingen! Da könnte eine Story zuwachsen, um die euch die Welt beneidet. Aber Schnauze halten!

»Nichts wie hin!« sagte Hastenberg, als Bernd Zobel diese Vermutungen vortrug. »Wie hieß das Schlummerchen? Katja Hellersen? Untern Arm geschnappt und auf unsere Kosten ab nach Amman! Sie soll diesen Hakim-Pascha identifizieren. Ist es wirklich Vandura – Zobel, du Rindvieh, du bekommst ein Sonderhonorar! Ein Anruf aus Amman genügt, und ich mache die Seiten frei. Und wenn die Anzeigenjungs noch so schreien – *das* muß ganz groß in den ›GLOBUS‹!«

Es blieben bis zum Abflug noch vier Stunden. Drei Stunden brauchte Zobel, um Katja Hellersen zu überreden, mitzufliegen.

»Er ist es nicht«, sagte sie immer wieder. »Er kann es nicht sein! Wenn er in Jordanien lebte, hätte er längst die Möglichkeit gefunden, mir eine Nachricht zu schicken. Wüstendoktor bei den Rebellen? Unmöglich! Das würde Ralf nie tun!« Stur hielt Katja Hellersen daran fest.

»Sehen wir ihn uns doch einmal an – das kostet doch nicht Ihr Geld!« sagte Zobel eindringlich. »Ist er's nicht, mache ich eine Story: ›Aus Liebe um die halbe Welt – Eine Frau sucht ihren Geliebten‹. Auch das kommt an. Ist er's aber, dann lassen wir die Blätter rauschen! Und ich sage Ihnen, Hakim-Pascha ist Vandura.«

»Nie.« Katja preßte die Hände gegen ihre Schläfen. »Nie! Ich nehme an, er hat sich in Südamerika verkrochen. Für nichts und wieder nichts. Seine Unschuld ist einwandfrei bewiesen.«

»Südamerika machen wir später.« Zobel blickte auf die Uhr. Die Zeiger schienen zu rasen. »Ich habe Ihre Fahrkarte schon, in Beirut wartet unser Korrespondent, der wird alles für Sie regeln, Hotel, Geld, was Sie brauchen. Packen Sie Ihre Handtasche, und ab die Post! Mehr brauchen Sie nicht, wenn Sie mit Zobel reisen. Um die Welt mit Zobel, dann kennen Sie den Globel. Hihi. Soll Globus heißen, aber das reimt sich nicht. Wo ist das Handtäschchen? Hier ... So unbeschwert ist noch keiner geflogen –«

Es dauerte noch immer zwei Stunden, bis Zobel mit einer Redekunst ohne Beispiel Katja Hellersen überzeugt hatte. Mit einem Taxi rasten sie nach Riem zum Flugplatz und kamen gerade zurecht, als ihre Maschine in der Halle aufgerufen wurde.

»Ihr Süßen!« rief Zobel den Zollbeamten zu, die an der langen Kofferbank warteten und die Koffer mit einem Kreidestrich freigaben. »Laßt uns durch, wir sind auf Menschenjagd! Wenn wir zurückkommen, haben wir 'nen Schrumpfkopf im Gepäck! Bis dahin –«

Die Beamten lachten und winkten. Wer kannte Bernd Zobel nicht?

Dann saßen sie in der Maschine nach Beirut und starrten in das

Abendrot, das München vergoldete. Ein brennender Himmel von unermeßbarer Schönheit.

»Er ist es *nicht* –«, sagte Katja leise und wandte sich ab.

»Wetten? Ich bekomme von Ihnen Ihre Lebensgeschichte, Sie von mir ein Farbfoto: Wüstendoktor sieht Liebling wieder.« Zobel lachte, als er Katjas abweisendes Gesicht sah. »Sie sollten sich freuen«, sagte er. »Wenn es wirklich Vandura ist – dieses Wiedersehen. Sie wollen ihn doch wiedersehen?«

»Ja, aber ja . . .« Sie senkte den Kopf und weinte plötzlich. »Aber ich habe Angst, schreckliche Angst . . .«

»Sie lieben ihn doch?«

»Ja– aber er?«

Das war eine Frage, die selbst der gewandte Zobel nicht beantworten konnte. Er schnallte sich an, lehnte sich zurück und genoß den Aufstieg des Flugzeugs. In den blutenden Himmel hinein — das war etwas für Zobel.

Vandura, dachte er dabei. Ich werde aus ihm einen doppelten Märtyrer machen: einen der Justiz und einen der Medizin.

Wenn dieser Hakim-Pascha bloß Vandura ist, verdammt noch mal –

Das Flugzeug nahm Kurs nach Süden.

6

Dr. Karabasch hatte sein Versprechen gehalten: Das Flugzeug wurde geräumt, die Geiseln wurden in drei Zelten untergebracht, ein Tankwagen sorgte für reines Wasser, die Verpflegung lieferte die Rebellenküche. Ein Zelt ließ Dr. Vandura als Krankenrevier herrichten — Laura Perlucci mit ihrem Kind, der herzkranke Pierre Nolet und der Kopilot Jerry Delwitt waren die ersten Patienten im Wüstensand. Delwitt war verletzt worden, als er einen der Rebellen daran hindern wollte, die Funkanlage zu zerstören. Eine tiefe Kopfwunde hielt ihn in dauernder Benommenheit – er lag auf einer Pritsche und dämmerte vor sich hin. »Ich habe etwas gegen Brutalität«, sagte Vandura zu Dr. Karabasch, der kurz ins Sanitätszelt hineinblickte und für seine Organisation gelobt werden wollte. »Der Mann wird einen Spätschaden behalten. Sie haben ihm die Schädeldecke eingedrückt.«

»Die Revolution braucht Opfer, Hakim-Pascha.« Karabasch betrachtete den stummen Jerry Delwitt. »Warum wehrte er sich?«

»Warum griffen Sie an?«

»Immer die alten Lieder, Vandura! Ich habe Ihnen so oft gesagt . . .«

»Und Sie werden mich trotzdem nicht überzeugen. Das hier sind unschuldige Menschen, die voll Vertrauen auf Technik und fliegerisches Können sich in ein Flugzeug setzen und zu Verwandten oder nach Hause fliegen wollen, und plötzlich landen sie in der Wüste, werden zu Geiseln, müssen Durst und Hunger und glühende Hitze erleiden, von den nervlichen Belastungen ganz zu schweigen, werden mit dem Tod bedroht, falls man Ihre Forderungen nicht erfüllt — und das alles nennen Sie gerecht!«

»Wo gibt es heute noch Recht, Hakim-Pascha? Diese Menschen, die jetzt um ihr erbärmliches Leben zittern, waren satt und zufrieden. Sie kümmerte es nicht, daß in den Flüchtlingslagern von Jordanien Tausende Kinder an Hunger und Seuchen sterben, sie lesen beim Morgenkaffee und knusprigen Brötchen, daß in Südamerika die Indianer von den Großgrundbesitzern ausgerottet werden, daß in Indien Millionen verhungern, in den Slums der großen Städte Südamerikas von vier Kindern drei sterben und die Landarbeiter

Heuschrecken essen müssen, um überhaupt etwas im Magen zu haben. Das alles lesen sie mit ausgestreckten Beinen, schmieren sich Butter aufs Brot, legen dick die Wurst darauf und schmatzen bei den Zahlen: Wieder tausend Tote ... Ist eine solche Welt gerecht, Vandura?! Diese 155 Menschen, die jetzt hier in der Wüste schwitzen, werden in Zukunft anders denken. Und sie werden die anderen Millionen Menschen zum Nachdenken aufrütteln. Mehr wollen wir nicht – die Welt soll endlich denken lernen! Ist das zuviel verlangt?«

»Wir werden uns auf dieser Straße nie begegnen, Karabasch.« Vandura wusch sich die Hände. Im Hintergrund versorgte Laila einen Verletzten. Mit einem Krankenfahrzeug waren sieben neue Verwundete von irgendeiner Rebellenfront gekommen. Überall wurde jetzt geschossen, am Jordan, am Toten Meer, in der Umgebung von Amman – eine neue Taktik hatte Dr. Karabasch angewandt, er ließ seine Truppen in kleinen Verbänden marschieren. Plötzlich tauchten sie auf, an verschiedenen Plätzen zur gleichen Zeit, genau durch Funksprüche abgestimmt, schufen Unruhe, demonstrierten die Ohnmacht des jordanischen Heeres, überfielen israelische Kolonnen, beschossen mit kleinen Geschützen und Granatwerfern die israelischen Kibuzzim, zerstörten Brücken und sprengten Bahngleise. Es waren keine großen Schäden, aber sie trugen Angst und Schrecken ins Land. Und sie riefen die anderen Araber zum Widerstand gegen alles auf, was nicht zur Idee eines arabischen Nationalismus paßte. Das genau wollte Dr. Karabasch: Ein Aufstand der arabischen Welt gegen das Judentum und den Einfluß des Großkapitals, ganz gleich, woher es kam.

Dr. Vandura betrachtete Laila, wie sie die Wunde aufschnitt und einen Splitter herausholte. Sie tat es mit einer Sicherheit, als sei sie darauf spezialisiert. Dr. Karabasch stieß Vandura lächelnd in die Seite.

»Ihre Schule, Hakim-Pascha. Laila bewundert Sie. Ich habe sie überrascht, wie sie nachts in ihrem Zelt saß und medizinische Knoten übte. Einigen wir uns: Sie denken nur an die Kranken, und ich spreche mit Ihnen nicht mehr über Politik. Wir verschenken nur kostbare Zeit.« Er wandte sich zum Ausgang, blieb dort aber noch einmal stehen. »Übrigens werden noch zwei Flugzeuge landen.«

»Ich habe davon gehört. Sorgen Sie für Unterkunft und Wasser.«

»Und noch etwas.« Karabasch zog das Kopftuch fester um seinen Schädel. »Ich habe fünfzig Journalisten aus allen Ländern eingeladen, sich hier ein Bild vom arabischen Freiheitswillen zu machen.

Sie werden morgen in Amman landen. Sie werden mit den Geiseln reden können, und dann werden sie Zeuge sein, wie wir die Maschine in die Luft sprengen.«

»Das wird Ihrer Idee die letzte Sympathie kosten.«

»Ich brauche keine Sympathie — ich brauche die Erkenntnis der Wahrheit. Die Wahrheit ist rein, und das Feuer ist rein — also werden wir ein Feuer machen, um die Wahrheit zu erreichen.«

Vandura tauchte die Hände in das Becken mit Desinfektionslösung und trat dann neben Laila an den Verwundeten. »Wenn ich das Leuchten Ihrer Augen richtig deute«, sagte er, »sind Sie auch ein so heilloser Fanatiker wie Karabasch.«

»Er spricht uns aus der Seele.«

»Ist Ihre Seele so eng, Laila?« Vandura legte seine Hand auf ihren Arm. Es durchfuhr sie wie ein feuriger Strahl. Ihr Atem stockte. »Ich habe gelesen, hier mitten in der Wüste sollen wundervolle alte Paläste liegen. Ich hätte Lust, einen Ausflug dorthin zu machen. Kommen Sie mit?«

Sie nickte. Ihre Lippen bewegten sich, aber sie gaben keinen Laut frei. Nur ihre Augen sprachen, und was sie sagten, war heißer als die Glut der Sonne über dem Wüstensand.

Vandura überzeugte sich peinlich genau in allen Zelten, daß die Geiseln der Lage entsprechend gut untergebracht waren. Von allen Seiten wurde er bestürmt, mit Wünschen überschüttet, von einigen Passagieren sogar als ›roter Verräter‹ beschimpft. Pfarrer McClean begleitete Vandura später hinaus. »Verzeihen Sie es ihnen«, sagte er. »Die Nerven. In einer solchen Situation lernt man den Menschen kennen — die Erkenntnis ist oft beschämend. Aber versetzen Sie sich in ihre Lage: Sie sind in einen politischen Strudel geraten und verlieren nun das Gleichgewicht. Am tapfersten benehmen sich noch die Frauen: Sie dulden stumm. Unter den Männern gibt es drei Gruppen: die dämlichen Helden, die Widerstand predigen, wo immer er möglich ist — die Praktischen, die bereits mit der Organisation ihres Geiseldaseins beginnen – und dann die Theoretiker, die jedes Problem analysieren und Lehrbücher für Geiseln schreiben könnten. Wir haben da drei Deutsche unter uns, die bei gemeinsamen Gesprächen entdeckten, daß sie alle in russischer Gefangenschaft gewesen sind. Was glauben Sie, was da jetzt los ist?! Ein kompletter Fluchtplan ist das mindeste. Aber Karabasch ahnt so etwas. Er hat angedroht, daß bei einem Fluchtversuch alle von uns sofort erschossen werden. Glauben Sie, daß er so etwas zuläßt?«

»Ganz sicher.« Vandura blickte hinüber zu dem in der Sonne blitzenden Flugzeug. Auf den Flügeln lagen einige Rebellen und brachten neue Sprengladungen an. »Ein sowjetischer Plenny lebte immerhin noch in einer gewissen Rechtsform – er war Kriegsgefangener. Sie sind aber Piratenbeute – das ist außerhalb allen Rechts. Sagen Sie das den anderen, erklären Sie ihnen das. Sagen Sie es ihnen ganz offen: Ihr Leben hängt ab von der Laune Dr. Karabaschs. Von nichts anderem sonst! Und ich kann ihnen nur helfen als Arzt – im Grunde bin ich auch nur ein Gefangener –«

Pfarrer McClean nickte und ging mit gesenktem Haupt ins Zelt zurück. Zum erstenmal in seinem Leben hatte er einen ketzerischen Gedanken: Hier hilft auch kein Beten mehr –

Mit einem kleinen, staubigen Jeep fuhren sie hinaus in die gelbflimmernde Unendlichkeit der Wüste. Laila hatte ihre Rebellenuniform angezogen und den Kopf bis zu den Augen mit einem gestreiften Tuch vermummt. Vandura trug seine arabische Dschellabah und das normale Kopftuch mit dem breiten Gummizugband. Das Verdeck hatten sie hochgeklappt – lieber im Schweiß schwimmen, als sich von dem Sand zerreiben lassen, hatte Vandura gesagt. Wenn Verdeck und zugeknöpfte Plastikscheiben auch kein vollkommener Schutz waren, so hielten sie doch die Staubwolken ab, die die Räder ihres Wagens aufwirbelten. Bevor sie abfuhren, montierte Laila aber noch ein Maschinengewehr auf einen stählernen Bock hinter der Windschutzscheibe. Drohend stand es zwischen Laila und Vandura. Ein Hebeldruck, die Scheibe klappte herunter und das Schußfeld war frei.

»Wir wollen keine Revolution machen, Laila«, sagte Vandura, »sondern uns die Liebespaläste der Scheichs ansehen. Mich stört alles, was Krach macht. Und das hier« – er klopfte mit der Faust auf das MG –, »ist mir das unangenehmste Lärminstrument überhaupt.«

»Es ist notwendig.« Laila kletterte auf den Fahrersitz und ließ den Motor an. Trotz ihrer Uniform sah sie verführerisch weiblich aus, unter der etwas zu engen Feldbluse wölbten sich ihre Brüste. »Es gibt keine Ruhe mehr auf der Welt.«

»Weil immer jemand da ist, der herumschießt.« Vandura stieg in den Jeep und knöpfte das Plastikfenster zu. Die Luft stand jetzt im Wagen. Ein Block glühender Atmosphäre. »Wohin fahren wir?«

»Nach Qasr el Meschatta. Einverstanden?«

»Ich vertraue mich ganz Ihrer Führung an, Laila.«

Sie verließen das Lager der Rebellen mit einem rasanten Start, der ihnen sofort vor Staub und hochwirbelndem Sand die Sicht nahm. Vandura klammerte sich an dem MG fest und rang nach Luft.

»Wo haben Sie Ihren Führerschein gemacht?« rief er, als sich die heiße Wolke verzogen hatte und die Piste wieder sichtbar wurde.

»Überhaupt nicht. Ich fahre aus Erfahrung.«

»So sieht's auch aus. Laila, ein Vorschlag: Lassen Sie mich ans Steuer. Ich weiß wenigstens, wo Kupplung und Bremse liegen.«

»Bitte.« Laila hielt an und stieg aus. Vandura erwartete einen ihrer Zornausbrüche, die mehr eine Demonstration ihrer wilden Schönheit als wirkliche Wut waren. Aber Laila war auf Frieden gestimmt. Sie ließ Vandura auf den Fahrersitz rutschen, lehnte sich neben dem MG zurück und zeigte hinaus in die Wüste. »Immer geradeaus. Irgendwo kommt eine Kreuzung, da müssen wir links ab. Dann geht es auf einer Fährte weiter.«

»Bis wir im Sand versinken.« Vandura fuhr an, vorsichtig Gas gebend und wunderte sich, daß sie tatsächlich zu rollen begannen. »Was machen wir, wenn wir steckenbleiben?«

»Dann verhungern und verdursten wir. Das heißt – zunächst Sie! Ich werde Sie im Notfall schlachten, Ihr Blut trinken und Sie auffressen. Das ist immerhin eine Überlebenschance . . .«

»Laila, Sie sind ein Engel!« Vandura lachte, und auch Lailas fast schwarze Augen glänzten ihn an. »Ich wußte schon immer, daß Sie mich zum Fressen gern haben –«

Es war eine Bemerkung, die Laila sehr ernst nahm, Vandura fiel das erst ein, als er es gesagt hatte. Er dachte an Dr. Ashraf: Flirten Sie nicht mit Laila! Die Liebe in der Wüste ist ein Teil der Sonne. Sie bedeutet Leben!

Nach drei Stunden Fahrt durch eine Welt, die nur aus Glut, Sand und gebleichten Steinen bestand und die doch ergreifend in ihrer Größe war, erreichten sie die Ruinen von Qasr el Meschatta. Schon von der Piste aus sahen sie den gewaltigen Palast, mitten in die Einsamkeit hineingebaut, um ein Wasserloch, das allein Leben aus dem toten Boden lockte.

Vandura fuhr langsamer und hielt dann an, um dieses Bauwerk in seiner greifbaren märchenhaften Unwirklichkeit zu bewundern.

Hier hatten einmal die Omajjaden-Kalifen ihre berühmten Feste gegeben – mitten in der Grenzenlosigkeit der Wüste, umweht vom Sandsturm, nur erreichbar mit Kamelen und zähen Pferden, vor mehr als 1400 Jahren, als in Mitteleuropa noch der Wind in den Urwäldern rauschte. In diesen Palästen wurde der orientalische Prunk wirklich zum Märchen – unter der glühenden Sonne zogen sich die Mauern von Meschatta durch den Sand. 144 Meter an jeder Seite des Quadrates, unterbrochen von 23 halbrunden Türmen, auf denen einst die Krieger standen, die Fahnen flatterten und die Gäste mit wildem Geschrei begrüßt wurden. Über dem riesigen Eingangstor grüßte eine Steinplastik die Ankommenden. Die monumentale Plastik zeigte zwei sich gegenüberstehende Löwen, die aus einer großen Blumenkrone Wasser trinken.

Wasser – das pure Leben, und der Löwe – Sinnbild der Kraft – hier gingen die Kalifen durch die saalartigen Räume und fühlten sich als die Herren der Welt.

»Grandios«, sagte Vandura bewundernd. »Die Leute hatten Mut.«

»Mut ist eine Eigenschaft, die wir nie verloren haben.« Laila sprang in den Sand, deckte eine Plane über das MG und schob das Kopftuch zurück. Ihre schwarzen Haare quollen über Nacken und Stirn. »Sie sehen, Hakim-Pascha – Jahrhunderte haben nicht vermocht, diesen Palast zu zerstören. Keine Sonne, kein Sandsturm ... so hart sind wir! In uns leben die Jahrtausende. Das ist Kraft!«

Sie ging voraus, und Vandura folgte ihr langsam und unsicher. Mein Gott, ich liebe sie wirklich, dachte er und blieb immer mehr zurück, als zögere er vor dem Eintritt in die Endgültigkeit. Es gab keine Rückkehr mehr, daß wußte er jetzt. In dem Wüstenpalast der Omajjaden-Kalifen würde der Dr. Vandura für immer verschwinden und der Hakim-Pascha herauskommen. Ein neuer Mensch in einem neuen Leben.

Laila blieb unter den zwei aus der Blume trinkenden Löwen stehen und winkte. Ihr schmales Gesicht glänzte.

»Haben Sie Angst?« rief sie. »Ich verspreche Ihnen, auf Skorpione und Wüstenspinnen aufzupassen.«

Vandura ging schneller. Ja, ich habe Angst, dachte er. Angst, in dieser fremden Welt immer ein Einsamer zu sein. Trotz Laila, trotz der Wüstenpaläste, die wir mit neuem Glück füllen könnten, trotz meiner Aufgabe, der Wüstendoktor zu sein, ein halber Heiliger, der große Hakim-Pascha. Eine Welt aus Sand – kann man darin leben, wenn man einmal Vandura war?

Sie gingen durch den verfallenen Palast, bewunderten die kühne Architektur aus behauenen Steinen, glatt aufeinandergefügt, nur gehalten von ihrer eigenen Schwere und den Gesetzen der Statik, und die schwebende Eleganz dünner, filigranartig durchbrochener Mauern der Innenräume – Machtfülle und Sonnenanbetung, Stärke und Zärtlichkeit, Herrschertum und Liebestraum – aus diesen uralten, gebleichten Mauern atmete die ganze Fülle eines eroberten Lebens.

Hand in Hand gingen sie durch den Palast, wie Kinder, die ein Zauberland erforschen. Sie sprachen kein Wort, aber ihre Hände redeten um so mehr. Die Finger streichelten sich, verkrampften sich ineinander, vereinigten sich in einem Druck, der bis zum Herzen zog.

Eine breite Treppe führte auf eine große Terrasse, von der man die Wüste von Horizont zu Horizont überblicken konnte. Ein gelbflimmerndes Meer, das den Himmel auffraß. Laila blieb stehen – eine geschwungene Mauer bildete eine große Nische, in der der Schatten wie ein Bett lag. Sie riß sich los, setzte sich mit gekreuzten Beinen in die Nische und starrte zu Vandura hinauf.

»Haben Sie Fantasie?« fragte sie mit einer veränderten, in sich bebenden Stimme.

»Ein wenig.« Vandura lehnte sich an die Mauer. »Ich stelle mir vor, es ist das Jahr 710 . . .«

»Warum nicht 1970?«

». . . der Palast ist verlassen von allen Gästen. Die großen Feste sind vorüber, nur Laila, die schönste Blüte der Wüste, ist zurückgeblieben. Auf einem seidenen Diwan liegt sie, zwei nubische Sklavinnen fächeln ihr Kühlung zu, auf einem kleinen goldgetriebenen Tisch steht eine Kanne mit kaltem Fruchtsaft – o Himmel, Fruchtsaft! Ich gäbe jetzt hundert Piaster für einen Schluck!«

»Du hast keine Fantasie, Hakim-Pascha!« Laila zeigte hinaus in die Wüste. »Blick fünf Minuten dorthin. Rühre dich nicht. Wenn du in fünf Minuten am Horizont einen Reiter erkennst, hast du Fantasie.«

Vandura drehte sich herum und sah in den Sonnenglast. Der Sand blendete, die Augen begannen zu tränen. Er hob den Arm und blickte auf seine Uhr.

»Drei Minuten. Ich sehe Wasser! Aber es läuft mir aus den Augen. Können wir nicht abbrechen?«

»Fünf Minuten, hat der alte Märchenerzähler gesagt.«

»Noch eine Minute – die obere Sandschicht beginnt zu tanzen. Laila, das Experiment ist mißlungen. Ihr Märchenerzähler war ein

Narr. Vielleicht kann nur ein Wüstensohn am Horizont einen Reiter ahnen —«

»Die Wüste ist voller Geheimnisse, Hakim-Pascha. Man muß sie nur sehen können. Es ist nicht wahr, daß die Wunder aussterben. Es bleibt immer das Wunder der Liebe —«

Vandura drehte sich um. Dann verschluckte er, was er sagen wollte, und atmete tief auf. Laila lag auf ihrer ausgezogenen Uniform — ein schmaler, brauner, glänzender Körper, von dem sich die Hügel der Brüste abhoben und der Sonne entgegenstießen. Sie lag da mit nach oben gedrehten Handflächen – eine Bettlerin der Zärtlichkeit oder eine Besiegte ihrer Liebe.

»Wir sind wirklich im Jahr 710 . . .«, sagte sie mit ganz kleiner Stimme. »Die Gäste sind gegangen, und wir sind allein — ganz allein — nur Himmel und Sand schauen uns zu —«

Es war eine Stunde, in der Vandura wirklich starb, jener Vandura, der einmal in Grünwald bei München eine Arztpraxis besessen und verlacht von allen anderen Medizinern auf eigene Faust eine Behandlungsmethode der Arteriosklerose entwickelt hatte. Es starb der Vandura, der einmal einer Frau wegen sein ärztliches Ethos übersprungen hatte, der sich schuldig machte und wie ein Verbrecher in der Nacht floh. Es starb auch die Vergangenheit, und selbst die Gegenwart ging in den Flammen auf, die aus den beiden Körpern schlugen und heißer waren als die Sonne, denn als sie auseinanderfielen, froren sie in der Kälte der Wüstenluft. Sie krochen wieder aneinander, umschlangen sich und spürten die unfaßbare Seligkeit, die sie durchstömte wie ein breiter, leuchtender Fluß. Staubfeiner, weißer Sand puderte ihre Körper. Ihre Atem waren ein Laut und flossen ineinander, und wenn sie sich küßten, wehte ihr Keuchen wie ein heißer Wind über ihre Gesichter.

Dann lagen sie Seite an Seite, Vandura hatte seine Dschellabah über sie gezogen, und neben ihnen knatterte leise ein winziges Transistorradio, das Laila in der Tasche ihrer Uniformhose mitgebracht hatte. Die quäkende Musik war der einzige Laut in dieser vollkommenen Stille.

»Ich habe auf dich gewartet«, sagte Laila und legte ihren Kopf auf seine Brust. »Ich weiß das jetzt . . . Sie haben mich alle für zu stolz gehalten, und dann nannten sie mich die Revolutionsbraut – ich habe keinen Mann angesehen, bis auf den einen, der mich zur Frau machte. Aber das war vor langer, langer Zeit . . . Ich besuchte das Gymnasium in Amman, wir waren sieben Mädchen und so neugierig. Hassan ibn Amin hieß er. Er war ein Limonadenhändler, stell dir das vor. Als es geschehen war, in den Ruinen des römischen Theaters, habe ich ihn nie wiedergesehen. Ich habe vor Ekel eine Woche nichts gegessen. Von da an habe ich gewartet, auf einen Mann, der mein Herz wie ein Blitz zerreißt. Er ist nie gekommen ... Und dann standst du da, dein Lächeln machte mich wütend, aber mein Herz zerriß. Er ist es, wußte ich. Es gibt kein Wegrennen mehr. Von diesem Tag an lebte ich in dir, es war ein langsames, süßes Sterben. Jetzt beginne ich wieder zu leben ...«

Hinter ihren Köpfen knatterte das kleine Radio. Vandura griff nach oben, um es auszustellen, aber Laila hielt seine Hand fest.

»Nicht. Es ist unsere einzige Verbindung zur Welt.« Sie kroch über ihn, eine schlanke, heiße, glatte Katze. »Vergiß nicht, daß wir am Abend wieder in unserem Sanitätszelt stehen.«

»Mach es aus.« Vandura umfaßte Lailas Leib. »Ich will diese verdammte Welt einmal völlig vergessen –«

»Sie läuft uns nach, Hakim-Pascha. Still!« Eine Stimme klang aus dem Radio, schnell, aufgeregt, eine Kaskade von Worten.

Vandura spürte plötzlich, wie der Körper Lailas ruckartig erstarrte.

»Weg mit dem Ding!« schrie er. »Ich werfe es gegen die Wand.« Er versuchte, Laila von sich wegzuwälzen, aber sie drückte ihn auf den Boden und hielt seine Arme fest.

»Nachrichten aus Amman –«, sagte sie. Ihre Lippen zitterten dabei. »König Hussein hat uns verraten. Er gibt dem Druck der westlichen Mächte nach. Er läßt seine Armee gegen uns marschieren, die Beduinenreiter sollen die Geiseln befreien. Da – hörst du es – hörst du es ...?« Sie zog das Radio näher zu sich heran. Das war eine Gelegenheit für Vandura, mit einem Schwung Laila von sich herunterzuwerfen. Er griff nach dem Transistor und schleuderte ihn gegen die Mauer. Mit einem schrillen Ton zerbarst das Gerät.

Nackt knieten sie sich gegenüber und starrten sich an. Noch glühte die Verzauberung auf ihrer Haut, aber die harte Wahrheit hatte sie wieder fest im Griff.

»Das ist der Bruderkrieg –«, sagte Laila leise. »Hakim-Pascha – es werden Tausende sterben ...«

»Dieser Wahnsinn! Dieser absolute Wahnsinn!« Vandura faßte Laila an beiden Schultern und schüttelte sie. »Sollen wir diese Idiotie mitmachen? Dort steht ein Jeep, vollgetankt und mit sechs Reservekanistern. Mit ihnen kommen wir bis an die libanesische

Grenze. Laila, laß uns, wenigstens uns Schluß machen mit diesem Gemetzel! Wir werden auch in Beirut leben können ...«

»Und ich werde ein Leben lang in keinen Spiegel mehr sehen können, ohne mich anzuspucken! Wie kannst du verlangen, daß ich mein Land verrate?«

»Nicht das Land, diesen Irrsinn des Terrors.«

»Ich liebe dich – aber du bist nur *ein* Mensch. Und ich liebe mein Volk – das sind Millionen Menschen. Wir sind glücklich, mein Volk nicht. Wem muß ich also helfen?«

»Wir werden beide daran zugrunde gehen, Laila!«

Sie lächelte, schüttelte den Kopf und küßte ihn. »Wir nicht, Hakim-Pascha. Unsere Liebe ist wie ein Panzer –«

In der Nacht kamen sie zum Wüstenflugplatz zurück. Dr. Karabasch war mit einem Teil der Rebellentruppen abgezogen. Er hatte einen kurzen Brief hinterlassen. Einen Befehl.

»Unsere Front wird mitten in der Stadt aufgebaut. Kommen Sie mit Laila nach Amman nach. Das Hauptquartier liegt hinter dem römischen Theater im Dschebel el Djaufa el Gharbi. Man wird Sie dort erwarten und zu mir führen. Ich habe angeordnet, daß das gesamte Lazarettmaterial von El Muwaqqar nach Amman verlegt wird. Der große Kampf hat begonnen. Tod den Verrätern. Tod dem Haschemitenkönig!«

Vandura warf den Brief auf den Klapptisch und rannte hinaus. Er ahnte Schreckliches, und er fand es bestätigt, als er die Zelte der Geiseln betrat. Sie waren leer. Herumliegendes Gepäck bewies, daß der Aufbruch schnell und überstürzt erfolgt war.

»Wo sind die Passagiere?« schrie Vandura einen der Rebellen an, der draußen vor dem Zelt herumlungerte. Der Araber hob die Schultern.

»Fort, Hakim-Pascha. Mit einem Bus.«

»Wohin?«

»Ich weiß es nicht. Nur der Chef weiß es.«

»Wann sind sie abgefahren?«

»Vor zwei Stunden.«

Zwei Stunden – der Vorsprung war zu groß. Die Spuren waren vom Wüstenwind verweht, denn daß Dr. Karabasch nicht die normalen Pisten gefahren war, nahm Vandura als sicher an. Er rannte zurück zum Sanitätszelt und fand Laila beim Packen ihrer Sachen.

»Karabasch hat die Geiseln abtransportiert!« schrie er. »Auch die Kranken. Die Frau mit dem Kaiserschnitt, den herzkranken Nolet.

Sagst du jetzt immer noch: Die Revolution braucht ihre Opfer?! Gewinnt ihr Kriege mit operierten Frauen?!«

»Wohin?« sagte Laila statt einer Antwort. Sie warf den kleinen Gepäcksack über den Rücken. Um den Kopf hatte sie wieder das gestreifte Tuch geschlungen.

»Wohin? Ich denke, nach Amman?«

»Das steht in dem Brief. Aber wohin willst du?«

»Ich werde den Omnibus mit den Geiseln suchen.«

»Dann laß uns fahren –«

Vandura blieb nahe vor Laila stehen. Ihre großen, schwarzen Augen blickten ihn flehend an.

»Du – du gehst nicht nach Amman?« fragte er heiser vor Erregung.

»Ich gehöre zu dir. Komm – laß uns die Geiseln suchen –«

Sie sprangen in den Jeep und rasten aus dem sich auflösenden Lager. Nur eine kleine Gruppe blieb zurück, ein paar Zelte, wie ein Nomadenstamm von Beduinen.

In Amman fielen um diese Zeit die ersten Schüsse. Die Europäer flüchteten in ihre Botschaften oder verbarrikadierten sich in den Hotelzimmern. Die Luxushotels ›Philadelphia‹ und ›Intercontinental‹ wurden zu Festungen. Wer sich am Fenster zeigte, wurde beschossen. Die Altstadt bis zur Post wurde von den Truppen Dr. Karabaschs besetzt. Im Diplomatenviertel Dschebel Amman, in der Neustadt und in den Außenbezirken standen die Regimenter König Husseins, warteten die Panzerwagen auf das weitere Vorrücken, durchkämmten die Beduinenreiter auf ihren weißen Hedschaskamelen die Wadis und schnitten die Zugänge zu den großen palästinensischen Flüchtlingslagern Hesseini und Wachdat ab. Guerillas, die in ihre Hände fielen, hatten kein Erbarmen zu erwarten. Sie wurden bei lebendigem Leibe zerhackt – zuerst die Gliedmaßen, dann der Kopf. Ihre zerfetzten Körper lagen im Sand, trieben auf und zersetzten sich schnell in der glühenden Sonne.

»Allah ist blind geworden«, sagte Dr. Karabasch in seinem Hauptquartier. »Wir müssen es ertragen – kämpfen wir ohne den Blick Allahs.«

Über die Straßen Ammans floß das Blut, und der Wind trug den Leichengeruch in die engste Gasse.

Die Landung in Beirut erfolgte planmäßig und ohne Schwierigkeiten. Auch die Zollformalitäten waren schnell vorüber – aber dann begann das, was Bernd Zobel die ›Eroberung des Orients‹ nannte. Frank Binfe, der Sonderkorrespondent der Illustrierten ›Globus‹, holte Zobel und Katja Hellersen vom Flugplatz ab und fuhr mit ihnen ins Hotel Phoenicia. Dort spendierte er an der Bar einen doppelten eiskalten Cobbler und reichte Zobel einen Zettel hin.

»Ein Funkspruch aus der Wüste: Dr. Karabasch lädt Journalisten zur Besichtigung der entführten Maschine ein. Ich habe unser Interesse angemeldet, über die hier angegebene Deckadresse, und schlage vor, du fährst sofort in die Wüste. Seit Mittag kracht es in Amman, aber der Flugplatz ist noch offen und in der Hand der Königstruppen.« Er blickte auf Katja und legte die Hände um das vor Kälte beschlagene Glas. »Aber was mache ich mit Ihnen? Ich habe schon vom Chef gehört ... Sie sollen diesen rätselhaften Hakim-Pascha als Dr. Vandura erkennen. Daraus soll dann ein großer Otto werden. Aber ich halte das für ausgesprochen lebensgefährlich. Die Guerillas schießen nicht mit Wattebäuschchen.«

»Sie kommt mit«, sagte Zobel. »Angst kennt unsere Katja nicht, vor allem wo es gilt, den Liebsten wiederzusehen.«

Es war die Art Zobels, so zu sprechen. Wer ihn nicht kannte, war stets sofort beleidigt und betrachtete ihn als den größten Flegel, der je in langen Hosen herumgelaufen war. Wer mit ihm näher bekannt war, schluckte alle seine Bemerkungen mit dem Wissen, daß Zobel damit nur seinen Komplex überdeckte, Selfmademan zu sein. Vor zehn Jahren stand er noch hinter der Theke und verkaufte saure Drops und Damenbinden, Heringe und Diätzucker. Dann gewann er einen ersten Preis bei einem Lichtbilderwettbewerb – er fotografierte das seelenvolle Auge eines Karpfens kurz vor der Schlachtung. Vor vier Jahren gelang ihm – nachdem er einen Verkäuferposten aufgegeben hatte – der Glückstreffer, Königin Elisabeth von England beim Baden zu fotografieren. Das Bild rotierte um die Welt, brachte den Namen Zobel ins Gespräch, und der ›Globus‹ engagierte ihn als Reporter. Von da an gab es den neuen Zobel, die Kodderschnauze, den Mann, den nichts erschüttern konnte, wenn es um eine Reportage ging.

»Wir fliegen gleich weiter nach Amman, und dann hinein in die Suppe!« sagte er. »Ich habe im Flugzeug die letzten Meldungen gehört: König Hussein ruft nach Journalisten, um der Welt seine Zwangslage zu zeigen, und Dr. Karabasch schreit nach Bildchen, um der Welt seine Berechtigung zu beweisen. Suchen wir uns den interessanteren Teil aus – wir fliegen zu den Rebellen.«

Zunächst kamen sie nur bis Amman. Auf dem staubigen Flugplatz verfrachtete man sie in einen Bus und fuhr sie auf den Dschebel Amman ins Hotel Intercontinental. Hier traf Zobel auf eine Ansammlung bekannter Kollegen aus aller Welt. Sie saßen in der riesigen Halle herum, tranken Fruchtsäfte, Gin oder Whisky, belegten mit ihren Kameras alle Sessel und Tische und warteten auf die große Stunde, den Traum aller Reporter.

Die Lage war mehr als verworren. Ins Hotel hinein durfte jeder – aber hinaus niemand. Wer sich am Fenster zeigte, ließ sich sofort wieder auf den Boden fallen, denn die auf den Straßen patrouillierenden Truppen hoben sofort die Schnellfeuergewehre. Aus Matratzen und Schränken bauten sich die Hotelbewohner Schutzwälle vor den Fenstern und Balkonen – im übrigen saßen sie um die Transistorempfänger und hörten die Nachrichten aus aller Welt ab.

Bernd Zobel war zu der Konzession bereit, daß Katja eine Nacht in Ruhe schlafen durfte. Das Hotelzimmer, das man ihnen anwies, ein Zweibettzimmer, lag zum Hof hinaus und war deshalb weniger gefährlich als die zur Straße liegenden. Über die beiden Betten ging Zobel elegant hinweg.

»Ich schlafe unten in der Halle«, sagte er zu Katja Hellersen. »Aber schließen Sie trotzdem ab, Katja. Hier im Haus leben siebzig Prozent Männer, und das ist immer eine schlechte Sache. Irgendeiner ist immer drunter, der einen Überdruck hat und ihn gern loswerden will. Ich wecke Sie morgen mit dreimal bum-bum-bum und einmal bum!«

In der Nacht schlief Katja kaum. Sie wanderte in dem großen Zimmer herum und dachte an Vandura. Dieser Hakim-Pascha ist er nicht, sagte sie sich immer wieder. Es war undenkbar. Von Beirut nach München wäre es leicht gewesen, eine Nachricht zu geben. Und Vandura hätte das getan.

Dann überfielen sie wieder Zweifel. Und die größte aller Fragen quälte sie: Wenn er wirklich Hakim-Pascha war, warum hatte er dann geschwiegen? Wollte er die Vergangenheit vergessen? Die Vergangenheit, die auch Katja Hellersen hieß? War diese Liebe, die einen Himmel einriß, verschüttet mit der Last, am Tode Bruno Hellersens schuld zu sein?

Erst gegen Morgen schlief Katja ein, quer über dem Bett liegend, erschöpft von den Gedanken, denen sie nicht entrinnen konnte. Sie schrak mit einem Schrei hoch, als Zobel an die Tür klopfte.

»Halli hallo!« rief er durch die Tür. »Aufstehen und Vandura suchen! Ich habe uns einen Superkaffee organisiert, der uns fit wie Cassius Clay macht! Und einen Weg, aus dem Hotel zu kommen, habe ich auch entdeckt. Also schnell, schnell, meine Liebe. Und üben Sie sich fünf Minuten im Kriechen und im Ertragen von Gestank.«

Eine Stunde später brachen Zobel und Katja aus dem Hotel Intercontinental aus. Ein Reporter der ›Times‹ hatte ihnen den Weg verraten – er führte durch den Kellerausgang über einen Hof, wo sich seit Tagen die Küchenabfälle stapelten, zu einem Pförtchen in der Mauer, die einen kleinen Garten abtrennte. Dieser Garten wiederum mündete in den großen Garten, in dem der Swimming-pool lag, aber seitlich davon verlief eine andere Mauer, die den Hotelkomplex vor nicht zahlenden Blicken schützte. Jenseits dieser Abgrenzung verlief eine stille Gasse, auf der nur zwei jordanische Soldaten Wache standen. Um zehn Uhr morgens bekamen sie eine Art Sonderfrühstück – sie hockten sich dann in den Schatten und beschäftigten sich mit sich selbst. Das war die günstige Zeitspanne, in der man, durch hohe Büsche versteckt, über die Mauer klettern und das Hotel verlassen konnte.

Es klappte alles wie auf dem Theater. Die Soldaten zogen sich in den Schatten zurück, Zobel kletterte auf die Mauer, zerrte Katja nach, einige Sekunden lagen sie flach auf der Mauerkrone, ließen sich dann auf die Gasse gleiten und warfen sich an der Mauer in den Staub. Niemand sah sie – auch als sie weiterkrochen, weg von den frühstückenden Posten, belästigte sie niemand. Aber erst am Ende der Mauer sprangen sie auf und rannten in die nächste Querstraße. Im Hauseingang einer Lederhandlung blieb Zobel stehen und reichte Katja sein Taschentuch. Sie nickte atemlos und wischte sich den Schweiß vom Gesicht.

»Was nun?« fragte sie.

»Nun vertrauen wir auf Gott und gehen hinüber in die Altstadt. Dort wird uns einer von Dr. Karabaschs lieben Jungs in Empfang nehmen und siehe da – wir kommen Hakim-Pascha immer näher.«

»Sie werden auf uns schießen –«, stotterte Katja.

»Nur, wenn wir uns dusselig benehmen. Bleiben Sie immer hinter mir, Katja – tun Sie alles, was ich auch tue. Nur wenn ich Scheiße brülle, können Sie schweigen . . .«

Katja lächelte gequält. »Sie sind auch kein Held . . .«, sagte sie.

»Wer behauptet das? Ich bin Mitglied der Liga für Frieden und Freiheit ohne Waffen!« Zobel drückte seine Mütze mit dem großen, grünen Kunststoffschirm tiefer ins Gesicht. »Allez hopp – lassen wir den Zirkus anlaufen.«

Sie kamen gut vorwärts. Die Einwohner von Amman beachteten sie nicht, die Soldaten sahen sie nicht bis zum Postamt. Hier allerdings waren Panzer aufgefahren und wurden Barrikaden errichtet.

»Die vorderste Front«, sagte Zobel. »Jetzt werden wir Superhelden und brechen durch. Aber nicht mit Hurra und gezogenem Degen, sondern hintenherum. Wir machen einen weiten Umweg und wandeln am Wadi Amman entlang. Irgendwo ist eine weiche Stelle. Das ist das Schöne im Leben – immer ist irgendwo eine weiche Stelle.«

Sie umgingen die Panzersperren und hörten aus der Innenstadt MG-Feuer und die Einschläge von Granaten. Vier Flugzeuge heulten über sie hinweg und wurden von unten wütend beschossen. Im Wadi aber war es still. Sie schlossen sich einer Eselskolonne an, die friedlich, als gäbe es keinen Bruderkrieg, über die staubige Straße trottete. Vier Treiber liefen nebenher, musterten die Weißen kritisch und duldeten sie schweigend, daß sie sich zwischen die Esel klemmten und mittrotteten. Nach hundert Metern hatte Zobel eine glänzende Idee. Er warf einem der Treiber ein Geldstück zu, hob Katja auf einen der Esel und setzte sich auf den nächsten. So ritten sie am Wadi entlang und kamen in die Altstadt, ohne beschossen zu werden. Erst in der Nähe der großen Moschee von Aschrafije stoppte eine Patrouille der Guerillas die Eselskarawane. Die Rebellen tauchten plötzlich auf, als kämen sie aus der Erde, schossen wild in die Luft, die Treiber fielen mit dem Gesicht zu Boden und jammerten laut, und Zobel hob die Hand und winkte: »Bleiben Sie ganz ruhig, Katja!« sagte er dabei. »Genau das wollten wir. Sie werden sehen, wie schnell wir jetzt bei Dr. Karabasch sind.«

Er blieb auf seinem Esel sitzen, als die Rebellen ihn umringten und die Gewehre auf ihn richteten. Er tippte auf seine um den Hals hängenden Kameras, rief: »Journal Allemagne«, was ein grausames Französisch war, aber von den Jordaniern sofort verstanden wurde. Ein bis zu den Augen vermummter Mann trat vor, verbeugte sich leicht vor Katja und sagte in einem harten, aber fließenden Deutsch: »Bitte, folgen Sie uns. Wir werden Sie zum Hauptquartier bringen. Erlauben Sie uns, daß wir Ihnen nach ein paar hundert Metern die Augen verbinden –«

»Unsere guten deutschen Universitäten!« rief Zobel und gab dem Guerilla die Hand. »Medizin?«

»Nein. Chemie.« Der vermummte Mann schien zu lächeln. »In Marburg und Freiburg. Schöne Zeit. Aber jetzt ist Krieg.«

In der Nähe des römischen Theaters verbanden die Rebellen ihnen die Augen. Sie mußten die Esel verlassen und gingen zu Fuß weiter. Katja schien es, als dauerte es noch eine Stunde – mit zitternden Beinen ließ man sie endlich stehen, sie hörte viele Stimmen, Klirren von Waffen, Gelächter, Rufe und Kommandos. Der Geruch gebratenen Fleisches wehte durch die Binde, die Katjas ganzes Gesicht verdeckte.

»Wir sind anscheinend da«, hörte sie Zobels Stimme neben sich. »Sagen Sie noch nichts von Vandura – es kann sein, daß sie ihn verstecken. Wir müssen ihn aufspüren und zufällig sehen . . .«

Dann war plötzlich wieder der helle Tag vor ihnen, die Binden fielen. Sie standen in dem großen Innenhof eines hohen Gebäudes, umgeben von Guerillas und Jeeps. Der Student aus Marburg winkte. »Mitkommen zu Dr. Karabasch. Schnell.« Zobel legte den Arm um Katjas Hüfte.

»Wir sind Glückskinder«, flüsterte er. »In der Höhle des Löwen! Dieses Interview kauft mir sogar ›Time‹ ab! Und der ›Globus‹ muß mein Gehalt erhöhen! Ich muß mal nachfragen, ob ich am Sonntag geboren worden bin . . .«

Sie betraten eine Art Halle, von der an beiden Seiten eine Treppe nach oben führte. Auch hier in der Halle standen bewaffnete Rebellen herum und musterten die Fremden mißtrauisch. Die Leibwache Dr. Karabaschs.

Und dann sah sie ihn – mit einem Ruck blieb Katja Hellersen stehen und drückte beide Hände flach auf den Mund.

Auf der linken Treppe erschien ein Mann in einer langen Dschellabah. Das Kopftuch hatte er abgenommen – auf seinen schwarzen, mit Silberfäden durchzogenen Haaren lag der Glanz der Sonne, die durch ein Seitenfenster fiel.

»Er ist es . . .«, stammelte Katja und stützte sich gegen Zobel. »Es ist Ralf Vandura . . . Halten Sie mich fest, Zobel – ich verliere die Besinnung –«

7

Die Fahrt in die Wüste, um die verschwundenen Geiseln zu suchen, endete für Vandura und Laila nach ein paar Kilometern. Eine Streife der Guerillas hielt sie an, und es nutzte nichts, daß Laila sie mit allen orientalischen Flüchen beschimpfte – der Rebellenführer im Range eines Leutnants gliederte den Jeep in seinen Konvoi aus vier Wagen ein und fuhr mit ihm nach Amman. Sie erreichten die Stadt in der Abenddämmerung – wie Gold lag der ersterbende Schein der Sonne über den Kuppeln der Moscheen und den spitzen Türmen der schlanken Minaretts, den flachen Dächern der Häuser und den prunkvollen Villen auf den Dschebeln, den Hügeln am Rande der Stadt. Ein Bild voller Frieden und satter Pracht – aber dieser Eindruck täuschte. In den Straßen tobten bereits die Straßenkämpfe, Panzer sperrten die Zufahrten ab – als der Konvoi näher kam, hörte man deutlich das Knattern der Maschinengewehre und die Abschüsse von Minenwerfern und kleinen Kanonen. Dann war die Nacht da – schnell, wie wenn man einen Vorhang vorzieht, und mit dem Untergang der Sonne verflog auch die Wärme. Vom Himmel wehte Kälte über die Wüste.

Dr. Karabasch war erstaunt, als man Laila und Dr. Vandura bei ihm im versteckten Hauptquartier ablieferte. Er war gerade dabei, seine Streitmacht an verschiedenen Ecken der Stadt einzusetzen. Die Feldtelefone schrillten, Ordonnanzen rannten hinaus und kamen staubbedeckt aus dem Kampfgebiet zurück. Auch Dr. Ashraf war da – er hatte in dem weiträumigen Haus, das einem Teppichhändler gehörte, ein Notlazarett eingerichtet und operierte mit drei Sanitätern als Assistenten, so gut er es konnte.

»Wo wollten Sie hin, Hakim-Pascha?« fragte Karabasch mit einem maliziösen Lächeln. »Sie hatten die falsche Richtung eingeschlagen. Amman lag genau entgegengesetzt des Weges, den Sie gefahren sind . . .«

»Ich habe die Wüstenpisten nicht so gut im Kopf wie die Straßen von München«, antwortete Vandura ebenso sarkastisch. »Hier kann man sich wirklich verfahren.«

»Sicherlich. Aber Laila kennt jede Bodenwelle. Daß sie sich verirren konnte ...« Er sah Laila an, und sie hielt stolz seinem Blick stand. »Wo wolltet ihr hin?«

»Zu den Geiseln!« sagte Vandura, ehe Laila antworten konnte.

»Wo sind sie?« fragte Vandura.

»In Sicherheit.«

»Das möchte ich sehen.«

»Genügt Ihnen mein Wort nicht, Hakim-Pascha?«

»Sicherheit bedeutet nicht erträgliche Verhältnisse.«

»Seit über einem Jahr leben 500 000 Palästinaflüchtlinge in menschenunwürdigeren Zuständen als Ihre Landsleute.«

»Auch das ist kein Maßstab!«

»Für Sie nicht – aber für uns!« Karabasch wischte mit der Hand durch die Luft. »Unten warten Verwundete auf Sie, Vandura. Sie wissen, daß Dr. Ashraf nur bedingt Chirurg ist. An die Arbeit, Hakim-Pascha!« Er zögerte, weil er sah, daß auch Vandura keine Anstalten machte, dem Befehl zu folgen. »Die Lage ist ernst. Wir haben keine Zeit mehr, uns mit Wortspielen zu beschäftigen. Zwei neue Flugzeuge sind gelandet, auf einem Platz, den noch keiner kennt, und die Welt schreit sich die Lungen wund. Ich werde übermorgen alle Flugzeuge sprengen lassen – vor den Journalisten aus fünfzig Ländern! Halten wir uns daher nicht auf, jetzt nach Recht oder Unrecht zu suchen. Es fließt Blut, es werden Menschen zerfetzt – das ihr Ihr Metier, Hakim-Pascha. Ohne Ansehen von Rasse und Person – haben Sie das geschworen?«

»Sie werden mich nicht als Feigling sehen, Karabasch. Aber eines verspreche ich Ihnen auch: Wenn dieser idiotische Rebellenzauber hier vorbei ist, verlasse ich Ihr Land.«

»Einverstanden – wenn Sie dann noch mögen.« Karabasch lächelte breit und siegessicher. »Sie werden auch uns noch lieben lernen, Hakim-Pascha.«

Von dieser Nacht ab stand Vandura wieder in dem provisorischen Operationssaal und flickte die Menschen zusammen, die draußen in den Straßen Ammans zusammengeschossen wurden. Es waren manchmal schreckliche Verletzungen darunter – abgeschnittene Hände, gespaltene Schultern, weggeschlagene Gesichtshälften –, die Beduinenreiter König Husseins, die gefürchtete Truppe der Wüste, kannte kein Erbarmen. Mit ihren rasiermesserscharfen Schwertern zerhackten sie im Nahkampf alles, was ihnen entgegenstand.

Karabasch fand in diesen Stunden, in denen er um den Bestand seiner Idee und seiner Guerillamacht kämpfte, ein paar Minuten

Zeit, mit Laila zu sprechen. Er fing sie auf dem Flur ab, als sie neue Verwundete nach der Schwere ihrer Verletzungen sortierte.

»Du liebst ihn?« fragte er kurz.

»Ja«, antwortete sie ebenso knapp. Ihre schwarzen Augen bekamen einen wilden Glanz. Laila ahnte seine anderen Fragen bereits voraus.

»Du verrätst dein Land seinetwegen?«

»Nein. Aber ich gehöre zu ihm.«

»Er ist unser Gegner. Nur als Arzt arbeitet er für uns — im Grunde seines Herzens verachtet er uns. Er ist ein dreckiger Weißer wie alle anderen. Ein hochmütiger Pfau, ein satter, bourgeoiser Bonze, den es nicht kümmert, wie unser Volk leidet. Es wird für ihn gefährlich werden, wenn wir gesiegt haben. Du willst ihn heiraten?«

»Ja.«

»Dann mach einen Araber aus ihm! Gelingt es dir nicht, bist du eine frühe Witwe.«

»Du drohst uns?«

»Ich ahne die Entwicklung voraus.«

»Auch ich habe schießen gelernt!« Laila musterte Dr. Karabasch mit schmalen Augen. Ihr schönes, schmales Gesicht wurde wie eine Maske aus zartbraunem Porzellan. »Du müßtest schneller sein, Mustapha.«

»Es war ein Fehler, Vandura aufzulesen, ich sehe das jetzt ein.« Karabasch sah zu den stöhnenden Verwundeten. »Dort verbluten deine Brüder, Laila! Sie geben ihr Leben für die Freiheit — und du wirfst sie weg für ein paar Stunden im Bett.«

»Ich liebe ihn — das ist mehr, als du verstehst, Mustapha.«

»Und wenn er zurück nach Europa geht?«

»Dann fahre ich mit!«

»Die Tochter der Revolution! Welch eine Wandlung! Man sollte deinen Kopf gegen die Wand schlagen, bis er wieder klar denkt.« Karabasch faßte Laila am Ärmel, als sie sich brüsk abwandte. »Ich bin kein Prophet, aber ich sage dir: Wenn die Vergangenheit wieder zu Vandura kommt, wird er die Gegenwart vergessen! Er wird *dich* vergessen! Er ist ein Weißer — und die Glut in deinen Adern genießt er, wärmt sich an ihr seine Lust —, aber er wird sie in sich aufnehmen als einen neuen Teil seiner selbst. Er lebt in einer anderen Welt — du solltest das bei aller Liebe einsehen.«

»Warten wir es ab.« Sie riß sich los, und ging zu den Verwundeten. Karabasch beobachtete sie noch eine Weile, schüttelte dann den Kopf und ging zurück in seine Befehlszentrale.

Das war am Abend vorher gewesen – jetzt war es etwas stiller im Notlazarett, Ashraf und Laila versorgten die Verwundeten, und Vandura hatte sich umgezogen, um bis zum Hotel Philadelphia zu gehen, das von den Rebellen eingeschlossen war. Eine herzkranke Frau hatte um Hilfe gerufen. Der Hotelarzt und ein anwesender Arzt aus London hatten sie zwar versorgt, aber ihnen fehlten die Medikamente zur Intensivbehandlung. Dr. Karabasch hatte versprochen, den sagenhaften Hakim-Pascha hinüberzuschicken. Seitdem warteten über vierzig Reporter auf das Erscheinen des Guerilla-Arztes.

Zuerst erkannte er Katja nicht, als er die Treppe hinunterkam. Bernd Zobel verdeckte sie halb und hielt sie fest, außerdem drängten sich einige Rebellen dazwischen. Erst, als er auf die unterste Stufe trat, blieb er wie von einer Faust zurückgestoßen stehen und starrte auf die Frau, die mit Staub überzogen vor ihm stand. Ihre großen Augen schrien ihn an. Der Mann neben ihr hatte eine kleine Kamera an die Augen gerissen und knipste mit einer größeren Geschwindigkeit, als Vandura im Augenblick denken konnte.

»Katja –«, sagte Vandura leise. »Das ist doch nicht möglich! Katja. In Amman! Sagen Sie, daß ich mich irre. Daß Sie nicht Katja Hellersen sind –«

»Ich bin es – Ich ... Ralf ...«

Sie schwankte, Vandura fing sie auf, sie warf die Arme um seinen Hals und küßte ihn.

Welch ein Bild, dachte Zobel. Unbezahlbar. Das ist eine solche Sternstunde des Reporters. Der Hakim-Pascha ist Vandura, und Katja ist seine ehemalige Geliebte, deren Mann er umgebracht haben soll. Und beide treffen sich in Amman, im Lager der Guerillas, und die Musik dazu ist Kanonendonner, Panzerrasseln und Stöhnen der Verwundeten. Wenn das keine Story ist, bei der jede Perücke hochgeht! Er fotografierte und bekam zufällig – das Glück küßte heute Zobel auf beide Backen – auch Laila und Dr. Karabasch aufs Bild, die aus der Befehlszentrale kamen und in der Tür stehenblieben. In die Augen Lailas sprang ein Funken, der einen ganzen Vulkan hätte auseinandersprengen können.

»Katja!« sagte Vandura atemlos. Er vergaß einen Augenblick, wo er war – die Zeit drehte sich zurück, die Vergangenheit wurde wieder Gegenwart, er sah sich über die Mauern seines Grundstücks springen und in der Nacht verschwinden. Ein Arzt, der einer Schuld auswich, er flüchtete vor seinem Gewissen. »Wie hast du mich gefunden?«

»Ein Zeitungsreporter hörte von dem Hakim-Pascha in der Wüste und hatte die wahnsinnige Idee, du könntest es sein. Zuerst habe ich ihn ausgelacht, dann bin ich mitgeflogen. Die Hoffnung, daß du es doch sein könntest, war stärker als jeder Zweifel. Und du bist es!«

Vandura blickte auf Bernd Zobel, der die Kamera wechselte und nun in Farbe schoß. »Ist es der da?«

»Ja.«

Vandura trat mit drei Schritten auf Zobel zu und legte die flache Hand vor das Objektiv. »Genug«, sagte er hart. »Sie haben Ihr Geld verdient. Unterbrechen Sie die Menschenjagd . . .«

»Mein Beruf, Doktor.« Zobel schob seine Mütze in den Nacken. »Ihre Story ist Zucker! Eine Frage: Haben Sie Hellersen umgebracht?«

»Nein.«

»Warum sind Sie dann geflüchtet?«

»Ich habe wenig Vertrauen zur Justiz. Außenseiter sind immer verdächtig – sie haben kaum Chancen, Wohlwollen bei Gericht zu erringen.«

»Das ist eine Antwort wie Samt und Seide.« Zobel glänzte vor Eifer. »Wissen Sie, was man in Deutschland festgestellt hat?«

»Nein. Es interessiert mich auch nicht.«

»Sie sind unschuldig! Hellersen starb an einem Thrombus. Das haut Sie um, was? Geht in die Wüste und wird eine Märchengestalt und hat es gar nicht nötig!«

Vandura biß sich auf die Lippen. Sein Gesicht erstarrte. Er wandte sich zu Katja und sah sie aus flackernden Augen an. »Ist das nur so dahergeredet, oder hat man wirklich festgestellt, daß Hellersen . . .«

»Bruno starb an einem Thrombus – die Obduktion hat es bewiesen. Du . . . du bist unschuldig an seinem Tod, Ralf – du kannst nach Deutschland zurückkehren . . .«

Vandura schloß kurz die Augen. Was jetzt auf ihn einstürmte, war mehr, als er verarbeiten konnte. Erwiesene Unschuld, Rückkehr nach Deutschland, eine neue Praxis, Wiederaufnahme der Forschungen, sein Haus, das wieder für ihn offen stand, das Bewußtsein, ein freier Mensch zu sein – und Katja, die Frau, für die er alles aufgegeben hatte, diese wilde Zärtlichkeit, die Glut unter ihrer glatten, weißen Haut – und immer wieder: Ich bin nicht schuldig! Ich habe keinen Menschen getötet. Ich kann beweisen, daß ich um ein Leben gekämpft habe und es nicht vernichten wollte. Die Ehre, den Kopf hochzutragen und in jedes Auge blicken zu können.

Er zuckte zusammen. Ganz in der Nähe schlug eine Granate ein. Der Boden schwankte, der Krach zitterte in den Scheiben wider. Die Rebellen zogen unwillkürlich den Kopf zwischen die Schultern.

»Wo wohnst du?« fragte er heiser.

»Im Intercontinental.«

»Das liegt im Gebiet der Königstruppen. Ich werde dir ein Zimmer im Philadelphia besorgen. Und du mußt mir alles erzählen, was seit meinem ... meinem Weggang aus Deutschland geschehen ist. Komm.« Er wandte sich an Zobel, der fröhlich weiter fotografierte. »Und Sie?«

»Das Interview folgt noch, Doktor.« Zobel grinste breit. »Ich bin jetzt bei der Guerilla-Story. Sollen nicht die Flugzeuge in die Luft gesprengt werden?«

»Morgen. Wenden Sie sich an Dr. Karabasch.«

»Der große Revoluzzer! Ist er hier?«

»Im Haus. Fragen Sie sich durch ...«

Dr. Karabasch stand mit Laila noch immer in der Tür zu seinem Büro, als Vandura mit Katja das Haus verließ. Katja hatte ihn untergefaßt und lehnte den Kopf beim Gehen an seine Schulter.

»Vergangenheit, Gegenwart und Zukunft ...«, sagte Karabasch dunkel. »Und sie ist europäisch –«

»Nur Vergangenheit«, antwortete Laila und ballte die Fäuste. Über ihr Gesicht zuckte es kurz. »Ich werde sie töten!«

Im Hotel Philadelphia, das Vandura und Katja durch eine Schleuse der Rebellen erreichten, empfing sie eine Sturzflut von Stimmen, Fragen und Fotoblitzen. Vandura lächelte etwas verzerrt. Das Hotel glich einer Festung. Wie im Intercontinental hatte man an die Balkontüren die Matratzen geschoben – den großen Eingangstüren wagte sich niemand zu nähern. Die zu Gefangenen gewordenen Reisenden saßen herum, gruppierten sich um die Transistorradios, diskutierten die Lage und schrieben Beschwerden an ihre Regierungen. Eine halbe Kompanie Guerillas hatte das Luxushotel besetzt und hielt an allen Ausgängen Wache. Dr. Karabasch hatte den Befehl gegeben: »Die Europäer werden mit größter Zurückhaltung behandelt. Niemand wird berührt, wenn es nicht zur Aufrechterhaltung der Ordnung unbedingt notwendig ist. Auf Plünderungen oder Diebstahl befehle ich die sofortige Todesstrafe.«

Ein harter Befehl, aber Karabasch kannte seine Wüstensöhne. Am Morgen dieses Tages hatte er mit der Kälte eines unbeirrbaren Despoten seinen Befehl ausführen lassen: Drei Plünderer, die im Hotel die Zimmer durchsucht hatten und Dollars, Uhren und Schmuck eingesteckt hatten, wurden im Hof des Hotels vor einer Abordnung der Gäste hingerichtet. Ein Peleton erschoß die drei, dann schlug man ihnen die Köpfe ab, steckte sie auf Speere und rammte diese in den Sand. Ein Mahnmal der Macht und ein Denkmal des Gesetzes ... Im Philadelphia wurde nicht mehr gestohlen.

Vandura winkte ab, als sich die Meute der Reporter auf ihn stürzte. »Zuerst mein Patient«, rief er in die Menge, die ihn umdrängte. »Später stehe ich Ihnen Rede und Antwort.« Abrupt wandte er sich ab.

»Nur eine Frage vorweg!« rief jemand aus der Menge. »Sind Sie wirklich Deutscher?«

»Ja.«

»Und der große Hakim-Pascha?«

»Man nennt mich hier so. Ich habe mir den Namen nicht gegeben. Bitte – lassen Sie mich durch ...«

Er stieg die Treppen hinauf – die Aufzüge waren stillgelegt – und hörte sich das Lied an, das der zweite Hoteldirektor anstimmte. Katja blieb zurück – sie wurde abgedrängt und ging zwischen den wogenden Köpfen der Reporter unter.

»Sie kennen Dr. Karabasch gut«, sagte der Hoteldirektor und rang die Hände. »Sagen Sie ihm, daß er mein Haus schont. Wir sind das berühmteste Hotel in Jordanien. Wer auch gewinnt – ob der König oder Karabasch –, das Land braucht die Devisen, die unser Hotel hereinbringt. Sagen Sie ihm das. Man kann keine Kuh schlachten, solange sie Milch gibt. Ich habe meinen Sekretär auch zum Kommandanten der königlichen Truppen geschickt – man weiß ja nie, wie die Sache ausläuft. Er hat versprochen, das Hotel zu schonen.«

»Wo liegt die Kranke?« fragte Vandura knapp.

»Zimmer 318, Hakim-Pascha.«

Der Hoteldirektor verbeugte sich tief. Im Orient ist der Große immer eine Verneigung wert – man vergibt sich nichts dabei, aber man gewinnt immer. Jeder Mensch fühlt sich geschmeichelt, wenn man sich vor ihm verbeugt.

Vandura blieb eine halbe Stunde bei der Kranken. Der Arzt aus

London saß an ihrem Bett und begrüßte den geheimnisvollen Kollegen kritisch und mit der zurückhaltenden britischen Art. Erst als er erfuhr, daß Vandura Deutscher war, löste sich das Pokergesicht.

»Ich habe nur dumme Tropfen bei mir«, sagte er. »Der Kreislauf ist mehr als labil. Die Aufregung der beiden letzten Tage ... Miß Fulham ist arm dran. Und die Apotheke hier? Die Saukerle von Guerillas lassen keinen raus, und der Apotheker ließ mitteilen, er habe nichts als Rizinus. Man behandelt uns hier wie Vieh –«

Vandura blickte den Arzt aus London kurz an, ehe er sich über Miß Fulham beugte und die Decke zurückschob. Sie war eine spitzgesichtige Frau, und Vandura dachte, sie könne Lehrerin oder Gouvernante oder etwas Ähnliches sein. Es stellte sich heraus, daß Miß Fulham Klavierlehrerin in Birmingham war.

»Fünfhunderttausend Palästinaflüchtlinge haben nicht einmal reines Wasser«, sagte Vandura und holte sein Stethoskop aus der Tasche. Er zog Miß Fulham das Hemd über die Brust. Sie errötete und schloß schamhaft die Augen. »Über hunderttausend Kinder spielen im Kot, ihre Bäuche treiben vor Hunger auf, ihr Haar wird weiß in vorzeitiger Vergreisung.«

»Wollen Sie mich dafür verantwortlich machen?« rief der Arzt aus London empört. Er schnaufte durch die Nase und schnippte nervös mit den Fingern. Vandura dachte plötzlich an Karabasch. Ein fremdes Gefühl der Zusammengehörigkeit überkam ihn. Du bist ein Phantast, Mustapha, dachte er. Deine Revolution ist Operette – aber der Grund ist ernst, bitter ernst, so ernst, daß die Welt wirklich aufgerüttelt werden muß.

»Wie frühstücken Sie, Kollege?« fragte er. Der Arzt zog das Kinn an.

»Tee, Porridge, Eier, Schinken ... ab und zu Marmelade. Orangenjam. Oh, ich weiß, was Sie sagen wollen! Ich sitze im Sessel und kaue mit vollen Backen, und in der Wüste müssen zwei dünne Mehlfladen für zehn Mann reichen. Was soll's?! Kann ich mein Frühstück per Luftfracht nach Amman schicken?! Natürlich, Geld täte es auch – aber das verschwindet in den Kanälen der Korruption! Die arabischen Führer fahren dann Mercedes und bauen sich Häuser am Meer, aber die Kinder hungern noch immer!«

»Reden Sie keinen Blödsinn, Kollege. Sie haben noch kein Flüchtlingslager besucht. Wenn Sie eine Stunde durch die Zeltgassen gegangen sind, wird Ihnen später kein Bissen mehr durch die Gurgel rutschen. Sie fühlen sich wie erwürgt.« Vandura holte einen kleinen

Spritzenkasten aus der Tasche, zog eine Spritze auf und injizierte das Kreislaufmittel der zitternden Miß Fulham. Als er die Nadel einstach, machte sie »Oh!«, verdrehte die Augen und seufzte tief. Die Injektion schien ihr ein Lustgefühl zu bereiten. Vandura packte seine Sachen ein und rollte die Gummischläuche des Stethoskopes zusammen. »Ich kann Sie mitnehmen, Kollege. Zum Lager Wachdat kommen wir noch durch – es ist noch in der Hand der Rebellen.«

»Danke. O Danke ... ich bin hier, um meinem Hobby nachzukommen. Archäologische Studien.« Der Londoner Arzt winkte ab. »Lassen Sie mich in Ruhe mit dieser verdammten Revolution. Warum unternimmt niemand etwas? Auf dem Mittelmeer kurvt die 6. amerikanische Flotte herum – warum steigen von ihren Flugzeugträgern nicht hundert Maschinen auf und machen diesem Spuk ein Ende? Warum schweigt unsere Regierung in London? Lauter Waschlappen! Europa ist faul bis auf die Knochen, wenn es sich von diesen Halbwilden in den Arsch treten läßt, ohne ihnen den Kopf abzuschlagen! Früher war das anders, ja früher! Wissen Sie, was wir Engländer mit dem Aufstand des Nena-Sahib in Indien gemacht haben? 1857 war das! Da wurde Humanität noch Gehorsam genannt! Aber heute? Schlappschwänze überall! Lassen sich Flugzeuge entführen und geben auch noch der Erpressung nach.«

»Und was sollten sie – nach Ihrer Meinung – tun?«

»Die Geiseln opfern und draufschlagen!« Der Londoner Arzt schnaufte erregt und bekam einen hochroten Kopf. »Entsetzlich natürlich, fast dreihundert unschuldige Frauen, Kinder und Männer zu opfern – aber sie müssen der Preis sein, damit hier endlich Ruhe herrscht! Kleines Opfer für großen Nutzen! Soll sich die Welt so weiterentwickeln?«

»Nein.« Vandura deckte Miß Fulham zu. Sie schlief mit einem Lächeln. »Bloß das nicht. Die Welt wird erst Ruhe haben, bis Menschen wie Sie sicher vor Wiederauferstehung zwei Meter unter der Erde liegen.«

»Aha! Der Hakim-Pascha!« schrie der Arzt. »Der Rote! Man sollte auch Sie erschießen!«

»Man braucht mich noch.« Vandura neigte etwas den Kopf. »Dann werden sie Ihrem Wunsche nachkommen, denke ich. Wenn alles vorbei ist, bin auch ich lästig – den einen wie den anderen. Ein Esel, den beiden Parteien prügeln, bis er zusammenbricht.«

»Und trotzdem helfen Sie diesen Gesetzlosen?«

»Ich bin Arzt, verehrter Kollege. Man braucht mich als Arzt. Und woher sie auch alle kommen, sie haben eins gemeinsam: Sie sind Menschen. Verstehen Sie das?«

»Nur halb ...« Der Londoner Arzt lächelte verzerrt. »Sie Idealist!«

»Auch die muß es geben.«

Auf dem Flur stieß Vandura gegen Laila. Sie hatte neben der Tür gewartet und sprang ihn jetzt an wie eine Katze. Sie trug Männerkleidung – Stiefel, Hose, Feldbluse und eine weite Mütze, unter der ihre schwarzen Haare verschwanden. Sie sah aus wie ein Junge, der das Soldatenspielen zum Ernst erhoben hat.

»Wer ist sie?« fragte sie und hängte sich an seinen Hals. Sie verkrampfte die Hände hinter seinen Nacken und hob die Beine vom Boden. So mußte er sie tragen, und er ging zur Wand und stemmte sie dagegen. Sie seufzte, als seine Knie ihren Leib drückten und ihre vollen Brüste sich an seiner Brust quetschten. »Wer ist dieses Weib?«

Vandura atmete tief auf. Katja und Laila – das war wie der Kampf zweier Sonnen um die Herrschaft über die Erde. »Wer hat dir von ihr erzählt?« fragte er. Lailas Augen blitzten voll Haß.

»Ich habe gesehen, wie sie dich geküßt hat! Und du hast dich nicht gewehrt.«

»Du hast es gesehen?« Vandura ließ Laila zu Boden gleiten. Kaum stand sie, riß sie seine Hand hoch und biß hinein. Vandura knirschte mit den Zähnen, aber er schrie nicht auf oder riß seine Hand zurück.

»Ich zerfleische dich, Hakim-Pascha«, sagte sie leise. »Ich reiße Stück nach Stück aus dir heraus! Liebst du sie?!«

»Erinnerst du dich, wie ich dir von Deutschland erzählt habe? Warum ich weg mußte und zu euch in die Wüste kam?«

»Wegen eines Mordes.«

»Es war kein Mord.«

»Aber du hast es geglaubt.«

»Ja.«

»Und sie ... sie ist die Frau von damals?«

»Ja. Katja Hellersen.«

»Was will sie hier? Hat sie dir nicht genug Unglück gebracht?! Warum verfolgt sie dich? Du bist kein Vandura mehr – du bist Hakim-Pascha und gehörst zu uns in die Wüste. Du bist nie Vandura gewesen – das hast du mir geschworen ...«

»Ich werde es auch nicht mehr sein«, sagte Vandura langsam. Er küßte Laila, und sie biß sich in seinen Lippen fest. Das Blut tropfte ihm über das Kinn, aber er spürte keinen Schmerz. Die Glut Lailas schlug über ihm zusammen. In diesem Augenblick war er wirklich gewillt, in der Wüste zu bleiben – und er wußte, daß er, wenn er Katja nachher wiedersah, ebenso sicher war, wieder auszufliegen nach Europa.

Es muß eine Lösung geben, dachte er, während Lailas Lippen über sein Gesicht tasteten und ihre Hände seinen Nacken streichelten. Es ist unmöglich, daß ich zwischen diesen beiden Frauen zerbreche.

Und er wußte, daß eine neue Tragödie unwiderstehlich auf ihn zukam – die Entscheidung, die einer Frau – Katja oder Laila — das Leben zerstörte.

Dieses Wissen war so ungeheuerlich, so unausweichbar, so unlösbar, daß Vandura in diesem Augenblick wünschte, eine verirrte Kugel möge durch das Fenster schlagen und ihn treffen. Zum erstenmal verstand er einen Menschen, der in seiner Ausweglosigkeit das Ende sucht.

Dr. Karabasch hatte seine Drohung wahrgemacht: Er hatte alle Flugzeuge sprengen lassen. Vor fast hundert Reportern detonierten die Sprengladungen an den Rümpfen und Tragflächen und rissen die Maschinen auseinander. Hohe schwarze Rauchwolken standen über der Wüste und schillerten in der gleißenden Sonne fett nach Öl.

Die Kamera surrte, die Auslöser klickten, in den Tonbandgeräten drehten sich die Spulen mit den Stimmen der Reporter.

Dr. Karabasch hielt einen kurzen Vortrag, als die Detonationen verklungen waren. Er stand auf der Plattform eines Lastwagens, umgeben von seiner Leibwache mit schußbereiten Maschinenpistolen. Über Mikrophon und Lautsprecher sprach er zu den Pressevertretern.

»Das ist ein Fanal!« sagte er laut. Er sprach englisch, jenes vornehme Eton-Englisch, das man auf den Universitäten lernt. »Ein Fanal, das die Unterdrückten für die Welt anzünden, die schläft! Wir wissen, daß es unrecht ist, fremdes Eigentum zu zerstören und unschuldige Menschen festzuhalten. Wir wissen aber auch, daß keiner auf dieser Welt der Sattheit sich um uns kümmern würde, wenn wir nicht selbst mit diesen Mitteln auf uns aufmerksam machen würden. Wir wollen nichts als die primitivsten Menschenrechte: Freiheit für unser Land, Frieden in unseren Grenzen, keinen Hunger mehr und ein wirkliches Leben! Ist das zuviel verlangt? Dort verbrennen einige Millionen – sie werden den Fluggesellschaften nicht den Konkurs bringen. Aber wenn die Welt die Millionen, die jetzt verbrennen, zu uns geschickt hätten, gäbe es jetzt keinen Krieg um die Würde des Menschen! Europa und Amerika sind satt, sie rülpsen vor Sattheit — gebt uns ein Hundertstel eurer Sattheit, und wir sind glücklich.«

Es waren Worte, die wirklich die ganze Welt hörte — und die sie nach zwei Tagen wieder vergaß. Nur eins blieb übrig: der Ruf nach Rache!

Vandura traf Karabasch im Hauptquartier. Er war dahin zurückgekehrt, so sehr ihn Katja und die anderen Bewohner des Hotels Philadelphia gebeten hatten, sich zu besinnen, daß er Europäer sei. Als er sagte, er müsse als Arzt die Verwundeten versorgen, denn dazu sei er da, spuckte ihn eine alte Dame aus Amsterdam vor allen Leute ins Gesicht und schrie laut: »Sie Verräter!«

Fünf Stunden operierten er, Dr. Ashraf und Laila an zwei Tischen, dann band Vandura seine Gummischürze ab und verließ das Notlazarett.

Der König hatte ein Ultimatum gestellt – Einstellung aller Kampfhandlungen, sonst würde er mit der Armee rücksichtslos die Widerstandsnester ausräuchern — und Karabasch hatte geantwortet: Keine Kapitulation, Widerstand bis zum Letzten, Hinrichtung der Geiseln, wenn die Armee weitermarschiert. Nieder mit dem Haschemitenkönigtum!

Jeder nahm diese Drohung ernst. Was sind dreihundert Menschen in der Wüste wert . . .

»Was geschieht mit den Geiseln?« fragte Vandura, als er Karabasch gegenübersaß. Er trank Kaffee, gesüßt mit Honig.

»Sie werden Ende der Woche ausgeflogen. Aber das weiß noch keiner.« Karabasch musterte Vandura finster. »Und wozu entscheiden Sie sich?«

»Ich verstehe Ihre Frage nicht.«

»Wir werden dafür sorgen, daß auch diese Katja Hellersen Jordanien verläßt, ob es Ihnen paßt oder nicht, Hakim-Pascha. Ich bin es dem Herzen Lailas schuldig.«

»Überschreiten Sie damit nicht Ihre Kompetenzen, Karabasch?«

»Lassen Sie diese dämliche Rhetorik!« schrie Karabasch. Er sprang auf und stützte sich auf beide Fäuste. »Sprechen wir klar: *Ich* habe hier die Macht. *Ich* bestimme, was geschieht! *Ich* ordne an, was Recht ist oder nicht! Und *ich* gebe den Befehl, den zu liquidieren, der das nicht glaubt. Ist das klar genug?!«

»So eisklar wie alle Diktatorensprache! Sie haben große Vorbilder, Karabasch. Aber lernen Sie aus der Geschichte: Diktatoren wurden von sich selbst gefressen. Sie starben an Eigenfraß. Sie begehen den gleichen Fehler ... Sie schmecken sich zu gut!«

»Katja!« Dr. Karabasch hieb auf den Tisch. »Katja oder Laila! Das ist keine Frage mehr, Hakim-Pascha, das ist Ihr Schicksal! Wählen Sie Katja, wird Laila Sie töten! Wählen Sie Laila, stirbt für Sie Europa – für alle Zeit! Sie werden ein Teil der Wüste. Aber wie Sie sich auch entscheiden – von mir aus bekommen Sie keine Flugerlaubnis. Ich behalte Sie hier, solange ich Sie brauche. Und Sie werden bleiben, das weiß ich ... Ich lege jeden Tag einen Haufen Verwundete vor Ihre Tür. Ich möchte sehen, ob Sie die Kühnheit haben, diese Verleugnung Ihres Ethos, über die Stöhnenden hinwegzusteigen und zu einem Flugzeug zu flüchten. Ich weiß, der Fuß, den Sie zuerst erheben, wird in der Luft stehen bleiben.« Karabasch setzte sich wieder. »Wollen Sie jetzt noch etwas fragen?«

Vandura schüttelte den Kopf. »Eigentlich nicht. Sie haben immer eine teuflische Logik, Karabasch. Und doch ist da noch eine Frage: Was macht ein Mann, der zwei Frauen liebt?«

»Er fragt sich.«

»Er schreit sich schon an und bekommt keine Antwort.«

»Er muß sich entscheiden. Wozu ist er ein Mann?«

»Und wenn er keinen Ausweg findet?«

»Das gibt es nicht. Der Mann sollte die Konsequenzen überdenken, bei der einen Frau, bei der anderen Frau. Da, wo die Konsequenzen am geringsten sind, sollte er bleiben.«

»Danke.« Vandura erhob sich. Er zog seine Dschellabah enger um sich und rückte den Stirnring höher. »Ich sehe, Sie bleiben Theoretiker — in der Politik wie in der Liebe. Noch eins. Wo sind die Geiseln der ersten Maschine?« Betont ruhig stellte Vandura diese Frage an Karabasch.

»Sie treffen heute im Hotel Philadelphia ein.«

Tatsächlich — sie kamen in vier Bussen an, tauchten aus der Wüste auf, als habe man sie dort aus Sand gebacken, und betraten die Hotelhalle wie ein unerklärbares Paradies.

An der Spitze schritt Pfarrer McClean, ihm folgten Flugkapitän Perkins, die Stewardessen Dorthy und Joan und dann eine Trage, auf der Laura Perlucci lag, ihr Kind unter der Decke umklammernd.

Auch Pierre Nolet, der Herzkranke, lebte noch – er stützte sich auf zwei Passagiere und lief keuchend, Schritt um Schritt, eine wandelnde Leiche.

Wieder hatten die Reporter alle Hände voll zu tun, diese mit Staub gepuderten Gestalten zu knipsen und sofort zu interviewen. Die Hotelleitung verteilte sie auf die Zimmer, man gab den halb Verdursteten Fruchtsäfte zu trinken und beratschlagte dann, ob man wieder diesen Hakim-Pascha holen sollte oder ob der Arzt aus London allein genüge.

»Nicht wieder diesen Lackaffen!« sagte der Londoner Kollege scharf. »Ein Mensch, der mit diesen roten Affen sympathisiert, ist für mich tot!«

Man beschloß nach langer Beratung, doch noch einmal Vandura zu holen. Die Versorgung der Kranken war wichtiger als die politische Einstellung. Ein Bote wurde zu Dr. Karabasch geschickt und kam nicht wieder. Auf dem Rückweg wurde ihm von einer Granate der Leib aufgerissen. Er verblutete irgendwo zwischen den Häusern Ammans, und seine Leiche wurde, wie hundert andere, als unbekannt in eine Grube geworfen und von den Totenräumkommandos der Rebellen zugeschüttet. Schon wehte ein widerlich süßlicher Leichengeruch durch die Stadt – die Sonne zersetzte die Toten schneller, als man sie finden und bestatten konnte.

Katja saß allein in der weiten Halle und wurde von den anderen Gästen gemieden. Es hatte sich herumgesprochen, daß sie die Geliebte des Hakim-Pascha sei – das genügte, sie auszustoßen aus der europäischen Welt. Es spielte dabei keine Rolle, daß damals der Hakim-Pascha noch Vandura hieß ... »Sie ist nicht besser als die Roten!« sagte eine der Damen der Gesellschaft. Sie war nach Amman gekommen, um mit einer alten Freundin aus der britischen Botschaft Bridge zu spielen. »Wer sich einem solchen Kerl, ob Vandura oder Pascha, an den Hals wirft, ist ein Flittchen!«

Katja kümmerte sich nicht darum. Sie blieb meistens auf ihrem Zimmer, und wenn sie im Eßsaal erschien, denn die Hotelleitung hielt den Schein einer guten Tafel mit primitiven Mitteln aufrecht, saß sie meistens in einer Ecke und spürte die Blicke der anderen. Nur Bernd Zobel kreuzte schnell einmal auf, wie immer in Eile, und jubelte: »Ich fahre morgen zur Basisgruppe der Guerillas. Das verdanke ich Ihrem Vandura. Ein toller Knabe. Steht im Lazarett im Blut und operiert wie eine Maschine. Die anderen haben Mühe, ihm die

Verwundeten auf den Tisch zu schieben, so schnell geht es! Mädchen, wir sehen uns in drei Tagen wieder. So long . . .«

Dreimal versuchte Katja, mit Vandura in Verbindung zu kommen. Sie scheiterte an irgendwelchen Wachen. Ein Brief an Vandura verschwand auf dem Weg ins Hauptquartier — er landete bei Laila, die ihn zerriß, nachdem sie ihn mit ihren wenigen Deutschkenntnissen entziffert hatte.

Es war ein Brief voller Liebe und Sehnsucht — und es war für Katja ihr eigenhändig geschriebenes Todesurteil.

Laila Husseini machte sich am Abend auf, Katja zu töten. Sie trug wieder die Männeruniform und wurde von allen Wachen ohne Fragen durchgelassen.

Im Hotel wartete sie in einer Ecke, bis Katja hinauf auf ihr Zimmer ging. Dann folgte sie ihr und ging an Katjas Tür vorbei bis zum Ende des Flures. Dort blieb sie stehen, lehnte sich an das Fenster und steckte sich mit nervösen Fingern eine Zigarette an.

Wie töte ich sie, dachte Laila. Sie war ohne Plan ins Hotel gekommen, nur getrieben von der Macht des Hasses. Jetzt aber verlangte die Tat zuerst eine Planung, denn der Befehl Karabaschs, das wußte Laila, galt auch für sie: Tötete sie Katja und sie wurde überführt, ließ Karabasch auch sie hinrichten, mit der gleichen unbewegten Miene, wie er die drei Diebe hatte erschießen lassen. Ihre Köpfe staken noch immer auf den Speeren, und von den Fenstern des Hotels aus konnte man mit Schaudern beobachten, wie die Geier das Fleisch abrissen und schließlich nur noch die Knochen übrigblieben. Sie bleichte die Sonne schneller, als man dachte.

Laila tastete nach ihrer Hosentasche. Dort lagen ein kleiner Revolver und ein scharfes Messer. Aber sie kamen als Waffe nicht in Betracht. Wie ein Unfall muß es aussehen, dachte sie. An einem Unfall kann auch Karabasch nichts finden.

Ein Unfall! Allah, wie macht man einen Unfall?

Sie drückte das Gesicht an das Fenster und starrte hinunter in den Garten. Zwei Gärtner sprengten die Blumen und den Rasen, mit Erlaubnis der Rebellen und nach langem Palaver des Hoteldirektors mit dem Hauptquartier.

Wasser! Sie wird im Wasser ersticken! Wie eine Katze werde ich sie ersäufen. Und es wird aussehen wie ein Schwächeanfall.

Laila stieß sich vom Fenster ab, zertrat die Zigarette auf dem wertvollen Teppich, steckte die Hände in die Taschen, umklammerte

Revolver und Messer und suchte an diesen kalten Gegenständen Mut.

Es ist nicht einfach, einen Menschen umzubringen.

Mit einem Rück blieb sie vor Katjas Zimmertür stehen und klopfte dann mit der Faust daran. Von innen antwortete Katjas Stimme.

»Ja? Bitte? Kommen Sie herein . . .«

Laila zog die Schultern hoch. Sie kennt mich nicht, dachte sie. Das macht vieles einfacher und schneller.

8

Die Fenster des Zimmers waren verbarrikadiert, wie alle Fenster des Hotels. Die Matratze stand hoch gegen die Scheibe, davor hatte man die Couch gerückt. Katja Hellersen saß auf ihrem Bett, die Beine untergeschlagen und mit aufgelösten Haaren. Ihre Schönheit, südländisch und erregend wie Lailas eigenes Aussehen, sprang Laila an mit der Gewalt eines Hasses, wie sie nur Frauen empfinden können. Sie blieb in der Tür stehen und wollte etwas sagen, als von der anderen Ecke des Zimmers her ein fröhliches Lachen ertönte. Sie fuhr herum und sah einen jungen Mann auf der Erde sitzen, umgeben von einem Ring aus Kameras, Filmspulen und Objektiven.

Die Abreise Bernd Zobels zur Basisgruppe hatte sich durch einen Angriff der Königstruppen verzögert. Jetzt saß er bei Katja im Zimmer und putzte seine Kameras.

»Ich wette, das ist ein Mädchen«, rief er. »Zwei solche Buckel vorn wären eine neue anatomische Entdeckung.« Er sprang auf und kam auf Laila zu. Sie blieb mit verkniffenem Gesicht in der offenen Tür und suchte nach einer Erklärung für ihr Eindringen. Ein Gedanke kam ihr, sie lächelte und zeigte auf Katja.

»Mitkommen!« sagte sie auf deutsch.

»Das Girl spricht heimatliche Laute.« Zobel hob schnell eine Kamera und knipste, aber Laila war schneller. Sie hielt beide Hände vor ihr Gesicht, sprang dann mit einem weiten Satz zu ihm, riß ihm mit einem ungewöhnlichen kräftigen Ruck die Kamera vom Hals und warf sie an die Wand. Dort zerschellte sie wie eine Handgranate. Zobel blickte verwundert auf die Scherben. »Das schwache Geschlecht«, sagte er sarkastisch. »Ich werde Ihrer Revolutionsregierung eine Rechnung über eine neue Kamera schicken. Zahlt sie nicht, werde ich Sie pfänden. Mein Gott, wird das eine Versteigerung.«

Laila beachtete Zobel nicht. Sie trat an das Bett und starrte Katja aus kalten Augen an. »Anziehen und mitkommen! Der Chef hat beschlossen, Sie hinüber ins Intercontinental zu bringen. Ich begleite Sie.«

»Frau Hellersen bleibt hier!« Zobel schob sich an Laila heran, aber sie warf nur einen verächtlichen Blick auf ihn und trat ihn gegen das Schienbein, blitzschnell, mit einer halben Drehung. Zobel ächzte auf, hüpfte zwei Schritte zurück und lehnte sich an das Fußstück des Bettes. »Für diesen Sympathiebeweis sind Sie mir ein Foto schuldig«, stöhnte er und rieb sein Bein. »Ich will es zu Hause übers Bett hängen!« Er verzog sein Gesicht, als er versuchte, wieder aufzutreten, und hockte sich dann auf die Bettkante. »Wie wollen Sie mit Katja zum Intercontinental?! Überall wird geschossen, in den Straßen zielt jeder auf jeden, um das Diplomatenviertel im Dschebel Amman ist ein Ring der Armee gezogen worden, Panzer kontrollieren alle Zufahrtsstraßen, Hubschrauber fliegen die Wadis und Hügel in den Vorstädten ab – Sie kommen nicht durch. Glauben Sie, ich hätte das nicht schon längst versucht? Und Bernd Zobel wirft nicht so schnell den Kaugummi in den Whisky.«

»Anziehen und mitkommen!« Laila Husseini machte eine Bewegung, die den Befehl unterstrich. »Es gibt Wege, die nur wir kennen.«

»Dann schließe ich mich an!«

»Nein.«

»Aber doch. Schönes, wildes Mädchen aus Guerillaland, Ihr Dr. Karabasch ist ein gelehrter Mann mit Manieren. Er weiß, was er der internationalen Presse schuldig ist, denn er braucht die Publicity, sonst geht die ganze Revolution in die weiten Pluderhosen! Ich bin von der Presse, Schönste, und ich werde über Ihre Leute berichten, als habe ich sie aus Zucker gebacken. Ist das ein Wort? Ich komme mit, knipse den ganzen Weg und mache Sie zur Heldin der arabischen Nation! So etwas fressen die Menschen in Europa wie Vanilleeis mit Schokoladensoße. Auf, Leute, in die Klamotten — machen wir uns auf den Weg.«

Laila unterbrach Bernd Zobel nicht. Nur um ihre schönen vollen Lippen zog sich die Andeutung eines spöttischen Lächelns. Dann geschah etwas, von dem Zobel später behauptete, Laila Husseini müßte eine hornhautbesetzte Handkante haben. So schnell, daß das Auge es kaum wahrnahm, sauste ihre Hand gegen Zobels Hals, er starrte sie aus hervorquellenden Augen ungläubig an, drehte sich um seine Achse, seufzte tief und fiel wie ein gefällter Baum zu Boden. Katja schrie auf und wich zum Fenster zurück.

»Sie ... Sie haben ihn getötet ...«, stotterte sie. »Ich rufe um Hilfe! Ich werde nicht mit Ihnen gehen ...«

»Wer soll Ihnen helfen? Ihre Landsleute hier im Hotel? Sie sind froh, wenn man sie in Ruhe läßt. Glauben Sie, es gibt noch Helden? Versuchen Sie es ...« Sie trat über den langgestreckt vor dem Bett liegenden Zobel hinweg und ging zur Tür. Weit stieß sie sie auf und zeigte auf den leeren Flur. »Schreien Sie! Los! Schreien Sie, so laut Sie können! Es wird niemand kommen, um nachzusehen, was hier los ist . . .«

Zehn Minuten später gingen Katja und Laila durch die Halle des Philadelphia-Hotels. Zwanzig Guerillas saßen und standen in der Halle herum und grüßten Laila wie einen Offizier. Wer kannte sie nicht, die Braut der Revolution, von der man sich hinter der Hand erzählte, sie habe den Hakim-Pascha genauso besiegt wie die zwei Flugzeuge, die sie vor einigen Monaten hintereinander entführt hatte. Die weißen Gäste lungerten herum, spielten Karten oder Schach, lasen alte Illustrierte, schrieben Briefe, die vielleicht nie befördert wurden, und zogen die Köpfe ein, wenn es draußen krachte, die Fenster durch den Luftdruck der Detonationen klirrten und sich in den Rahmen bogen. Das kleine Heer der Reporter bildete eine geschlossene Gruppe für sich. Sie saßen auf Koffern und Stühlen, umgeben von ihren Kameras und Tonbandgeräten, und warteten auf die Erlaubnis der Revolutionsregierung, das Hotel zu verlassen und Bilder vom Kampfgeschehen einzufangen. Was man von den Fenstern aus knipsen konnte, war bereits im Kasten.

Katja zögerte, als sie in der Halle war und hundert Blicke auf sie und Laila fielen. Jetzt, dachte sie. Jetzt! Sind es denn alles Feiglinge?!

Laila spürte ihr Zögern und faßte sie am Arm. Ihr Griff war hart, die Finger bohrten sich in das Fleisch.

»Schreien Sie!« flüsterte sie Katja zu. »Hier stehen zehn Maschinenpistolen herum – das ist ein Argument des Gehorsams!«

Katja gab sich einen Ruck. Sie blieb stehen und sah sich um. Braune, unbewegte Gesichter der Araber, weiße, bleiche, von Angst gezeichnete Gesichter der Europäer.

»Man will mich ins Intercontinental bringen!« rief sie laut. »Durch die Kampflinien. Aber ich weigere mich. Sie sehen alle, daß man mich zwingt. Hilft mir denn keiner?«

Schweigen. Die Hotelgäste blickten zu Boden. Niemand rührte sich – nur die Augen tasteten zu den Maschinenpistolen der Guerillas. Hilft mir keiner? Welche Frage. Der Mut verringert sich mit dem Wachstum der Todeschance.

Katja blieb stehen, auch als Laila ihr einen Stoß in den Rücken gab. Jeder sah es, aber niemand wagte einen Protest.

»Sind denn hier nur Feiglinge?« schrie Katja. »Sie sehen ruhig zu, wie man mich verschleppt?«

»Man will Sie in Sicherheit bringen«, sagte jemand aus dem Hintergrund. »Das Intercontinental ist in der Hand der Königsarmee. Ihnen wird es besser ergehen als uns.«

»Aber ich will nicht! Ich bin ein freier Mensch! Ich habe das Recht auf einen eigenen Willen! Aber Sie haben ja alle Angst, ganz gemeine Angst. Sie bieten ein Bild des Jammers . . .«

Die Hotelgäste schwiegen. Eine Mauer umgab Katja, die sie nicht schützte, sondern nur isolierte. Ein Reporter, der von Katja ein Foto machen wollte, wurde von zwei Rebellen in die Mitte der Hotelhalle geholt und mit Gewehrkolben geschlagen. Die Kamera trug man weg.

Die Demonstration der Macht.

In den Gruppen der Europäer rumorte es. Aber sie bewegten sich nicht – die Läufe der Maschinenpistolen waren in Höhe ihrer Mägen gehoben. Es ist etwas Scheußliches, eine Garbe in den Bauch zu bekommen.

»Gehen wir jetzt?« fragte Laila. Ihre Stimme troff von Spott. »Nehmen Sie Abschied von den weißen Helden.«

Katja blickte sich noch einmal um. Harte Gesichter, empörte Augen, geballte Fäuste, schnelleres Atmen – aber keine Aktion, keine Bewegung, nur Ohnmacht vor dem Terror.

»Wagt es wenigstens einer von Ihnen, Herrn Dr. Vandura von mir zu grüßen, wenn er noch einmal ins Hotel kommt?« fragte sie. »Sagen Sie ihm, daß ich in der Nähe bleibe. Wenn man mich zwingt Amman zu verlassen, fliege ich nach Beirut. Dort werde ich auf ihn warten. Kann das jemand von Ihnen bestellen?« Und als auch auf diese Frage nur Schweigen antwortete, sagte sie laut: »Ich danke Ihnen!«

Dann wandte sie sich brüsk ab und ging zur Tür. Laila folgte ihr. Nach Beirut, dachte sie voll Haß. Nie wirst du Beirut wiedersehen, nie. Es sind deine letzten Schritte, die du jetzt gehst.

Sie traten hinaus auf die Straße und in die grelle Sonne. Aus den Gassen trug der Wind den süßlichen Geruch von Leichen herüber. Geier kreisten über den Dächern mit vorgereckten widerlich nackten Hälsen. Von der Hauptpost her und aus der Mitte der Stadt dröhnten Granatwerferfeuer und die dumpfen Abschüsse der Panzerkanonen. Drei Sanitätswagen rasten mit quietschenden Reifen um die

Ecke und hüpften die Straße am Römischen Theater entlang zum Lazarett der Guerillas.

»Weiß du, wer ich bin?« fragte Laila und blieb stehen. Sie drückte Katja in den Schatten einer Haustür und holte ihren Revolver aus der Hosentasche.

»Ein Mädchen, das mich erschießen will.« Katja sagte es völlig ruhig. Sie wunderte sich, wie gleichgültig es ihr plötzlich war, ob sie gleich weiterlaufen würde oder hier in einer Haustürnische erschossen in den Staub rollte.

»Ich bin Laila Husseini und liebe den Hakim-Pascha ...«

Eine Weile war es still zwischen ihnen. Sie musterten sich, sie erdolchten sich mit Blicken, aber nun, da Katja wußte, daß es um Ralf ging, nicht um Jordanien, das große arabische Reich, die Vernichtung Israels, die Wiedergeburt des islamischen Orients, nicht um ein Exempel zur Aufrüttlung der trägen Welt, sondern einzig und allein nur um Vandura, verlor sie die letzte Scheu vor Laila. Ein Privatkrieg zwischen zwei Frauen – wie elend war die Revolution zusammengeschrumpft.

»Ich habe ihn vor dir geliebt«, sagte Katja hart.

»Er hat dich vergessen.«

»Er kann die große Liebe nicht vergessen.«

»Er ist geflüchtet. Vor dir geflüchtet in meine Arme.«

»Man hat ihn weggetrieben durch falsche Beschuldigungen. Aber er ist unschuldig. Er weiß es jetzt. Ich habe es ihm gesagt. Er kann jederzeit zurück nach Deutschland kommen – und er wird kommen. Mit mir!«

»Nie wird er das, nie. Wir haben zusammen im Wüstensand gelegen, und das ist mehr als der Segensspruch eurer Priester!« Laila hob den Revolver. »Ich erschieße dich nicht. Warum sollte ich mein Gewissen mit einem Mord belasten? Die Revolution wird dich töten. Los — lauf ...« Sie winkte mit dem Revolverlauf zur Straße hin. »Es ist deine Chance. Lauf hinüber zur königlichen Armee. Wenn du sie erreichst, hast du das Glück besiegt. Ich gebe dir eine Minute Vorsprung — nur eine Minute, dann jage ich dich wie eine aussätzige Katze!« Sie trat zurück und gab den Weg frei. »Lauf! Ich sage dir – lauf ...«

Katja blickte über die menschenleere Straße. Die Hitze flimmerte über dem spiegelnden Asphalt. Auf einigen flachen Dächern sah sie Bewegungen — dort hockten die Scharfschützen der Guerillas. Die Geschäfte waren geschlossen, vor die Schaufenster hatten ganz Vorsichtige Bretter genagelt. Nur zwei Hunde, zwei elende, dürre, gelbfellige Hunde, wie aus Wüstensand gebacken, streunten über den Platz, blieben stehen, hoben witternd die Nasen, rochen den Leichengeruch und begannen zu winseln.

»Wo liegt das Intercontinental?« fragte Katja. Ein Zittern durchlief ihren Körper. Eine Minute Vorsprung – was ist eine Minute? Sie wußte, daß sie es nie schaffen würde. Aber die Chance war ihr gegeben, und sie wollte sie nicht verschenken.

»Such es.« Laila zog Katja aus der Türnische in die Sonne. Die beiden Hunde schielten zu ihnen hinüber und liefen dann weg in eine enge Nebengasse. »In genau einer Minute folge ich dir.« Laila sah auf ihre Armbanduhr. Katja erkannte sie sofort wieder. Vanduras goldene Uhr.

»Ich werde Ralf mit mir zurück nach Deutschland nehmen!« schrie sie Laila plötzlich ins Gesicht. »Ja, ich nehme ihn mit! Er gehört mir! Mir allein!«

Sie warf sich herum und lief los. An der Häuserwand entlang, so wie sie es in vielen Filmen gesehen hatte, wenn Verfolgte Schutz suchen, rannte sie dem Grollen der Kanonen und den peitschenden Abschüssen der Gewehre entgegen. Sie riß sich die Bluse vor der Brust auf und raffte den Rock hoch, um schneller die Beine vorschnellen und tiefer atmen zu können.

Eine Minute Vorsprung.

Du rennst nicht allein um dein Leben, du rennst auch um deine Zukunft mit Ralf.

Diese Glut der Sonne! Der Leichengeruch. Über mir die Geier.

Sie hörte Rufen und nahe Schüsse. Dann stockte sie. Quer über dem Gehsteig lag verkrümmt ein Toter. Der halbe Kopf fehlte ihm, die Mauer hinter ihm war mit Granatsplittern übersät.

Katja ballte die Fäuste und sprang über den Toten.

Weiter, weiter ... den Schüssen entgegen. Eine Minute muß längst vorüber sein. Jetzt hetzt sie hinter mir her, diese schwarze, gnadenlose Raubkatze. Laila Husseini – ein Name wie Musik, aber ein Wesen, das statt Blut Gift in den Adern hat.

Die Straße entlang, um die Ecke, über einen Platz – wieder Rufen, ein paar vereinzelte Schüsse — sie warf sich an die nächste Häuserwand, huschte in eine Türnische und fiel in einen Flur, als sie sich gegen die Tür lehnte.

Ein paar Augenblicke blieb sie auf der Erde liegen und drückte beide Hände gegen die Brust. Jetzt erst spürte sie, daß sie keine Luft mehr bekam, wie ihr Herz hämmerte und die Lungen sich nach Sauerstoff blähten.

Fahle, stinkende Dämmerung war um sie. Es roch nach kaltem Hammelfett und einem Gemisch von Blumen und Kloake. Katja schob sich an der rauhen Lehmwand empor und sah sich um. Der Flur endete auf einem Hof, einem der typischen arabischen Innenhöfe, in denen der Zauber des Orients weiterlebt. Nach außen, zur Straße, ist ein arabisches Haus meistens kahl, verschlossen, armselig, fensterlos, verwahrlost. Nur die Tür unterbricht die Eintönigkeit. Innen aber schwelgt die Fantasie in Formen und Farben – hier hat man sein eigenes Reich, hier ist man sein eigener Pascha. Was geht es die anderen an, wie man lebt?

Auch dieser Innenhof war wie eine kleine Insel in einem dreckigen Meer. Zwei geschwungene Treppen führten auf zwei übereinanderliegende, rundum laufende Galerien mit weißlackierten, filigranartig geschnitzten Geländern. Von diesen Galerien gingen eine Menge Türen ab ... Katja drehte sich im Kreise und suchte nach einem Bewohner. Hinter ihr plätscherte ein kleiner Brunnen – aus einer Marmorsäule lief das Wasser in Kaskaden in ein Becken aus bunten Glasmosaiken. Palmen standen in Gruppen auf Erdinseln, die den mit Kacheln gepflasterten Hof unterbrachen.

Im Untergeschoß öffnete sich plötzlich eine Tür. Eine dicke Frau in einem langen Seidenkleid und mit gewaltig gelockten, hellrot gefärbten Dauerwellen kam auf sie zu und blieb mit angezogenem Kinn ein paar Schritte vor ihr stehen. Die braunen, zusammengekniffenen Augen musterten sie.

»Madame«, sagte die dicke Frau. Ihre Stimme klang rauchig, und sie sprach französisch mit dem kehligen Akzent der Araber. »Sie haben sich verlaufen, nicht wahr? Darf ich Sie hinausbegleiten?«

»Nicht hinaus, bitte ...« Katja suchte ihre Französischkenntnisse zusammen, aber es fehlten ihr die Vokabeln für eine deutliche Erklärung. Sie sagte deshalb, was sie halbwegs ausdrücken konnte. »Ich habe Angst.«

Die dicke Frau zeigte nach oben. Von weitem donnerten wieder die Geschütze. »Alles dumm –«, sagte sie in einem zerhackten Deutsch. »Sie doch Deutsche?«

»Ja.«

»Sie hier nicht bleiben.«

»Nur ein paar Stunden, Madame. Bis zur Nacht ... bis zum nächsten Morgen.«

»Das sehr schwer.« Die dicke Freu machte eine Handbewegung, die alle Galerien und Türen umfaßte. »Das hier Bordell ... Am Abend kommen Männer.« Sie fiel wieder ins Französische und ballte die Fäuste. »Früher kamen die Touristen. Amerikaner, Engländer, Franzosen, Deutsche. Sie zahlten alles. Jetzt kommen die Guerillas und wollen alles umsonst. Allah verfluche sie. Ein Bordell ist das ehrlichste Geschäft auf der Welt. Madame, ich kann Sie nicht mit ruhigem Gewissen bei mir wohnen lassen. Warum flüchten Sie?«

»Man verfolgt mich.«

»Die Rebellen? Und dann kommen Sie zu mir? Madame, Sie sind in der Höhle des Löwen.«

»Verstecken Sie mich. Bitte!« Katja hob beide Hände. Eine flehende Gebärde, so alt wie die Menschheit.

Madame Loulou, wie sie in informierten Kreisen genannt wurde, rieb sich die Nase und fuhr sich mit beiden Händen durch das hellrote Haar.

»Kommen Sie mit«, sagte sie. »Hinter meinem Kleiderschrank ist ein kleines Kabinett, das niemand kennt. Aber es darf Sie nicht stören, wenn mein Besuch kommt. Es wird laut hergehen – jeder Beruf hat Schattenseiten.« Eilig wies Madame Loulou Katja Hellersen den Weg.

Mit der Abenddämmerung kamen die ersten Gäste. Katja verschwand hinter dem Kleiderschrank, der eine schmale Tür zu einem fensterlosen Raum verdeckte. Hier hockte sie sich auf einen schmalen Diwan und hörte, nur durch eine dünne Holzwand getrennt, die Geschäftstüchtigkeit von Madame Loulou. Ein paarmal schlüpfte Madame Loulou zu ihr ins Kabinett, trank ein Glas Fruchtsaft und rauchte eine Zigarette. Sie kam in Dienstkleidung: Mit entblößtem Oberkörper. Sie hatte gewaltige, schwere Brüste – für einen Orientalen ein Geschenk aus dem siebten Himmel.

»Wie heißt das Mädchen?« fragte sie und blies den Rauch an die Decke.

»Laila Husseini.«

»Ich habe meine Gäste gefragt -- diese Laila ist eine Fahne der Revolution. Ihr Name fliegt von Mund zu Mund. Ihr Geliebter ist der Hakim-Pascha.«

»Er ist auch mein Geliebter.«

»Allah!« Loulou schlug die Hände über den Haaren zusammen. »So läuft es? Madame, einen guten Rat – morgen früh bringe ich

Sie auf die andere Seite, und sie verlassen sofort Jordanien. Hier haben Sie keine Chance zu überleben.«

Genau eine Minute wartete Laila, dann rannte auch sie los. Katja war hinter der nächsten Straßenbiegung verschwunden, irgendwo schoß man von den Dächern, der schrille Ton einer Trillerpfeife mischte sich in das Konzert der tausend Laute.

Vielleicht hat man sie schon erschossen, dachte Laila und sprang in langen Sätzen über den Platz. Es wäre die beste Lösung, und ich könnte meine Hände zeigen, frei von Blut.

Sie übersprang den von einer Granate zerfetzten Toten und blieb dann auf der Straße stehen. Es war eine gerade, weit übersehbare Strecke, und wenn Katja sie entlanggelaufen wäre, hätte Laila sie noch sehen müssen. Aber die Straße war leer bis auf die Jordanier, die hin und her huschten wie große Ratten. Das Artilleriefeuer der Königstruppen war jetzt auf einen anderen Stadtteil verlegt – aus den Häusern kamen die Bewohner, plötzlich trotteten wieder Esel über die Straße, Autos fuhren, drei Kamele schritten stolz mit riesigen Säcken über den Höckern zum Römischen Theater. Es war, als sei nie ein Schuß gefallen – nur die Toten blieben liegen wie Abfall. Man ging um sie herum. Irgend jemand würde sie schon aufsammeln. Die Guerillas hatten eigene Begräbniskommandos. Warum sich einmischen? Allah sei's geklagt – man erntet doch nur immer Undank.

Laila hetzte weiter. Ein paarmal hielt sie Frauen und Männer an, die ihr entgegen kamen, und fragte sie: »Habt ihr eine weiße Frau gesehen? Sie muß hier entlang gerannt sein! Erinnert euch!«

Aber die Jordanier schüttelten nur die Köpfe, lauschten mit einem Ohr dem Kampflärm und ließen Laila stehen.

Unschlüssig sah sie sich um. Sie muß sich in einem dieser Häuser verkrochen haben, dachte sie. Oder hat sie ein Auto mitgenommen, das zufällig an ihr vorbeifuhr? Sie ballte die Fäuste, steckte sie in die Taschen ihrer Uniformhose und begann, die Häuser zu mustern. In welch ein Haus würde eine Europäerin flüchten, dachte sie. Nicht in eine verfallene Hütte, sondern in ein Haus, das nach ihrer Mentalität einen vertrauenerweckenden Eindruck machte. Armut ist bei ihnen gleichbedeutend mit Minderwertigkeit. Dieser weiße Hochmut, Allah, verdamme ihn.

Sie erinnerte sich an ihre Studienjahre in Deutschland. Die Zimmersuche.

»Ach, Sie kommen aus Palästina? Interessant. Aber leider – das Zimmer ist vor einer Stunde vergeben worden. Tut mir leid ...« Die nächste Adresse. Ein Blick aus kritischen grauen Augen. »Ausländer? Leider besetzt.« Drei Tage, vier Tage, treppauf, treppab ... die neunundzwanzigste Adresse. Ein Mann, groß, breit, rosiges Gesicht, Kahlkopf. Ein Blick, der sie auszog und unter die Haut kroch. »Herein, herein!« rief der Mann. »Natürlich ist das Zimmer frei, auf so etwas habe ich gewartet. Araberin, was? Wüste und Wind – hab's mal im Kino gesehen. Und Pfeffer im Blut. Ein Schnäpschen? Haha, Allah sieht's ja nicht!« Und dann am dritten Abend stand er hinter der Tür in ihrem Zimmer, nackt und mit rollenden Muskeln, und sie mußte ihn mit Handkantenschlägen hinaustreiben. »So ein Luder!« schrie der Mann. »Im Orient wälzen sie sich wie die Hunde im Dreck, aber hier markieren sie die feinen Pinkels!«

Neue Zimmersuche. Sieben Tage lang. Studium der Tageszeitungen, und dann das Wettrennen um ein Bett. Und überall das Gefühl: Sie fassen dich wie eine glühende Kohle mit der Zange, nur weil du braunhäutig bist, weil du Laila statt Rosemarie heißt, weil du aus Palästina statt aus Wanne-Eickel kommst.

Dieser verdammte weiße Hochmut!

Laila ging die guten Häuser der Straße ab. Sie sprach mit den Bewohnern im Ton der Revolution. »Gebt die weiße Frau heraus!« rief sie und hielt den Revolver schußbereit in der Hand. »Ihr wißt, wer einen Feind der Freiheit versteckt, hat später keine Gnade zu erwarten! Die Revolution wird siegen, das ist gewiß!«

Aber die Häuser waren leer. Die Bewohner beteuerten ihre Unschuld. Laila glaubte es ihnen und rannte weiter.

Das Bordell von Madame Loulou überschlug sie. Hier ist sie nie, dachte Laila. Selbst in der Todesangst würde eine Katja Hellersen nie in ein Bordell flüchten.

Nach zehn Häuserkontrollen sah Laila ein, daß es sinnlos war, weiter zu suchen. Die Spur war verloren, aber sie würde wieder auftauchen im Hotel Intercontinental.

»Du wirst Hakim-Pascha nicht nach Deutschland entführen!« sagte Laila laut und schob das Kopftuch zurück. Die schwarzen Haare quollen hervor, verschwitzt, durch die Feuchtigkeit voller natürlicher Locken. »Ich spüre dich auf — im Dschebel Amman, in Beirut, wenn es sein muß, in München. Du kennst mich nicht – ich folge dir bis an die Tür der Hölle!«

Sie drehte sich um und lief zu dem Platz zurück, auf dem einige

Fahrzeuge der Rebellen standen. Soldaten der dritten Kompanie – Karabasch hatte seine Truppe militärisch eingeteilt – erkannten Laila und begrüßten sie mit dem lauten Wortschwall aller Araber.

»Einen Jeep, Freunde!« rief sie. »Ich brauche sofort einen Jeep. Fragt nicht – es geschieht mit Willen des Chefs!«

Sie suchte sich einen Jeep aus, auf den man ein MG montiert hatte. In einer eisernen Halterung stak eine Maschinenpistole.

»Vollgetankt und geladen!« sagte der Fahrer des Wagens, ein krausköpfiger junger Guerilla. »Aber paß auf, Laila ... Die Front verschiebt sich von Minute zu Minute. Die Armee rückt über die König-Feisal-Straße vor und steht schon vor der Hussein-Moschee. Ich weiß nicht, welchen Auftrag du hast ...«

»Es geht um Hakim-Pascha, Bruder.«

»Hat man ihn gefangen?!« schrien die Guerillas entsetzt.

»Man will ihn entführen.« Laila sprang in den Jeep, der Motor heulte auf. »Aber noch lebe ich!« schrie sie. »Und solange bleibt der Hakim bei uns.«

Sie gab Gas, der Jeep schoß vorwärts und raste in einer Staubwolke über den Platz, schleuderte um die Ecke und verschwand.

Laila fuhr nach einem wohldurchdachten Plan. Sie umging die Widerstandsnester der Guerillas und erreichte den Wadi Amman. Hier schien der Krieg überhaupt nicht bemerkt worden zu sein. Friedlich zogen Kameltrupps durch den Sand, rollten Lastwagen zu den Ausfallstraßen, spielten Kinder unter den Palmen, Tamarisken und Sykomoren. An einer seichten Stelle wuschen vier Frauen ihre Wäsche, schlugen sie über ein Brett und schwenkten sie dann im Wasser. Die Jahrhunderte standen still – so knieten schon vor 2000 Jahren die Frauen am Wasser und spülten den Wüstensand aus den Kleidern. Ein paar Meter weiter schwenkte ein Teppichknüpfer einen neuen roten Gebetsteppich im Fluß und wusch die überflüssige Farbe hinaus. Hinter ihm lagen bereits vier große Stücke und trockneten in der gleißenden Sonne.

Laila gliederte sich in einen Treck von Lastwagen ein, der über die Brücke des Wadi Amman zum Dschebel Aschrafije ratterte. Kurz vor der herrlichen Moschee bog sie nach rechts ab und fuhr dann in schnellem Tempo jenseits des Flusses der weißen, an den Berghängen hinaufgebauten Neustadt entgegen. Dem Viertel der Botschaften und reichen Europäer, der großen jordanischen Kaufleute und Minister. Dem Stadtteil, in dem der Reichtum überquoll, wo man die Dächer mit goldumrandeten, aus Kobalt gebrannten Ziegeln deckte, die Böden in Marmor und wertvollen Kacheln glänzten und die Innenhöfe Gärten aus den Märchenbüchern glichen, mit plätschernden Brunnen, geschnitzten Laubengängen, kühlenden Palmenhainen und Schwimmbädern mit Skulpturen aus weißem Alabaster.

Dschebel Amman – der Stolz der Stadt und der Fluch der Rebellen. In diese weißen Paläste floß das Geld des Landes – ein paar Familien nur beherrschten Jordanien, eine Handvoll moderner Nabobs, für die die zerlumpten Arbeiter schufteten, um ein Dach über dem Kopf, einen Mehlfladen, ein Stück Fleisch, ein Stück Stoff und Ziegenmilch für ihre Kinder zu haben.

Von einer Erhebung aus sah Laila das Dach des Hotels Intercontinental. Ein paar hundert Meter nur noch – auf dem First des Hotels wehte deutlich die jordanische Staatsflagge.

Aber weiter kam Laila nicht mehr. Ihr entgegen wehte von der Straße am Wadi eine Staubwolke. Eine Kolonne der Armee rückte vor – auf dem gleichen Weg, den Laila gekommen war.

»Das ist ungeheuerlich«, sagte der jordanische Offizier, der in einem offenen, braun gestrichenen Wagen den Truppentransportern vorausfuhr. Er setzte das Fernglas ab und reichte es an seinen Nebenmann weiter. »Da steht doch mitten auf dem Hügel ein Jeep der Guerillas! Die müssen verrückt geworden sein.«

Der andere Offizier, ein Hauptmann, betrachtete das einsame Gefährt durch das Fernglas und nickte.

»Sicherlich ein Sabotagekommando. Wagen eins bis vier fertig machen! Wir werden diesen Idioten zeigen, wer hier der Herr ist!« rief er forsch.

Die Kolonne hielt an. Aus den ersten vier Wagen sprangen die Soldaten und schwärmten aus. Ein Trupp brachte einen Granatwerfer in Stellung – schnell, vorzüglich eingeübt. Jeder Handgriff saß. Man merkte die britischen Militärberater.

»Feuer!« rief der Hauptmann und blickte weiter auf den einsamen Jeep. Der Abschuß donnerte in die heiße Luft, in weit auseinandergezogener Linie gingen die Soldaten vor. Als sie sahen, daß der einsame Mann dort oben im Jeep nicht flüchtete, sondern hinter das Maschinengewehr sprang, brach die gute, alte orientalische Kampfweise wieder durch – sie schwenkten die Waffen, schossen in die Luft, brüllten und boten das Bild furchterregender Wildheit und Todesverachtung.

Laila duckte sich, als der erste Granatwerfereinschlag gute zwanzig Meter hinter ihr den Sand aufwirbelte. Sie warf sich hinter das

MG, riß die Plane herunter, zog den Gurt durch und zielte auf die erste Reihe der königlichen Soldaten. Ganz ruhig wartete sie ab, bis das Schußfeld zu übersehen war und keine Kugel vergeudet wurde.

Die Ausbildung zum Partisanenkampf im heimlichen Lager von Al Bueidir. Tagelange Märsche durch die einsamste Wüste, bei glühender Sonne und nur einen kleinen Wassersack am Gürtel. Das Maschinengewehr drückte Rillen in die Schulter, die Luft flimmerte – manchmal tauchten wundersame Bilder auf, schwebende Palmen, Farbflecke, die um den Horizont tanzten, der Himmel löste sich in bunte Punkte auf ... »Nicht stehenbleiben! Stehenbleiben ist Tod!« Die Stimme von Ahmad Ishan, dem Ausbilder, dem großen Kämpfer. Er wurde am Stadtrand von Jerusalem erschossen, von einem israelischen Kommando, das die Karawanen kontrollierte.

Laila krümmte den Finger. Dann bellte die erste Salve aus dem MG und warf die vorderste Reihe der Soldaten in den Sand. Gebrüll antwortete, wildes Schießen und neue Einschläge des Granatwerfers.

Aber der Sturm stockte einen Augenblick. Diese Pause der Verblüffung benutzte Laila. Sie sprang hinter das Steuer, ließ den Motor an, raste in einem Halbkreis über die Hügelkette und verschwand.

Als die Soldaten der Königsarmee den Hügel erklommen hatten, sahen sie nur noch in der Ferne eine wehende Staubwolke.

»Zwei Tote, sieben Verwundete«, sagte der Hauptmann und hieb mit der Faust gegen seine Wagentür. »Allah verfluche sie! Aber verdammt, sie haben Mut, diese roten Ratten!«

Laila fuhr blindlings geradeaus. Die Staubwolke, die sie einhüllte, nahm ihr jede Sicht. Die Richtung kannte sie – zum Dschebel Aschrafije, vorbei am Flüchtlingslager Wachdat, dann in einem Bogen wieder in die Stadt hinein.

Sie schwebte in ihrer Sandwolke ein paar Minuten, als sie zum erstenmal spürte, wie es warm und klebrig über ihren Rücken lief. Dann kam auch der Schmerz, nicht stark, aber ziehend und bis zu den Lenden hinunter. Ein merkwürdiges Gefühl der Kälte breitete sich über ihren Oberkörper aus. Ich bin verwundet, dachte sie ganz nüchtern. Irgend etwas hat mich in den Rücken getroffen.

Sie umklammerte das Lenkrad, beugte sich vor und trat das Gaspedal bis zum Anschlag durch. Der kleine Jeep begann zu hüpfen und schwebte fast über den Boden. Laila versuchte, nach hinten zu fassen, aber sie konnte nicht an die Stelle heran, nur ihre Hand färbte sich rot, und als sie sich kurz umdrehte, war die eiserne, gelochte Rückenlehne mit Blut verschmiert, und auf dem Sitz breitete sich eine Lache aus.

Ich verblute, dachte sie und legte die Stirn auf das Lenkrad. Allah, ich verblute. Ich werde Hakim-Pascha nie wiedersehen. Sieh auf mich herab, Allah, laß mich durchkommen, laß mich weiterleben – laß mich nicht in der Wüste verbluten ...

Nach einigen Minuten – wieviel wußte sie nicht, sie hatte den Begriff für Zeit und Entfernungen verloren und fuhr mit Vollgas nur dem Horizont entgegen – spürte sie, wie eine selige Müdigkeit sie überschwemmte.

Sie hielt an, starrte in den glutenden, fast farblosen Himmel und legte beide Hände über die Brust. Sie saß in einem See von Blut, das Lenkrad war verschmiert, ihr Gesicht, die Haare ...

»Allah –«, sagte sie kläglich und neigte den Kopf nach Osten – »ich habe es nur aus Liebe getan. Nimm mich zu dir ...«

Sie schloß die Augen und betete die Todessure aus dem Koran. Dann rutschte sie vom Sitz, fiel zwischen die Pedale und verlor die Besinnung.

Sie wachte auf, weil jemand ihr auf den Hintern schlug. Zuerst hörte sie das Klatschen, dann spürte sie die Schläge. Erschocken riß sie die Augen auf. Die Erinnerung kehrte zurück ... Der Schuß in den Rücken – das Verbluten – der Tod – Nun war sie bei Allah im Himmel, und jemand mißhandelte sie.

Sie schüttelte den Kopf und wollte etwas sagen. Dann wurde das Bild klarer, ein paar weiße Kittel standen um sie herum, sie lag nackt auf dem Bauch, erkannte den OP-Tisch, an dem sie so oft selbst gestanden hatte und operierte, sah das breite Grinsen von Ashraf und sagte laut:

»Es ist gemein, eine Tote zu schlagen!«

»Da haben wir sie wieder.« Die Stimme Vanduras. Laila schloß wieder die Augen. Plötzlich weinte sie vor Glück und drückte das Gesicht auf die Gummiunterlage. »Bleib so liegen«, sagte Vandura. »Du hast einen Granatsplitter in den Rücken bekommen. Eine eindrucksvolle Wunde. Du wirst eine Weile warten müssen, bis du wieder einen Bikini tragen kannst. Und eine Narbe wird bleiben. Wir können ja darüber tötowieren: Andenken einer Heldin, die den

Verstand verloren hatte. Halt! Nicht rühren! Die Bauchlage wird für eine Woche deine Normalhaltung sein.«

»Ich liebe dich –«, sagte Laila und weinte vor Freude. »O, ich liebe dich . . . Und du bist bei mir –«

»Wenn dich nicht eine Patrouille gefunden hätte, wärst du verdorrt. Wir haben dir zwei Bluttransfusionen gegeben, und im Augenblick läuft eine Kochsalzinfusion in deinen Oberschenkel. Also ruhig.«

Der Kopf Vanduras tauchte vor Laila auf. Er zog einen Schemel heran und setzte sich ihr gegenüber. Sie sah ihn an, und was an Liebe in einem Blick liegen kann, war in ihren Augen vereinigt.

»Was hast du am Dschebel Amman gemacht?« fragte er.

Laila sah ihn aus ihren großen, schwarzen Augen an und schwieg. So blickt ein Tier, bevor es sich zum Sterben verkriecht, dachte Vandura. Ein unerklärbares Gefühl von Gefahr überzog ihn.

»Wo ist Katja Hellersen? Ich habe aus dem Hotel Nachricht bekommen, daß man sie abgeholt hat. Du hast sie abgeholt . . . Ein Reporter, Zobel heißt er, hat dich genau beschrieben. Du hast ihn im Zimmer Katjas niedergeschlagen! Wo ist sie?«

Laila schwieg. Nur die Tränen rannen nicht mehr. Ihr schöner Mund preßte sich zusammen.

»Du hast Katja weggebracht! Wohin?«

Laila schwieg. Vandura zögerte. Er sah zu Dr. Ashraf hinauf, der ernst und sichtlich betroffen an einer kalten Zigarette kaute.

»Die Infusion absetzen«, sagte Vandura. Dr. Ashraf zuckte zusammen.

»Das ist unmöglich. Hakim-Pascha – sie braucht die Flüssigkeit.«

»Sie braucht nichts mehr! Ich rette kein stummes Stück Fleisch. Dazu sind die Medikamente zu knapp und zu wertvoll. Sie gibt keine Antwort mehr – also ist sie tot. Absetzen!«

»Hakim-Pascha . . .« Dr. Ahsraf wich vom OP-Tisch zurück. »Ohne mich. Sie sind verrückt geworden. Ich werde Karabasch rufen!«

Er rannte hinaus. Vandura beugte sich wieder zu Lailas Kopf vor. In ihre Augen sprang wieder der wilde Funken.

»Wo ist Katja . . .?«

»Liebst du sie?« fragte sie leise zurück.

»Darum geht es nicht! Du hast sie weggebracht. Wohin?«

»Auf die Straße. Ich habe ihr befohlen, zum Intercontinental durchzubrechen.«

»Du hast sie in den Tod gejagt! Du wußtest, daß sie nie durchkommen würde . . .«

»Ich hasse sie. Ich hasse, hasse sie . . .«

Vandura schob die Hände zwischen die Knie und sah Laila lange an. Er wußte, daß in diesen Minuten die Entscheidung gefallen war. Sein Leben lag klar vor ihm – nicht die Glut von Lailas Körper, nicht die Wüste, nicht eine Praxis in einer jordanischen Stadt, zu der man aus dem ganzen Land pilgern würde, nur um den Hakim-Pascha zu sehen und sich von ihm untersuchen zu lassen, nicht ein Leben der Einfachheit, eine Besinnung auf sich selbst und das Glück einer nie versiegenden Liebe . . . Das alles waren Träume gewesen. Der Mensch wird geboren, um ein Leben lang zu kämpfen – zuerst um sein Gleichgewicht bei den ersten Schritten, später um das ständige Gleichgewicht seiner verlogenen Moral. Welche Illusion, an einen Platz der Ruhe zu glauben.

Hinter ihm wurde die Tür aufgerissen. Dr. Karabasch stürmte in den Raum. »Allah sei Dank!« hörte er die Stimme von Dr. Ashraf. »Er hat die Infusion nicht abgenommen!«

»Sind Sie übergeschnappt, Hakim-Pascha?« Dr. Karabasch schob sich zwischen Laila und Vandura. »Wollen Sie Laila umbringen? Wenn ich nicht unbedingtes Vertrauen in Sie hätte, würde ich Sie sofort einsperren lassen.«

»Haben Sie das, Karabasch?« Vandura erhob sich. Er lächelte schief und unter der Schwere eines unausweichlichen Konflikts. »Vertrauen? Was ist das? Ich hatte Ihr Wort, daß keiner Geisel etwas geschieht.«

»Ich habe es gehalten. Sie werden Sonntag ausgeflogen.«

»Und Katja Hellersen? Sie war weder Geisel noch militärisch interessant. Sie war nur eine Reisende, eine Frau, die mich suchte.«

»Ich habe keine Katja Hellersen belästigt. Was ist mit ihr?«

»Fragen Sie Laila, Karabasch.«

»Sie ist tot!« schrie Laila und hieb mit der Stirn auf den OP-Tisch. »Allah, gib, daß sie tot ist! Ich habe sie in die Stadt gejagt . . . ich habe sie gehetzt wie einen Schakal . . .«

Dr. Karabasch schob die Unterlippe vor. Sein in den letzten Tagen schmalgewordenes Gesicht wurde zu einer Maske. »Ihr Fehler, Vandura«, sagte er hart. »Ich hatte sie gewarnt. Wer Laila erobert hat, besitzt den ganzen Himmel – er braucht nicht noch einen anderen Stern.« Er machte einen Schritt vorwärts, ergriff Lailas Haare, riß an ihnen ihren Kopf hoch und ließ ihn dann mit Schwung zurück auf den Tisch fallen. Sie schlug mit dem Gesicht auf, stöhnte laut und lag dann still. Nur ihre Augen lebten, ein Feuer, das seine Kraft aus der Seele saugte.

»Ich werde diese Katja suchen lassen, überall. Ich weise meine Truppen an, die Stadt nach ihr durchzukämmen. Zufrieden?« sagte Karabasch. »Und wenn wir sie finden, und sie lebt noch – was machen Sie dann?«

»Ich werde sie nach Beirut bringen.«

»Und Sie kommen wieder?«

Vandura schwieg. Dr. Karabasch nickte abermals.

»Ich verstehe Ihre Antwort. Mein Gegenargument: Die Revolution braucht Sie!«

»Es ist nicht meine Revolution.«

»Jede Revolution dient allen Menschen! Es werden Veränderungen geschaffen, Fortschritte, neue Formen des Zusammenlebens, eine umgeschichtete Gesellschaft. Die Französische Revolution beeinflußte das ganze Abendland, die sowjetische Revolution wird die ganze Welt eines Tages verändern. Unser Aufstand ist nur ein kleiner Nebenfluß für den großen Strom des allgemeinen Aufbruchs. Sie sollten stolz sein, einer solchen Idee zu dienen.«

»Ich bin stolz, ein freier Mensch zu sein. Bin ich bei Ihnen frei, Karabasch?«

Dr. Karabasch zog die Augenbrauen hoch und lächelte schwach.

»Wir sollten diese Unterhaltung in einem schöneren Rahmen fortsetzen, Hakim-Pascha. Ich lade Sie zu einem Abendessen ein. Hammelkeule am Spieß – Ihr Geschmack?« Er blickte auf Laila, die unbeweglich auf dem Bauch lag, das Gesicht in das Wachstuch gedrückt. Er legte seine Hände auf ihr nacktes Gesäß und strich dann langsam über ihren Rücken bis zum Nacken. Ein Zittern durchlief ihren schlanken, braunglänzenden Körper. »Sie würde für Sie in die Hölle gehen – aber mit der gleichen Liebe kann sie Sie auch in die Hölle hineinstoßen. Ich weiß nicht, was Sie in den letzten Stunden gedacht haben, Vandura – aber eines sollten Sie gewiß sein: Sie haben sich bereits für Ihre Zukunft entschieden, als sie Laila ins Bett nahmen. Blicken Sie nicht zurück . . . blicken Sie vorwärts! Und dort liegen Kampf und Sieg für uns!«

Es klang pathetisch, aber Vandura spürte den heiligen Ernst der Worte. Er wußte, daß Karabasch ihn vernichten würde, wenn er Laila für immer verließ. Es gibt keine Grenzen mehr – wie oft hatte Karabasch es gesagt. An jedem Punkt der Erde treffen wir den, den wir in einer Liste durchstreichen wollen. Die Entführung der Flugzeuge bewies es – die Welt war ohnmächtig, wenn eine Handvoll Fanatiker den Terror in die satte Geruhsamkeit der Zivilisation trug. Mit leeren Händen stand sie da, sie hatte kein Gegenmittel, sie konnte sich nur beugen — oder sie mußte mit Terror antworten. Das war das vollkommene Chaos – vielleicht die einzige Lebensform, in der sich ein Mensch so richtig wohl fühlt –, denn es gibt nichts Sadistischeres als den Menschen.

Vandura drehte den Kopf Lailas zur Seite. Sie hatte die Augen geschlossen. Ihre Lider zuckten.

»Hast du Schmerzen?« fragte er.

»Ja.«

»Ich gebe dir eine Injektion.«

»Dann stich sie ins Herz.«

»Du wirst gleich schlafen. Du hast viel Blut verloren.«

»Leg dich neben mich. Ich will nicht mehr schlafen ohne dich . . .«

Vandura winkte. Zwei Krankenpfleger hoben Laila vom OP-Tisch, trugen sie zu einer Bahre und deckten sie zu. Sie drehte den Kopf zu Vandura und hob zaghaft die rechte Hand.

»Komm —«, rief sie matt. »Komm, Hakim-Pascha . . .«

In der Nacht legte sich Vandura neben Laila. Sie schob ihren nackten Körper an ihn und schnurrte, als seine Wärme sie überflutete. Erst dann schlief sie ein, und er mußte seine Hände unter ihre vollen Brüste schieben und sie umfassen.

»Ruhig . . .«, sagte er, erschüttert von dieser Hingabe. »Ganz ruhig, Laila — ich bleibe bei dir –«

In der gleichen Nacht starb der herzkranke Flugpassagier Pierre Nolet. Aber niemand gab es bekannt — man deckte ihn in seinem Bett zu und kam im Zimmer des Flugkapitäns Perkins zusammen. Zehn Männer, unter ihnen auch Pfarrer McClean.

Der tote Nolet hatte noch eine wichtige Aufgabe zu erfüllen.

9

Vandura schreckte hoch. Jemand rüttelte ihn an den Schultern und riß ihn fast aus dem Bett. Er setzte sich und brauchte ein paar Sekunden, um sich zu orientieren. Neben ihm lag, leicht zusammengekrümmt, Laila und schlief fest und mit einem glücklichen Lächeln auf den Lippen. Vor dem kleinen, vergitterten Fenster, das hinaus auf den mit verkrüppelten Palmen bestandenen Hof führte, graute der Morgen. Ein fahles, rötliches Licht, unwirklich in diesem Übergang von Nacht zu Tag. Es war kalt . . .

Vandura merkte es erst jetzt, wo eine Hand die Decke wegzog und seinen nackten Körper der Morgenkühle preisgab. Er ergriff die Decke sofort wieder und breitete sie über Lailas ebenfalls nackten Leib. Der Verband, der ihre Rückenwunde schützte, zog sich unter den vollen Brüsten hin wie ein hochgerutschter weißer Gürtel.

»Kommen Sie wieder in die Welt zurück, Hakim-Pascha«, sagte eine laute Stimme neben ihm. Vandura fuhr herum.

Dr. Karabasch. Er stand neben dem Bett und sah ernst auf ihn hinunter. Unwillkürlich zog Vandura die Decke höher über Lailas kaffeebraunen Körper. Laila lächelte schwach.

»Ich weiß, Sie sind ein Gentleman, Hakim-Pascha«, sagte er mit einem spöttischen Beiklang. »Aber ich kenne Laila schon, als sie nackt im Sand spielte wie alle Kinder. Sie hat sich natürlich verändert – aber für mich ist sie immer das Kind. Verstehen wir uns? Lassen Sie sie schlafen . . . Sie muß ich aber bitten, sofort aufzustehen und mitzukommen. Seien Sie leise, wecken Sie Laila nicht – Ihre Beruhigungstherapie hat Erfolg, wie ich sehe, und Laila braucht jetzt Ruhe. Kommen Sie mit . . .« Karabasch verließ das kleine Zimmer fast auf Zehenspitzen. Vandura zog sich schnell an und schlich ebenfalls hinaus. Noch einmal blickte er an der Tür zurück. Laila dehnte sich etwas im Schlaf, reckte sich, ihr rechtes Bein streckte sich aus der Decke, ihre Brüste lagen wieder bloß. Ich liebe sie, dachte Vandura. Sie ist das schönste Wesen aus einer anderen Welt, und diese andere Welt wird nun auch meine neue Welt sein. Vorsichtig zog er die Tür hinter sich zu. Er ahnte nicht, daß er damit diese neue Welt für immer verschloß.

Dr. Karabasch wartete im Flur. Er trug über seiner Rebellenuniform die weiße, lange, weite Dschellabah und um den Kopf ein kariertes Tuch mit dem Stirnband der Beduinen. Er sah aus, als käme er gerade von einem Ritt aus der Wüste. Sein Gesicht, das sah Vandura erst jetzt, war staubüberzogen und sehr ernst.

»Kummer, mein Lieber?« fragte Vandura leichthin. »Macht die Revolution Kopfzerbrechen? Bruderkrieg ist immer eine saure Sache, Sie hätten sich darauf nicht einlassen sollen. Auch Revolutionen, bei denen nur ein paar Hundert mitmachen, sind totgeborene Kinder. Halt, führen Sie nicht Fidel Castro als Gegenbeweis an – erstens sind die Zeiten heute anders, zweitens sind Sie kein Südamerikaner, drittens steht hinter Ihnen nicht Moskau, und viertens hatten die Kubaner keinen König, den sie liebten wie die Jordanier ihren Hussein. Einmal mußte die Zeit kommen, wo auch Ihnen das Wasser bis zum Hals steht.«

»Irrtum, Hakim-Pascha.« Karabasch lächelte säuerlich. »Erstens machen nicht einige Hundert mit, sondern das halbe Volk, zweitens war Castro nie mein Vorbild, sondern mein Vorbild bin ich selbst, drittens bekommen wir die Waffen und Ausrüstungen von Rußland und China über den Weg unserer Freunde an der Küste, und viertens ist der kleine König weniger beliebt, als man draußen denkt. Ihn stützen nur die Feudalherren und seine Beduinentruppen, ihn stützt das Geld aus dem Westen – aber was in den palästinensischen Flüchtlingslagern seit Jahren dahinvegetiert, das ist eine explosive Macht, vor der eines Tages auch Hussein in die Knie geht. Aber ich habe sie aus Lailas Armen wegen einer anderen Sache geholt: Pierre Nolet geht es schlecht.«

»Ich kenne keinen Pierre Nolet.«

»Der Franzose aus der ersten entführten Maschine. Sie erinnern sich ... Sie stellten ihn mit Injektionen wieder auf die Beine, bevor sie die sagenhafte Kaiserschnittentbindung im Flugzeug machten. Pierre Nolet ... na, erinnern Sie sich?«

»Jetzt ja.« Vandura nickte. Der Mann, der nach Luft rang, dem man nur noch Stunden gab und der doch alles bis jetzt überlebte – die Tage in der glühenden Maschine, die Sprengung des Flugzeuges, den Transport durch die Wüste zu dem geheimen Versteck, die Rückkehr nach Amman. Jetzt lag er also im Hotel Philadelphia und kämpfte wieder gegen sein müdes Herz. »Ein neuer Herzanfall?«

»Sehr ernst. Flugkapitän Perkins und der Pfarrer McClean haben mir am Telefon seinen Zustand als katastrophal geschildert.

Nur Sie könnten noch helfen. Meine Bitte: Fahren wir sofort zum Hotel.«

»Ich bin kein Wunderdoktor.« Vandura lehnte sich an die gekalkte Flurwand und suchte in seinen Taschen nach einer Zigarette. Karabasch holte eine Packung aus seiner Uniform und reichte sie Vandura. »Das Herz eines so kranken Menschen wie Nolet hat seine Belastungsgrenze längst überschritten. Wäre das Flugzeug nicht von Ihnen entführt worden, säße Nolet jetzt gesund – sagen wir, leidlich gesund - im Bett und würde frühstücken.«

»Das genau ist es, warum ich Sie von Laila weghole. Es geht um unser Gesicht, Hakim-Pascha. Ich habe versprochen, daß keinem Passagier etwas geschieht – stirbt Nolet, wird man das uns als Mord ankreiden. Sie kennen die internationale Presse . . .«

»Haben sie so unrecht, Karabasch?«

»Führen wir jetzt keine Diskussion über das Recht. Für akademische Späße haben wir keine Zeit mehr. Sie müssen Nolet retten. Er muß so lange leben, bis wir alle Geiseln ausgeflogen haben. Wenn er in Beirut oder in Paris stirbt, ist es nicht mehr unsere Sorge. Aber er darf auf keinen Fall hier in Amman begraben werden. So blutig eine Revolution auch ist und so wenig Menschen dabei zählen — sie hat ein Gesicht. Und dieses Gesicht muß der Welt sympathisch sein. Verstehen Sie das, Hakim-Pascha?«

»Jedes Wort. Ich soll jetzt den Spiegel polieren.«

»Sie haben es erfaßt. Kommen Sie — wir fahren sofort hinüber zum Philadelphia.«

Vandura holte aus dem Lazarett seine Arzttasche, warf seine eigene Dschellabah über seinen Anzug und rannte aus dem großen, verschachtelten Haus mit den unzähligen Höfen und flachen Dächern, das Karabasch als Hauptquartier der Revolution diente. Mit einem Jeep – »sieh an, aus der UdSSR«, sagte Vandura und klopfte auf den Türrahmen – rasten sie zum Hotel. Es glich einer belagerten Festung – die 2. Kompanie der Rebellen hatte einen dichten Ring um den Gebäudekomplex gezogen. Panzer und sandfarben gestrichene Lastwagen blockierten die Zufahrtsstraßen. Zum Dschebel Amman hin und in Richtung der Hauptpost, wo bisher die blutigen Kämpfe getobt hatten, war es still. Die Geschäfte öffneten wieder, Esel und Kamele zogen bepackt durch die Stadt, die Autos rollten wieder über die Straßen, eine Fülle von Menschen belebte die bis zur Nacht fast tote Stadt. Es war, als gäbe es keinen Bruderkrieg, als sei Amman nicht in zwei Teile zerrissen . . . Nur die Kontrollen aller Autos und Personen, die sich dem inneren Ring der Rebellenviertel näherten, erinnerten daran, daß jede Minute wie eine Explosion an unbekannter Stelle das große Sterben sich fortsetzten konnte.

Im Hotel trennten sich Karabasch und Vandura. Der Rebellenführer stellte sich zum Interview den ausländischen Reportern, Vandura wurde von Pfarrer McClean in Empfang genommen.

»Retten Sie Nolet«, sagte Karabasch leise, ehe sie auseinandergingen. »Ich garantiere, daß alle Passagiere heute abend hinüber zum Hotel Intercontinental und damit in die Freiheit gebracht werden. Zufrieden?«

»Darüber unterhalten wir uns später.« Vandura drückte seine Arzttasche unter den Arm und lief McClean nach, der an der Treppe winkte.

Im Zimmer Nolets saßen zwölf Männer und die beiden Stewardessen. Nolet lag in seinem Bett, aber die Decke war über seinen Kopf gezogen. Vandura blieb an der Tür stehen – ein zugedecktes Gesicht, diese Geste ist international. Die Trennung zwischen Leben und Tod.

»Ich komme also zu spät?« fragte er mit plötzlich bedeckter Stimme.

»Es war schon zu spät, als wir im Hauptquartier anriefen.« Flugkapitän Perkins erhob sich und kam Vandura entgegen. »Nolet starb gestern. Er hörte einfach mit Atmen auf. Keiner im Hotel weiß etwas davon – nur wir, die wir hier herumsitzen. Und es war der Pfarrer, der den zwar unheiligen aber nützlichen Gedanken hatte.«

»Welchen Gedanken?« Vandura trat an das Bett, zog die Decke von dem Gesicht Nolets und sparte sich eine Untersuchung. Wer in der Wüste einen Tag tot ist, sieht nicht mehr aus wie einer, der nur ohnmächtig ist. Vandura verdeckte Nolets Gesicht wieder und blickte hinüber zu Pfarrer McClean.

Der Pfarrer nickte mehrmals, bevor er sprach. »Es ist so, Doktor –«, sagte er langsam. »Nolet kann niemand zurückholen. Ich habe für ihn gebetet und habe ihm die letzte Segnung erteilt. Er kann auch in dieser Erde als reiner Christ schlafen. Aber sein Tod macht einen Platz frei, verstehen Sie? Einen Platz in der Maschine, die uns zurück in die Freiheit bringt. Noch *lebt* Nolet in den Listen. Und da haben wir an Sie gedacht, Doktor ...«

Vandura stockte der Atem. Nolet tot und er an seiner Stelle ... das bedeutete die Rückkehr in ein Leben, dem er entflohen war, weil er sich eine Schuld einredete, die er gar nicht begangen hatte. Es bedeutete: eine neue Praxis, neue Forschungen, Sicherheit und Erfüllung seiner ärztlichen Aufgaben – und es bedeutete Katja . . .

Und wieder riß ihn die alte Frage auf: Laila oder Katja?

Heute morgen noch, als Karabasch ihn an der Seite Lailas weckte, war es keine Frage mehr gewesen, hatte er eine Entscheidung gefällt, war endgültig der Hakim-Pascha geboren worden, für immer, ohne einen Blick zurück – und nun zeigte sich, daß dieses ›endgültig‹ nur eine Phrase war. Es gab keine Endgültigkeit im Leben Vanduras, weil es kein normales Leben war, kein natürlich gewachsenes, sondern ein durch Flucht konstruiertes. Und Gebäude stürzen immer ein, wenn die Erde bebt.

Hier war dieses Beben; Vanduras Gegenwart zerfiel in Trümmer.

»Es ist eigentlich ganz einfach«, sagte Perkins, als Vandura schwieg. »Wir werden Nolet heimlich begraben, und Sie nehmen seine Stelle ein. Noch heute sollen wir in die Freiheit gefahren werden.«

»Zwischen Nolet und mir besteht wohl kaum eine Ähnlichkeit«, sagte Vandura leise.

»Auch daran haben wir gedacht. Darf ich Ihnen Monsieur Chambart vorstellen?« Einer der zwölf Männer erhob sich und machte eine leichte Verbeugung. »Chambart ist Theaterfriseur. Kein Mitglied unseres Flugzeuges – aber er stellt sich uns zur Verfügung. Eine Theatergruppe, die in Amman ein Gastspiel geben wollte, wurde von der Revolution überrascht. Jetzt sitzen die Schauspieler im Intercontinental, während Chambart, der gerade das römische Theater besichtigte, bei uns landete.«

»Und Sie glauben, daß Sie aus mir Nolet machen können?« fragte Vandura. Seine Frage war schon eine halbe Zusage – er erkannte es sofort, als er sie ausgesprochen hatte, und erschrak über sich selbst.

»Ich habe aus Jünglingen zittrige Greise gemacht und aus Großvätern Romeos. Meine Glanzleistung war, aus dem Schauspieler Braneuri so täuschend ähnlich einen de Gaulle zu machen, daß die Polizisten, als Braneuri in dieser Maske spazierenging, sofort die Straße sperrten und die sofort alarmierte Präsidialkanzlei sich erst durch Augenschein überzeugen mußte, daß der echte de Gaulle in seinem Arbeitszimmer im Elysée-Palast saß und Zeitung las. Aus Ihnen mache ich einen Nolet, so schön, wie der echte kaum gewesen war. Ich habe meinen Schminkkoffer bei mir . . .«

»Ihre letzte große Chance, Doktor, zurück nach Deutschland zu kommen«, sagte Pfarrer McClean eindringlich. »Greifen Sie nicht zu, werden Sie für immer ein Gefangener der Rebellen bleiben. Wollen Sie Ihr Leben in der Wüste vertrocknen lassen? Gut, Sie sind Arzt, und kranke Menschen gibt es überall und besonders hier in diesen schrecklichen Gebieten, man braucht Sie, und Sie wären so etwas wie die Rettung dieser Menschen ... Jeder ist des anderen Bruder – ich predige es immer von der Kanzel, gewiß –, aber da taucht eine andere Frage auf: Sind Sie für dieses Leben in der Wüste geboren? Ich habe mich mit Ihnen beschäftigt, die Reporter unten kennen Ihren Weg genau – ein neues Verfahren gegen die Arterienverkalkung, das war Ihre Forschung. Damit können Sie Millionen das Leben verlängern und erträglicher werden lassen, viel Leid des Alters können Sie aufhalten — hier dagegen sind Sie der Arzt einer Rebellentruppe, flicken Körper zusammen, die man aus Fanatismus oder vielleicht auch gerechter Sozialrevolution zusammenschießt, auf jeden Fall sind Sie der Hakim-Pascha einer kleinen Menschengruppe. Ich frage Sie: Was wiegt mehr? Ihre Forschung, die der ganzen Menschheit nützt – oder Kriegschirurg bei Rebellen? Es heißt bei euch Ärzten immer: Im Namen der Medizin ... Und wir Pfarrer sagen immer: Ich rufe dich in Seinem Namen. Also – ich rufe Sie im Namen der Medizin, Doktor.«

Vandura sah von einem zum anderen. Dann blickte er auf den zugedeckten Körper des toten Nolet. Er dachte an Laila und ihre wie die Wüstensonne glühende Liebe, an Katjas sanfte Zärtlichkeit, an sein Labor und seine Forschung, die erst im Anfangsstadium war, er dachte daran, ein freier Mann zu sein, rehabilitiert von allem Verdacht, ein Mörder zu sein, und er dachte plötzlich auch daran, daß Laila gestern mitleidslos Katja in die Linien des Krieges gehetzt hatte, in der Hoffnung, daß irgend jemand sie erschoß und damit aus dem Leben Vanduras entfernte. *Das* war ein Mord, und sie war stolz darauf, als sie ihn erzählte. Sie empfand es als eine Heldentat.

Welch eine andere Welt, dachte Vandura. Eine große, erschreckende Nüchternheit überfiel ihn. Es war fast, als fröre er ... mit einem Griff zog er die Dschellabah über der Brust zusammen.

»Zeigen Sie Ihre Kunst, Monsieur Chambart. Machen Sie aus mir Pierre Nolet.«

»Bravo —«, rief Perkins und streckte beide Hände nach Vandura aus. »Nun werden wir doch noch den Rebellen ein Schnippchen schlagen...«

»Nein.« Vandura hob die Hand. »Nicht dieses Triumphgeheul. Ich habe diese aus ihrem Elend stark werdenden Menschen lieben gelernt. Ich komme nur mit, weil ich in meinem früheren Leben größere Aufgaben sehe. Nur darum. Und ich werde nicht müde werden, die Probleme dieser Menschen hier der satten Welt vorzuhalten.«

»Jetzt redet er selbst wie ein Revolutionär«, rief jemand im Zimmer und lachte gequält. »Revolution muß eine verdammt virulente Sache sein.«

»Wir sind alle Menschen«, sagte Vandura ernst. »Und jeder hat ein Recht zu leben – wie ein Mensch, nicht wie ein wildes Tier.«

Die Umwandlung Vanduras in Pierre Nolet war ein Meisterstück des Theaterfriseurs Chambart. Während Perkins und McClean die Möglichkeit auskundschafteten, die Leiche würdig, aber heimlich zu begraben, saß Vandura neben dem aufgedeckten Toten und veränderte sich von Minute zu Minute.

Schweigen lag im Raum. Die noch anwesenden Männer rauchten wortlos und sahen der Verwandlung zu. Die beiden Stewardessen hatten das Zimmer verlassen, als Chambart darauf bestand, den Toten aufzudecken.

»Ich muß sein Gesicht doch sehen«, sagte er. »Auf die Feinheiten kommt es doch an. Wer ein zartes Gemüt hat, muß rausgehen. Also —«

Vier Männer und die beiden Mädchen flüchteten hinunter in die Halle. Dort ließ sich Karabasch fotografieren, beantwortete Fragen, hielt eine kleine Revolutionsrede für die Rundfunkanstalten. Er unterbrach seine Pressefreundlichkeit, als er Pfarrer McClean die Treppe hinunter kommen sah.

»Kam Hakim-Pascha zur richtigen Zeit?« fragte er vorsichtig. Hier in der Halle wußte noch niemand von Nolets Erkrankung.

»In der letzten Minute.« McClean lächelte sauer. »Er bemüht sich um ihn. Wollen Sie Vandura wieder mitnehmen?«

»Muß er länger bleiben?«

»Ich fürchte ja. Er sagte etwas von einer Infusion. Ich kenne mich da nicht aus. Außerdem hat er geäußert, daß er bis zum Abtransport der Passagiere bei ihm bleiben will.«

»Er hat also Erfolg?« Die Stimme Karabaschs bekam einen unterdrückten Jubelton.

»Ja, es ist alles erfolgreich«, sagte Pfarrer McClean und log dabei nicht einmal.

Zufrieden kehrte Karabasch zu den Reportern zurück.

Perkins war es, der für Nolet ein anständiges Grab fand. Im Park des Hotels, dessen Außenmauern nur bewacht wurden, lag ein kleiner Hain aus Rosensträuchern und Zwergpinien, ziemlich abseits, von dem Hotelgärtner mehr als Abschluß des Parks angelegt als zu sonst einem Zweck. Hierhin kamen selbst nur entdekkungsfreudige Hotelgäste – das Leben spielte sich meist auf der Sonnenterrasse und um den Swimming-pool ab. Bei vierzig Grad Hitze macht niemand einen Schritt zuviel.

Hier hoben im Schutze der Sträucher vier Mitglieder des entführten Flugzeugs ein Grab aus. Das ging nicht ohne Einweihung des Obergärtners ab, der nicht wie seine Kollegen geflohen war, sondern im Hotel sich zwischen seinen Geräten verkrochen hatte. Er lieh Hacke und Spaten aus und half dann mit, den toten Pierre Nolet durch das Angestelltentreppenhaus und den Keller hinaus in den Park zu tragen. Er kassierte für diesen Dienst und sein Schweigen 500 Jordanische Dinare. Ungläubig starrte er den Schatz an – es war der Verdienst seines Lebens, er war ein reicher Mann geworden durch ein einziges Grab. »Allah schütze euch«, rief er und küßte die Hand von Perkins, der das Geld überbracht hatte. »Möge er uns allen noch viele solche Tote bescheren . . .«

Das Begräbnis vollzog sich schnell. Pfarrer McClean sprach die Gebete und bat Gott noch einmal um Nachsicht, daß man Pierre Nolet hier begrub und seinen Namen zur Rettung eines anderen benutzte. Als wolle das Schicksal es bestätigen, dröhnten von der King Talal Street wieder die Geschütze der Königstruppen. Über die Straße jenseits der Parkmauer rasselten die Ketten eines Panzers. Rufen und Schreien unterbrach dann die nach dem Feuerüberfall lähmende Stille. Irgendwo mußte ein Volltreffer eingeschlagen haben. Die Sirene eines Lazarettwagens gellte durch die heiße Luft.

»Du, Herr im Himmel, überblickst alles«, sagte McClean mit zitternder Stimme. »Die guten Taten und die schlechten. Werte unsere als gut, wir bitten dich darum. Und laß unseren Bruder Nolet eingehen in die Seligkeit, die er verdient hat.«

Dann warf man das Grab zu, und der Obergärtner setzte einen Palmensprößling auf die festgestampfte Erde. »Vielleicht wird man Pierre Nolet exhumieren, wenn die Zeit sich beruhigt hat«, sagte Perkins, ehe sich alle abwandten. »Vielleicht holt man ihn doch noch nach Frankreich zurück. Und jetzt wollen wir sehen, was Chambart aus Vandura gemacht hat.«

Es war unheimlich. Als sie das Zimmer betraten, kam ihnen Nolet entgegen, der gleiche Nolet, den man eben in die Erde versenkt hatte. Das gleiche zerknitterte Gesicht, die grauen Haare, die nach vorn gebeugte Haltung, das ständige Hüsteln, die dichten Augenbrauen, die vorsichtige Sprache, als müsse jedes Wort dreimal überlegt werden.

»Unfaßbar«, sagte Perkins und setzte sich. »Unglaublich. Sie sind zu allem anderen auch noch ein Staatsschauspieler, Doktor. So wird Ihnen Madame Nolet sofort um den Hals fallen. Die Täuschung ist einfach vollkommen.«

Vandura hatte sich im Spiegel selbst nicht wiedererkannt. Nun machte er einen verzweifelten, gefährlichen Versuch. Er ließ Dr. Karabasch rufen.

Karabasch kam sofort. An der Tür hielt ihn McClean auf und legte die Finger auf die Lippen.

»Nur einen Blick von der Tür aus«, sagte er. »Er ist noch schlapp. Aber Sie sollen sehen, wie Ihr Hakim gearbeitet hat.«

Karabasch starrte auf das Bett. Es war vier Meter von ihm entfernt. Vandura hob leicht die Hand zum Gruß, und Karabasch winkte ihm zurück. »Viel Glück und Gesundheit, Monsieur«, rief er sogar, dann drängte ihn McClean wieder auf den Flur.

»Ja, wird sind stolz auf unseren Hakim-Pascha«, sagte Karabasch mit leuchtenden Augen. »Wo ist er jetzt?«

»Er holt aus der Hotelapotheke noch ein Medikament. Aber er will bei Nolet bleiben, bis man ihn abtransportiert.«

»Er wird so lange bei Nolet bleiben, bis er aus unserem Bereich ist«, sagte Karabasch stolz. »Keiner soll sagen, wir behandelten unsere Gefangenen, wie man unsere Brüder in den gegnerischen Lagern behandelt. Wir achten die Menschenwürde, wenn man auch uns würdig gegenübertritt.«

Es waren die gefährlichsten Minuten, die Vandura je in seinem Leben durchgestanden hatte. Als er Karabaschs stechende Augen sah, erwartete er jeden Augenblick seine Erkennung. Aber dann lächelte Karabasch und winkte ihm zu. Als sich die Tür schloß, sprang Vandura aus dem Bett. Sein Anzug klebte an seinem Körper, als sei er mit Wasser vollgesogen.

»Gratuliere –«, sagte er mit belegter Stimme zu dem fröhlich grinsenden Chambart. »Ihre Kunst hat mir das Leben gerettet.«

»Und in drei Stunden sind wir drüben im Intercontinental.« Perkins kam gerade aus der Halle zurück. »Karabasch hat die Busse bereits vorfahren lassen. Aber jetzt machen die Königstruppen Schwierigkeiten. Sie verlangen eine eingehende Untersuchung aller Rückkehrer.«

»Sollen sie uns nackend abholen«, rief jemand. »Nur weg von hier. Ich habe für die nächsten fünfzig Jahre genug Revolutionsluft geatmet. Ich habe richtige Sehnsucht nach meinen Pantoffeln ...«

Dr. Karabasch kam in sein Hauptquartier zurück und traf dort Laila an, die man nur mit Mühe festgehalten hatte. Dr. Ashraf war bei ihr und redete seit einer Stunde auf sie ein. Sie lag auf dem Bauch, nackt, wie Vandura sie verlassen hatte, und schien gar nicht zu hören, was Ashraf ihr sagte.

»Wo ist der Hakim?« rief sie immer nur. »Ich will ihn sehen, ich will ihn sehen ...«

»Ich muß sie auf den Kopf schlagen, um ihr die Injektion zu geben«, sagte Ashraf verzweifelt, als Karabasch ins Zimmer kam. »Dreimal hat sie mir die Spritze aus der Hand geschlagen. Bei Allah, wo ist Vandura?«

»Im Hotel Philadelphia.«

Sofort sprang Laila auf. Sie knirschte dabei mit den Zähnen, denn die Schmerzen durchjagten ihre ganzen Rückenmuskeln, aber sie stand, nackt und schön, und ballte die Fäuste.

»Bringt mich zu ihm«, schrie sie. »Ihr Hurensöhne, ich will nicht eine Stunde ohne ihn sein. Wer hat ihn ins Hotel geschafft?«

»Ich.« Karabasch blickte sie mit gesenktem Kopf an.

»Warum?«

»Er muß einen Todkranken so lange über Wasser halten, bis dieser in Beirut eintrifft.«

»Welche Dummköpfe«, schrie Laila und warf die Arme hoch. »Ihr laßt ihn nach Beirut? Er wird nicht wiederkommen. Holt ihn zurück – sofort –, er darf nicht von hier weg!«

»Hakim-Pascha bleibt im Hotel, bis die Busse weg sind. Dann kommt er zurück. Warum sollte er nicht kommen? Wer dich geliebt hat, lebt im Paradies. Wer verläßt schon ein Paradies?«

»Ihr kennt ihn nicht. Ihr kennt ihn alle nicht. Ihr könnt nur als Männer denken – aber ich bin eine Frau. Ich fühle ...«

»Eben weil Vandura ein Mann ist, weiß ich, wie er handelt.« Karabasch drückte Laila an den Schultern aufs Bett zurück und deckte sie wieder zu. Sie lag auf der Seite, und ihre schwarzen Augen glühten. Ein Feuer brannte in ihr, das niemand erkannte, auch Karabasch nicht, der sich rühmte, Laila zu kennen wie sein eigenes Herz. »In zwei Stunden ist er wieder bei dir. Und nun laß dir die Spritze geben. Die Revolution braucht dich ...«

Laila schwieg. Sie lag still, als Ashraf ihr die Nadel ins Gesäß stieß und das Schmerzmittel injizierte. »Und wenn er nicht wiederkommt?« fragte sie plötzlich. Karabasch, der gerade an die Möglichkeit dachte, König Hussein durch einen ›Todestrupp‹ ermorden zu lassen, zuckte zusammen.

»Warum sollte er nicht?«

»Ich fühle es. Seine Liebe in dieser Nacht war anders.«

»Weil du verwundet bist. Bei Allah, man reitet kein lahmendes Pferd durch die Mittagshitze ...«

»Seine Gedanken waren woanders – weit, weit weg von hier. Seine Haut war kalt ...«

Karabasch warf einen schnellen Blick zu Ashraf. Der zuckte hilflos mit den Schultern und hob den Blick an die Decke.

»Er *kann* gar nicht flüchten«, sagte Karabasch hart. »In die Busse kommen nur die Flugpassagiere. Wir haben die Flugliste und rufen sie einzeln auf. Es besteht gar keine Möglichkeit, daß er sich mit in den Bus schmuggelt. Außerdem muß er Nolet versorgen – bis an die Tür des Wagens. Dort aber stehen unsere Brüder, und jeder kennt den Hakim-Pascha ... Eher blühen im Ard es Sauwan Rosen, als daß Hakim-Pascha uns verlassen könnte.«

Ashraf nickte zustimmend, und selbst Laila sah Karabasch groß und nachgebend an.

Ard es Sauwan – das war ein Begriff. Hier war die Wüste mehr als ein von Allah vergessenes Land ... Hier hörte alles Leben auf. Im Ard es Sauwan gab es nur Sand, Glut und Tod.

Der Abtransport der Geiseln verlief so, wie es Karabasch gesagt hatte. Ein Offizier der Rebellen verlas die Namen der Passagiere, und einer nach dem anderen kletterte nach seinem Aufruf in den Bus. Auch Pierre Nolet wurde aufgerufen – und der alte, kranke Mann schritt, bei zwei anderen Männern untergehakt, zur Tür des Wagens und wurde hinaufgehoben und hineingezogen. Keuchend, nach Atem ringend, so wie man Nolet kannte, fiel er auf seinen Sitz und schloß erschöpft die Augen.

Der Offizier unten am Bus hakte den Namen ab. Pierre Nolet – erledigt. Laura Perlucci wurde auf einer Trage gebracht – ihre Kaiserschnittoperation hatte sie gut überstanden, aber sie war noch zu schwach, um selbst gehen zu können. In den Armen hielt sie, in bunte Tücher gewickelt, ihr Kind. Die Reporter, die im Philadelphia zurückblieben, um für ihre Zeitungen zu berichten, fotografierten sie von allen Seiten. Die Funkberichter sprachen ihre Eindrücke auf Band. Die Frau, die Dr. Vandura rettete, das Kind, das im Glutkasten eines entführten Flugzeugs mitten in der Wüste zur Welt kam, werden jetzt in den Bus gehoben – die Frau lächelt glücklich, in wenigen Stunden wird ihr Martyrium vorbei sein, wird sie in einem sauberen Bett liegen, werden sich Ärzte um sie kümmern, wird ihr Mann an ihrem Bett sitzen –, aber die schrecklichen Tage in der Wüste wird sie nie vergessen, die Stunden der Todesnähe, als es hieß, man würde die Flugzeuge mitsamt den Passagieren in die Luft sprengen ...

Dann waren die Busse beladen, die Türen klappten zu – die Fahrt in die Freiheit konnte beginnen. Pfarrer McClean saß hinter Vandura – legte jetzt beide Hände auf dessen Schultern.

»Wie fühlen Sie sich, Doktor?«

»Miserabel.«

»Warum?«

»Irgendwie komme ich mir doch wie ein Verräter vor.«

»Kein Grund dazu. Einer der Reporter, der ein Funkgerät bei sich hat, nahm übrigens vorhin einen Funkspruch eines Kollegen aus dem Hotel Intercontinental auf. Katja Hellersen ist im Hotel. Sie hat sich durchgeschlagen. Und nun lachen Sie einmal, Doktor – wissen Sie, wer ihr geholfen hat? Wer sie über die Linien brachte? Eine Puffmutter aus der Altstadt.«

Vandura blieb in seiner gekrümmten Haltung sitzen. Noch fuhren sie nicht, noch wurden sie von den Rebellen, die die Busse umstanden, beobachtet. Noch mußte er Nolet sein. Aber in seine Augen kam ein freudiger Glanz.

»Katja lebt?« sagte er glücklich. »Das war die beste Nachricht seit langem. Aber eines wundert mich.« Vandura sah dabei den Pfarrer an.

»Was denn?«

»Daß ein Pfarrer Puff aussprechen kann ...«

»Auch dort wohnen unsere Schwestern, mein Sohn.« Der Bus ruckte an, fuhr einen Halbkreis, als wollte er vor dem Hotel eine Ehrenrunde drehen und ratterte dann die Hashimi Street hinunter. An der großen Kreuzung bog er in die King Talal Street ein und rasselte der herrlichen Hussein-Moschee mit ihren zwei schlanken Minaretts entgegen.

Es war, als kämen sie in eine andere Welt. Das bunte Leben einer orientalischen Großstadt umgab sie mit all seiner schillernden Vielfalt. Hier, unmittelbar an der Front, wo sich Rebellen und Königstreue gegenüberstanden, wogte seit Stunden wieder die normale Geschäftigkeit. Amman war keine tote Stadt mehr – nach den Tagen des Schreckens und des Grauens quoll sie jetzt über von angestauter Lebenslust. Der befristete Waffenstillstand, der sich sofort wie ein Lauffeuer herumsprach, wirkte wie Wasser auf eine verdurstende Pflanze – die Freude, das Leben gerettet zu haben, blühte auf. Überall sah man die Trupps mit den niedrigen Karren und ihrer schrecklichen Last — die Totenräumkommandos, die die zerfetzten, von der Hitze aufgedunsenen, in Verwesung übergegangenen Leichen aus den zerschossenen Häusern und aus den Straßenecken holten.

Noch einmal gab es eine kritische Minute, als die Busse in der Nähe der Kreuzung King Talal Street und Wadi Sroor Street hielten. Hier ging der Weg direkt zum Flüchtlingslager Dschebel Aschrafije und Wachdat, das Lager, wo 500 000 Flüchtlinge aus Palästina in Zelten und elenden Bretterhütten hausten, eine Großstadt des Elends und der Armut, der Trostlosigkeit und der unersättlichen Rache. Hier lag der Nachwuchs für alle Revolution in den Zelten, hier wurde die Jugend, kaum daß sie gehen konnte, für den Haß erzogen — mit Holzgewehren, mit blechernen Dolchen, mit wilden Rachegesängen. Hier suchte sich Dr. Karabasch seine neuen Rebellen aus — ein unerschöpfliches Reservoire, das von Tag zu Tag größer wurde, denn die Frauen gebaren, wie Maschinen Waffen herstellten.

Jenseits der Straßenkreuzung, auf der King Talal Street, erwartete ein Kommando der Königstruppen die Busse. Es waren Angehörige der gefürchteten Beduinenarmee, finstere Gesellen in langen Haikhs, mit Waffen wie bespickt.

Die Rebellen stiegen aus und übergaben die Busse und die Geiseln. Ein Offizier reichte die Listen seinem feindlichen Bruder hinüber und grüßte militärisch. Das alles vollzog sich ohne große Worte, ganz ohne den orientalischen Lärm, den man gewöhnt war. Die neuen Fahrer kletterten hinter die Lenkräder und ließen die Motoren wieder an. Ein Jeep, der den Bussen nachgefahren war, nahm die Rebellen auf und entrollte plötzlich die Fahne der Revolutionäre.

In diesem Augenblick geschah etwas Schreckliches. Die Beduinen des Königs hoben wie auf ein Kommando ihre Waffen und schossen von allen Seiten auf die flüchtenden Rebellen. Der Jeep hüpfte, als fahre er auf Ballonrädern, kippte dann in voller Fahrt um und schleuderte die Revolutionäre auf den Weg. Hier erreichten sie die Kugeln der Beduinen – sie fielen übereinander und nebeneinander in den Staub, es gab keine Möglichkeit mehr der Flucht oder der Deckung. Zwei Jordanier, denen man die Beine weggeschossen hatte, krochen auf den Knien über die Straße und hoben schreiend die Arme.

Ruhig, wie beim Übungsschießen, standen die Beduinen nebeneinander und gaben den Bettelnden den Fangschuß. Die Frauen im Bus kreischten laut, Männer hielten den Kindern die Augen zu, eine Frau wurde ohnmächtig und rollte unter den Sitz. Pfarrer McClean war aufgesprungen, zu spät hielt ihn Perkins am Rock fest.

»Das ist Mord«, brüllte er. »Mord. Auch Rebellen gegenüber gilt ein Ehrenwort.«

Der Fahrer drehte sich um, der Beduinenoffizier neben ihm winkte McClean mit beiden Händen zu. »Bleiben Sie sitzen, Sir«, sagte er in einem gepflegten Englisch. »Warum haben sie die Fahne gehißt? Es war eine Provokation. Ich kann meine Jungs nicht halten, wenn sie so etwas sehen. Sie handelten impulsiv.«

»Das ist eine Lüge«, brüllte McClean zurück. »Ich werde der Welt von diesem Mord erzählen.«

»Die Welt, wie Sie es nennen, wird das nie verstehen. Hier in der Wüste herrschen andere Gesetze. Setzen Sie sich, Sir – wir fahren weiter . . .«

»Richtig, setzen Sie sich hin und halten Sie den Mund«, sagte ein dicker Mann, ein Holländer, der Käsereimaschinen verkaufte. »Kümmern wir uns nicht um innerjordanische Angelegenheiten. Wollen Sie mit Ihrer großen Fresse unseren Rücktransport erschweren?«

»Vor unseren Augen wurden neun Menschen ermordet.«

»Im Zweiten Weltkrieg wurden 55 Millionen erschossen, und keiner will heute mehr etwas davon wissen. Halten Sie den Mund, Pfarrer. Wenn's sein muß, beten Sie. Aber denken Sie daran, daß wir jetzt in die Freiheit fahren. Das allein ist wichtig . . .«

Die Busse ruckten wieder an. Vor ihnen lag die breite Straße zum Dschebel Amman. In der Sonne leuchteten auf den Hügeln die weißen Prachtbauten. Villen, Gärten, Brunnen, Palmenhaine – eine Postkarte des Reichtums.

Pfarrer McClean setzte sich. Er senkte den Kopf und legte beide Hände über das Gesicht. An seinen zuckenden Schultern sah man – er weinte.

Nach einer halben Stunde erreichten sie das Hotel Intercontinental auf dem Dschebel Amman. Eine Woge von Reportern umringte die Busse, unter ihnen auch Bernd Zobel. Der Zufall wollte es, daß er für ein Foto gerade die Bustür erreichte, als Vandura heraussprang. Zobel, der ein ausgeprägtes Personengedächtnis besaß, starrte Vandura ungläubig an.

»Sagen Sie mal«, rief er und hielt Vandura fest. »Sind Sie nicht der todkranke Pierre Nolet? Gestern lagen Sie doch fest in Agonie im Bett. Und jetzt hüpfen Sie herum wie ein Böckchen. Da stimmt doch was nicht. Reden Sie, Mann – Zobel macht aus Ihnen Schlagzeilen.«

»Ein Knüller wird es«, sagte Vandura mit seiner richtigen Stimme. »Aha, jetzt verliert er die Sprache.«

Zobel sah Vandura nach und vergaß, sein Foto zu schießen. »Das war doch ...«, stotterte er. »Das war doch ...« Dann warf er die Arme hoch und schrie: »Vandura! Natürlich! Vandura. Bleiben Sie stehen – das ist das Foto meines Lebens. Haben Sie ein Herz für Tiere – ich heiße Zobel –, Mensch, Vandura ...«

Er rannte ihm nach, aber Vandura war schneller. Er durchbrach die Mauer der anderen Journalisten, die sofort die Freigelassenen umringten und interviewten, filmten und so hochintelligente Fragen stellten wie: »Wie fühlen Sie sich?« – »Was halten Sie von der Wüste?« – »Wie sind Ihre Eindrücke über diese Revolution?« – »Hat man Sie gut behandelt?«

Fragen des Alltags an aus der Hölle Entronnene – was soll man da antworten? Die meisten lächelten schwach und sagten nur: »Gut, gut«, oder »Ich sehne mich nach einem Bad« oder »Gott sei Dank ist alles vorbei.« Nur Pfarrer McClean schrie in das hingehaltene Mikrophon: »Mörder haben uns hergebracht.« Es war der einzige Satz, der nachher bei der Sendung im Fernsehen herausgeschnitten war.

Am Eingang des Hotels stand Katja. Schmal, bleich und mit großen fragenden Augen. Sie sah hinüber zu den Bussen, aber sie wagte nicht zu fragen.

Habt ihr Dr. Vandura gesehen – wer weiß etwas über Dr. Vandura – kann jemand sagen, wie es ihm geht?

Sie kam sich auch hier wie eine Ausgestoßene vor. Kaum jemand, außer Zobel natürlich, sprach mit ihr . . . Hakim-Pascha, das war eine Sensation, die man wie scharfen Alkohol trank. Ein Deutscher als Rebellenarzt . . . Aber die Geliebte dieser Sensation zu sein, war verachtenswert. Ein Berliner sprach es einmal bei Tisch deutlich aus: »Er ist ein Arzt, gut. Aber er ist ein rotes Schwein, und so etwas sollte man zum Teufel jagen, wo er hingehört. Ärztliches Gewissen, im Namen der Medizin – alles Käse. Wer mit den Rebellen paktiert, ist für mich erledigt.«

Von da an ging man Katja im Hotel aus dem Weg. »Die Welt besteht zu neunzig Prozent aus Idioten«, tröstete Zobel sie. »Für sie ist das Normale idiotisch. Verdammt, wenn man nur an Vandura herankönnte. Ich zerbreche mir den Kopf, wie man ihn aus der Rebellenhöhle herausholen könnte.«

Katja sah verwundert hoch, als ein fremder Mensch vor ihr stehenblieb. Ein grauhaariger, blasser Mann mit buschigen Augenbrauen und einem leidenden Gesicht. Er sah sie an, und seine Augen flößten ihr Vertrauen ein.

»Sie kommen aus dem Philadelphia?« fragte sie.

Der Mann nickte.

»Haben Sie Dr. Vandura gesehen? Den Hakim-Pascha?«

Wieder das Nicken. Katja preßte die Hände aneinander.

»Wie . . . wie geht es ihm?« fragte sie tonlos.

»Gut. Sehr gut . . . seit dieser Minute.«

Einen Augenblick versagte alles bei ihr – die Stimme, der Herzschlag, die Gedanken, der Blick, das Gefühl, der Begriff von Zeit und Raum. Dann aber überraschte sie die Erkenntnis – sie breitete die Arme aus und fiel Vandura mit einem Schluchzen um den Hals. Ihr Aufschrei ging in seinen Lippen unter.

Und Bernd Zobel kam in dieser Situation doch noch zu dem Foto seines Lebens.

Am Abend war Hakim-Pascha noch nicht zum Hauptquartier zurückgekehrt. Dr. Karabasch rief viermal im Hotel Philadelphia an und erhielt jedesmal die gleiche Auskunft: »Wir haben Hakim-Pascha nicht gesehen. Er hat diesen Franzosen so weit hingekriegt, daß er allein zum Bus gehen konnte. Seitdem hat keiner mehr den Hakim gesehen.« Und der Hoteldirektor, dem Karabasch am Telefon wütend den Tod androhte, wenn er die Wahrheit verschweige, erzählte mit zitternder Stimme, daß er Hakim-Pascha noch vor zwei Stunden im Park gesehen hätte. Wenigstens glaubte er, daß er es war. »Ich habe ihn nur von hinten gesehen«, stotterter der Hoteldirektor, als Karabasch wieder brüllte und mit Erschießen drohte. »Er trug die bekannte Dschellabah, und auch die Kopfform stimmte. Aber gesprochen habe ich mit Hakim-Pascha kein Wort.«

Der Direktor hatte sich nicht geirrt — aber wer da im Park in den Kleidern Vanduras herumspazierte und damit eine frühzeitige Verfolgung verhinderte, war der amerikanische Journalist Sam Shurf von ›Life‹. Er war noch cleverer als Zobel gewesen und hatte noch in der Halle des Philadelphia von Vandura die amerikanischen Exklusivrechte an dieser irren Story gekauft. Als Zobel das später erfuhr, zerriß er sein Hemd wie ein orientalisches Klageweib und schrie: »Immer diese Amerikaner.«

Nach der vierten ausweichenden Auskunft wurde es selbst Karabasch unheimlich. Er fuhr nach Einbruch der Dunkelheit selbst zum Philadelphia und jagte alle Gäste, die Bewacher, das Personal und alles, was sich gerade im Hotel im großen Speisesaal befand, zusammen. Hier standen sie, eine geballte Masse Angst, und sahen Karabasch aus zitternden Augen an.

»Wo ist Hakim-Pascha?« brüllte Karabasch. »Wenn ich keine klare Antwort bekomme, suche ich zehn von euch aus und lasse sie hier vor euch allen erschießen. Wo ist er?«

Ein Dutzend Stimmen schrien durcheinander, aber soviel hörte Karabasch aus dem Gewirr heraus, daß alle nichts wußten. Mitleidslos suchte er zehn Männer heraus und ließ sie in die Mitte des Saales führen. Sechs Soldaten seiner Leibgarde legten die Maschinenpistolen an. Entsetzen breitete sich stumm über alle aus.

»Wo ist Hakim-Pascha?« fragte er noch einmal in die fürchterliche Stille hinein. Und da antwortete jemand – ein Journalist aus Indien. Er trat vor und verbeugte sich höflich vor Karabasch.

»Und wenn Sie uns alle erschießen lassen, mein Herr«, sagte er fast feierlich, »es gibt keinen, der Ihnen Auskunft geben kann. Wir alle haben den Hakim-Pascha nicht mehr gesehen . . .«

Karabasch verzichtete auf die Exekution. Er verließ das Hotel, wanderte mit gesenktem Kopf um den Swimming-pool und war tief in Gedanken. Er überdachte noch einmal alles, was möglich war.

Vandura war verschwunden – das aber war gleichbedeutend mit einer Flucht. Wie deutlich Laila es gefühlt hat, dachte Karabasch.

Man sollte mehr auf die Frauen hören, auch wenn Mohammed ihnen keine Seele zugestand. Aber einen Instinkt haben sie, wie ein Raubtier. Sie wittern die Gefahr, in die wir hineintappen.

Laila, Allah, wie sage ich Laila die Wahrheit?

Er wanderte weiter um das Schwimmbecken und zergrübelte seinen Kopf.

Er kann nicht mit den Bussen gefahren sein – jeder stand auf der Liste. Aber er kann *unter* einem Bus mitgefahren sein, in dem schmalen Raum, in dem man sonst das Gepäck verstaut. Aber wie konnte er da hineinkriechen, wenn alle Busse mit Wachen umgeben waren? Hatten die ›Brüder der Freiheit‹ geschlafen? Schäkerten Sie mit den Weibern, während Vandura in sein Versteck kroch?

»Alle, die an den Bussen Wache standen, melden sich sofort«, schrie er den wartenden Offizieren zu. »Alle. Ich lasse ihnen die Augen ausstechen. Sie haben nichts gesehen, also wozu brauchen sie noch Augen?«

Aber auch die letzte Möglichkeit fiel zusammen wie ein Kartenhaus. »Es waren Militärbusse«, sagten die Offiziere, als Karabasch sich ausgetobt hatte. »Bei ihnen gibt es keine Gepäckklappen unter der Karosserie wie bei den Reisebussen. Hakim-Pascha muß einen anderen Weg genommen haben.«

»Aber welch . . . welchen?« Karabasch warf beide Arme hoch, als könne Allah ihm helfen. Sein Gesicht zuckte. »Ich beschenke den wie einen Emir, der mir einen Rat geben kann.«

Aber keiner antwortete. Sie sahen alle zu Boden und fühlten das gleiche wie Karabasch: Wir haben unseren Hakim verloren. Das andere, das da draußen, das, das was wir bekämpften, wozu wir eine Revolution machen, ist stärker. Selbst Laila konnte ihn nicht halten. Stehen wir wirklich auf so verlorenem Posten? Ist die Revolution schon tot? Hat der Hakim-Pascha nur einen Leichnam verlassen?

Karabasch fuhr in sein Hauptquartier zurück. Ihm blieb die schwerste Aufgabe: Laila und die Wahrheit.

Aber Allah, so schien es, hatte sie ihm abgenommen. Als Karabasch ins Lazarett kam, fand er Dr. Ashraf wie ein blindes Huhn herumirren. »Sie wissen es schon?« fragte er leise. »Ich muß es Laila sagen. Wie geht es ihr?«

»Gut. Sehr gut«, brüllte Dr. Ashraf. »Und Erklärungen können Sie sich ihr gegenüber sparen. Sie weiß es auch bereits.«

»O Allah. Und wie nimmt sie es auf? Wie war das möglich?«

»Seit der Erfindung der Radiowellen ist die Welt winzig klein geworden«, schrie Dr. Ashraf. »In einem Transistor hörte sie die neuesten Meldungen des Königssenders. Hakim-Pascha ist im Intercontinental eingetroffen –«

»Wie denn, o Allah, wie denn?«

»Mit dem Bus. In der Maske des Pierre Nolet.«

»Und Nolet?« Karabasch lehnte sich an die Wand, seine Beine wurden schwach.

»Ist gestern schon gestorben und wurde irgendwo begraben. Man hat uns alle auf den Rücken gelegt, Karabasch. Wir sind die größten und lächerlichsten Idioten der Welt.«

»Und Laila?« fragte Karabasch mit hohler Stimme. »Was macht Laila?«

Dr. Ashraf starrte seinen Chef groß an. »Was soll sie getan haben? Mit der Pistole in der Hand hat sie mich gezwungen, ihr einen Druckverband zu machen und die Wunde mit Penicillin auszupudern. Sie war wie eine Irre – und ich habe es getan, denn sie hätte geschossen . . .«

»Und dann, Ashraf?«

»Dann ist sie weg. In Frauenkleidung, wie ein unschuldiges junges Mädchen. Sie hat noch gewartet, bis die nächste Radiomeldung kam. Dr. Vandura ist mit seiner Verlobten Katja Hellersen nach Beirut geflogen worden . . .«

»Und Laila –«

»Ist auf dem Weg nach Beirut . . . Bei Allah, sie wird Beirut erreichen und den Hakim-Pascha töten. Sie kennt nur noch dieses eine Ziel –«

10

In Beirut waren die Korrespondenten fast aller wichtigen Zeitungen und Zeitschriften der Welt versammelt, als die beiden Maschinen der jordanischen Luftfahrt eine weite Schleife über den Flugplatz zogen, einschwebten und landeten. Ein Wald von Kameras und Blitzgeräten empfing die geretteten Geiseln, wie die Wölfe stürzten sich die Reporter auf die erschöpften Menschen, um ein paar Worte zu erhaschen.

»Ja, es war glühend heiß!«

»Wir hatten Angst. Die Sprengladungen lagen unter uns, wir wußten es nicht.«

»Wir lebten auf einer Bombe.«

»Bis zuletzt wußten wir nicht, ob wir mit den Flugzeugen in die Luft gesprengt werden. Wenn die arabischen Flugzeugpiraten nicht entlassen worden wären . . .«

»Nein. Die Behandlung war gut. Was man so gut nennt. Bei fünfzig Grad Hitze mußten wir im Flugzeug bleiben. Kein Wasser, keine Klimaanlage mehr, kein Kühlschrank.«

»Es war furchtbar. Furchtbar.«

Tränen, Schluchzen, Umarmungen. Die Kameras surrten. Vor allem Laura Perlucci wurde gefilmt – auf der Trage, ihr Baby im Arm. Der Name Hakim-Pascha klebte auf allen Tonbändern. Kaiserschnittgeburt im Flugzeug. Mitten in der Wüste. Ein deutscher Arzt als Chirurg der Rebellen. Ein Dr. Ralf Vandura . . .

Bernd Zobel hatte seine große Stunde. Gut, der Amerikaner in Amman hatte die Vandura-Story gekauft – aber er war in Amman geblieben. Für Zobel blieb der Triumph, Vandura nach Hause zu bringen, zusammen mit seiner Braut Katja Hellersen. Die Frau, die ihn aus der Wüste holte – verdammt, so ein Titel rollt einem alle zehn Jahre von der Zunge! Das ist ein Knüller, von dem ein Journalist träumt.

Zobel kostete es aus. Wie ein Zeremonienmeister schob er Vandura und Katja vor die Kameras und übernahm die Erklärungen. »Ich sage kein Wort«, hatte Vandura im Flugzeug gedroht. »Ich hasse diesen Rummel. Man soll mich in Ruhe lassen.«

»Wie kann man so undankbar sein?« Zobel hatte bereits einen

Feldzugsplan entworfen. Interview im Fernsehen, Pressekonferenz im ›Phoenizia‹, großes Essen mit den Vertretern der Weltpresse – die Redaktion zahlte alles. »Wer hat Sie rausgeholt?! Der clevere Zobel! Wenn Sie als Gegenleistung nur ein paarmal den Mund aufmachen – ist das zuviel?«

Vandura schüttelte den Kopf. Aber er brauchte auch gar nicht zu reden. Zobel entwickelte sich zu einem Schnellsprecher, der varietéreif war. Was fehlte, das Tüpfelchen auf dem i, steuerte Katja bei, indem sie immer und überall, wo man sie fragte, schlicht sagte: »Ich bin glücklich. Mehr kann man nicht sagen.«

Das war rührend, ließ sich herrlich verkaufen und trieb den Frauenvereinen in den USA die Tränen in die Augen. Eine Glanzleistung dabei war ein Gedächtnisgottesdienst für den toten Pierre Nolet – während die Ehrengäste mit ernster Miene die Kirchenlieder sangen, verteilte Zobel Fotos von Vandura in der Maske Pierre Nolets. Es war ein voller Erfolg.

»Man muß die Kuh melken, bis sie trocken steht«, sagte Zobel, als Vandura sich weigerte, auch nur eine Minute zu posieren. »Ich weiß, man wird mich herzlos nennen, geschmacklos und was weiß ich noch alles – aber ich lebe davon. Ich habe einen Beruf zum Kotzen, aber er ist herrlich! Die Welt aufreißen vom Hintern bis zum Kragen, wer kann das schon als nur wir?! Lieber Doktor, für Sie beginnt in ein paar Wochen wieder der normale Tag. Patienten, Untersuchungen, Diagnosen, Therapien, Forschungen, Publikationen, Hausbesuche, abends ein Glas Wein, Fernsehen oder Plattenspieler, vielleicht Theater und Oper – ein Leben voller Sicherheit, ein Leben im Dienste der Nächstenliebe, im Namen der Medizin. Aber bei mir? Von mir verlangt man Sensationen, und bringe ich keine, stehe ich vor meinem Chefredakteur wie ein Bettnässer! Doktor – gönnen Sie mir Ihre Story –«

Vandura sah es ein, aber er zog sich doch zurück. Im ›Saint Georges‹, dort, wo sein Wüstenabenteuer mit Dr. Karabasch begonnen hatte, mietete er ein kleines Appartement. Katja zog zu ihm – sie gehörten zusammen, sie zeigten es der Welt.

Im Radio überstürzten sich die Meldungen. Die Rebellen hatten zum Großangriff angesetzt. Syrien unterstützte sie mit Panzereinheiten, die Beduinenreiter des Königs Hussein kämpften gnadenlos gegen die Freischärler, sie machten keine Gefangenen mehr. Wo sie weggingen, hinterließen sie geköpfte Leichen und Blutseen. Selbst in die Moscheen drangen sie ein und metzelten die Palästinenser unter den Augen Allahs.

Das Gesetz der Wüste herrschte im Land: Lebe oder stirb. Der Stärkere, der Grausamere allein ist der Herr. Dr. Karabasch drohte, alle europäischen Geiseln in Zukunft auch hinrichten zu lassen. »Überall ist nur Betrug und Lüge«, sagte er in einem Fernsehinterview aus seinem Hauptquartier in der Nähe des Flüchtlingslagers Wachdat. Seine Worte klangen bitter und voll Enttäuschung. »Wir wollten mit der Ehrlichkeit kämpfen, weil wir ein ehrliches Anliegen haben. Aber man zwingt uns zu einer anderen Haltung. Nun werden wir auch mit Feuer und Schwert operieren.«

Es war der zweite Abend nach ihrer Rückkehr nach Beirut, als Katja und Vandura auf dem Balkon ihres Appartements lagen, durch bunte Planen vor den Blicken der Neugierigen geschützt. Sie hatten die Liegestühle eng zusammengerückt, und Katja hielt Vanduras Hand fest, als habe sie Angst, er könne durch einen neuen entsetzlichen Zaubertrick wieder verschwinden. Sie trug einen weißen Bikini, ihre Haut war braun gebrannt und glatt, und so oft Vandura zu ihr hinüberblickte, streifte sein Blick über ihre spitzen Brüste und die langen, schönen Oberschenkel. Aber das Gefühl, Besitzer dieser weiblichen Schönheit zu sein, kam nicht in ihm auf. Im Gegenteil – er dachte an Laila Husseini, an ihre schwellenden Brüste und die Gluthitze, die ihre Poren ausströmten, wenn er sie umarmte. Er dachte an die Nächte im Wüstenzelt und auf den harten Pritschen des Notlazaretts, er hörte ihren Atem an seinem Hals und die kehligen Laute ihrer Lust, die wie das Heulen eines Schakals klingen konnten.

Wie anders war Katja. Sie versank in Zärtlichkeit wie in einem Meer und ertrank fast darin. An ihr war keine Wildheit wie ein Sandsturm, sondern die anschmiegsame Sanftheit eines willenlos gewordenen Geschöpfes, das nichts anderes mehr kennt als völlige Hingabe.

Zwei Welten – auch in der Liebe.

»Woran denkst du?« fragte Katja. Vandura schrak zusammen.

»An . . . an die Zukunft«, sagte er gedehnt.

»Warum lügst du? Du denkst an sie – an Laila . . .«

»Ja.«

»Liebst du sie?«

»Das gleiche hat sie mich auch gefragt.«

»Und was hast du geantwortet?«

»Ich weiß es nicht. Ja, das habe ich gesagt: Ich weiß es nicht. Ich liebe Laila, und ich liebe dich. Verrückt ist das, ich weiß, aber du verlangst eine ehrliche Antwort.« Vandura setzte sich, griff nach einem Glas Orangensaft und trank langsam das mit Eisstücken versetzte Getränk. Die Kühle tat ihm gut, sie durchrann ihn, er spürte es bis zu den Zehen. »Ich weiß, die Antwort gefällt dir nicht, Katja. Und es muß aus dem Konflikt eine Lösung geben. Sagen wir es so: Wäre ich in der Wüste geblieben, gäbe es keine andere Frau mehr als Laila. In München gibt es nur dich ... Ich habe zwei Welten kennengelernt, und in jeder Welt war eine Frau, die einmalig ist.« Vandura richtete sich plötzlich auf und sah Katja an.

»Das hast du gut gesagt.« Katja streckte die Hand aus, und Vandura reichte ihr das Glas Orangensaft. »Wir werden so schnell wie möglich Beirut verlassen. Diese andere Welt soll dich nicht mehr gefangenhalten. Wann fliegen wir?«

»Übermorgen.« Vandura blickte über die Balkonbespannung hinunter in den Hotelgarten. In dem riesigen Schwimmbecken tummelten sich die Gäste. Im Teesalon spielte eine Tanzkapelle – der Krieg im Nachbarland war weit weg, man bemühte sich, ein Bild des Friedens zu malen, denn man lebte davon. »Ich erwarte noch Nachricht aus Deutschland.«

»Aus Deutschland? Von wem?«

»Von der Staatsanwaltschaft. Ich will es schriftlich haben, daß die Ermittlungen eingestellt wurden. Ich kehre nur nach München zurück, wenn ich voll rehabilitiert bin.«

»Du bist es, Ralf. Man hat es mir gesagt.«

»Ich mißtraue Worten.« Vandura legte sich wieder zurück. »Wenn ein Mensch hundert Sätze spricht, sind fünfzig eine Lüge.«

»Auch wenn er sagt: Ich liebe dich?«

»Das gehört zu den fünfzig Wahrheiten.«

Sie küßten sich, und es war plötzlich wie in München. Er spürte ihren glatten, warmen Körper, den Druck ihrer Brüste, das Drängen ihrer Schenkel, er wollte hart bleiben, sie zwingen, das nicht zu fühlen, aber er wäre kein Mann gewesen, wenn die festesten Vorsätze nicht zusammengebrochen wären vor dem Duft des sich in seinen Armen windenden Körpers.

Er trug Katja ins Zimmer und schloß mit einem Fußtritt die Balkontür.

Das war eine Vorsichtsmaßnahme, denn auch Katjas Sanftheit explodierte mit einem spitzen Schrei. Er kannte das.

Das schwierigste Stück war der Weg von der Hauptpost bis zum Dschebel Amman, Jeder kannte Laila Husseini, ihr Bild war um die ganze Welt geflogen, ihr Name war zu einer Legende geworden. Auf ihren Kopf hatte der König ein Vermögen gesetzt, und wenn sie jemals von den Beduinenreitern gefangengenommen würde, gab es nur eine Todesart für sie: Nicht an einem Strick, nicht vor einem Peleton, nicht durch das Schwert – man hätte sie ausgezogen, mit gespreizten Beinen auf die Erde gebunden, und dann wären sie kompanieweise über sie hergefallen, bis man sie buchstäblich totgeritten hätte.

In einer Obsthandlung nahe der Kampflinie verwandelte sich Laila in eine alte Bauersfrau. Mit Nußextrakt schminkte sie sich tiefbraun, rieb nasses Mehl in die Haare, wusch sich mit Lehmwasser und ließ es auf dem Gesicht trocknen, so daß eine dünne, rissige Schicht zurückblieb, zog dann die zerrissenen Kleider einer dicken Frau an, band ein vor Dreck starrendes Tuch um den Kopf und kaufte einen Esel, ein uraltes Tier, das triefäugig herumstand und bei jedem Schritt ächzte, als habe es Asthma.

Vor dem Spiegel machte sie eine Probe. Auch Karabasch würde ohne einen Seitenblick an ihr vorbeigehen, dachte sie. Ein altes, schmieriges Weib, stinkend wie Kamelmist – so etwas hatte freien Durchgang.

»Allah sei mit dir«, sagte der Obsthändler, als Laila auf den Esel kletterte und das Hanfseil, das als Zügel diente, in die schmutzigen Finger nahm. »Willst du den König in die Luft sprengen?«

»Den König! Ich könnte ihn lieben im Vergleich zu dem Haß gegen den anderen.« Laila schob das Tuch tiefer ins Gesicht. »Kennst du Karabasch?«

»Wer kennt ihn nicht, Tochter Mohammeds?«

»Geh zu ihm und sage ihm, ich käme erst zurück, wenn er tot ist. Er weiß, wen ich meine. Er soll nicht warten – ich ziehe in einen heiligen Krieg. Vielleicht muß ich weit weg – nach Europa, nach Amerika, wer weiß, wo ich ihn finde. Aber ich finde ihn und werde ihn töten. Sag das Dr. Karabasch.«

»Allah beschütze dich.« Der Obsthändler hob beide Hände wie ein betender Mullah. »Werde nicht blind in deinem Haß.«

»Ich war blind in der Liebe.« Laila rückte sich auf dem Eselrükken zurecht. »Im Haß werde ich um so klarer sehen. Leb wohl . . .«

Sie hieb die Absätze in die Weichen des Esels, das Tier murrte auf, hob den Kopf, stieß einen klagenden Laut aus und trottete davon.

Nach zehn Minuten erreichte Laila die erste Sperre. Rebellen, die alles anhielten, was über einen Platz lief. Sie hielten Autos an, untersuchten die Kofferräume, tasteten die Männer ab nach verborgenen Waffen. Laila erkannten sie nicht – ungehindert ließen sie die alte Frau mit dem halblahmen Esel vorbeizotteln.

Die nächste Sperre. Königstruppen. Ein Soldat hielt sie an, mit einem Handzeichen, das international ist und auch ein Analphabet versteht. Eine hocherhobene Hand. Stop!

Laila ließ den Esel weitertrotten. Sie fuchtelte mit den Armen und schrie dem Soldaten zu: »Halt ihn doch an, wenn du kannst. Er wittert den Stall, da bleibt er nicht stehen. He! Stehenbleiben, du Teufelsaas! Halt! Bei Allah, ich erwürge ihn! Er gehorcht mir nicht . . .«

Der Soldat lachte und winkte großzügig. Passieren. Sieh zu, Mütterchen, daß dein Esel in den Stall kommt . . .

Drei Stunden brauchte Laila auf ihrem müden Tier, bis sie den Dschebel Amman erreicht hatte. Dort ließ sie den Esel stehen, und das war kein Tiermord, denn es gab immer jemanden, der sich um herrenlose Tiere kümmerte, und wenn's ein triefäugiger Esel war. Alles, was Lasten tragen konnte, war wertvoll; ein Kamel, ein Esel und eine Frau.

Auf dem Dschebel Amman fand Laila einen Lastwagen, der an die syrische Grenze fuhr. Hier, in dem Stadtteil der Villen und Botschaften, der modernen Appartementhäuser und breiten Straßen hatten Königstruppen drei Sperringe gezogen, um die Europäer zu schützen. Hinter diesem Schutzwall aus Leibern ging das Leben weiter, geschäftig, hektisch und luxuriös wie immer. Zwar floß in Amman Blut in Strömen, aber man glaubte nicht an einen Sieg der Rebellen. Der kleine König hatte zu viele Freunde. Die Welt stand hinter ihm, ähnlich wie bei Castro, der ein korruptes Regime wegfegte und dessen Marsch auf Havanna eine Erlösung war. Die Ziele Dr. Karabaschs dagegen schienen zu phantastisch und gefährlich. Ein großarabisches Reich, daran war schon der Mahdi gescheitert.

»Nehmt eine alte Frau mit nach Damaskus . . .«, bettelte Laila und lief von Wagen zu Wagen. Sie hatte sich durchgefragt bis zu einem großen Speditionsunternehmen, das täglich mit mehreren Lastautos von Amman nach Damaskus fuhr. Abfahrbereit standen jetzt neun Autos auf dem Hof der Spedition, und die Fahrer prüften noch einmal die Wasservorräte und den Reifendruck. »Eine Tochter habe ich dort. Sie bekommt ein Kind! Helft einer alten Frau nach Damaskus. Allah wird euch segnen für eure Güte und euch im Paradies die schönsten Huris geben ...«

»Auf Erden wären sie uns lieber!« brüllte einer der Fahrer. »So alt und vertrocknet und will noch nach Damaskus. Unterwegs dörrst du ganz aus, und wir haben die Arbeit mit dir!«

»Ich werde mich still in eine Ecke setzen. Ihr merkt mich gar nicht. Aber helft mir, ihr starken Söhne Mohammeds, ihr Helden ...«

Sie rannte herum, klagte und weinte, setzte sich vor den Wagen in den Sand und schrie: »Überfahrt mich! Tötet eine alte, arme Frau! Habt ihr den Mut dazu?«

Schließlich nahm sie ein Wagen mit. Es war ein amerikanischer Dodge, beladen mit Kisten und Ballen. Laila legte sich auf einen Stapel Säcke, zog das Tuch über ihr Gesicht und wartete, bis der Wagen anruckte. Erst dann schälte sie sich aus den warmen Kleidern, kroch nach vorn zur Ladeklappe und blickte durch einen Spalt der Plane ins Freie.

Es war ein Abschiednehmen.

Ich werde dich nie wiedersehen, mein Vaterland, dachte sie. Mit jedem Meter, den ich verlasse, sterbe ich ein Stückchen.

Sie starrte auf das weggleitende Amman, dachte an Hakim-Pascha und biß sich auf die Unterlippe.

An seiner Leiche werde ich mich töten, dachte sie. Ich werde ihn so umklammern, daß sie uns gemeinsam begraben müssen. Ich kann nicht ohne ihn sein – was ist ein Himmel ohne Sterne ...

Spät in der Nacht erreichte die Wagenkolonne die syrische Grenze. Laila kroch unter die Ballen wie eine Katze. Sie hörte die Stimmen der Grenzkontrollen, dann glitt der Schein eines starken Handscheinwerfers über die Ladung.

Keine Beanstandung. Wo sind die Transportpapiere? Ein paar Stichproben, Freunde. Wieder der Scheinwerfer, ein Kistendeckel krachte, Holzwolle raschelte.

»In Ordnung. Ihr könnt weiterfahren.«

Der Scheinwerfer erlosch. Unschlüssig blieb der Fahrer noch stehen und starrte in die Dunkelheit des Laderaums. Bei Allah, wo ist die alte Frau? »He?!« rief er leise. »Komm raus. Später kann es Schwierigkeiten geben.«

Keine Antwort. Er streckte noch einmal den Kopf vor, schloß

dann die Plane, verschnürte sie und ging nach vorn zu seinem Beifahrer.

»Wir haben unterwegs die Alte verloren«, sagte er und kletterte ins Führerhaus. Sie tranken ein paar Schlucke Wasser aus dem Plastikkanister, aßen einen Mehlfladen und fuhren dann weiter.

Beim Morgengrauen erreichten sie Damaskus. Und hier verloren sie die alte Frau wirklich. An der Stadtgrenze sprang Laila unbemerkt ab und ging zu Fuß weiter. Hinter einem verfallenen Haus zog sie sich um, warf die alten Kleider weg, wusch sich an einer Viehtränke den Lehm und die Farbe aus dem Gesicht und wurde wieder Laila Husseini, die Braut der Revolution, die Rache nehmen wollte für die Stunden ihrer Schwachheit.

Nach ein paar Minuten stand sie an der Endhaltestelle einer Omnibuslinie. Um acht Uhr morgens betrat sie die Halle des Flughafengebäudes von Damaskus, eine junge, hübsche Frau in einem modernen, kurzen Sommerkleid, mit wehenden schwarzen Haaren, einer großen Sonnenbrille und weißen, französischen Schuhen. Damaskus war eine reiche Stadt – in seinen Läden auf der Hauptstraße konnte man die neuesten Pariser Modelle kaufen, die besten Parfüms, die exklusivsten Schuhe, den teuersten Schmuck.

Mit der Sicherheit einer Frau, die auf den Fluglinien zu Hause ist, kaufte sich Laila ein Ticket nach Beirut. Die Morgenzeitungen brachten ein Bild von Dr. Vandura, wie er auf der Terrasse des Hotels ›St. Georgens‹ saß und Eis aß.

Laila hatte das Bild lange betrachtet. Dann war sie aus dem Fluggebäude gegangen, hatte sich eine versteckte Stelle im Winkel eines Anbaues gesucht, das Zeitungsbild auf den Boden gelegt und mit einem Messer die Augen aus dem Bild Vanduras gestochen. Das verstümmelte Antlitz faltete sie dann zusammen und schob es zwischen ihre Brüste in das Kleid.

»Du sollst nie wieder eine Frau anlächeln«, sagte sie dabei. »Die Augen werde ich dir als erstes ausstechen . . .«

Um zehn Uhr hob die Maschine von der Piste ab und flog über Damaskus. Laila blickte nicht hinaus – sie sah an sich herunter, auf den Ausschnitt ihres Kleides, auf das zusammengefaltete Zeitungsbild mit den toten Augen Vanduras. Ihr Herz zuckte, und es schlug wie toll, als unter ihr die weiße Stadt am Meer auftauchte: Beirut, das steingewordene Märchen. Das Tor zum Zauber des Orients.

»Hakim-Pascha –«, sagte Laila und legte beide Hände vor ihr Gesicht. »Lauf weg – lauf ganz weit weg –, verstecke dich ... Ich komme!«

In einem eleganten Bogen landete die Maschine in Beirut.

Der Tod betrat die Piste. Der Tod in einem Minikleid und mit einer roten Rose im schwarzen Haar.

Vandura bereitete seine Abreise vor. Es war alles in Ordnung – aus Deutschland lag ein Telegramm vor, das ihm das Tor zum neuen. alten Leben wieder öffnete.

Was bisher noch nicht schriftlich vorlag, hatten Zobel und seine Redaktion erreicht: Die Staatsanwaltschaft bestätigte die Einstellung des Verfahrens, die Ärztekammer hob die Approbationssperre auf. Das große Haus in Grünwald, die Patienten, aber auch die anderen Arztkollegen warteten auf Dr. Vandura.

»Wenn er wirklich zurückkommt«, sagte Dr. Zemmitz im Kreise seines Ärztestammtisches, »wenn er die Stirn hat, als ehemaliger Hakim-Pascha wieder unter uns zu praktizieren, vielleicht auch noch mit Wüstenmethoden, dann wissen wir ja, was uns blüht! Ich kann die Kammer nicht verstehen, daß sie einem solchen Hasardeur die Approbation wiedergibt. Aber das ist dieser verfluchte liberale Kurs, der uns noch an den Abgrund bringt. Wenn jeder tun und lassen kann, war er will – meine Herren, wo ist da eine Ordnung?! Ordnung ist ein straffer Zügel, wie bei einem Pferd – ich sage Ihnen, dieser Vandura wird wieder für Unruhe sorgen ...«

So war in München alles vorbereitet auf Vandura, bevor dieser noch seine Koffer in Beirut gepackt hatte.

Bernd Zobel hatte auch für diesen letzten Tag etwas Besonderes arrangiert: ein Ausflug entlang der Küste. Das war nichts Sensationelles, aber was Zobel noch im Koffer hatte, wußte keiner. Ungefähr zehn Kilometer von Beirut entfernt warteten vier vermummte Männer auf den Bus, spielten einen Überfall und sollten verschwinden, wenn eine der Frauen – es war die stellenlose Schauspielerin Renate Bebel – einen Herzanfall bekam. Zobel hatte viel Geld ausspucken müssen, ehe sich die vier Männer, sonst biedere Limonadenverkäufer in der Altstadt von Beirut, überreden ließen, dieses Spiel mitzumachen. Es war nämlich nicht ganz ungefährlich. Da niemand außer Zobel und Renate Bebel eingeweiht waren, konnte es leicht einen Banditenalarm geben, Militär und Polizei rückten aus, und was man mit Straßenräubern im Orient vollführt, wenn man sie erst gefangen hat, weiß jeder.

Zobel zerstreute die Bedenken mit Piasterscheinen. Für ihn kam es nur darauf an, Vandura in Aktion als Arzt zu sehen ... Vandura, knieend im Wüstensand und eine Injektion gebend. Vandura beim Abhorchen des Herzens. Vandura als Hakim-Pascha – *das* war Zobels Ziel. Ein Bild des Wüstenarztes. Freiwillig war Vandura nie bereit gewesen, vor der Kamera zu posieren.

»Darauf ist sogar der Ami nicht gekommen«, sagte Zobel stolz zu sich. »Das einzige Foto vom Hakim-Pascha habe ich!«

Um elf Uhr fuhr der Bus zu seiner Küstenfahrt ab – eine Viertelstunde später stand Laila in der Halle des ›St. Georges‹ und fragte nach Dr. Vandura. In der Handtasche trug sie ein kleine, perlmuttbesetzte Pistole – ein Spielzeug, aber ein tödliches, wenn man das Herz oder die Stirn trifft.

»Dr. Vandura ist außer Haus«, sagte der Chefportier. Er beachtete die junge Dame kaum. Telefone schrillten überall, Pagen rannten herum, die Post wurde verteilt.

»Wann kommt er wieder?« fragte Laila.

»Das weiß ich nicht. Kann ich etwas bestellen?«

»Nein, danke. Ich muß ihn persönlich sprechen.«

Sie stand unschlüssig herum, ging dann zu dem Zeitungsstand, kaufte sich die neueste Ausgabe der Beirut-Gazette, las, daß Dr. Karabasch in einem Interview gesagt haben sollte, er werde bis zur Vernichtung des Haschemitenhauses kämpfen, trank an der Eisbar einen eiskalten Flip und stand dann an der großen Tür, die hinaus in den Garten und das Schwimmbecken führte.

Noch ein paar Stunden Leben, dachte sie. Man sollte noch einmal schwimmen, sich noch einmal naß in der Sonne dehnen, das Prikkeln des trocknenden Wassers auf der Haut spüren, noch einmal träumen ... Dann wird die ewige Dunkelheit kommen –

Sie zuckte zusammen, als hinter ihr eine höfliche Stimme erklang. Ein Mann, den sie vorher nie gesehen hatte, sprach sie an, auf englisch. Er war kein ausgesprochener Europäer, schwarzhaarig und mit einem buschigen Schnurrbart unter der Nase. Seine dunklen Augen glänzten.

»Sie suchen Dr. Vandura?« fragte der Mann. Lailas Gesicht wurde unbeweglich.

»Sie irren sich. Ich kenne keinen Vandura ...«

»Dann habe ich vorhin Laute aus einer anderen Welt gehört.« Der Mann verbeugte sich leicht. »Kemal Gürzel. Ich bin Türke. Ich habe in Istanbul eine Exportfirma, bin glücklich verheiratet und habe neun Kinder. Sie sehen, ich gehe nicht auf Abenteuer aus. Ich wollte Ihnen nur helfen ...«

Laila zögerte. Sie musterte Gürzel kritisch, und er hielt ihrem Blick stand. Nur das Flimmern in seinen Augen störte sie. Aber das konnten Lichtreflexe sein — die Sonne spiegelte sich auf den geschliffenen Bodenplatten wider.

»Was wissen Sie von Dr. Vandura? Ich wollte ihn sprechen, aber es ist nicht so dringend. Wann kommt er wieder?«

»Gegen Abend. Aber wir können ihm entgegenfahren. Er macht einen Ausflug in die Ruinen von Baalbek. Ich habe mir für den Aufenthalt in Beirut einen Wagen gemietet, und wenn Sie wünschen, fahren wir in die Ruinenstadt. Kennen Sie Baalbek?«

»Nein.«

»Um so mehr ein Grund, Vandura dort zu überraschen.«

»Woher kennen Sie Dr. Vandura?«

»Wer kennt ihn hier nicht? Schlagen Sie irgendeine Zeitung auf – überall lesen Sie seinen Namen.« Kemal Gürzel rieb über seinen buschigen Schnurrbart. »Fahren wir?«

»Ja«, sagte Laila fest. »Überraschen wir ihn in Baalbek.«

Zum erstenmal verließ sie ihr Gefühl für Gefahr. Sie folgte Gürzel und drückte die Handtasche mit der kleinen Pistole an ihre Brust.

Die Fahrt nach Baalbek, zu den riesigen Ruinenfeldern, in dessen imposantem Tempeltorso jedes Jahr die Festspiele mit Opern und Balletten stattfinden, diese wundersamen Zeugen einer uralten Kultur, vor der der heutige Mensch klein und stumm wird, weil er die Größe der Vergangenheit kaum begreifen kann, verlief schnell auf einer gut ausgebauten Straße, Kemal Gürzel erzählte von Istanbul, von seiner Frau und seinen neun Kindern und bog kurz vor dem eigentlichen Tempelbereich, den man nur mit Eintritt besichtigen kann, nach rechts ab in den noch unaufgeräumten, wilden Teil der Ruinenstadt. Hier lag der Schutt der Jahrhunderte fast unberührt, Tamarisken und Zedern, wilde Rosenbüsche und Dornengestrüpp überwucherten die Hügel und die zahlreichen Höhlen, die Hausruinen und ausgegrabenen Keller.

Irgendwo in diesem Gewirr von Trümmern hielt Gürzel an. Verwundert sah Laila um sich. Sie waren allein. In der Ferne ragten die Säulenhallen des Venus-Tempels in den blaßblauen Himmel, dort stauten sich auch die Omnibusse der Besucher – hier aber war es still, einsam, staubig – ein aufgebrochener Friedhof, weiter nichts.

»Haben Sie sich verfahren?« fragte sie und drehte sich im Sitzen. »Wenn Herr Vandura hier ist, kann er nur dort im Tempel sein ...«

»Er ist überhaupt nicht hier«, sagte Kemal Gürzel. Seine Stimme war plötzlich trocken und spröde, wie verrostet. Laila fuhr herum, aber die große Hand des Türken klatschte blitzschnell auf ihr Gesicht, warf sie zurück in das Autopolster. Sie wollte ihre Tasche an sich reißen, aber Gürzel nahm sie ihr weg, sah die kleine Pistole und lachte heiser. Dann schlug er wieder zu, dreimal hintereinander, und es saß so viel Kraft hinter seinen Schlägen, daß Laila halb betäubt zusammensank.

»Was wollen Sie?« keuchte sie. Sie legte beide Hände über den Kopf, um sich zu schützen. »Sie wissen nicht, wer ich bin ...«

»Gerade weil ich es weiß, sind wir hier.« Gürzel zerrte Laila aus dem Wagen, drückte sie auf die Knie und schlug ihr unter das Kinn. Ihr Kopf flog in den Nacken – aus kalten, glühenden Augen sah sie ihn an. »Du bist das Weibstück, das vor vier Monaten ein Flugzeug von Athen entführt hat. Und du warst bei den Rebellen, als das Flugzeug in Sarqa landen mußte. Stolz bist du herumspaziert, mit der Maschinenpistole im Arm, die ›Braut der Revolution‹ nannten dich die anderen. Für uns warst du ein Todesengel.«

»Für Sie?«

»Ja, für mich. Ich bin einer der Passagiere, die ihr in der Wüste gebraten habt. Ich habe gelernt, was es heißt, Todesangst zu haben. Ich habe euch angefleht, und ihr habt mich ausgelacht. ›Ich habe neun Kinder!‹ habe ich geschrien. ›Erbarmt euch doch! Sprengt mich nicht in die Luft!‹ Und ihr habt gelacht und geantwortet: ›Was gehen uns deine neun Kinder an? Hättest du im Bett besser aufgepaßt, gäb's jetzt weniger Waisen ...‹ Das war eure Antwort, und ich bin fast gestorben vor Angst. Aber ich habe einen Schwur getan. Kemal, habe ich zu mir gesagt, wenn du mit dem Leben davonkommst, willst du alle verfluchen, die ein Gewehr in die Hand nehmen. Und wenn du einen der Rebellen wiedertriffst, soll er die gleiche Todesangst empfinden wie du ...« Gürzel schwieg. Er schlug Laila auf den Kopf, als diese versuchte, aufzuspringen. Sie fiel in den Schutt zurück und krümmte sich. »Ich habe dich gleich erkannt, als du aus dem Hotel kamst. Das ist sie, habe ich zu mir gesagt. Wenn man die arabischen Entführer in London, Zürich und München nicht freigelassen hätte, wären wir in die Luft gesprengt worden, und sie hätte dabeigestanden und hätte in die Hände geklatscht und vor Freude in die Luft geschossen. Eine Mörderin, die neun Kindern den Vater genommen hätte. Und da wurde es ganz klar in mir, ich hatte kein Herz mehr und keine Gedanken, als nur den einen: Du mußt sie auswischen. Du mußt sie einfach auswischen wie einen Fleck.« Gürzel atmete tief auf. »Ja, und das will ich tun! Genau das.«

Laila gelang es nicht mehr, aufzuspringen und wegzulaufen. Das wäre ihre einzige Chance gewesen. Sie war auf den Beinen schnell wie eine Hündin, und der etwas dickliche Gürzel hätte den Atem verloren. Aber ihr Körper kam nur bis zur halben Höhe, da traf sie ein neuer Schlag der harten Faust. Sie rollte zurück in den Staub, und Gürzel war schnell über ihr, legt die Hände um ihren Hals und würgte sie.

Sie wehrte sich noch verzweifelt, mit erstickten Schreien, trat um sich, sie blähte den Hals, um den sich seine Finger krallten, aber der Himmel und die Ruinen, der Sand und die Sonne wurden fahler und dunkler, streifiger und lösten sich dann in wild drehende Punkte auf. Ihr Kopf explodierte, und das letzte, das sie wahrnahm, war Gürzels heißer Atem, der über ihrem Gesicht lag wie ein ekliges feuchtes Tuch.

Mit einem Seufzer ließ Gürzel Lailas Hals los. Er schob ihre Lider hoch, sah, daß sie noch lebte, massierte sogar ihren Hals und die Brust, bis der Atem deutlicher wurde, denn sie sollte nicht sterben, nicht so – nicht so einfach – sie sollte langsam sterben, schrittweise, bis zum Rande des Wahnsinns, alle Qualen der Hölle durchkosten, ehe die große Erlösung kam.

Gürzel handelte mit einer perfiden Präzision.

Er schleppte Laila auf den Schultern zu einem der Hügel und suchte eine Höhle, die tief und groß genug war, um einen Menschen aufzunehmen. Dort hinein schob er den leblosen Körper und begann dann große Steine vor den Eingang zu wälzen, sie aufeinander zu schichten, Block nach Block, bis der Höhleneingang geschlossen war. Aber das war ihm nicht genug — er baute noch drei Mauern hintereinander auf, schwitzend, keuchend, unter der Last der Steine fast zusammenbrechend. Eine unheimliche Kraft trieb ihn an. Als er in dem schrecklichen Grab die Stimme Lailas hörte, preßte er sich gegen die Steinwand und schrie zurück.

»Hier gibt es keine Auferstehung!« brüllte er. »Hier gibt es keinen Jüngsten Tag! Spürst du schon die Angst? Spürst du sie?! Atme tief ein, solange du's noch kannst. Atme tief und schreie . . . Ich will dich schreien hören . . .«

Er klebte an seinem Steinhaufen, zitternd, der Schweiß rann ihm über den Körper, und die Sonne brannte das Salz in die Poren. Und wirklich – sie schrie ... Er hörte es, wie sie mit den Fäusten gegen den Steinwall hämmerte, hell wehte es durch die Ritzen, schrill und unmenschlich. Da fiel er auf die Knie, faltete die Hände und betete. Er war ein gläubiger Katholik, er hatte noch nie einen Menschen getötet, er hatte Frau und neun Kinder, war ein ehrlicher Kaufmann gewesen, ein freundlicher Mensch, geachtet und beliebt bei allen – aber dann stieß man ihn in die Todesangst, setzte ihn auf eine Bombe mitten in der Wüste, und sein Geist zersprang wie Glas auf einer Flamme.

Am Nachmittag fuhr Kemal Gürzel zurück nach Beirut. In dem großen Grab hinter den Steinmauern war es still geworden. Bevor er ging, legte er noch einmal das Ohr an die Quader. Kein Laut.

Sie ist tapfer, dachte er. Verdammt, ist sie tapfer. Vor einer halben Stunde hat sie gesungen. Die Todessuren aus dem Koran. Jetzt wird sie auf der Erde sitzen und auf den Tod warten. Ich war nicht so ruhig, ich habe gejammert wie ein Waschweib, dem die Wäsche angesengt ist. Ich war ein Feigling – sie ist ein Held.

Er schwankte zu seinem Wagen zurück und hatte Mühe, bis nach Beirut zu kommen. Dort stellte er sich unter die Brause in seinem Zimmer, duschte sich kalt ab und wusch den Schweiß der Rache von sich.

Aber als er in den Spiegel sah, als er sein Gesicht betrachtete, in dessen Falten noch das Grauen nistete, zerbrach er. Er heulte auf, schlug die Hände vor seine Augen und warf sich auf das Bett.

Zobels Überfall-Inszenierung klappte vorzüglich, nur hatte sie einen Nachteil: Die Akteure spielten zu gut und zu natürlich.

Kaum hatten sie den Wagen angehalten, kreischten die Frauen auf, hoben die Männer die Arme in die Luft, bis auf Vandura, der seinen Arm um Katja legte, fiel Renate Bebel rollengerecht in Ohnmacht und bekam Atemnot, ließen die vier Räuber alle aussteigen und leerten den Reisenden die Taschen.

Zähneknirschend stand Zobel hilflos daneben und vergaß sogar, seine Fotots zu machen. Als die vier biederen Limonadenverkäufer auch seine Taschen filzten, knirschte er: »Ich lasse euch in Beirut verhaften!« Aber die Araber lachten nur, klopften Zobel auf die Schulter, sagte höflich im Chor: »Mammun«, was danke heißt, bestiegen ein altes klappriges Auto und fuhren mit reicher Beute davon.

Zobel verfluchte seinen genialen Plan, denn Renate Bebel war plötzlich aus ihrer Ohnmacht erwacht, noch bevor Vandura sie untersuchen konnte, was ja überhaupt der Zweck des ganzen Theaters war, denn einer der Räuber hatte auch sie abgetastet, und wenn ein Araber über den Körper einer Frau streicht, dann haben seine Hände einen bestimmten Druck, der selbst Ohnmächtige aufweckt.

»Scheiße auf dem ganzen Schuh!« stöhnte Zobel, als Renate Bebel hochzuckte und dem tastenden Araber eine Ohrfeige gab. »Die Spesenrechnung kriege ich nie bezahlt . . .« Dann schrie er pflichtgemäß: »Polizei! Leute, rührt euch nicht, die machen ernst«, holte seine Kamera und knipste vier Bilder der vor dem Bus stehenden Reisenden, wie sie die Hände hoch in den blauen Himmel streckten. Es war eine einsame Gegend, felsig, heiß, die Luft flimmerte, das blaue Meer leuchtete im Hintergrund, eine einsame Palme stach in den Himmel – Romantik des Räuberlebens, nur darf man nicht selbst daran beteiligt sein.

Es dauerte eine Stunde, bis der Busfahrer bereit war, weiterzufahren. Er saß zitternd neben den Vorderrädern und hatte einen Schock bekommen. Vandura behandelte ihn mit drei Taschentüchern und kaltem Wasser – eine völlig unheldische Therapie, die Zobel nicht fotografierte. Natürlich wurde der Ausflug abgebrochen, und als man ins Hotel zurückkam, stürzten vierzig Helden in die Halle und berichteten laut von ihrem Abenteuer mit den wilden Räubern auf der Küstenstraße. Bernd Zobel verbreitete eine glaubwürdige Version des glimpflich verlaufenen Überfalls:

»Wir bangten schon alle um unser Leben, als die Piraten in unserem Bus den Hakim-Pascha erkannten. Da hoben sie salutierend die Gewehre, begnügten sich mit unseren Wertsachen und ließen uns laufen. Ohne Hakim-Pascha lägen jetzt vierzig Leichen in der Wüste . . .«

»Ich dementiere«, sagte Vandura böse, als Zobel ihm meldete, die Weltpresse habe wieder einen Schlager. »Ich sage die Wahrheit . . .«

»Das können Sie nicht mehr, Doktor.« Zobel trank mit einem langen Schluck ein Glas Whisky leer. »Man kann alles dementieren, nur kein Heldentum. Heldentum glaubt jeder. Ohne einen Helden ist die Menschheit arm. Lassen sie die Menschheit nicht hungern, Doktor –«

Vandura glaubte es nicht. Er fuhr hinunter in die Hotelhalle und mußte Hände schütteln und Lobreden anhören. Als er verzweifelt sagte: »Es war ja alles ganz anders«, klatschte man in die Hände und ließ ihn nicht weiterreden. Nach zehn Minuten flüchtete er wieder auf sein Zimmer.

Es war schon Abend, über dem Meer lag der rote Glanz der untergehenden Sonne wie flüssiges Gold, da erschien Kemal Gürzel bei Vandura. Er klopfte höflich, und als er auf das »Herein« nicht eintrat, ging Vandura zur Tür und riß sie auf. Gürzel verbeugte sich stumm. Er verlor plötzlich die Stimme vor Erregung.

»Sie wünschen bitte?« fragte Vandura. Er musterte Gürzel, und sein Personengedächtnis, das ihn nie verlassen hatte, registrierte eine flüchtige Bekanntschaft. »Kennen wir uns nicht?«

»Gürzel, Kemal Gürzel.« Der Türke verbeugte sich wieder. »Ich bin ein Passagier der nach Sarqa entführten Maschine. Damals waren Sie Hakim-Pascha und retteten uns vom Tode. Sie operierten Frau Perlucci – mir gaben Sie ein Beruhigungsmittel. Ich war ganz außer mir — ich hatte Todesangst. Wir alle hatten Todesangst. Unter uns die Bomben, um uns die Wüste, kein Wasser, keine Luft – und jeden Moment konnten wir in die Luft fliegen. Das macht wahnsinnig, Doktor . . .«

Gürzel betrat an Vandura vorbei das Zimmer. Katja schwamm unten im Schwimmbad ein paar Runden, sie mußte allein baden, denn das Erscheinen Vanduras hätte wieder die Reporter mobilisiert.

»Kann ich Ihnen wieder helfen?« fragte Vandura. »Ich erinnere mich jetzt genau. Sie saßen ganz vorn in der Maschine.«

»Ja, so war es.« Gürzel atmete ein paarmal tief auf. »Sie erinnern sich auch noch an den weiblichen Partisan, der mit Ihnen gekommen war?«

»Ja, natürlich.« Vandura sah Gürzel abwartend an. Was wußte er von Laila? »Laila Husseini . . .«

»Ich weiß nicht, wie sie hieß. Ich habe nur ihr Gesicht gesehen, ein Gesicht des Triumphes.« Gürzel tupfte sich den ausbrechenden Schweiß von der Stirn. »Und da sie damals der Arzt der Guerillas waren, glaube ich, daß es Sie interessiert: Ich habe diese Laila wiedergetroffen . . .«

»Sie haben –« Vandura spürte einen Stich in der Brust. Ich entrinne ihr nicht, dachte er. Sie ist überall, sie wird immer um mich sein. Die Wüste wird mit mir gehen . . . »Wo?«

»Heute. Hier im Hotel.«

»Hier?« Vandura spürte sein Blut in den Schläfen klopfen. »Wann?«

»Am Vormittag.« Gürzel wischte sich über das Gesicht. »Ich muß es Ihnen sagen, Doktor, sonst zerspringe ich ... Ich habe sie mitgenommen nach Baalbek – und dort habe ich sie getötet –«

Vandura war es, als bekäme er einen Schlag mitten auf die Stirn. Er zuckte zusammen, lehnte sich an die Wand und suchte Halt.

»*Was* haben Sie?« fragte er tonlos.

»Sie getötet, Doktor.« Gürzel zerriß sein nasses Taschentuch zwischen den Fingern. »Ich habe sie lebend eingemauert –«

11

Zehn Minuten später jagte eine Taxe durch die Nacht nach Baalbek. Vandura hatte dem Fahrer eine Handvoll Piasterscheine gegeben, ohne sie zu zählen, und hatte ihn aus dem Wagen gezogen. Der Fahrer, ein Libanese mit einer weißen Schirmmütze, zeterte zuerst, aber als er die Scheine durchzählte, hob er beide Arme hoch in den Himmel und schrie: »Sir, der Wagen gehört Ihnen. Machen Sie mit ihm, was sie wollen! Allah segne Sie bis in den siebten Himmel!«

Kemal Gürzel schwankte hinter Vandura in den Wagen. Er setzte sich auf den Rücksitz, warf den Kopf zurück und schloß die Augen.

»Sie kommen zu spät«, sagte er weinerlich. »Sie retten sie nicht mehr. Sie ist längst erstickt ...«

»Das ist Mord!« schrie Vandura und trat auf das Gas. Heulend schoß der Wagen davon. »Wissen Sie das?!«

»Was heißt Mord? Was haben Sie mit uns getan?! Sie hätten uns alle in die Luft gesprengt, wenn man ihren Forderungen nicht nachgegeben hätte.«

»Aber Sie leben noch!«

»Und warum? Weil man zu Kreuze gekrochen ist! Die Guerillas waren zum Mord bereit. Zum hundertfachen Mord! Ich habe nur in ihrer Sprache geantwortet. Vandura ...« Gürzel beugte sich nach vorn und legte Vandura die Hand auf die Schulter. Seine Finger zitterten. »Kehren Sie um. Schweigen Sie. Niemand wird diese Laila vermissen, keiner wird es je erfahren, daß sie eingemauert ist. Was gilt hier schon ein Mensch?«

»Für mich ist ein Mensch das Höchste. Ich bin Arzt! Ich diene dem Menschen ...«

»Sie ist eine Teufelin.«

»Wer kennt Laila wirklich – nicht einmal ich! Und jetzt halten Sie den Mund, hören Sie mit Ihren Rechtfertigungen auf —«

Der Wagen raste die gut ausgebaute Straße nach Baalbek hinunter. Omnibusse begegneten ihnen, Kolonnen von Ausflüglern, die zurück nach Beirut fuhren, voll vom Zauber einer vergangenen, großen Epoche. Sie nahmen einen Hauch römischer Größe mit. Schon von weitem sahen Sie den riesigen Venus-Tempel und die Propyläen mit ihren zwölf roten Granitsäulen und den vergoldeten Bronzekapitellen, von Scheinwerfern angestrahlt – ein Märchen am Fuße der Libanonberge und an der Grenze der Wüste. Doch die beiden Insassen des Autos dachten nicht daran.

Kemal Gürzel hatte das Gesicht an die Scheibe gedrückt und starrte in die helle Nacht hinaus. Halsbrecherisch hüpfte der Wagen über den nicht ausgebauten Weg zu den freien Tempelanlagen und den Hügeln, über die ein Widerschein des Scheinwerfers glitt. Mitten zwischen den verstaubten Ruinen und Dornenbüschen, die keinen Touristenstrom anlockten, hielt Vandura an.

»Wo?« fragte er hart.

Gürzel öffnete die Tür und sah sich um.

»Ich weiß es nicht ...«, stotterte er. »Nachts sieht alles anders aus – jede Ruine ist wie die andere ... Und die Hügel ... Ich weiß es nicht mehr.«

Vandura sprang aus dem Wagen und zerrte Gürzel vom Sitz. Der dickliche Türke lehnte sich gegen den Kofferraum und begann wieder heftig zu schwitzen. Es war eine warme Nacht – das Libanongebirge wirkte wie ein Schutzschild gegen die nächtliche Kälte, die Felsen atmeten die Sonnenglut zurück.

»Ich bin ein Mensch, der Frieden liebt und die Menschenwürde über alles setzt«, sagte Vandura langsam. Er packte Gürzel an den Aufschlägen des Anzuges und zog ihn nahe zu sich heran. »Das wissen Sie, Gürzel. Aber ich bin bereit, einmal, ein einziges Mal in meinem Leben alles zu vergessen und mit ruhigem Herzen und Gewissen Sie stückweise vom Leben zum Tode zu befördern, wenn Sie weiter behaupten, sich nicht zu erinnern. Zum letztenmal: *Wo* haben Sie Laila begraben?!«

Er schleuderte Gürzel zurück gegen den Wagen – es gab einen dumpfen blechernen Laut, und Gürzel sank in sich zusammen.

»Wir müssen suchen ...«, jammerte er und hob abwehrend beide Arme. »Doktor, ich schwöre Ihnen – es war hier in der Gegend, vielleicht dort der Hügel – wir müssen sie absuchen ... ich, ich erkenne meine Steinmauer wieder, wenn wir sie finden ...«

»Dann los!« Vandura gab Gürzel einen Stoß. Er stolperte vor Vandura her durch die Ruinen, mit hängenden Armen und gesenktem Kopf, als führe man ihn zur Hinrichtung.

Eine halbe Stunde lang kletterten sie über Trümmer, Geröll Schutt, Steinhaufen und Felsblöcke. Vom Venustempel herüber erklang jetzt Musik – süße Geigenklänge, unterbrochen von schmetternden Trompeten und Posaunen. Die Musik verteilte sich über das weite Trümmerfeld und ließ es plötzlich zu unheimlichem Leben aufblühen. Gürzel blieb stehen und schloß die Augen.

»Beethoven —«, sagte er verträumt. »Die Pastorale . . .«

»Sie sollen nicht Beethoven bewundern, sondern Ihr Opfer suchen!« schrie Vandura. Er packte Gürzel am Genick und schob ihn vorwärts. Aber auch er war zusammengezuckt, als plötzlich das Sinfoniekonzert auf den Stufen des Tempels begann.

»Hier —«, sagte Gürzel auf einmal. Er blieb stehen und sah sich um wie ein witternder Hund. »Hier muß es sein. Dieser Säulentorso, ich erkenne ihn wieder. Hier habe ich Laila abgesetzt, um mir den Schweiß vom Gesicht zu wischen. Ein paar Meter weiter muß die Höhle sein . . .«

Dieses Mal irrte sich Gürzel nicht. Nach ungefähr dreißig Metern standen sie vor einem zerklüfteten Felsen und einem Steinwall, der nicht anders aussah als die anderen Trümmerberge. Gürzel nickte mehrmals.

»Hier . . .«

Vandura atmete tief auf. Er warf die Arzttasche, die er an einem Riemen über den Rücken getragen hatte, herum und stellte sie auf den Boden. Gürzel schüttelte langsam den Kopf.

»Es hat doch keinen Zweck mehr, Doktor . . .«

»Himmel nochmal, fassen Sie an! Die Wand einzureißen, das geht schneller, als sie aufzurichten.« Er betrachtete die aufgetürmten Steine und dann den dicken Türken. »Das haben Sie allein geschafft?!«

»Sie wissen nicht, welche Kräfte einem der Haß gibt«, sagte Gürzel dunkel. Er warf seinen Rock ab und begann, die Steine wegzureißen. Vandura half ihm auf der anderen Seite. Er zog Rock und Hemd aus und arbeitete mit bloßem Oberkörper. Stein um Stein flog weg, bis Gürzel einen leisen Schrei ausstieß.

»Ich habe die obere Kante des Einganges frei«, sagte er schwer atmend.

Vandura krallte sich in die Steine und zog sich hoch. »Laila!« brüllte er durch den Spalt. »Laila, ich hole dich heraus! Gib Antwort . . . nur einen Laut . . . Laila, hörst du mich?«

»Umsonst . . .«, sagte Gürzel.

»Ruhe!« schrie Vandura.

Sie lauschten, vielleicht eine Minute lang. Nur ein Zeichen, dachte Vandura, mein Gott, nur einen Hauch. Ein Kratzen, ein Bewegen . . . Vom Venus-Tempel dröhnten Pauken und Blechbläser. Wenn Laila sich bewegte ... der schwache Laut ging unter in Beethovens Sinfonie Nr. 6.

»Weiter ...« Vandura schleuderte die Steine hinter sich. »Gürzel, wenn sie tot ist, übergebe ich Sie dem Staatsanwalt – oder ich bringe Sie hier um, hier auf der Stelle!«

»Dann tun Sie's gleich!« brüllte Gürzel und lehnte sich gegen die Mauer. »Sie lebt nicht mehr!«

Vandura arbeitete wie ein Irrer. Er wühlte sich durch die Steine und begriff nicht, wie ein Mann allein, wie dieser Kemal Gürzel, einen solchen Steinwall hatte errichten können. Ab und zu hielt er inne, holte tief Atem, wischte sich mit dem Hemd den Schweiß vom Oberkörper und betrachtete seine Hände. Sie waren rauh und rissig geworden, die Haut hatte sich an den schartigen Steinen abgeschabt, Blut sickerte durch den feinen mehlartigen Staub, und sie zitterten, zitterten vor Angst und dem Entsetzen, zu spät zu kommen.

Gürzel schleuderte die Steine weg wie eine Maschine. Er war ein menschlicher Bagger ... So wie er die Steine aufgehäuft hatte, so trug er sie jetzt wieder ab, mit einem Gleichmaß der Bewegungen, die Vandura bestaunte. Man muß ein Orientale sein, um in allen Lebenslagen einen solchen Fatalismus zu entwickeln, dachte er. Er hat den Tod beschworen – Lailas Tod und jetzt seinen eigenen, denn ich werde ihn töten, bei Gott, wenn Laila in diesem schrecklichen Grab erstickt ist. Er weiß das, und da es keinen Ausweg mehr gibt, hat er sein Leben schon weggeworfen. Das Sterben ist jetzt nur noch ein technischer Akt. So wie man eine Maschine anhält ...

Der Höhleneingang. Schwarz gähnend, zuerst nur ein Schlitz, dann so breit, daß man hineinblicken konnte.

Vandura zwängte den Kopf hindurch. An alles hatte er gedacht, nur nicht an eine Taschenlampe. Die Schwärze, aus der ihm dumpfer, feuchter Modergeruch entgegenwehte, war die Endgültigkeit eines Grabes.

»Laila!« rief Vandura, viel zu laut für den engen Raum. Seine Stimme brach sich an den Felswänden und prallte zu ihm zurück. »Laila ...«

Schweigen. Finsternis, Grabeskälte.

»Töten Sie mich!« sagte Gürzel hinter Vandura. Er hatte einen großen, spitzen Stein in der Hand und hatte einen Augenblick gezögert, ob er ihn nicht Vandura über den Kopf schlagen sollte. Das hätte alle Probleme gelöst, und keiner würde jemals auf den Verdacht verfallen sein, daß der ehrbare Kemal Gürzel aus Istanbul ein zweifacher Töter sei. Töter, nicht Mörder. Mord ist etwas Verabscheuungswürdiges, einen Mörder sollte man ebenfalls töten, das war Gürzels Ansicht. Aber er hatte nur getötet, einmal aus Rache – das ist etwas Edles im Orient – und einmal aus Notwehr, das ist sogar eine gerechte Sache.

Aber Gürzel schlug nicht zu. Er ließ den Stein fallen und blickte Vandura aus fast kindlichen Augen an. Er spürte auf einmal eine grenzenlose Müdigkeit in sich, eine Sehnsucht, für immer nichts mehr zu sehen und zu hören.

»Weiter!« keuchte Vandura. »Ich kann noch nicht hineinkriechen. Weiter, Gürzel!«

Steine – Steine – Steine. Rissige Steine, Steine, an denen die Jahrtausende klebten – Steine, die sich vom Blut der aufgerissenen Hände färbten – Steine, von den Römern behauen, von Sklaven herbeigeschleppt, van Vasallen getürmt zu Tempeln, Säulen, Hallen, Häusern, Thermen und Straßen, Gärten und Verliesen, Brunnen und Terrassen — Steine, von den Seufzern der Geknechteten poliert – Steine, in denen die Stimme Lailas verklang —

»Luft . . . Gnade . . . Luft . . . Luft . . . Luft.«

»Als ich wegging, betete sie die Todessuren des Korans«, sagte Gürzel außer Atem. »Es . . . es war fürchterlich . . .«

Die letzten Steine – ein Eingangsschlitz, so breit, daß sich Vandura über den Mauerrest wälzen konnte. Er fiel auf etwas Weiches und wußte, daß es Laila war. Sie war bis nahe an die Mauer gekrochen, um aus möglichen Ritzen Luft zu saugen — ein paar Atemzüge nur, einen Hauch von Leben – und sie hatte den Mund an die Steine gepreßt, bis die Bewußtlosigkeit sie aus ihrer Verzweiflung erlöste.

Vandura schob sich unter den schlaffen Körper und stemmte ihn empor. Oben an der Mauerkrone griff Gürzel zu, zog Laila ins Freie und trug sie zu einem Rasenstück. Vandura rannte mit der Tasche hinterher.

»Sie ist noch warm –«, sagte Gürzel, als er sie niederlegte. »Aber sie atmet nicht mehr.«

Noch nie in seinem Leben hatte Vandura so schnell seine Instrumente ausgepackt. Er stülpte eine Plexiglasmaske über Lailas Gesicht und schloß die kleine Sauerstoff-Flasche an, dann zog er eine Spritze mit einem Kreislauf- und Herzstärkungsmittel auf und injizierte es in die Vene. Gürzel saß daneben, die Hände zwischen die Knie gepreßt, und starrte in die Nacht. Vom Venustempel klapperte das Klatschen von vielen Hunderten von Händen durch die plötzliche Stille. Die Pastorale war zu Ende. Pause im Sinfoniekonzert. Die Gäste strömten jetzt zum kalten Büfett, das zwischen riesigen korinthischen Säulen aufgebaut war. Ein Hymnus an die Göttin der Liebe, in dem sich der römische Baumeister Apollodorus verströmt hatte.

»Helfen Sie mir!« keuchte Vandura. Er begann mit einer Herzmassage. Lailas Brüste lagen bloß, herrliche, feste, braune Kugeln, unter denen jetzt die Hände Vanduras den Brustkorb auf und nieder drückten. »Holen Sie Wasser. Kalte Umschläge, schnell.«

Die wahnwitzigsten Gedanken durchjagten ihn. Mit einem Schock hole ich sie zurück ... wie lange waren ihre Hirnzellen ohne Frischluft ... wie hoch ist bereits der Kohlesäuregehalt des Blutes ... mein Gott, sie wird nicht überleben, sie *kann* nicht überleben ... was bedeutet so eine lächerlich kleine Flasche reiner Sauerstoff ... auch wenn sie wieder atmet, es wird nur letztes Seufzen sein ...

Gürzel stürzte davon. Woher er das Wasser brachte, Vandura fragte ihn nicht. Er war wie ein Tier, das jetzt, im kritischen Moment, instinktmäßig das Richtige tat.

Gürzel kam zurück mit einem klatschnassen Hemd. In den Händen trug er seine beiden Schuhe, gefüllt mit Wasser. Die Steine bohrten sich in seine Fußsohlen, er spürte es nicht. Er rannte um das Leben – das war das einzige, was er wußte.

»Gut«, sagte Vandura außer Atem. Er drückte noch immer Lailas Brustkorb auf und nieder. Leise zischend verflog der Sauerstoff innerhalb der Plexiglasmaske. »Machen Sie weiter!«

Kemal Gürzel hatte noch nie einen Menschen beatmet, und wenn er die Brust einer Frau berührte, so aus anderen Motiven als zur Lebensrettung. Er zögerte, schob dann seine Hände unter Lailas Brüste und begann zu pressen, wie er es von Vandura gesehen hatte. Er erschauerte, als er Lailas glatte, warme Haut berührte und seine Handrücken gegen ihre Brüste stießen.

»Lebt sie noch?« stammelte er und massierte und biß sich auf die dicke Unterlippe. Aus seinem buschigen Schnurrbart tropfte der Schweiß wie aus einem undichten Wasserhahn. »Bei Gott, sie lebt noch?«

Vandura klatschte das nasse Hemd über Lailas Oberkörper und schüttelte das eiskalte Wasser aus Gürzels Schuhen über ihr Gesicht.

Der Schock. Reagieren die Nerven? Kann das Gehirn noch denken? Empfindet es noch?

Vandura fuhr herum. Hinter ihm hatte Gürzel aufgeschrien. »Sie hat mit dem linken Bein gezuckt!« brüllte er. »Gezuckt hat sie.«

Vandura beugte sich über Laila. Mit dem Stethoskop suchte er nach Herztönen – und schwach, ganz schwach, wie hinter einer Mauer von Watte, vernahm er einen schüchternen Klopfton.

»Das Herz schlägt«, sagte er leise. »Gürzel, massieren Sie weiter. Um Gottes willen, werden Sie jetzt bloß nicht schlapp —«

Er injizierte noch ein Kreislaufmittel, stieß dann Gürzel weg und übernahm wieder selbst die Herzmassage. Gürzel rollte sich erschöpft auf den Rücken und faltete die Hände.

»Das Herz schlägt«, stammelte er und weinte plötzlich. »Ich habe sie also nicht getötet. Doktor, ich habe sie nicht getötet!«

»Gehen Sie«, sagte Vandura hart. Gürzel hob den runden Kopf.

»Was soll ich?«

»Gehen. Irgendwohin. Nur weg von hier. Wenn sie die Augen wirklich aufschlägt, soll sie Sie nicht sehen. Fahren Sie mit den Sonderbussen des Sinfoniekonzertes zurück nach Beirut.«

»So wie ich aussehe?«

»Das ist Ihre Sache. Gehen Sie endlich . . .«

Gürzel erhob sich, zog seine nassen Schuhe an, streifte das wassergetränkte Hemd über und wollte noch etwas sagen. Aber Vandura winkte ab. Kemal Gürzel nickte, drehte sich um und verschwand mit schleppenden Schritten zwischen den Ruinen von Baalbek.

Vom Venustempel erklang neue Musik. Ein Schwall von Tönen voller Melodik und sehnsüchtiger Träumerei. Chopin. Klavierkonzert Nr. 1. Musik, die sich mit dem Himmel verband.

Das Herz schlug schneller und kräftiger. Vandura spürte es unter seinen Händen, und als er Laila noch einmal abhorchte, war der Herzton voller und lebensnah.

Er richtete sich auf, klemmte die Bügel des Stethoskopes hinter den Nacken und regulierte die Zufuhr des reinen Sauerstoffes. Die Flasche war fast leer. Als er Laila anblickte, sah er, daß sie die Augen geöffnet hatte. Es warf ihn zurück wie ein Faustoß.

»Laila!« rief er und schob beide Hände unter ihren Kopf. »Laila, hörst du mich? Schließ die Augen, wenn du mich verstehst! Laila . .«

Die Lider senkten sich. Sie verstand ihn, aber die Kraft zu antworten war nicht mehr in ihr.

»Du bist gerettet«, sagte Vandura nahe an ihrem Kopf. Er schob die Sauerstoffmaske weg und küßte Lailas kalte, farblose Lippen. Ein Lächeln erschien in ihren Mundwinkeln, ein trauriges, abschiednehmendes Lächeln. »Du wirst gleich nach Beirut gebracht, und ich bleibe bei dir, bis du ganz gesund bist. Das verspreche ich dir.«

Ihre Augen blickten ihn wieder an, müde und ohne Lebenskraft. Dann klaffte plötzlich ihr Mund auf, und deutlich, mit einem Atemstoß, der ganz aus der Tiefe hervorquoll, sagte sie: »Hakim —«

Darauf fiel sie zusammen, Blässe breitete sich unter ihrer braunen Haut aus, sie wurde fahl und plötzlich glanzlos. Vandura starrte sie entgeistert an. Er begriff es nicht, er wollte es nicht begreifen, sein nüchterner Arztverstand weigerte sich einfach, es anzuerkennen: Sie war tot.

Wie ein Besessener kämpfte er gegen einen Feind, der längst gesiegt hatte. Er injizierte drei neue Spritzen, er massierte wieder das Herz, er pumpte den letzten Sauerstoff in einen Brustkorb, in dem das Herz für immer schwieg, und er wollte es noch immer nicht wissen, daß mit seinem, mit diesem letzten großen Atem Lailas ganze Kraft aus dem Körper gedrungen war.

Eine Stunde später erst gab er den sinnlosen Kampf auf und legte sich neben die Tote ins Gras. Er zog sie an sich, legte den Arm um sie und starrte in den sternenübersäten Himmel.

Es war, als hätte sich nichts geändert. Das Schweigen der Wüste, die Unendlichkeit der Nacht – und neben ihm Laila, eng an ihn gedrückt, und seine Hand lag auf ihrer Brust –

Ein Abschied vom Zauber einer grenzenlosen Liebe.

Vandura drehte sich zu Laila, vergrub sein Gesicht zwischen ihren Brüsten und weinte.

Der Tod Laila Husseinis machte noch einmal Schlagzeilen in der Weltpresse. Wieder war der Name Hakim-Pascha Mittelpunkt großer Berichte, das Fernsehen berichtete darüber, und Bernd Zobel setzte auf Redaktionskosten ein Telegramm von fünfzehn Seiten ab. Es kam noch so rechtzeitig, daß man in München den Satz des aktuellen Teiles der Illustrierten ›Globus‹ hinauswarf und den Sonderbericht Zobels hineinnahm. Zum erstenmal gelang es damit dem ›Globus‹, schneller als seine amerikanischen Kollegen zu sein. »Der Zobel ist zwar ein Spinner«, sagte der Chefredakteur in der schnell zusammengerufenen Redaktionskonferenz, »und er kostet uns eine Stange Geld – aber wenn er einmal am Ball ist, kann sich mancher von uns eine Scheibe von ihm abschneiden. Ich wette, der Junge wird jetzt teuer —«

Die gleiche Ansicht hatte Zobel selbst. »Wir sind quitt, Doktor«, sagte er in seiner unnachahmlichen Art und klopfte Dr. Vandura auf die Schulter. »Ich habe dafür gesorgt, daß Sie wieder nach Deutschland kommen können – Sie haben mir die Möglichkeit gegeben, eine große Nummer unter den Reportern zu werden. Hätten wir uns nicht getroffen, wäre unser Leben ein Mist gewesen – Sie in der Wüste, ich als gehetzter Schreiber dauernd auf der Achse. Wir sollten uns gegenseitig dankbar sein.«

Kemal Gürzel blieb verschwunden. Man konnte ihn nicht verhören, sondern lediglich nach Istanbul das Ersuchen schicken, ihn zu verhaften. Aber Instanbul und seine Polizei schwieg. Man erfuhr nicht einmal, ob Gürzel in der Türkei eingetroffen war, wie man auch nicht wußte, auf welchem Weg er den Libanon verlassen hatte.

Laila Husseini wurde begraben wie eine Heldin. Dr. Karabasch, der nicht nach Beirut kommen konnte, weil auf seinen Kopf ein Vermögen gesetzt war, schickte Dr. Ashraf als Vertreter und einen hohen Betrag für die Errichtung eines Grabdenkmals. Sogar eine Ehrenkompanie der libanesischen Armee schoß am Grab Lailas Salut – sie war eine Araberin gewesen, eine Freiheitskämpferin, eine Schwester. Hunderte zogen weinend an der offenen Grube vorbei und warfen Blumen auf den flachen, schmucklosen Sarg. Nur ihre Mütze lag auf dem Deckel, die grüne tarngefleckte Guerillamütze, staubig vom Wüstensand Jordaniens. Ashraf hatte sie mitgebracht und auf den Sarg gelegt.

»Ich muß Sie sprechen, Hakim-Pascha«, sagte er nach den Feierlichkeiten zu Dr. Vandura. Sie standen nebeneinander am Grab, früher Freunde, jetzt schon durch ihr Äußeres getrennt – Vandura in einem hellgrauen europäischen Anzug, Ashraf in seiner Dschellabah und dem gewürfelten Kopftuch.

»Sie haben eine Botschaft von Dr. Karabasch?«

»Ja. Er hat Ihnen den Tod geschworen.«

»Warum?«

»Das fragen Sie noch?«

»Ich habe Laila nicht umgebracht.«

»Nicht direkt! Aber indirekt. Hätte Laila Sie nicht kennengelernt, lebte sie noch.«

»Welch eine absurde Schuldkonstruktion! Ich könnte dagegen

halten: Karabasch ist schuld. Er hat mich hier in Beirut aufgelesen und nach Jordanien gebracht. Erst durch ihn lernte ich Laila kennen.«

Dr. Ashraf strich über seinen krausen Kinnbart. Seine dunklen Augen betrachteten Vandura wie ein seltenes Reitkamel. »Sie wissen, daß Karabasch selbst Laila unglücklich liebte?«

»Ich ahnte es. Wir sprachen nie darüber.«

Jeden hätte er getötet, der ihm Laila weggenommen hätte. Nur Ihnen gönnte er sie – diesesmal mit einem väterlichen Gefühl für Laila. Beides haben Sie zerstört, Hakim-Pascha: den Liebhaber und den Vater. Das ist mehr als genug für ein Todesurteil.«

Vandura schwieg. Von seinem Standpunkt aus hat er recht, dachte er. Er denkt als Orientale. Ich wäre ja auch bedenkenlos bereit gewesen, Kemal Gürzel zu töten, wenn ich Laila tot in der Höhle angetroffen hätte. Wir Menschen flüchten uns immer in die Grausamkeit, wenn wir nicht mehr weiter wissen, denn Grausamkeit ist die Stärke der Schwachen. Und Karabasch ist schwach geworden – als Mensch, als Revolutionär, als Politiker. Ihm bleibt nur noch die totale Vernichtung, das Ende aller Diktatoren. Wehe, wenn ich in seinen Untergangstrudel hineingerate –

»Wie will er mich umbringen? Sollen Sie seine Hand sein, Dr. Ashraf?«

»Er hat es mir befohlen. Hier am Grab, gleich nach dem Versenken des Sarges, sollte ich Sie töten. Was wäre einfacher gewesen?«

»Das stimmt. Und warum haben Sie es nicht getan?«

»Ich habe den Befehl verweigert. Ich habe Achtung vor Ihnen, Hakim-Pascha. Karabasch hat es schließlich eingesehen – er wird Sie anders in seine Hand bekommen. Das wollte ich Ihnen sagen.«

»Eine Warnung?«

»Ja. Sie sind erst sicher, wenn Sie in Deutschland sind. Und selbst dort gibt es Landsleute, die dem Befehl Karabaschs gehorchen. Wann fliegen Sie?«

»Ich weiß es nicht. Aber so schnell wie möglich.« Vandura blickte auf das blumenübersäte Grab. Noch immer zogen Araberinnen und finster blickende Männer vorbei. »Mich hält jetzt nichts mehr im Orient.«

»Eine Frage noch, Hakim-Pascha.« Dr. Ashraf hielt Vandura am Ärmel fest. Sein braunes Wüstengesicht zuckte. »Haben Sie Laila wirklich geliebt?«

»Ja, Ashraf.«

»Und diese Deutsche?«

»Sie werde ich heiraten.«

»Eine belügen Sie also –«

»Nein. Ich weiß nicht, ob Sie das verstehen, Ashraf: Laila war ein Feuer, an dem man sich wärmt, und Katja ist ein Wasser, das einen erfrischt. Beides braucht der Mensch – Feuer und Wasser –, sonst kommt er um.«

»Ich verstehe.« Dr. Ashraf sah Vandura ernst an. »Aber nun fehlt Ihnen das Feuer ...«

»Das stimmt.« Vandura senkte den Kopf. »Vielleicht werde ich auch frieren –«

Er ging langsam weg, hinaus aus dem Friedhof, und Ashraf hielt ihn nicht mehr zurück. Sie wird ewig in ihm leben, dachte er. Ein Teil seines Herzens wird eine Wüste bleiben.

Er trat an das Grab, als er allein war, kniete nieder und küßte den Blumemhügel.

»Allah hat dich an seine Brust gedrückt«, sagte er leise. »Allah sei Dank.« Dann wandte er den Körper nach Mekka, legte das Gesicht auf die Erde und betete die Gnadensuren des Korans.

Die Maschine, mit der Dr. Vandura, Katja und Bernd Zobel zurück nach Deutschland flogen, wartete auf dem Rollfeld von Beirut. Es war ein Flugzeug der Swiss-Air, das die Route Beirut-Rom-Zürich-München flog.

Der größte Teil der Passagiere war schon über die Gangway in die Maschine gegangen – man hatte sie am Ausgang der Wartehalle durch Militär untersuchen lassen, die Männer wurden abgetastet, die Frauen von weiblicher Polizei befingert. Das Gepäck lag in einem Spezialraum und wurde mit einem schnell aus Paris herangeflogenen Gerät durchleuchtet. Mit einem Geigerzähler tastete ein Spezialist alles ab. Wo er einen Summerton von sich gab, wo also Metall im Koffer lag, mußte das Gepäck geöffnet werden.

Ein neuer Anschlag war unmöglich. Die Sicherheit in der Luft wurde wiederhergestellt.

Aber für wie lange? Wann schlugen die Guerillas wieder zu? Welche neuen Methoden ersann sich Dr. Karabasch?

Vandura wußte, daß sein Abflug im Hauptquartier der Rebellen bekannt war. Es gab nichts, über das Karabasch nicht unterrichtet war – nur bei Laila hatte er versagt. Das war etwas, das er nie überwinden konnte.

In München hatte der Fernsehbericht über den Tod Lailas und Vanduras Rolle in diesem Liebesdrama wie eine Bombe eingeschlagen. Die Damenwelt von Grünwald zitterte der Rückkehr Vanduras entgegen – in den Salons kannte man kein anderes Thema, die Ohren und die Augen glühten, und die Röte der Erwartung zog bis ins Dekolleté.

Vandura und eine Wüstenschönheit.

Ein Zweikampf zwischen Katja Hellersen und dieser Wüstenkatze.

Vandura der sagenhafte Hakim-Pascha.

Welch ein Mann!

Der einzige, der sich nicht an Vanduras Männlichkeit begeisterte, war Chefarzt Dr. Zemmitz. Überall, wo er eine Stimme hatte, und das war beim Ärztestammtisch, im Medizinerclub, in der Ärztekammer, im Rotary-Club, im Tennis-Club und im Golf-Club, opponierte er gegen Vandura.

»Ein Abenteurer ist er!« sagte er laut genug, daß es auch umliegende Tische hören konnten. »Und so etwas bekommt wieder eine Praxis! Sind wir hier in der Wüste?!«

»Auch Robert Koch war letztlich ein Abenteurer und war lange Zeit in Afrika«, sagte Dr. Feinstinger. Er war Landgerichtsrat und zur Objektivität verpflichtet.

»Wie kann man Koch und Vandura vergleichen?« rief Zemmitz entsetzt. »Einen Titanen mit einer Maus?!«

»Für Virchow war auch Koch ein Hasardeur –«

»Virchow war ein alter Mann an der Grenze der Senilität, als er gegen Koch auftrat.« Zemmitz bekam einen roten Kopf vor Eifer und Prophetentum. »Ich sage Ihnen, meine Herren: Das gibt eine Katastrophe, wenn Vandura zurückkommt. Die Weiber werden Schlange stehen, er wird seinen üblichen Hokuspokus machen, und wir müssen dem allen tatenlos zusehen. Und alles geschieht im Namen der Medizin, im guten, alten ehrwürdigen Namen der Medizin. Müssen wir uns das bieten lassen?«

»Erfinden auch Sie eine Masche, die Weiber anzuziehen«, sagte Landgerichtsrat Feinstinger anzüglich. »Oder besser: Auszuziehen! Vandura ist meines Erachtens ein Typ, der wegrennt, und alles rennt ihm nach, um ihn zurückzuhalten.«

»So kann nur ein Jurist sprechen.« Dr. Zemmitz hob mit bebenden Händen sein Weinglas. Seine Lippen zitterten. »Ich will nicht unken, o nein, das liegt mir nicht – aber ich möchte Ihnen fast garantieren, daß Vandura nach seiner Rückkehr innerhalb sechs Wochen für eine neue Sensation sorgt.«

»Natürlich, indem er Katja Hellersen heiratet —«

»Oder abschiebt ...« Zemmitz lachte gehässig. »Aber darüber wird kaum einer sprechen. Wenn er die Geschmacklosigkeit hat, sie zu ehelichen, bitte. Frau Hellersens Rolle beim Tod ihres Mannes ist sehr dubios. Sie ist nie richtig geklärt worden. Ich habe da so meine Gedanken, aber als Arzt, Sie verstehen, muß ich schweigen.« Er sah um sich. Saß der Stachel? So kann man eine Zeitbombe legen, ohne Risiko, selbst in die Luft gesprengt zu werden. Das Gerücht wird rollen wie eine Lawine und größer und größer werden und schließlich Vandura begraben. »Warten Sie es ab, meine Herren — in spätestens sechs Wochen ein neuer Vandura-Rummel —«

Dr. Zemmitz war kein Prophet.

Die nächste Vandura-Sensation glitt unbemerkt in ein Endstadium vor der Explosion, als Vandura das Flugzeug nach München bestieg.

Irgendwo in Beirut tickte ein Telegraf, und irgendwo in der jordanischen Wüste nahm Dr. Karabaschs Funker den Spruch auf.

»Abflug 10.16 Uhr. Flug Nummer 34 Swiss-Air.«

Und Dr. Karabasch befahl an eine weit entfernte Truppe:

»Haltet euch bereit. Plan I läuft an. Erfolg oder Tod — etwas anderes gibt es nicht mehr.«

Um 10.16 Uhr hob sich die Maschine von der Piste Beiruts ab und schwebte in den blauen Himmel. Die Sonne spiegelte sich im Meer, die weiße Märchenstadt versank hinter einem Dunstschleier. Dr. Vandura starrte aus dem Fenster und drückte die Stirn gegen die dicke Scheibe.

Adieu Zauberland. Adieu Blut und Tränen, Hoffnung, Liebe und Haß.

»Denkst du an Laila?« fragte Katja neben ihm und löste das Schloß von Vanduras Sicherheitsgurt. Sie hatte in den letzten Tagen klug vermieden, den Namen zu nennen. Und sie hatte Vandura nicht zur Liebe animiert – er wird von allein kommen, dachte sie. Er muß durch diese Hölle der Erinnerungen hindurch, und keiner kann ihm dabei helfen. Ich habe sie hinter mir – als Vandura damals verschwand und keiner mehr glaubte, daß er irgendwo wieder auftauchte, habe ich alle Stadien der Qual durchwandert. Es ist furchtbar, als wenn man einem das Herz mit glühenden Zangen herausreißt – aber man kann es überwinden. Ralf, man kann es!

Vandura blickte weiter auf die schnell entschwindende Küste des Libanon. Er wußte, daß er dieses Stück Erde nie mehr betreten würde.

»Ich nehme Abschied«, sagte er leise. »Und wehmütig ist mir zumute. Nein, nicht wegen Laila – das ist vorbei. Das ist endgültig. Aber die Menschen dort unten – diese armen, an die Selbstverständlichkeiten des Lebens wie ein Wunder Allahs glaubenden Menschen –, sie haben mich nötiger als die zu siebzig Prozent eingebildeten Kranken aus den Salons. Sie brauchen ihren Hakim-Pascha wie Getreide und Wasser, wie Stutenmilch und einen Eselrükken. Und ich verlasse sie. Verdammt, ich bin dabei, mich zu schämen – ich habe sie verraten. Was kann ein Arzt in diesen Ländern alles tun?! Was weiß die satte Medizin von diesem ungeheuren Hunger nach Leben? Was könten wir hier für die Menschheit tun, wenn wir nicht zu träge wären, so gleichgültig, so ganz auf uns selbst ausgerichtet, so widerlich egoistisch, so bewußt mörderisch blind! Ich bin da keine Ausnahme – ich gehe zurück in meine Praxis, und ich werde dick und fett werden durch die Exaltiertheit meiner Patienten. Und dort unten leben Tausende, die noch nie einen Arzt gesehen haben, die krank werden, leiden und sterben an Krankheiten, die wir als Routineangelegenheit ansehen. Aber sie denken, es sei Allahs Wille und gehen ein – weil wir, wir alle zu bequem sind, zu dickärschig, zu elefantenfellig! Das ist eine Schuld, von der wir nie wegkommen und die nie getilgt werden kann! Eine Schuld, die täglich größer wird!«

»Jetzt redest du wie diese Revolutionäre, Ralf.«

»Ich kann sie verstehen, Katja. Je weiter ich mich von ihnen entferne, je mehr ich schuldig werde an ihnen, kann ich sie begreifen. Es sind Menschen wie wir – und wir stoßen sie aus, wir töten sie durch Waffen oder durch Mißachtung, was vielleicht noch schlimmer ist als Bomben und Granaten, nur weil sie den Mut haben, der Trägheit in den Hintern zu treten.« Vandura lehnte sich zurück. Die Stewardeß ging herum und verteilte Orangen. Katja nahm zwei und begann, sie zu schälen. »Ich schäme mich«, sagte er leise. »Und trotzdem gehe ich nicht zu ihnen zurück. Ich bin kein Kämpfer, ich bin ein Antiheld.«

»Das mußt du sagen, von dem alle Zeitungen der Welt voll sind.«

»Ein Beweis, wie Helden manipuliert werden. Ich möchte wissen, wieviel geschichtliche Helden sich dagegen wehrten, Vorbilder zu sein. Ich bin kein Vorbild, Katja. Ich bin nur verurteilt, immer etwas zu anders zu sein, als ich will.«

In diesem Augenblick wurde Vandura zum Propheten, ohne es zu wissen.

Die Landung in Rom verlief glatt. Neunzehn Passagiere verließen die Maschine, sie tankte auf, und zehn neue Fluggäste nahmen ihre Plätze ein. Vier Frauen und sechs Männer, elegant, ein wenig hochnäsig, mit einem romanischen Toneinfall englisch sprechend.

Vandura legte Katja den Arm um die Schulter, als sie von Rom aufstiegen und Kurs auf Zürich nahmen. Die Rückkehr nach Europa hatte ihn verwandelt. Es war, als sei die Wüste während des Fluges über das Mittelmeer aus ihm hinausgeblasen worden.

»Wann heiraten wir?« fragte er.

»So schnell es geht. Hundert Frauen werden es dir übel nehmen.«

»Und tausend Frauen werden dich beneiden — das gleicht sich aus.«

Vandura streckte die Beine von sich. »Wie werde ich mein Haus vorfinden?«

Es war das erstemal, daß er sich nach München erkundigte. Katja küßte ihn auf die Augen.

»Du brauchst nur die Jalousien hochzuziehen, die Tür aufzumachen und dich hinter deinen Schreibtisch zu setzen. Es hat sich nichts verändert. Alles wartet auf Dr. Vandura –«

»Du meinst, so einfach ist das?«

»Das Einfachste von der Welt. Dr. Vandura war nur auf einer längeren Auslandsreise. So etwas gibt es doch –«

Drei der neuen Fluggäste begannen, sich etwas zu erleichtern. Sie legten die Jacken ab, zogen sogar die Schuhe aus und hielten plötzlich jeder eine automatische Pistole in der Hand. Auch eine der Frauen verwandelte sich – sie zog den Rock aus, trug darunter Shorts und zwischen den schön geformten Beinen zwei runde, schwarz glänzende Handgranaten.

»Meine Damen und Herren«, sagte einer der Männer in seinem hochnäsigen Englisch. »Ich heiße Yussuf Rasul und übernehme hiermit das Kommando der Maschine. Wer sich rührt, wird erschossen. Wir haben die Waffen in den Schuhen gehabt, wie Sie sehen. Wir haben auch noch andere Möglichkeiten. Zum Beispiel die Handgranaten. Wenn Amina sie abzieht, bleibt von uns nur noch Staub übrig. Wir sterben gern – aber ich glaube, Sie nicht!«

Zwei Männer verschwanden schnell hinter der Tür zum Cockpit.

Die Stewardessen, die gerade Bier verteilten, flüchteten in die Bordküche. Die junge Frau, die Amina hieß, folgte ihnen. Nur der Anführer blieb zurück und lächelte Dr. Vandura an.

»Willkommen, Hakim-Pascha.«

»Sie sind Karabaschs Gesandte –«, sagte Vandura. »Ich ahnte so etwas. Wo geht es hin?«

»Nach Sarqa – Sie kennen es doch.« Er zuckte zusammen. Aus dem Cockpit kam Lärm, dann fielen drei Schüsse. Einige Frauen schrien auf, einer der Männer erschien mit wirren Haaren wieder im Gastraum und rief etwas auf arabisch. Dr. Vandura sprang auf, aber Katja hielt ihn mit einem leisen Aufschrei fest.

»Was ist? Was hat er gesagt?«

»Der Pilot ist verwundet, der Copilot besinnungslos. Sie fliegen jetzt auf Automatik – aber immer geradeaus ... Es ist keiner mehr im Cockpit, der das Flugzeug lenken kann –«

»Das ... das ist das Ende ...«, stammelte Katja. »Jetzt kann uns keiner mehr zurück auf die Erde holen – bis wir von selbst abstürzen ...«

Sie umfaßte Vandura, drückte ihr Gesicht in seinen Leib und klammerte sich an ihm fest.

12

Alle hatten es verstanden, und wie eine Fackel, die man in einen Ölbehälter wirft, sofort eine Stichflamme erzeugt, so brach mit einem einzigen hysterischen Aufschrei auch eine Panik aus. Die Frauen begannen zu schreien, die Männer sprangen auf und drängten in den Gang. Einer der Guerillas hob drohend die Pistolen.

»Ruhe!« brüllte er auf englisch. »Zurück auf die Plätze! Wer drei Schritte näher kommt, wird erschossen!«

Der vorwärtsdrängende Klumpen Leiber blieb stecken, als habe er sich zwischen die Sitze verklemmt. Von hinten, unsichtbar zwischen den wild gestikulierenden Armen und Händen, schrie jemand: »Rennt sie einfach um! Sie werden nicht schießen! Ein Loch in der Flugzeughaut ist auch ihr Tod! Keine Angst!«

Vandura löste den Griff Katjas und stellte sich zwischen die Guerillas und die Passagiere. Plötzlich war es still, nur das Weinen und Schluchzen der Frauen lag im Raum, und eine helle Kinderstimme fragte: »Mami, stürzen wir jetzt ab? Da wird der Papa traurig sein —«

»Ich bitte Sie, Ruhe zu bewahren«, sagte Vandura laut. »Es hat gar keinen Zweck, den Helden zu spielen. Diese Männer kennen keine Furcht vor dem Tod wie wir. Ob sie leben oder sterben, das alles liegt bei ihnen in Allahs Hand. Sie werden nicht zögern, die Handgranate abzuziehen und uns alle zu pulverisieren —«

»Natürlich! Sie müssen diese Charaktere ja kennen!« rief jemand aus dem Klumpen Männer. »Der Hakim-Pascha! Ihretwegen liegen wir ja jetzt in der Scheiße, nur Ihretwegen!«

»Was soll das alles?« schrie ein anderer. »Ob dieser Mann oder nicht – die Piloten sind verwundet und handlungsunfähig, wir fliegen stur geradeaus, solange der Sprit reicht, und dann – Sense! Daran sollten wir denken! Ob wir in Amman landen oder in Zürich, spielt keine Rolle mehr — wir kommen irgendwo runter, und zwar so, daß man uns von der Erde abkratzen kann!«

Im Hintergrund begann eine Frau laut zu beten. Ein Farbiger saß gelassen in seinem Sitz, hatte einen Block aufgeschlagen und schrieb ruhig einen Abschiedsbrief an seine Eltern. Was auch kommen mochte – dieses Stück Papier würde überleben. Ein Mann mit blondem Schnurrbart drängte sich durch die Männerwand. Er blieb kurz vor Vandura stehen und verbeugte sich knapp.

»Lynns. Ich war Major in Ostafrika. Ich bin bereit, Ihnen zu helfen und Ordnung zu schaffen. Wenn wir schon alle sterben, dann würdig und männlich. Was ist zu tun? Haben Sie Vorschläge?«

»Ja. Ich kümmere mich erst um die Verwundeten im Cockpit. Vielleicht sind die Piloten nicht so schwer verletzt, daß sie nicht noch Anweisungen geben können oder selbst noch fliegen –«

»Anweisungen!« rief jemand aus der Menge. »Als ob man eine solche Maschine fliegen könnte mit der Gebrauchsanweisung in der linken Hand!«

»Noch ist nichts passiert!« sagte Vandura. »Wir haben eine große Höhe, und die automatische Steuerung funktioniert. Durch Funk ist die ganze Welt unterrichtet, was in unserer Maschine passiert ist und in welcher Lage wir uns befinden. Man wird uns helfen.«

»Indem man uns wie einen Schmetterling im Netz fängt, was?« schrie ein dicker, schwitzender Mann. Er saß auf der Sessellehne und wedelte sich Luft zu mit einem riesigen Taschentuch, das schon fast ein Handtuch war. »Und wenn uns hundert andere Flugzeuge umkreisen — wir kommen nicht runter, ohne zu explodieren!«

»Hakim-Pascha . . .« Der Anführer der Guerillas kam aus dem Cockpit zurück. Er grüßte militärisch und hatte eine besorgte Miene. »Kümmern Sie sich um die Verwundeten, bitte.«

»Natürlich. Sie heißen Yussuf Rasul?«

»Ja.«

»Sie sind ein Rindvieh, Yussuf.«

»Ich weiß es, Hakim-Pascha. Nicht ich, Hasna hat geschossen. Er wird vor dem Tribunalgericht zur Rechenschaft gezogen werden.«

»Tribunalgericht! Glaubst du, daß wir noch lebend auf die Erde kommen?«

»Allah wird helfen, Hakim-Pascha.«

»Allah hat keine Verbindung zu Düsenflugzeugen, Yussuf. Für euch alle ist Allah jetzt tot!«

Er wollte zum Cockpit gehen, aber Katja sprang auf. Sofort schob sich einer der Rebellen zwischen sie und Vandura. »Zurück. Ich schießen!«

Vandura drehte sich um. Er sah das Entsetzen in Katjas Augen, das Zucken ihrer Mundwinkel, das unterdrückte Aufschreien. Er lächelte ihr zu, und es war ein trauriges Lächeln.

»Keine Angst, Liebes«, sagte er leise. »Noch schweben wir unter dem Himmel. Der Treibstoff reicht noch für einige Stunden, nehme ich an. In diesen Stunden kann vieles geschehen. Wir können erst verzweifeln, wenn wir der Erde näher kommen –«

»Ihre Nerven möchte ich haben«, sagte Major a.D. Lynn. »Wir sollten uns alle vorher umbringen. Erschossen werden ist schöner als abstürzen und verbrennen.«

»Beruhigen Sie die Frauen, Major.« Vandura drängte Yussuf zur Seite und ging zur Tür nach vorn. »Sagen Sie ihnen, daß wir eine Chance haben, weiterzuleben.«

»Ob ich so glatt lügen kann, wie Sie das aussprechen?«

»Versuchen Sie es.« Vandura stieß die Tür zum Cockpit auf. »Ich versuche ja auch, das zu glauben –«

Im Cockpit war die Situation trostlos, das sah Vandura sofort. Der Chefpilot und der Copilot lagen in der verhältnismäßig engen Kanzel auf dem Boden hinter ihren Sitzen. Ein Guerilla gab ihnen gerade aus einer Flasche Mineralwasser zu trinken. Es mußte Hasna, der Schütze sein, denn er zog den Kopf angstvoll zwischen die Schultern, als der Hakim-Pascha herankam und ihm wortlos in den Hintern trat. Der Funker saß an seinem Gerät und hatte Dauerverbindung mit Zürich. Er war blaß wie ein Bettlaken und starrte Vandura angstvoll an.

»Ich bin Fluggast«, sagte Vandura, um ihn zu beruhigen. »Und Arzt. Ich gehöre nicht zu den Rebellen –«

Der Funker, ein Schweizer aus Luzern, nickte mehrmals. »Zürich ist ebenso ratlos wie alle anderen Flugplätze. Wir haben an Bord zwar eine Blindflugeinrichtung, aber keine automatische Steuerungsanlage, die die Maschine ohne Piloten zur Landung bringen könnte. Wir können nur von Hand manövrieren, und natürlich auf dem Radarleitstrahl. Aber immer mit Handkontrolle. Was nutzt uns das.« Er nickte zu den beiden Verwundeten. Der Copilot war besinnungslos, der Chefpilot starrte Vandura aus trüben Augen an. Er schluckte krampfhaft das Mineralwasser, das ihm Hasna an den Mund setzte.

Vandura kniete sich neben ihn und untersuchte flüchtig die Schußwunden. Es waren drei Einschüsse – zwei in die Schulter, einer knapp unter dem Herzen. Die Lungen schienen unverletzt zu sein, auf den Lippen bildeten sich beim Atmen nicht die charakteristischen kleinen Schaumbläschen. Auch röchelte der Verwundete nicht beim Luftholen.

»Sie haben verdammtes Glück«, sagte Vandura und zählte den

Puls. Er war schwach, aber nicht besorgniserregend. »Vier Zentimeter höher, und es wäre ein glatter Herzschuß gewesen«. Er blickte hoch und sah an den Beinen Yussufs entlang. »Verbandszeug, verdammt!« schrie er. »Soll ich die Daumen auf die Löcher halten?!«

Eine der Stewardessen erschien mit der Bordapotheke. Sie enthielt Mull, Leukoplast, verschiedene Pillen und Tabletten gegen Kopfschmerz und Übelkeit, Riechwässerchen und Jod.

»Ist das alles?« fragte Vandura betroffen.

»Nein. Wir haben noch mehr, Aber nicht in der tragbaren Tasche.«

»Alles hierher! Yussuf, helfen Sie mit. Bringen Sie alles heran!«

Mit verminderter Geschwindigkeit raste das Flugzeug durch die Luft. Unter ihnen lagen die Alpen in der Sonne, weiße Grate und Gipfel, ein Meer aus gezacktem, vereistem Stein, eine Zauberwelt ergreifender Schönheit. Wolkenfetzen wehten unter ihnen her, umhüllten wie Schleier einige schroffe Gipfel, schwebten über die Täler. Die Passagiere starrten aus den Fenstern auf diese ergreifend mächtige Landschaft, und sie hatten alle den gleichen Gedanken: Wenn wir doch aufprallen, wird man uns nicht einmal wie einen Christenmenschen begraben können – niemand wird uns hier finden und herunterholen –

Vandura kniete noch immer neben den Verletzten. Der Copilot hatte viel Blut verloren, seine Verwundungen waren weniger schwer als die des Chefs, aber aus der großen Fleischwunde am Schenkel war so viel Blut geströmt, das er jetzt ohnmächtig war und keine Schmerzen mehr spürte. Vandura legte allen Verbandsmull, den ihm die Stewardeß gebracht hatte, auf den großen Einschuß und wickelte dann einen Verband darum. Mehr konnte er nicht tun. Er hoffte nur, daß in der Bordapotheke wenigstens zwei Flaschen Blutplasma oder Blutaustauschstoff vorhanden waren.

»Wir müssen in Zürich landen«, sagte der Chefpilot mit schwerer Zunge. An dem Flattern der Augen sah Vandura, daß auch er am Rande eines Zusammenbruchs stand. Da Vandura nichts anderes zur Hand hatte, hielt er dem Piloten eines der Riechfläschchen unter die Nase. Es wirkte, der Blick wurde klarer. Die guten alten Mittel, dachte Vandura sarkastisch. Im Notfall kann man alles vergessen, was man in einer hochgezüchteten Klinik lernte. Im Notfall haben Ärzte mit dem Taschenmesser operiert und Tracheotomien gemacht, indem sie die Zigarettenspitzen oder die Hülsen von Kugelschreibern in den Kehlkopf steckten und Luft in die Luftröhre führten.

Sie haben mit einem einfachen Meißel Trepanationen ausgeführt und Glieder amputiert mit einer Handsäge, Fuchsschwanz genannt.

»Wir müssen in Zürich landen.« Der Pilot tastete nach Vanduras Hand. »Der Treibstoff ist genau berechnet. Ohne Tanken in Zürich kommen wir nicht mehr weit.«

Vandura nickte und drückte das letzte Päckchen Verbandsmull auf die Schußwunde unter dem Herzen »Wir werden in Zürich landen.«

»Helfen Sie mir in den Sessel –«

»Unmöglich. Sie können nicht mehr sitzen.«

»Aber ich muß doch das Flugzeug . . .« Der Pilot schloß die Augen. »Ich muß doch . . . Doktor . . . die Menschen . . . ich kann doch auf dem Radar . . .«

»Sie können gar nichts mehr. Wenn Sie sich viel bewegen, verbluten Sie innerlich.«

»Wir müssen landen –«

»Ich sagte Ihnen schon: Es wird nichts passieren. Nur Ruhe! Ich werde fliegen –«

»Sie, Doktor?« Der Pilot öffnete die Augen, es machte ihm Mühe, als müsse er seine Lider wie Zentnergewichte hochstemmen. »Sie?«

»Ich war im Krieg Flugzeugführer. Nachtbomber. Die Dinger waren gegenüber diesen komplizierten Biestern hier die einfachsten Maschinen. Ein paar Kontrollgeräte – aus. Aber sie flogen! Auf einer He 111 habe ich gelernt. Ich glaube, ich kann es noch. Auf jeden Fall sollten wir versuchen, es zu wagen. Sterben können wir noch immer. Sie müssen nur bei Besinnung bleiben und mir Anleitungen geben. Wie heißen Sie?«

»Ruodi Stifter . . .«

»Also, Ruodi – Mut, Zähne zusammenbeißen. Gleich kommt Yussuf mit der ganzen Bordapotheke, und ich hoffe, daß einige Spritzen drunter sind, die Sie auf den Beinen halten.«

»Sie wollen fliegen, Doktor?« sagte der Funker. »Mein Gott . . . ich würde es auch tun, ich habe lange genug zugeschaut – aber jetzt habe ich keinen Mut mehr –«

»Ich auch nicht.« Vandura setzte sich in den Pilotensitz und schob den Kopfhörer über die Haare. »Wenn Sie wüßten, wie mir die Hose flattert. Von den hundert Instrumenten um mich herum habe ich keine Ahnung.« Er umfaßte das gebogene, halbkreisähnliche Steuerrad und schaltete auf einen Fingerzeig des Funkers die automatische Steuerung ab. Dann versuchte er ganz vorsichtig die

Lenkung. Nach vorn – runter – nach hinten – hoch. Es reagierte alles ohne Mühe.

»Wenigstens das stimmt noch!« sagte Vandura und drehte sich nach hinten. Der Chefpilot hatte sich mühsam an der Wand im Sitzen aufgerichtet. Die wenigen Zentimeter bis dahin war er wie ein Wurm gekrochen. Vandura verließ den Pilotensessel und bemühte sich wieder um Ruodi Stifter. Er stützte ihn und schüttete ihm die halbe Flasche Mineralwasser über den Kopf. Yussuf und die Stewardeß erschienen wieder im Cockpit, beide Arme voll Medikamente und Verbandszeug. Auch eine Flasche Blutplasma war darunter.

»Gott sei Dank!« rief Vandura. »Wir haben gewonnen! Yussuf, jetzt haben Sie wirklich allen Grund, Ihrem Allah zu danken! Los, anpacken, nicht herumstehen und Revolution spielen!« Er riß dem Piloten das Hemd vom Oberkörper und begann, die Wunden zu versorgen. Sogar Kreislaufspritzen und Mittel gegen große Schmerzen waren unter den herangeschleppten Sachen. Einwegspritzen, praktisch und immer Helfer in größter Not. Vandura injizierte sofort und überließ dann den Chefpiloten der Obhut der Stewardeß. Dem Copiloten schloß er die Blutplasmaflasche an und befahl Hasna aufzupassen.

»Wenn die Kanüle aus der Vene rutscht, werfe ich dich aus dem Flugzeug«, sagte Vandura. »Auch wenn Karabasch mich zerreißen will – er wird mir recht geben.« Vandura richtete sich auf, stellte den Tropfhahn noch etwas langsamer und schob sich dann wieder auf den Pilotensitz. Yussuf erschien sofort neben ihm. Seine schwarzen Augen glänzten wie poliert.

»Du kannst fliegen, Hakim-Pascha?« stammelte er.

»Ich versuche es.«

»O Allah, Allah! Wir werden nicht sterben?«

»Nicht so einfach! Glaubst du, ich gebe dem Verwundeten Blutplasma, wenn es sinnlos wäre und er sowieso in ein paar Stunden irgendwo zerschellt? Mein lieber Yussuf, du Idiot – noch leben wir und wollen leben und werden leben, wenn ich mich nicht zu dusselig anstelle! Weg, laß mich jetzt in Ruhe –« Vandura schob die Kopfhörer über seine Ohren und drückte auf die Taste auf der Brust. Ein Zirpen, dann deutlich die Stimme des Kontrollturms von Zürich-Klothen.

»Hallo. Melden! Melden! Wo seid ihr? Könnt ihr genaue Position durchgeben?«

»Können wir das?« fragte Vandura den Funker. Der nickte und

funkte den Standort. Noch lagen die Alpen unter ihnen, die schneebedeckten Gipfel, blau schimmernd in der Sonne. Über den Radarschirm zuckten elektronische Blitze und Streifen, der Zeiger kreiste magisch rundum – Vandura hatte das schon oft gesehen, auf Flügen, im Fernsehen, in Filmen, aber er wußte nichts damit anzufangen.

»Wie geht's weiter?« fragte er und wandte den Kopf zu dem an der Wand sitzenden Flugkapitän. »Ruodi, haben wir schon die Radarleitstelle Klothen?«

»Ja –« Ruodi Stifter wollte den Kopf heben, aber er fiel ihm vor Schwäche auf die Brust zurück. »Links vom Schirm ist ein Rundinstrument. Da siehst du einen flimmernden Strich . . .«

Er sprach plötzlich mit Du zu Vandura, ganz selbstverständlich, wie es unter Fliegerkameraden in aller Welt üblich praktiziert wird.

»Ich sehe ihn.« Vandura starrte auf den dünnen, flackernden Strich. Irgendwo auf dem Instrument geisterte ein anderer Schimmer herum.

»Jetzt mußt du den zweiten Strich deckungsgleich zum ersten machen – dann fliegst du auf dem Leitweg. Tino wird's dir zeigen.«

Tino war der Funker. Er beugte sich hinüber und drehte an ein paar Knöpfen. Sofort wurde der zweite Balken klarer — ein elektrischer, hüpfender Geist, an dem jetzt Leben oder Tod hing. Vandura bewegte vorsichtig das Ruder. Die schwere Maschine gehorchte wie ein Fahrrad — sie schwenkte herum, legte sich etwas zur Seite –, Vandura korrigierte die Lage und flog wieder waagerecht. Plötzlich lagen die beiden flimmernden Striche übereinander, ohne daß Vandura etwas getan hatte.

»Verdammt – ich habe sie zusammen!« rief er. »So ein Zufall.«

»Ich habe auf Blindflug geschaltet«, sagte der Funker mit schwerer Zunge. »Nun fliegen wir automatisch nach Zürich. Aber wie kommen wir herunter . . .«

»Auch das schaffen wir!« Vandura stülpte sich den Kopfhörer wieder über. Auf englisch, der Fliegersprache, meldete er sich im Mikrophon. »Hier spricht Vandura«, sagte er langsam und klar. »Ich habe die Maschine übernommen. Wir fliegen auf Ihrem Leitstrahl nach Klothen. Flughöhe 6400 Meter. Fluggeschwindigkeit 470 Kilometer. An Bord alles wohlauf. Roudi Stifter außer Gefahr, Copilot — wie heißt er?«

»Stefan Nogfeld.«

»Stefan Nogfeld ist an Blutplasma angeschlossen.«

Klothen war eine Sekunde sprachlos. Dann zirpte eine aufgeregte Stimme im Kopfhörer Vanduras.

»Wer sind Sie? Sind Sie Flieger? Über Schweizer Gebiet werden Sie von vier Jägern der Luftwaffe in Empfang genommen werden. Können Sie einen genauen Lagebericht geben?«

»Nein!« antwortete Vandura. »Um lange Erklärungen zu geben, ist die Situation zu prekär. Und Ihre vier Jäger nützen mir gar nichts, sie können uns weder heil herunterholen, noch können sie die Guerillas einschüchtern. Im Gegenteil. *Die* Sprache verstehen sie. Frage: Wann können wir über Klothen sein?«

»In zehn Minuten . . .«

»Prost Onkel Emil!« Vandura lachte gequält. »Wenn Sie uns sehen, lassen Sie die Glocken läuten oder Luftalarm geben! Ich werde versuchen, runter zu kommen —«

»Er fliegt.« Hinter Vandura begann Yussuf zu hüpfen wie in einem Freudentanz. »Er fliegt wirklich! Wir sind gerettet!« Er riß die Tür auf und stürmte in den Passagierraum. »Hakim-Pascha fliegt die Maschine!« brüllte er in die Menschen hinein, die in ihren Sitzen hockten und jetzt ziemlich apathisch auf die kommenden Minuten warteten. Major Lynns hatte sie beruhigt, und außerdem erkannte jetzt jeder, daß man das Unabwendbare nicht mit Panik verscheuchen kann. »Er fliegt! Er rettet uns! Allah sei Dank.« Er fiel auf die Knie und hob beide Hände.

Unter die Passagiere fuhr wieder die Unruhe. Alles sprach und rief durcheinander, nur Major Lynns rannte nach vorn ins Cockpit. Als er Vandura in völliger Ruhe auf dem Pilotensitz sah, wischte er sich mit beiden Händen über die Augen.

»Doktor —«, sagte er ergriffen, »Sie ohrfeigen sich auch noch mit dem Teufel, was?«

»Ich war Kriegsflieger.« Vandura sah auf die pendelnden, kreisenden Nadeln der Instrumente, die er nicht kannte. Aber da alles in Bewegung war, glaubte er, es sei auch alles in Ordnung. »Ich muß sagen, gegen diese komplizierten Dinger hier war damals das Fliegen wie Rollerfahren.«

»Aber Sie schaffen es?«

»Ich will's versuchen. Major . . . Sie müssen mir jetzt aktiv helfen.« Er sah auf die Uhr, ein Instrument, das er verstand. »In sieben Minuten sind wir über Klothen. Dann geht's los.« Plötzlich sprach er deutsch mit Lynns, denn Deutsch verstand Yussuf nicht, von Hasna ganz abgesehen. Er war ein echter Wüstensohn. »Sie verstehen Deutsch?«

»Ja«, antwortete Lynns.

»Passen Sie auf. Ich habe etwas vor. Wenn Sie merken, daß die Maschine sich senkt, wenn alles durcheinander purzelt, müssen Sie die Guerillas überwältigen und unschädlich machen. Suchen Sie sich ein paar kräftige Männer aus und unterrichten Sie sie. Yussuf wird im Passagierraum sein, Hasna übernimmt Funker Tino. Es darf keine Panne geben bei Ihnen, hören Sie?! Unser aller Leben hängt an dieser Aktion! Schaffen Sie das?«

»Ich bin zwar Major a.D., aber kein Trottel«, sagte Lynns pikiert. »Wir werden doch noch ein paar Guerillas festnehmen können? Haben Sie keine Sorge, Doktor – fliegen Sie nur –«

Die Maschine schwenkte ein. Unter ihnen lag in der Sonne das Schweizer Land. Dörfer, Hügel, Weiden, Felder, Fabriken, Strassenbänder. Erlebte Ferienpostkarten. Ein Frieden voller Sauberkeit.

Und darüber hinweg brummte ein Flugzeug mit 68 todgeweihten Menschen –

Yussuf erschien wieder im Cockpit. Nach der Anbetung Allahs war er wieder der mutige Guerilla. Der Entführer des Flugzeuges, der Fänger des Hakim-Pascha. Tausend Dollar hatte Karabasch versprochen, wenn Hakim-Pascha lebend zurückgebracht wurde. Und er kam zurück –

»Wird es gelingen?« fragte Yussuf. Vandura nickte.

»Es gelingt.«

»Dann funke unsere Bedingungen nach Zürich.« Yussuf lehnte sich an die Wand des Cockpits. »Noch seid ihr alle nicht aus dem Grab gesprungen – das Grab ist noch offen, Hakim-Pascha.«

Unter ihnen lag Zürich-Klothen, der Flughafen, die Betonpisten, die Grasfelder, der Kontrollturm, der Radarspiegel, die Parkplätze der Autos, das Restaurant, die breite Zufahrtsstraße, das Gewimmel von Menschen und Maschinen.

Über das Rollfeld jagten zwei rote Feuerwehrautos, drei Jeeps mit Polizei und ein Spezialwagen mit einer Schaumsprühkanone. Er begann bereits, einen weißen Schaumteppich über die Piste zu sprühen, eine Gleitbahn, auf der bei einer Bruchlandung die Gefahr des Feuerfangens und der Explosion gemindert wurde. Aber nur gemindert – wenn das Flugzeug mit voller Wucht aufsetzte, gab es keine Rettung mehr.

Sechs Lastwagen mit Militär rollten langsam vom Flughafengebäude zum vorgesehenen Landeplatz. Im weiten Umkreis war alles abgesperrt worden, die in den Hallen wartenden Fluggäste durften das Gebäude nicht verlassen. Fotoreporter ballten sich hinter einer rot-weiß lackierten Barriere und knipsten bereits mit riesigen Teleobjektiven das hoch unter dem wolkenlosen Himmel kreisende Flugzeug.

Vandura blickte hinunter auf diese Spielzeugstadt und auf den winzigen Fleck, auf dem er landen sollte. Im Bogen fliegen, das konnte er perfekt, das war nicht schwierig. Und so kreiste er mit gedrosselten Motoren – Ruodi Stifter hatte ihm die nötigen Handgriffe dafür erklärt – über Klothen und gewann Zeit. Yussuf stand hinter ihm, mit ernstem Gesicht, die Pistole in der Hand. Die Revolution hatte ihn wieder.

»Gib bekannt, Hakim-Pascha«, sagte er hart, »wenn wir gelandet sind, darf sich niemand der Maschine nähern, kein Polizist, kein Soldat, nur die Tankwarte, um die Maschine aufzutanken. Es hat keinen Sinn zu verhandeln. Wenn sich ein Unbefugter der Maschine nähert, werden sofort drei Mann erschossen – erscheint Militär, ziehen wir die Handgranaten ab und sprengen alles in die Luft. Sag das, Hakim-Pascha.«

Und Vandura sprach in sein Mikrophon:

»Hier spricht Vandura. Ich rede in deutscher Sprache, weil keiner der Guerillas Deutsch versteht. Ich habe ihnen gesagt, ich müßte deutsch sprechen, weil ich viele notwendige technische Ausdrücke nicht in Englisch ausdrücken kann. Die Situation ist die übliche. Wenn sich jemand der Maschine nähert, sprengen sie alles in die Luft. Das ist keine leere Drohung – sie tun es wirklich. Denken Sie an Kairo, Amman und andere entführte Maschinen. Aber ich werde nicht landen.«

»Sie haben nur noch für dreißig Minuten Sprit an Bord!« rief von unten der Mann im Kontrollturm.

»Das genügt.« Vandura bog den Kopf zurück zu Yussuf. »Sie gehen auf die Bedingungen ein, Yussuf. Los, unterrichte die Passagiere – ich setze dann zur Landung an.«

Yussuf verließ mit einem zufriedenen Grinsen das Cockpit. Hasna kniete noch immer neben dem Copiloten und überwachte das Tropfen des Blutplasmas. Vandura blickte Tino, den Funker, scharf an. Der nickte, erhob sich und stellte sich neben Hasna. Vandura blickte auf die Uhr und den Höhenanzeiger.

»Flughöhe 2560 Meter«, meldete er. »Halten Sie den Luftraum frei, hören Sie, lassen Sie keine andere Maschine über den Platz!«

»Was haben Sie vor?« fragte der Kontrollturm zurück. Dort saßen jetzt der Kommandant der Truppen, der Flugplatzchef, der Polizeichef und zwei Bundesräte in der Glaskanzel. Sie starrten mit Feldstechern auf den silbernen kreisenden Punkt am Himmel. »Luftraum ist frei. Alle anfliegenden Maschinen haben Befehl, außerhalb Klothens zu bleiben.«

»Ziehen Sie die verdammten Jäger zurück!« rief Vandura. Er blickte auf die herumjagenden Jagdmaschinen der Schweizer Luftwaffe, Hornissen, die einen Adler umsurrten. »Ich brauche Platz! Der Luftraum muß völlig leer sein.«

Antwort Kontrollturm: »Befehl an Jäger gegeben. Luftraum völlig leer. Was haben Sie vor?«

Vandura umkrampfte das halbkreisförmige Ruder, seine Finger wurden weiß.

»Ich setze zum Sturzflug an«, sagte er mit plötzlich rauher Stimme. »Ich hoffe, in tausend Meter die Maschine wieder auffangen zu können –«

»Sind Sie verrückt?!« Der Beamte im Kontrollturm schrie auf. »Sie fliegen keinen Stuka! Wenn Sie sich herunterstürzen, brechen Ihnen die Flügel ab!«

»Es ist der einzige Versuch, zu überleben!« Vandura zog den Kopf in die Schultern. Er dachte ganz kurz an seine Ausbildung, an das heulende Vom-Himmel-Stürzen und das Abfangen kurz über dem Boden, nachdem die Bombe ausgeklinkt war. Damals hatte man damit Menschen getötet – heute konnte er Menschen retten –

»Ich fliege an . . .«, sagte er ganz ruhig ins Mikrophon.

»Er macht es wirklich«, stammelte einer der Bundesräte. »Er stürzt sich vom Himmel.«

Der Kommandant der Schweizer Erdtruppen wischte sich den Schweiß von der Stirn, der Polizeichef starrte mit offenem Mund in den Himmel.

»Er bricht auseinander wie ein Kinderspielzeug, das von einer Brücke fällt«, sagte der Flughafenleiter leise. »Sturz aus über 1500 Meter – mein Gott, und wir können nichts tun! Das ist am furchtbarsten –«

Vandura zog noch eine Schleife. Er sah unter sich das Flugfeld, die Piste, die Fahrzeuge, das Militär, den Schaumteppich, die Feuerwehr – dann drückte er den Steuerknüppel nach vorn.

Die Maschine schien den Bruchteil einer Sekunde zu zögern – sie flog wie in einem luftleeren Raum –, dann senkte sie sich plötzlich steil nach unten und raste mit einem fürchterlichen Heulen der Erde entgegen wie ein Stein. Vandura klammerte sich fest, Ruodi Stifter rutschte an seinen Stuhl, der Himmel verschwand, dafür kam ein Panorama immer näher – die Erde, schräg gestellt, wachsend wie in einer Gummilinse, die Entfernungen heranholt – greifbar wurde sie, natürlicher, größer, tödlicher . . .

Tino hatte sich über Hasna geworfen und ihn mit zwei Faustschlägen betäubt. Im Passagierraum, so hoffte Vandura, hatte Major Lynns mit seinen Männern die Rebellen ebenfalls in dieser Schrecksekunde überwältigt. Er hörte lautes Schreien, Poltern, Gekreische.

Der Höhenmesser. Der Zeiger fiel und fiel – bei 1200 Metern zog Vandura das Ruder wieder an sich. Er riß den Steuerknüppel nach hinten und trat gleichzeitig das Seitensteuerungspedal nach rechts. Der Horizontkreisel benahm sich wie verrückt, aber dann sah Vandura, daß er die schwere Maschine abgefangen hatte, daß sie steil nach oben schoß und in einer weiten Kurve den Flugplatz verließ.

Er atmete tief auf, brachte den Knüppel auf Geradeausflug, der Horizontkreisel stand waagrecht, der Querneigungszeiger pendelte auf normal, die Maschine flog ruhig über Zürich.

Hinter Vandura krachte die Tür gegen die Wand. Major Lynns erschien, er blutete an der Stirn. Aber er lachte.

»Alles okay, Doktor. Sie können landen – wenn Sie's können!«

»Verwundet, Major?«

»Auch ein Flugzeug hat sinnlose Ecken . . .« Lynns winkte ab. »Die Rebellenbrüder liegen wie Pakete im Gang. Ich wußte gar nicht, wie gut man mit Hosenträgern fesseln kann. Dafür stehen jetzt einige Männer herum und halten ihre Hosen fest. Wie ist's – klappt die Landung?«

»Wenn das Flugzeug den Sturz ausgehalten hat, wird sie auch Vanduras Heruntergehen durchstehen . . .« Vandura lachte ebenfalls, befreit, glücklich, aber ein Ton von Verzweiflung war doch noch in seinem Lachen. »Sie haben Schaumteppiche gelegt – ich halte mitten hinein, Lynns. Noch könnt ihr alle beten . . .«

Vandura kehrte nach Klothen zurück. Im Kontrollturm lehnten die Männer an den Mauern, naßgeschwitzt und bleich. Der Flugleiter hockte zitternd hinter seinem Mikrophon.

»Flug 34 melden. Melden. Vandura – alles wohlauf?«

»Alles! Ihre Maschinen sind stabiler, als Sie glauben. Haben Sie mehr Vertrauen zu Ihrer Wertarbeit.«

»Vandura, machen Sie jetzt keine Witze. Was soll jetzt weiter geschehen?«

»Ich komme ' runter. Geben Sie mir Ihr Blindflugstrählchen, und ich rolle Ihnen vor die Tür. Ihr Flugkapitän Stifter ist eine Kanone! Er hat mir das Fliegen erklärt wie einem Hilfsschüler, und ich begriff es. Ich habe Ihren Leitstrahl. Holen Sie mich runter . . .«

Langsam, als sitze ein erfahrener Pilot am Steuer, schwebte die Maschine ein, die Räder fuhren aus, die Motoren wurden gedrosselt – dann glitt sie nahe über den Boden, setzte auf, raste durch den aufspritzenden Schaumteppich, links und rechts jagten die Feuerwehren neben ihr her und die Jeeps mit Polizei . . . Vandura arbeitete mit der Ruhe einer gut geölten Maschine und tat alles, was Ruodi Stifter ihm zurief. Er drückte Knöpfe, bewegte Schalter, schaltete aus und war selbst verwundert, als die schwere Maschine stehenblieb und die Motoren mit einem Jammern abstarben.

»Wir sind auf der Erde«, sagte Vandura und umklammerte seinen Kopf. Jetzt plötzlich begriff er das nicht, war es ihm wie ein Wunder. »Wir sind wirklich auf der Erde und leben . . .«

Ruodi Stifter gab keine Antwort mehr – er war ohnmächtig geworden.

Vandura legte den Kopf auf das Armaturenbrett und schloß die Augen. Eine unendliche Müdigkeit überfiel ihn, ein Drang zu vergessen.

Auf der Erde, dachte er.

Wenn ich den Fuß aufsetze, ist der Boden hart und fest.

O Himmel, welch ein unmeßbarer Wert ist das: gehen können –

Eine Minute später riß man ihn vom Pilotenstuhl und trug ihn auf den Schultern über den Flugplatz, und die Menschen jubelten, drückten ihm die Hände, klopften ihm auf die Schultern, und er war so müde, sehnte sich nach Ruhe und nach der Geborgenheit in Katjas Armen.

Am 1. Dezember eröffnete Dr. Vandura wieder seine Praxis in Grünwald. Er hatte es durch keine Zeitungsanzeige bekanntgegeben – nur die beiden Querbalken aus Leukoplast, die während seiner Abwesenheit sein Arztschild durchgestrichen hatten, waren entfernt worden. Ja, und Frau Bucholtz war unterrichtet worden. Frau Bucholtz trug die ›Süddeutsche Zeitung‹ in Grünwald aus und steckte sie in die Briefkästen der Villen. Die Sprechstundenhilfe hatte es ihr gesagt: »Wir eröffnen am 1. Dezember.«

Das genügte. Frau Bucholtz machte sich auf ihren Rundkurs und bekam für ihre Mitteilung mehr Trinkgeld als im Januar beim Abonnementkassieren und dem »Ein gutes Neues Jahr, Gnä' Frau . . .«

Vandura eröffnet. Und zu Weihnachten heiraten sie. Katja Hellersen hat es der Schneiderin gesagt. Das Brautkleid kommt direkt aus Paris. Ganz aus Spitze.

Vandura eröffnet. Dr. Zemmitz ließ einige harte Kommentare beim Medizinerstammtisch los und war sich im übrigen seiner Ohnmacht bewußt. Ja, er schrieb sogar eine Briefkarte an Dr. Vandura mit einer Gratulation zur Wiederkehr. Man muß sich arrangieren, sagte er zur Entschuldigung. Schließlich behandle ich als CSU-Mitglied auch SPD-Kranke. Tolerant sein bis zu einer Grenze, das zeigt den edlen Charakter.

Am 1. Dezember, morgens um neun Uhr, zog Dr. Vandura seinen weißen Arztmantel an. Katja knöpfte ihn zu, die Sprechstundenhilfe stand mit einer Liste an der Tür.

»Voll?« fragte Vandura.

»Kein Platz mehr in Wartezimmer I und II.« Das Mädchen lächelte. »Ich habe einige Damen auf morgen bestellen müssen.«

Vandura steckte die Hände in den weißen Kittel. Über seinen Silberfäden in dem schwarzen, gelockten Haar lag ein Schimmer Morgensonne. Im Garten leuchtete der Schnee. Es war kalt und klar.

»Nur Damen?« fragte er.

»Ausschließlich Damen. Alls, was Grünwald zu bieten hat. Frau Generaldirektor Plettenkamp, Frau Direktor Laufers, Zienke und Halbmann. Frau Diplom-Ingenieur Abelsen und Frau Konsul Weidenbusch. Dann die Damen –«

»Hören Sie auf, Luise!« Dr. Vandura blickte Katja hilfesuchend an. »Was soll ich machen, Katja?!«

»Untersuche sie«, lachte Katja. »Mach ein ernstes Gesicht, verschreibe ihnen Pillen oder Massagen, taste sie ab – das haben sie besonders gern –, nenn die Krankheiten mit schweren lateinischen Namen, plaudere mit ihnen, sieh ihnen tief in die Augen und sei der liebe, gute Doktor, der für alle ihre Wehwehchen so viel Verständnis hat wie kein anderer . . .«

»Genauso wird es sein.« Vandura seufzte und winkte seiner

Sprechstundenhilfe zu. »Machen wir also weiter — im Namen der Medizin. Luise, wer ist der erste?«

»Frau Konsul Weidenbusch.«

»Direkt ein Griff ins Volle.« Vandura ging zur Tür und drehte sich dort noch einmal zu Katja um. Sie winkte ihm nach, als gehe er auf eine Reise. »Wetten, daß sie mich mit ›Hakim-Pascha‹ begrüßt?«

Sie tat es.

Ein Mann war zu einer Legende geworden – aber die Welt braucht ab und zu solche Heldensagen.

Was meinen Sie — und Sie – und Sie?

Übrigens: Seine Forschungen zur Bekämpfung der Arteriosklerose nahm Dr. Vandura auch wieder auf. Vielleicht hören wir eines Tages wieder von ihm — denn wo Erfolg ist, wachsen die Neider wie Schimmel, und vom Schimmel wird mehr gesprochen als vom Erfolg.

Warum das so ist?

Fragen Sie Hakim-Pascha . . .